La Terre des égorgés

Du même auteur

Aux Éditions Héloïse d'Ormesson

Camille, 1815, 2024. Pocket, 2025.

Aux éditions L'Harmattan

Village noir, 2021.

Le Sang des Carnutes, tomes I et II, 2018.

Armand Cléry
La Terre des égorgés

Éditions Héloïse d'Ormesson | ROMAN

ISBN 978-2-487819-13-9

Éditions Héloïse d'Ormesson
92 avenue de France, 75013 Paris
info@lisez.com
www.editions-heloisedormesson.com

À notre disparu.

Prologue

– *Eh, marche, parolier, sans crainte du chemin,*
Ne t'arrête jamais du soir jusqu'au matin.

Il chante et marche. C'est son métier. Marcher, chanter. Au rythme des sabots. Pour offrir ses romances et ses complaintes. À qui voudra l'écouter. À qui daignera le payer d'un morceau de pain ou d'un habit chaud à l'arrivée de l'hiver.

– *Ne te soucie des loups qu'on croise sur la route,*
Des lazzis ni des coups, de tout ce qui t'en coûte.

Il va sur les routes, à toute heure de la journée, avec sa seule besace à l'épaule et son bâton noueux d'érable. On le voit parfois très tôt, on le voit parfois bien tard, suivi d'une marmaille de bourg ou salué par les paysans au bord des champs que son passage amuse en même temps qu'il exaspère. Ce sont les mêmes qui, hier, l'ont invité avec un ménétrier à la noce, ce sont les mêmes qui lui jetteront demain des pierres pour le chasser. Sa liberté agace, qui trouble les habitudes réglées de leur existence monotone.

– *De la seule Vorasse apprends à te défier,*
Quand la v'là qui t'enlace et te prend un baiser.

À cheminer tout le jour, il a croisé culs-terreux, gendarmes, fidèles de l'abbé Vox, mais pas la Rousselaine qui hante les sentiers et qu'on redoute aussi sous le nom de la Six-Doigts. Il s'en revient chez lui, dans son taudis au fond des bois, où nul ne l'attend sinon la solitude et la misère. Il saute les fossés, enjambe les ruisseaux, franchit les ronces et les mûriers. Il a passé Férale, Fourneaux, l'ancien calvaire. Personne ne le suit, il fredonne ses mélodies. Il est le père Euripide, le saltimbanque des patelins, le baladin des routes, celui qui toujours chante et brave le vent, la pluie et les soleils. Les grands arbres l'observent s'éloigner dans le clair-obscur du soir et disparaître derrière le pli vallonné d'une côte.

Bientôt il traverse un dernier lieu avant de retrouver sa cabane. C'est le Caillas, vaste terrain d'un arpent, ancienne gravière abandonnée qui a eu jadis son heure de prospérité quand des bateaux venaient jusqu'à trois fois par jour s'y charger en gravier, puis descendre jusqu'à Tours, Angers, même Nantes. Mais le propriétaire a perdu ses fils à la guerre, il est mort de chagrin. Euripide s'en souvient ; il lui a consacré quelques chansons avant de venir s'installer par ici quand le lieu a commencé d'être désert.

Au milieu des brouillards, le vieux mélodieux se hâte avec prudence. L'endroit n'est pas sûr. Non pas que des silhouettes louches y rôdent. Il n'y a guère que la Rousselaine qu'il y a croisée un soir de pleine lune en priant qu'elle ne se transforme en Vorasse pour lui voler un bécot empoisonné. L'endroit n'est pas sûr, car le sol est instable ; c'est connu depuis qu'un gamin y a été enseveli alors qu'il jouait avec sa bande à un colin-maillard mal inspiré. L'endroit est semé d'amas de gravier en tous sens dont les uns ne sont pas plus hauts que la taille d'un homme tandis que les autres dépassent une maison. Celui qui a écrasé le môme était d'un empilement tel qu'il a fallu près d'une heure de coups de pelle pour retrouver les lambeaux écorchés de sa peau.

Quelques-uns de ces tas sont encore à peu près propres ; ils ont échappé au pillage des gens du coin après la fin de l'extraction. Leur teinte blanchâtre rend lugubres ces parages qui prennent des allures de cimetière rempli de tombes sauvages. Mais la plupart sont mêlés de gros cailloux bruns ou noirs comme autant d'yeux cauchemaresques. De la caillasse inexpliquée qu'on dirait tombée des nuages, qui a donné son nom au lieu et sur laquelle des herbes folles ont poussé avec le temps. Beaucoup de ces tas se sont affaissés sur le chemin désormais infréquenté si bien qu'il faut les contourner ou marcher sur leur surface glissante pour passer, au risque de déraper. Euripide aime à croire que ces masses entre lesquelles il serpente forment un rempart infranchissable pour isoler sa cabane des villages environnants.

Au sortir, le chemin se termine en une patte d'oie le long de la Loire : à droite, une sente boueuse à moitié effacée mène chez le chansonnier ; à gauche, derrière un ultime virage, il n'y a plus de piste, mais un layon de hautes herbes foulées de pas craintifs et, paraît-il, d'une faune fantastique sortie de l'eau, des vipères, des vouivres, des velues à qui même Noé aurait refusé une place dans son arche. On dit qu'elles flétrissent les cultures de leur souffle, dévorent le bétail, provoquent les crues. Par là, le sol est glaiseux, mouvant, spongieux sous le chiendent. Par là, on va chez la Vorasse, on va chez la Rousselaine. Celle qui couche avec le diable en insultant à tous les saints.

Ce soir-là, le brouillard était à couper au couteau. On n'y voyait pas à cent mètres. Coincé entre le Caillas, l'ombre d'un coteau et un bout de forêt aux allures de nasse, le terrain où Euripide Fouan avait choisi d'établir sa crèche formait une cuvette propice à retenir les brumes et la bruine. On aurait dit un crachoir où Dieu lui-même aurait raclé sa gorge pour y laisser tomber les glaires et la salive du ciel.

C'était un de ces brouillards opaques et froids, étalé au ras du sol en longues langues humides, silencieux et triste, blanc comme un linceul jeté sur la solitude des lieux, où le spectral le disputait à quelque chose de sale et rebutant qu'on n'aurait su exprimer. Les arbres nus, le chemin morne, les champs déjà pelés par le changement des saisons disparaissaient sous ce suaire. Par des temps pareils, le brouillard semblait une vaste chape insaisissable et inquiétante, une monstruosité de la nature capable d'engendrer n'importe quelle créature redoutable.

Euripide rentrait chez lui, fatigué de sa marche qui l'avait conduit jusqu'autour de Beaugency mais satisfait, car ç'avait été une bonne journée. Une bonne journée, se répétait-il, pour ne pas céder à la lassitude. Il ramenait une blouse mettable qu'une vieillarde de Mer lui avait donnée en échange d'une heure de bergerades. Il avait l'estomac rempli car le patron du cabaret à Meung l'avait gratifié d'une assiette de gibelotte contre son répertoire de paillardises. Et si sa bourse était vide depuis toujours, ses autres bourses l'étaient depuis peu : il avait eu la chance de surprendre deux amoureux derrière le pressoir à Baule et les avait longtemps regardés se baisoter.

Il marchait d'un pas égal, sûr d'arriver avant la nuit, et il fredonnait ses dernières mélodies sur le pays, les saisons, les femmes, la dame de Férale, quand soudain un bruit de feuilles dans un fourré attire son attention. Il croit à Corniaud, le bâtard à longs poils qu'il n'a pas recueilli mais qui un jour l'a suivi sur un chemin et qui depuis vivote par chez lui, à l'accueillir quand il rentre et à lui réclamer un bout de viande qu'il n'a pas. Un peu comme un gnard ou une femme qui attend après son père ou son homme pour manger. Il siffle pour le faire venir :

– Sale bête, t'es là ? J'ai rien pour toi ce soir.

Il l'appelle pour le plaisir de lui montrer qu'il n'a rien et qu'ils crieront bientôt de faim ensemble. Mais le chien ne se montre pas.

– Sale bête, t'es là ?

Pas de Corniaud sous l'aubépine. Pas de bonne tête à la grosse truffe humant l'air du crépuscule. Comme si l'animal avait compris, comme s'il avait vu que celui qu'il a pris pour maître n'a effectivement rien pour lui ce soir. Aucune bourgeoise, aucune bectance n'attend le père Euripide dans sa cabane sans feu ni cellier. Alors il n'y a rien à manger. Encore moins pour un clébard qui n'est pas à lui. Aux jours de vache maigre le quémandeur à quatre pattes a dû se contenter d'une semelle à ronger et il en a conçu de la rancune. Mais cette fois l'homme est encore plus dur avec lui ; il lance une pierre dans le buisson, au hasard, en criant pour le faire sortir :

– Tiens, lèche don' ça ! Ça te fera passer la faim.

Il avait la cruauté de ceux qui, ayant mangé, se moquent de ceux qui ont le ventre vide. Et il continuait de marcher ; il arrivait sur ses terres avec la fierté satisfaite d'un propriétaire bien qu'elles ne lui appartinssent pas. Elles n'appartenaient à personne. Comme celles de la Rousselaine de l'autre côté de la patte d'oie. Artistes et sorcières sont des parias à qui la société laisse un lopin sans valeur pour mieux les éloigner tout en sachant où ils logent. On écarte en retenant, on se rassure. C'est ainsi qu'eux deux survivaient non loin l'un de l'autre, sans jamais s'aborder cependant.

Il a maintenant dépassé ses enclos, celui de la basse-cour où il n'y a plus une seule poule, celui du potager où jamais rien n'a poussé de la terre. Il a accroché la lanière de son bâton au treillis comme chaque fois en fin de marche. Et sa cabane est juste là, cernée par les brumes, aux murs de planches disjointes, à la toiture enfoncée comme si on avait donné un grand coup de poing dedans et à l'odeur forte de renfermé que l'on sent avant même d'en avoir franchi le seuil. C'est une cahute de dépouille, d'amoncellement de débris de chantier qu'on a bien voulu lui abandonner dans les villages et qui tranche avec ce que les habitants des environs possèdent.

Mais voilà qu'un nouveau bruit se fait entendre. Derrière lui. Tout proche. Il se retourne, lâche un cri de terreur étouffé : en travers du chemin, dans l'empreinte encore fraîche de ses pas, sous une bande de brumaille qui s'estompe, un loup. Un loup sorti du buisson où il vient de jeter une pierre. Un loup, à moins de dix enjambées de lui. Un loup comme dans ses chansons. Un loup comme on risque d'en croiser à parcourir toujours les routes. Un loup comme de temps à autre il en devine en lisière qui s'enfuient lorsqu'il se met à chanter fort parce qu'on dit que ça les éloigne.

Mais celui-là est un loup différent, peut-être parce qu'il le voit de près et que c'est assez rare. On dirait qu'il a le corps presque difforme, effilé, ramassé sur la croupe, les flancs dépilés par plaques sous l'effet de la teigne. C'est un loup comme il n'en a jamais vu. Impressionnant, campé sur ses antérieures, pattes arrière tendues, faisant le double d'un autre au garrot. C'est un loup que la faim tenaille lui aussi. Il semble ne pas s'effrayer d'être à la porte d'une habitation, l'oreille dressée, l'œil démoniaque. Son pelage est sombre comme la nuit qui s'abat sur eux.

Un long moment ils restent immobiles, face à face, se jaugeant comme deux ennemis avant un combat effroyable. La bête grogne et salive. Euripide sent une peur inouïe monter en lui ; des larmes lui coulent des yeux ; un tremblement agite ses mains. Son bâton, posé là-bas, ne lui est d'aucune utilité. Il n'y a pas un arbre non plus, pas un rocher où s'abriter. Le premier logis est à deux kilomètres ; personne ne vient jamais par ici ; les tas de cailloux de la gravière arrêteraient le premier qui oserait lui porter secours si par miracle on l'entendait crier. Ses mains, et maintenant ses jambes, tremblent de plus en plus.

Il n'y a que la cabane. Seulement la cabane, mais loin, si loin derrière lui alors qu'elle n'est qu'à quelques mètres. Il ne sait quoi faire, se met à supplier le Ciel de lui envoyer de quoi se défendre ou détourner le danger. Soudain, il pense au chien qu'il essaie de rappeler, sans bouger, d'un ton monocorde pour ne pas provoquer un assaut du prédateur. Ce bon Corniaud, avec sa tête épaisse et ses grosses pattes, ne va pas le laisser tomber, c'est impossible. Mais tout à coup, aussi brusquement que la pensée du chien lui est venue, un frisson de lucidité le foudroie : Corniaud, absent, effrayé ou simplement spectateur de la scène, ne se montrera pas ; il gardera la rancœur des vexations subies. Euripide transpire, une traînée de sueur lui parcourt la colonne, comme un reptile froid qui glisserait dans son dos.

Une ruse lui vient, cynique, mauvaise. Il tient en fait un bout de viande sèche dans sa besace qu'il n'a pas voulu donner tout à l'heure à son chien. Par avarice. Par habitude des gens de peu à dire d'abord qu'ils n'ont rien avant de lâcher un rien de ce qu'ils ont. Un reste de lard de trois jours qu'il grignote aux haltes et qui lui ferait encore le chemin de demain. Sans brusquerie, dans un geste d'une lenteur calculée, il le lance à la bête, lui sacrifiant le morceau tout entier.

— Tiens, mon beau leu, va te régaler. V'là du nanan pour toi.

Il veut l'amadouer. Mais la viande est tellement maigre, tellement sèche qu'elle n'a plus d'odeur ni de ragoût. Le loup n'en veut pas, il ne la renifle même pas. À croire qu'il ne l'a pas vue.

– Toi, t'es une femelle pour sûre, à faire ta prétentieuse. Hein ?

La bête l'observe ; elle a des luisances inquiétantes dans les yeux. Une seconde idée vient à Euripide, une dernière, désespérée. Il tente un refrain, à voix si basse qu'il en est presque inaudible, parce qu'une simple chanson, dans l'histoire de l'humanité, a souvent sauvé du péril :

– *Voilà... ma journée d'faite...*
Et mon argent d'gagné...
Sur mon chemin... vous êtes...
Un' bell' fille à marier...

Il bafouille sa mélodie, et ce ne sont que des sons qu'il murmure, des syllabes traînantes, des bribes au mieux qui sortent de sa gorge. Il se coupe, s'emmêle dans les paroles, manque d'intonation tant sa bouche est sèche et sa poitrine sans souffle. Puis il s'enhardit un peu, voyant que la bête, si elle ne se calme, au moins n'attaque pas. Il sent son sabot retenu par la boue du chemin et, tout en continuant de chanter, il fait l'effort de reculer d'un pas, mais prudemment pour en être imperceptible. Peut-être... Oui, peut-être a-t-il une chance d'en réchapper :

– *Faites-moi don' risette...*
Voilà, com' ça, com' ça...

Mais au pas en arrière de l'homme, l'animal répond en avançant une patte. Rien qu'un pouce de terrain qui semble une menée de géant. Les yeux chatoyants de hargne, les babines retroussées en un sourire atroce, les crocs apparents, il prend une nouvelle expression sinistre qu'accentue l'opposition des couleurs entre ses lèvres noires, sa langue rouge, ses dents blanches. La bête sent la peur, elle la sent. Son poil se hérisse quand, soudain, Euripide est pris d'une intuition horrifiante.

En un éclair de terreur, il réfléchit qu'il est entouré d'enclos. À gauche, à droite. Le jardin, la basse-cour. Insuffisants pour l'abriter, assez hauts pour ne lui laisser qu'une seule issue vers la cabane comme une échappée vers la vie ou un couloir vers la mort. Il n'a d'autre choix. Il comprend qu'il est piégé. La bête l'a fait exprès. Alors la panique reprend le dessus. C'est le réflexe. L'erreur. Celle de tourner le dos, de se mettre à courir. De courir se réfugier à l'intérieur. De courir prendre une arme pour se défendre. La bêche ou le saignoir.

Mais il n'a plus l'âge de rivaliser à la course. Deux foulées suffisent pour qu'il sente une masse prodigieuse bondir sur lui, mordre de toute la puissance de sa mâchoire son épaule tandis qu'il pousse un hurlement de douleur horrifiée. Il n'a que le temps de tomber et de griffer le sol avant que les dents ne lui rentrent plus profond dans les chairs.

On ne survit pas à ce genre d'attaque.

Une nuit se passa.

Au matin, le brouillard ne s'était pas levé, étirant les mêmes brumes impénétrables que la veille. Des brouillards comme ça, Adelphe en avait connu de semblables lorsqu'il avait suivi l'armée aux portes de la Russie. À leur contact, il se souvenait de l'immense plaine sans fin, des forêts où l'humidité de l'atmosphère s'abattait comme un traquenard sur les malheureux qui n'en étaient jamais revenus. Dévorés. Il avait toujours pensé que le grand froid, pointé par les rescapés comme le danger principal, n'était qu'un élément d'une nature hostile où la boue de printemps et les vapeurs d'automne étaient aussi piégeuses, sinon plus. Mais la chose était difficile à faire entendre quand, à la différence des autres, on n'avait pas pris sa part de danger.

Il s'abandonna un instant à cette réflexion, revit les mourants avec leurs jambes gangrénées, leurs os nécrosés, leurs plaies qui avaient cessé de saigner pour pourrir. C'était deux ans plus tôt, juste deux ans plus tôt ; les premiers de l'automne annonçaient les suivants de l'hiver, l'innombrable retraite de Moscou sur une route si large que l'horizon en dégorgeait des milliers à la fois. Et en se les remémorant, il revit aussi les blessés ramenés de Paris à Orléans pour agoniser et périr en masse à l'hôpital Saint-Charles aux Augustins. Ce n'était cette fois-ci qu'un an auparavant, quand la Russie était loin mais les cosaques tout proches, à crier leurs hourras avant d'être chassés de Saint-Jean-de-Braye par les tirailleurs de Chassereaux.

Il sentit l'air glacer ses joues, plus encore quelque chose d'indicible lui saisir le ventre, remonter son thorax et l'oppresser. Une appréhension l'étreignit, tout un vertige qui venait de la cabane derrière lui, la crèche du père Euripide où l'on avait posé le corps, comme si, avec ce corps, c'était la horde des fantômes aux membres amputés, aux yeux vitreux, à la peau jaune qui l'avait suivi à travers l'Europe et le rattrapait. La mort, la grande mort qui l'avait tant sidéré lorsqu'il était là-bas et le hantait encore ici. Il n'osa pas se retourner, par peur et par honte ; il eut besoin de fumer et, de ses doigts tremblants, tira sa pipe en écume de mer.

À peine l'eut-il fait qu'en inclinant le visage, il revit au sol la longue ligne de sang que la terre avait bue et il s'aperçut qu'il avait marché dedans. On y reconnaissait un haillon d'étoffe accroché à une racine, tout un fouillis de fange piétiné auquel des bouts de chair et des morceaux d'entrailles se mêlaient indistinctement ainsi que des traces de griffures sans qu'on eût pu dire s'il s'agissait de coups de pattes d'une bête ou des sillons des ongles de la victime traînée sur plusieurs mètres. Le père Euripide avait été retrouvé en direction de sa cabane, le bras tendu vers sa porte pour l'atteindre avant d'avoir les mollets, le dos, le cou sauvagement déchirés. Un chien, une espèce de bâtard qui lui avait peut-être appartenu et qui était probablement poussé par la faim, léchait encore le sang ; on entendait ses lapements de langue.

Adelphe eut un haut-le-cœur ; il dut s'éloigner pour rendre au-dessus d'un buisson, derrière les chevaux qui stationnaient. Le vieux Néro le cachait de sa large croupe noire et semblait l'observer avec douceur jusqu'à ce qu'un ricanement retentît derrière lui :

– Faites un bon dissecteur, tiens : la fierté de votre frère ! Petit Pline ! Grand douillet, va ! Pas étonnant que le vieux vous préfère sa savante de gamine !

L'attaque fit au garçon l'effet d'un coup de poignard assené traîtreusement, mais, penché, les paumes sur ses genoux, il continua de vomir. Quand il se releva pour savoir qui lui avait lancé l'affront, il n'y avait plus personne. L'envie de fumer lui était passée et il resta à regarder sa tabatière gravée de l'inscription *Bonaparte Premier Consul au Citoyen de Mézières* avec un profil du grand homme au centre d'un trophée d'armes et d'instruments scientifiques. L'objet, associé à l'ombre de l'empereur, avait appartenu à son frère et lui rappelait en cet instant qu'il n'était pas digne de son souvenir. Si bien que le comte de Malmaure lui avait effectivement préféré sa nièce Carolange, la peintre de Férale, dont tout le monde soupçonnait le talent parce que deux ou trois études d'elle avaient circulé et suscité l'enthousiasme.

Passé la haie de gendarmes qui entravaient l'entrée, il régnait à l'intérieur de la maison un silence total. Elle était pourtant emplie de monde et, pour que chacun pût voir, on avait porté le mort sur la table au centre, non sur le grabat qui servait de lit accolé à un mur. L'examen avait commencé, sur lequel l'unique fenêtre de la cahute jetait un jour blafard ; Adelphe, encore pâle et moite, dut redoubler de concentration pour retrouver bonne contenance et faire oublier qu'il s'était senti mal. Il se mit dans un coin sans remarquer que deux paysans s'y terraient déjà.

C'étaient les deux laboureurs qui avaient découvert le corps et l'avaient déplacé jusqu'ici en raison de cette superstition folle, propre à ceux qui cultivent la terre, qui veut qu'on ne la salisse pas. On leur en avait fait reproche comme à des enfants, mais on les avait retenus sur place, au cas où il aurait fallu obtenir des précisions ; puis on les avait oubliés dans leur néant où ils restaient muets, gauchement plantés dans leurs sabots. L'un d'eux tenait encore en main le bâton dont la victime aurait sans doute fait inutilement usage si elle avait pu l'atteindre à temps. Ils étaient de Saint-Sigismond. Eût-on pensé à leur demander les raisons de leur présence, ils auraient dit qu'ils étaient en route pour aller voir la Rousselaine et lui demander un sortilège ou la guérison d'un sort. N'étant pas tout à fait du coin, ils avaient pris la mauvaise direction à la patte d'oie.

Béraud, le chirurgien-major du 14e régiment de ligne, œuvrait en autorité qu'on laisse faire. Sa trousse étalée sur la table, il avait achevé de découper les loques de tissus, de dénuder complètement la victime et c'était la découverte de ce que cachait le vêtement qui en avait indisposé plus d'un. À certains endroits, le corps n'était plus qu'une bouillie informe empestant une odeur rebutante, car si le père Euripide n'était pas connu pour son hygiène de vie, les relents de ses boyaux à vif rendaient l'air irrespirable. Plusieurs tenaient un mouchoir à leur nez pour s'éviter d'en subir le nauséabond désagrément.

On avait allongé le cadavre sur le flanc sans pouvoir le manipuler davantage et l'on avait peiné à détendre ses membres tant le vieux semblait déjeté et raidi. La mort remontait à plusieurs heures et quelquefois les plaies, infimes ou énormes, saignaient à nouveau, laissant couler un filet grenat qu'il fallait éponger; des mouches s'y posaient, cherchant une entrée dans les chairs pour y pondre leurs œufs. Le mollet avait été mordu jusqu'à l'os, dans le muscle dont une lanière pendait le long de la jambe, puis l'épaule avait été lacérée comme si ce qui avait attaqué le père Euripide s'était appuyé dessus pour sauter à sa gorge qui, elle, avait été carrément labourée. À cet endroit, un véritable carnage avait eu lieu, dans une morsure qu'on devinait immense et qui ne pouvait résulter que de la mâchoire d'un animal colossal: l'œsophage avait été broyé, la trachée brisée, l'artère carotide sectionnée; la tête avait été presque décollée des épaules et il n'y restait que des lambeaux d'épiderme, de muscles, de nerfs de la nuque pour l'y relier, ainsi que les vertèbres mises à nu. La face était d'une extrême lividité, quoiqu'elle ne montrât que quelques déchirures de la peau vers la mandibule demeurée crispée. De même, le haut du tronc présentait des dentées plus ou moins profondes et obliques, qui indiquaient les efforts qu'avait faits l'animal pour mener son attaque.

Plus encore qu'à la gorge, la bête cruelle s'était attardée sur le ventre qu'elle avait creusé jusqu'aux viscères pour s'en repaître. Dans l'agression, le corps avait dû être retourné sur le dos afin que le festin débutât. Un museau, des dents, une langue s'étaient ébroués là-dedans. La moitié en avait été arrachée, l'autre secouée et fouillée, et l'ensemble avait été tellement mâché qu'il était difficile d'en distinguer les débris. À voir l'expression stupide de surprise et de douleur qui se lisait encore sur le visage du bonhomme, il y avait à parier qu'il était toujours vivant au moment où il n'était plus un être humain mais déjà une chose avec laquelle la bête avait voulu jouer.

C'était proprement effrayant. Le chirurgien n'en fut cependant pas incommodé, qui en avait vu d'autres dans les massacres de l'Empire. Il venait d'ôter son habit bleu au collet cramoisi et, ses manches de chemise retroussées libérant l'extrême pilosité de sa peau, il semblait presque trop grand, trop corpulent, dans la force de son âge aussi sous le plafond bas de cette bicoque. On s'était écarté de la table pour le laisser circuler et mettre un espace rassurant entre la vie et cette mort effroyable. Béraud ne cessait de souffler, de maugréer dans sa moustache, furieux en apparence qu'on l'eût dérangé pour ce qui n'était à son sens qu'une attaque de loup sur un chansonnier du coin. Il devait songer qu'après avoir pansé les plaies d'Eylau, de Friedland, de la Moskova, après avoir été impuissant à sauver tant de corps saccagés par les boulets ou le typhus dans le sillon de Larrey, même la pire des boucheries commise sur un paysan ne le concernait pas.

Derrière son assistant, les deux autres praticiens, un médecin et un officier de santé, se tenaient à distance, autant par respect de la hiérarchie entre soignants que pour ne pas aiguiser la mauvaise humeur du premier d'entre eux. En face, Dumond, le maire de Chaingy, jetait un regard ahuri sur le spectacle que lui offrait la fin violente d'un de ses administrés, même le plus misérable d'entre eux, et il portait un flacon de senteur à ses narines pour estomper le remugle. C'était lui, parce qu'il était une lointaine connaissance de Béraud, qui l'avait prié de venir, et ce fut lui qui, pour rompre le silence de la pièce, parla sans détour d'Euripide :

– C'était un marginal, un propre-à-rien, on vous le dira… Un chemineau juste bon à culbuter les gamines ou voler la braconne des autres à la tombée. L'aurait violé la Six-Doigts s'il l'avait rencontrée au bord du chemin… Un chansonneux sans le sou ni le talent, mais que tout le monde côtoyait parce que, de La Chapelle à Beaugency, on le croisait sur les routes à toutes les heures de la journée, à vider son répertoire de refrains. On en a souvent eu plein les oreilles quand il chantait sur les femmes et leurs amours. La bête qui a fait ça l'a peut-être suivi sur des kilomètres ; paraît que certains animaux en sont capables.

Puis, c'est pas les quelques planches de cette méchante cahute qui l'auront arrêtée…

Il marqua un temps, crut devoir expliquer en cherchant un peu d'eau au fond d'une cruche :

– Les loups vont jusqu'à gratter aux portes les hivers les plus rudes, jusqu'à venir fouir la terre des cimetières pour déterrer les derniers inhumés et ils tombent dans les villages, lancés par la même calamité que celle qui a amené les cosaques l'an dernier. Mais j'ai voulu en être sûr, au moins pour dresser mon procès-verbal. Comprenez : je suis officier d'état civil. J'aurais bien appelé monsieur le comte qui connaît les animaux, mais il n'aurait jamais voulu. J'aurais bien pareillement mandé sa nièce qui sait si bien les observer, mais j'ai eu mes scrupules. Alors, j'ai sollicité des médecins. En réquisitionner trois m'a pas semblé de trop devant… Enfin, devant ça…

Adelphe ne se hasardait à dire un mot. Il n'était qu'un apprenti zoologiste, spécialisé dans l'étude des races canines, et qui avait encore toutes ses preuves à faire. Surtout, Dumond venait de le dire : il n'était présent qu'en raison de ses liens avec le grand Griseldan de Malmaure, et parce qu'on n'avait osé faire venir sa nièce Carolange au motif qu'elle était une femme et que les femmes de son rang sont des êtres délicats qu'il faut protéger. De surcroît, le chirurgien-major qui se tenait sous ses yeux était de ceux qui avaient poussé jusqu'à Moscou quand lui s'était arrêté à la frontière de la Prusse sans même entrer dans Vilna. Cet avortement d'héroïsme doublé de son piètre statut de savant semblait lui interdire de prendre la parole devant un vétéran reconnu pour sa science.

La distinction est souvent ténue entre l'attaque d'un loup et celle d'un chien ; on avait voulu avoir vaguement son avis là-dessus. Mais il se taisait. Il se taisait d'autant plus que l'humeur de Béraud l'intimidait. Celui-ci cependant n'était pas si pressé de céder sa place aux autres. Dans la clarté du petit jour, il prenait son temps, manipulait précautionneusement le cadavre, analysait chaque entaille. Celle du cou notamment retint son attention au point d'y revenir plusieurs fois. Professionnalisme du métier ou découverte de détails étonnants, bientôt son agacement s'estompa et il continua d'inspecter le corps.

Puis, à la façon dont il tourna autour, comme un ours pataud se prendrait à danser, on sentit un enthousiasme inattendu le gagner, et il fallait connaître le personnage pour comprendre que les linges sanguinolents, les plaies béantes, les muscles charcutés lui rappelaient les champs de bataille, les carnages auxquels il s'était habitué, où il avait aimé toutes ces années se rendre utile et qui étaient à la mesure de son art – celui d'une médecine grossière qui pare au plus urgent. Salir ses mains lui faisait retrouver son plaisir ; il n'hésita pas à les plonger et replonger dans le trou d'une plaie pour aller vérifier une hypothèse. Il étudiait encore la blessure au cou qui avait presque détaché la tête de sa base, mesurait des écartements, semblait se parler à lui-même en marmonnant :

– Quatre canines, oui… De trois centimètres ou plus… Jusqu'à six si l'on remonte à la racine…

De la blessure, il retraçait l'animal comme s'il l'avait sous les yeux.

– Arquées, elles lacèrent, saisissent, retiennent la proie… Perforent les toisons les plus épaisses, les cuirs les plus coriaces… Nos muscles, nos chairs… La morsure des crocs est typique…

Il se voulait docte. Aux mots qu'il employait, on devinait qu'il avait l'expérience des ravages de loups et ainsi se justifiait le choix du maire de le déranger pour un pauvre hère comme Euripide. Bientôt sa parole eut des airs de leçon fascinée :

– Là, on devine l'empreinte des incisives… Là, celle des carnassières. Très puissantes… Ce sont elles qui forment des cisailles pour briser les os avec une pression incroyable… En intervenant à l'endroit le plus fragile, à l'articulation entre atlas et axis, elles ont vite fait d'arracher l'ensemble et de faire de la victime un pantin disloqué. Cisaillement, broyage, malaxage : une sainte trinité. C'est net, mais celles-là… Celles-là semblent avoir été particulièrement prodigieuses…

Enfin il se tut, releva le menton et, en balayant la salle de son regard pour que tout le monde saisît la gravité de son dire, il fut formel :

– Nous avons bien affaire à un loup. Nul doute. Mais un costaud. Je dirais un mètre au garrot et quatre-vingts kilos de muscles. Une bête de tous les diables en somme. Je n'en ai jamais vu des comme ça, excepté à l'autre bout de l'Europe.

À partir de là, tandis qu'il s'essuyait les mains et que son assistant rangeait ses instruments, les deux autres médecins s'approchèrent. À peine leur accorda-t-il un coup d'œil parce que, comme tout chirurgien, il méprisait ceux qui n'étaient que médecins ou pharmaciens. Ils auscultèrent à leur tour la dépouille, avec des allures de charognards qui viennent picorer les restes qu'un plus gros prédateur a laissés. Ils émirent leurs hypothèses à voix basse, déplacèrent un doigt, un talon avec un dégoût qui tendait à prouver qu'ils n'avaient guère vu de blessures si vives dans leur carrière. Bientôt eux aussi, d'un commun accord, rendirent leur diagnostic en concluant à des morsures animales, de loup peut-être, mais non d'un seul spécimen qui fût immense, plutôt de plusieurs plus petits.

Alors Béraud s'emporta, en Parisien prétentieux qu'il était :

– Plusieurs petits ? Vous n'y connaissez rien ! Il s'agit d'une seule et même bête, immense. Un solitaire. Regardez l'écartement des morsures ; non seulement il est identique, mais il est exceptionnellement grand et je vous mets mon pied sur la braise qu'il n'y en a pas deux comme ça !

Ce disant, il reposa ses mains sur les blessures au risque de tacher les manches de son habit qu'il venait de remettre, et il rouvrit les plaies qu'il jugeait caractéristiques pour appuyer son verdict. Les deux autres médecins parurent dubitatifs. Son goût du sensationnel emportait leur confrère ; ils continuaient de pencher pour plusieurs loups, au moins un mâle et sa femelle, qui auraient attaqué au même endroit, donnant l'illusion d'une mâchoire hors norme par l'addition des morsures. Les loups, c'est connu, posent leurs pattes arrière dans l'emplacement des antérieures si bien qu'il est toujours difficile de déterminer combien sont passés au même endroit. D'exaspération, Béraud interrogea son assistant qui avait l'air de se faire un devoir de ne jamais prendre parti dans ce genre de querelles. Alors il se tourna vers Adelphe, qu'il avait oublié et redécouvrait dans un coin de la pièce. Le jeune homme, perdu dans ses réflexions et pris au dépourvu, ne put que murmurer un « Je… Je ne sais pas… » qui tomba dans le néant.

Il n'avait de toute façon pas eu le courage d'approcher de plus près et son balbutiement acheva de clore mollement l'examen. De guerre lasse, le chirurgien eut un geste de découragement : chacun avait émis son avis ; il n'était pas là pour disputer. L'essentiel était qu'on eut conclu à une attaque de loup. Qu'il s'agît d'un spécimen esseulé ou d'une meute pesait peu au final.

– Qu'importe au fond ! Ce qui m'ennuie, c'est qu'il n'a pratiquement pas mangé malgré toute cette saloperie de boucherie. Or un loup, ça ne tue pas gratuitement.

– Ce n'est tout de même pas quelqu'un qui l'a nourri avant son festin !

– Non, pour sûr. Il faudrait voir alentour si ce qu'il a mâché a été recraché, car on aurait affaire à un individu enragé. À moins que la barbaque n'ait pas été de son goût. La vieille carne…

Puis, s'adressant au maire qu'il avait toujours en face de lui :

– En attendant, une chose est sûre, vous pouvez me croire : s'il a jamais cessé par ici, le temps des loups, des loups monstrueux je veux dire, des loups qui font trembler jusque sous les jupons de nos femmes, ce temps-là, mon cher Dumond, semble revenu.

Il sortit, suivi de son assistant, laissant l'édile procéder à sa tâche administrative et les autres médecins confirmer ou non son opinion. Il s'en moquait. Adelphe en profita pour lui emboîter le pas, non sans soulagement, sentant l'odeur de transpiration mêlée de linge humide et de mauvais tabac que le chirurgien exhalait derrière lui.

– Vous nous accompagnez, l'ami ? lui dit celui-ci une fois en selle. Je crois savoir que vous rentrez à Orléans comme nous.

En effet, et Adelphe accepta ce qui s'apparentait à une invitation courtoise. En chemin, pourtant, le chirurgien ne s'intéressa aucunement à lui, ayant juste besoin d'un auditeur pour raconter des histoires de cantinières enlevées par des fauves en Moscovie. L'examen du cadavre l'avait rendu disert et prétentieux. Il avait le verbe insaisissable de ceux qui passent aisément d'une attitude à son contraire et privent de deviner ce qu'ils pensent réellement.

À l'entendre rire des drames terribles qu'il narrait, Adelphe soupçonna que ce fût lui qui s'était moqué dans son dos quand il rendait ses tripes l'heure d'avant. Mais la discussion porta sur la légèreté des vivandières et des femmes en général, et cet argument lui fut un prétexte inconscient mais utile pour oublier l'horreur de cette nouvelle rencontre avec la mort.

Brumes

I

QUELQUES JOURS après l'enterrement du père Euripide, on vit le jeune Adelphe de Mézières quitter son immeuble de la rue d'Illiers et sortir d'Orléans à cheval par le tout nouveau boulevard des Princes pour se rendre au château de Férale, propriété du comte Griseldan de Malmaure.

Adelphe partit en début d'après-midi sur la route de Blois. La route est droite, passablement morne, ce qui rend le trajet ennuyeux et, parce qu'il connaissait bien ce trajet pour l'avoir emprunté maintes fois, parce que Néro avait encore fière allure malgré l'âge, il se permit un trot confiant sitôt passé la barrière et les abords de l'église Saint-Laurent. On ne distinguait pas son habit, mais il était vêtu d'un carrick de cocher, de bottes aux glands en forme de cœur et d'une paire de gants larges associés à un haut de forme abîmé. À le considérer, les passants auraient hésité sur les capacités de sa bourse.

Le château de Férale, situé à une dizaine de kilomètres de la ville d'Orléans sur la commune de Chaingy, n'était guère éloigné de la cabane du père Euripide. Si l'on s'aventurait en contrebas vers la Loire et qu'on descendait jusqu'au chemin de halage, on rejoignait l'endroit où le corps du chansonnier avait été découvert. Quoique les lieux fussent proches, que le temps fût semblable à celui du jour de l'examen du cadavre, le jeune homme n'y pensa cependant pas, tout au contentement de retrouver un cadre aimé, un hôte respecté, un accueil honorable à défaut d'être chaleureux. Surtout il se sentait pris de la joie de revoir l'être qu'il adorait sous ce toit : la belle Carolange qui était son ange de pureté. Il lui faisait ses visites depuis plusieurs mois maintenant, et c'était la pensée de celle qui faisait battre la chamade à son cœur qui rendait le trajet démesurément long et monotone. Quand on est amoureux, on ne se figure pas les menaces qui pèsent sur nous mais l'on mesure la distance qui nous sépare de l'objet de nos vœux. Jamais la pensée inquiétante qu'un loup rôdât dans les parages ne lui traversa vraiment l'esprit.

Du matin jusqu'au soir, même en plein après-midi, novembre n'offrait cette année-là que d'inéluctables perspectives de brumes. Les vendanges de septembre étaient déjà loin. Des strates et des strates de grisaille semblaient s'être empilées à l'horizon, si basses qu'elles donnaient l'impression d'émaner de la terre davantage que du ciel, plus encore de la Loire quand on regardait vers le fleuve. La vision en avait quelque chose de fantastique. De mémoire d'homme, on n'avait pas vu cela depuis au moins deux générations. Les jours s'obstruaient de nappes laiteuses, les nuits en étaient vaporeuses et mélassées, et en dessous les environs peignaient la même couleur terreuse flottante. La plaine, semée de hameaux invisibles, ne déroulait qu'une vue désolante à l'esprit, même lorsque celui-ci ne demandait qu'à s'égayer comme Adelphe ce jour-là.

Parfois le jeune homme croisait des paysans sur les chemins et, s'enorgueillissant de ce que les chevaux étaient devenus rares à cette époque parce que réquisitionnés, il oubliait que sa monture était toute sa fortune et qu'elle était trop vieille pour l'armée. Les paysans allaient à pied; leur silhouette robuste avait la démarche lente de ceux qui sont habitués à la charrue. Aucun ne lui adressait la parole, tous étaient taiseux devant un monsieur comme lui. Eux-mêmes échangeaient de rares discussions et, quoiqu'il rêvassât, Adelphe crut surprendre un mot, celui du loup, du dos-gris comme ils l'appelaient, contre lequel ils se mettaient en garde par les temps qui couraient. On disait le dos-gris comme on parlait du saute-rivière ou du trace-guéret pour désigner le lièvre ou le serpent. La nouvelle de la mort d'Euripide n'avait pas tardé à se répandre et elle avait, avec elle, réactivé la peur ancestrale du grand carnassier. Le mot cependant fut dit si vite, presque étouffé dans les gorges, que le seul fait de le prononcer devait effrayer en attirant sur soi les pires malédictions.

Adelphe traversa La Chapelle, Le Courant, Fourneaux. Mais à l'endroit où la route s'approche plus près de la Loire, juste avant d'arriver au calvaire du Christ-aux-yeux-creux, son cheval fit un écart, comme effrayé, et s'arrêta soudain sur un objet blanchâtre. Un ruisseau s'épuisait là, qu'on nommait le Rollin, où l'on jetait ordures, tessons et ferraille rouillée. L'objet était coincé entre deux sarments de vigne qui formaient des phalanges osseuses désarticulées; il semblait émerger du fond vaseux de cette eau. Des paysans devaient l'avoir vu, mais ils avaient certainement refusé de le ramasser: comme un enfant difforme qu'on mettait autrefois à mort sans même le prendre dans ses bras, on ne touchait pas ce que le sol enfantait d'étrange et d'inquiétant. On dit que les terriens de la Beauce ne sont pas superstitieux, qu'ils ont l'esprit rationnel ; c'est faux : s'ils ont moins que d'autres les scrupules de la religion, ils ont ceux de la terre qui a leur vraie foi.

La peur du cheval piqua la curiosité du cavalier. L'objet était une sorte de mue de serpent dont la peau était assez importante pour lui faire poser pied à terre. Entortillée, elle devait mesurer une cinquantaine de centimètres et elle avait la dureté d'une chose pétrifiée ; les écailles y avaient dessiné leur marque parfaitement préservée ; surtout, elle donnait l'impression inexplicable d'avoir été arrachée d'un ensemble plus grand qui devait être d'une taille inouïe, presque impossible à imaginer, ou d'avoir été cet ensemble à elle seule et de s'être rétractée. Effet des intempéries ou du temps, se dit Adelphe ; beau spécimen à prélever pour l'offrir à Griseldan.

Tandis qu'il s'accroupissait pour soulever délicatement l'exuvie, un gamin désœuvré qui passait lâcha sur son épaule : « De la peau morte à la Rousselaine, ça ! Mon paternel dit qu'elle en perd quand elle serpente à la brune. Faut pas la ramasser, m'sieur, ça porte malheur ! » Mais il ne releva pas. Il voulait croire en l'originalité de sa trouvaille car il venait d'être intrigué par le détail d'un duvet roux sur l'envers de la peau. Il n'eut pas de réponse à cette anomalie. En tâchant de ne pas l'abîmer, il mit la mue dans une sacoche qui pendait à l'arçon de sa selle et reprit sa monture.

Férale se signalait par une lourde grille en fer forgé sur laquelle deux canidés figurés se faisaient face. Au bout d'une allée, le château était une demeure classique à l'ordonnance symétrique, composée d'un corps de logis flanqué de deux ailes perpendiculaires. La blancheur de la pierre conférait à son architecture un tour vaguement onirique renforcé par l'absence de restauration à des endroits où, sous un lierre envahissant, la dégradation des siècles commençait de menacer. Les jardins non plus n'étaient guère entretenus. Aucun être humain ou animal n'y était visible, sinon une volée de corbeaux qui tournoyait et traçait comme un crêpe noir mouvant dans le ciel. Les anciennes écuries avaient été reconverties en cabinet d'étude. Devant la façade principale, un puits avait été conservé d'une demeure antérieure, si profond qu'on aurait pu y jeter un mort sans entendre le corps tomber. Le brouillard s'y faufilait comme un lacet d'étranglement.

Il n'y avait d'autre domestique que la vieille Élodie, cinquante ans et la chevelure de poivre, dont la cuisine était mangeable, le service correct et qui avait le cœur d'une catholique illuminée à l'idée de servir un réformé comme son maître. En plus d'elle, les dévoués Eugène et Hygin, deux sosies à la peau cuivrée, tannée comme un mauvais marc, et à la carrure trapue, ne se distinguaient que par leurs tatouages au visage. Adelphe ignorait leur vrai nom. Ces deux-là étaient des hommes à tout faire autant que des curiosités anthropologiques. Ils ne parlaient jamais, sachant à peine dix mots de français, mais auraient tué pour leur maître car il était celui qui les avait ramenés des terres australes et, après avoir survécu à une tempête en mer avec lui, ils croyaient tout lui devoir comme à une divinité.

À leur habitude, l'un d'eux se chargea de Néro qu'il mena près de Chrysis, la belle jument à qui Griseldan n'avait daigné laisser qu'un appentis de jardinier pour toute écurie. L'autre introduisit Adelphe. En haut de marches lézardées, celui-ci se retrouva dans une entrée vétuste qu'il avait appris à observer sans paraître en souligner les défauts. Le vestibule était à l'image des extérieurs du château, en état de lente détérioration. Du plâtre manquait à un mur ; une moulure abîmée cachait ses éclats sous des toiles d'araignée ; des traces d'humidité ombraient le tour d'une fenêtre ; les tentures avaient perdu leur vivacité ; la poussière s'était accumulée sur les bois de cerf et les hures de sanglier appendus. On eût dit qu'aucune porte n'avait été poussée depuis deux siècles pour y faire entrer la lumière et un souffle d'air frais.

Adelphe, qui tenait dans sa sacoche l'exuvie qu'il offrirait tout à l'heure, donna son chapeau et son manteau à Hygin et se révéla dans le frac en laine bleu marine qu'il portait en dessous. On notait, à sa cravate savamment nouée et son gilet impeccablement empesé, l'effort qu'il avait fait d'être élégant même si les limites de sa bourse n'avaient pu faire oublier qu'il sentait toujours un peu la gêne au bout de ses manches élimées et de ses bottes râpées.

Il n'eut pas le temps d'en rougir ni de se laisser gagner par l'indigence des lieux. Une simple présence suffit à son enchantement. Son ange, Carolange, se présenta en haut des escaliers. Ce lui fut plus qu'une apparition : une vision céleste et lumineuse. Comme à chacune de ses visites, au mépris des convenances, il espérait qu'elle l'accueillît ainsi. Griseldan n'était jamais là ; elle, toujours, confondant avec entrain ses devoirs d'hôtesse et son attachement platonique d'amante. L'excentricité atrabilaire du vieillard avait cessé de froisser depuis longtemps le jeune homme, quand les marques d'affection de sa pupille remplissaient au contraire chaque fois son cœur de joie.

– Adelphe ! Chère âme ! s'écria-t-elle avant de se reprendre. Monsieur de Mézières…

Pour lui, elle n'était pas seulement la dame de Férale, mais une vierge, une idole, un amour éblouissant. Elle descendit sans attendre et, à la façon dont elle posa ses bottines sur les marches, il crut qu'elle réfrénait une envie irrésistible de les dévaler à sa rencontre. Il en fut presque béat. Tandis que Georgie, une chatte espiègle, fine et toute blanche, se glissait entre ses jambes et la doubla comme pour se moquer de sa précipitation, Carolange arriva, aimable de fraîcheur et d'innocence dans ce cadre si terne qu'elle sembla bousculer en entrouvrant gracieusement son bras d'albâtre dont le pli renfermait un univers de bonheur.

Elle lui sourit ; il lui rendit cette tendresse en la jugeant délicieuse par ses lèvres, ses dents ivoirines, ses yeux rieurs d'un vert si tendre qu'on eût dit une glaçure céladon. Du front au menton elle n'avait d'autre fard que l'incarnat de ses joues et de relief que la courbure de ses cils. Ses cheveux châtains s'enroulaient en anglaises qui lui allaient à ravir ; quelques mèches folles y rappelaient sa hâte à descendre et ses doigts teintés d'or et de blanc disaient qu'elle avait déjà peint. Elle s'avança ; sa robe légère ornée d'acanthes brodées se déplissa comme si le tissu lui-même retrouvait son calme après la course, et il la jugea parfaite dans le naturel de sa toilette tandis que lui avait multiplié les élégances inutiles pour arriver à un résultat tout médiocre. Ils furent une seconde avant d'engager un semblant de conversation tant l'admiration qu'on connaît à redécouvrir les traits d'un visage chéri peut faire manquer de mots et ne savoir quoi dire. Enfin, parce qu'il fallait oser quelque chose, Adelphe hasarda en parlant de Griseldan :

– Est-il là ?

C'était une manière comme une autre de se retenir de lui déclarer sa flamme, de lui faire entendre à quel point il la trouvait belle, à quel point il avait besoin de dévier sa parole sur un autre sujet pour s'empêcher de lui déclamer des vers maladroits, de lui embrasser les mains, de lui jurer l'impossible, ce qui aurait pu être interprété comme une démonstration incorrecte. Elle répondit :

– Il est là, fidèle à son habitude. Je n'étais rentrée que pour me préparer avant votre venue.

– Comment va-t-il aujourd'hui ?

Elle ne cessa de sourire mais une pointe de tristesse parut troubler le velouté de ses yeux :

– Comme chaque matin, comme chaque soir. Il est désabusé de ses semblables et de plus en plus proche de ce qui rampe, vole ou marche à quatre pattes. Son corps est solide, mais sa tête est frêle ; non de sénilité, mais d'un tempérament bourru que l'âge a poussé à l'extrême. L'humanité lui fait horreur ; ses chères bêtes le rassurent sur l'affection qu'il peut encore dispenser et achèvent de le convaincre que le problème ne vient pas de lui mais des autres. Et puis, il y a nous, vous et moi…

– À mi-chemin entre l'homme et l'animal : suffisamment humains pour justifier sa froideur envers nous et assez bêtes pour qu'il nous aime quand même. À sa façon…

– Oui, à sa façon.

Il serra ses mains contre les siennes comme s'il y avait un peu de son cœur entre ses doigts. Était-ce le mot « aimer » qui l'avait poussé à ce geste ou la perspective de se retrouver bientôt en tête à tête avec son « bel ange » comme il l'appelait ? Mais elle se dégagea, et pour ne pas le vexer :

– Venez, dit-elle, moins nous le faisons attendre, plus nous aurons de temps pour nous deux. Que m'importent ces brouillards, j'aimerais me promener avec vous ! Le ciel pourrait nous tomber sur la tête, le soleil brille toujours quand on est avec celui qu'on adore !

Cette jolie déclaration le transporta. Il ne fallait pas compter moins d'une heure cependant pour s'entretenir avec Griseldan, ou plutôt l'écouter se plaindre des hommes et invectiver l'humanité. Le cabinet se situait dans les dépendances auxquelles on accédait par l'extérieur. Dehors le parc était noyé de brumes ; on n'en voyait pas le mur d'enceinte. Il songea qu'il n'y aurait que la présence rayonnante de Carolange pour percer de lueur ce brouillard si épais.

Wolf Griseldan de Malmaure était un savant de renom dont la vie avait été aussi extraordinaire que la carrière éclatante. Il n'avait pas toujours été noble, avait même gagné tardivement son titre quand la société de l'Empire se fut aperçue de ses qualités et qu'on se mit à faire de nouveaux barons et comtes comme on gagnait des batailles. Il avait alors changé de nom et n'avait gardé que son prénom de Wolf qu'un Alsacien lui avait donné dans son enfance parce qu'il lui trouvait le visage allongé et fin comme le museau des loups du massif des Vosges.

Lui seul se souvenait de ses origines. Rejeton d'un père inconnu et d'une mère volaillère, il était né un jour incertain du règne de Louis XV, sous les murs d'Orléans, derrière le charnier Saint-Vincent, à l'endroit où l'on vendait les rats écorchés et vidés pour les pauvres. Mais l'enfant, promis à une vie de servitude et de violence, avait connu une trajectoire exceptionnelle. Doué d'aptitudes étonnantes, il avait, par sa persévérance, gravi les échelons pour sortir de la misère au point qu'aucun autre individu n'aurait pu connaître une destinée comparable. Son parcours était devenu une légende que tout le monde savait.

La motivation n'est jamais si forte que lorsqu'on a trouvé sa vocation. Bien plus ambitieux que d'autres au même âge, Griseldan avait tout appris par ses propres moyens. À force d'évoluer sur les marchés où survivait sa mère et de s'échapper sur les rives de Loire, il avait connu à huit ans toutes les espèces animales locales, se les représentant fidèlement et devinant les classifications auxquelles elles pouvaient appartenir ; à douze, il s'était décidé à étudier le latin près d'un pasteur parce qu'il était lointainement protestant et qu'on lui avait dit que c'était la langue nécessaire pour en découvrir davantage sur ce qui constituait d'ores et déjà l'inclination de sa vie ; à quinze, il avait lu des abrégés de Pline, Gessner, Belon, Aldrovandi dénichés on ne savait où ; à vingt, il était monté à Paris et, à vivoter près du

Jardin royal, était parvenu à se faire embaucher comme premier secrétaire de Buffon. On murmurait que quelques pages de l'*Histoire naturelle* étaient de sa plume.

Ce fut le début de tout. Il parut à l'Académie royale, fut présenté à la Cour, côtoya Lamarck, rencontra Lacépède, correspondit avec le grand Linné, mena une vie d'étude en même temps que de voyages en France, puis en Europe où, recommandé par son ancien maître, il explora le Grand Nord. À son retour, il fit imprimer une brochure sur le loup du Smiasen ainsi qu'un livre sur le glouton et le lynx des régions scandinaves. Il avait trente ans. Bientôt l'Europe elle-même fut insuffisante pour étancher sa soif de découverte. Alors, à l'heure de la Révolution, il se jeta sur les routes du globe, partit à la conquête d'une faune inconnue en se joignant à un premier périple pour trouver les vestiges du royaume du Prêtre-Jean. L'expédition fut un désastre, la moitié de l'équipage périt, mais lui, comme impassible à la peine, en rapporta des notes complémentaires sur les lycaons ainsi qu'un mémoire sur la zorille du Cap. À peine débarqué en France, il postula pour s'engager dans la nouvelle expédition qu'on montait sur les traces de La Pérouse. Plus tard, malgré son âge avancé mais faisant valoir son expérience, son savoir, sa discipline en mer, n'ayant peur de rien et ne songeant encore au repos, il prit place à bord du *Géographe* de Baudin en direction de l'île de France et de la Nouvelle-Hollande. Il y rencontra le frère d'Adelphe. On était en 1800. La corvette ne revint qu'en 1804.

Ce dernier voyage marqua une rupture mystérieuse dans sa vie. Il ne fut plus jamais le même après. Très vite, il perdit son appétit de connaissance, sa volonté de s'imposer aux sciences, son besoin de partager avec ses pairs dont il avait mis tant d'années à se faire reconnaître. Il ne fréquenta plus Paris, se retira à la campagne où le bourg de Chaingy près d'Orléans offrait la particularité d'avoir une petite communauté luthérienne et il y acquit le château de Férale qui avait été laissé à l'abandon après que son propriétaire eut eu la tête tranchée sur l'échafaud. Il publia encore un opuscule, reçut l'honneur de compter parmi les anoblis de l'Empire parce que le pouvoir avait besoin de savants dans ses rangs, mais il n'en profita pas, ne prétendit nullement tirer parti de sa célébrité pour devenir préfet, chef d'une garde nationale ou maire et, fuyant la société des hommes comme un anachorète, nourrissant une inexplicable amertume envers eux, il ne sortit bientôt plus du tout de son domaine. On mit ce changement sur le compte de l'âge. La vieille Élodie ainsi qu'Eugène et Hygin suffisaient à l'entretien des lieux ; le noble désargenté n'avait guère les moyens d'en employer d'autres. Avant de se muer en ermite, il recueillit sa nièce, Steffi Carolange, au sortir de l'orphelinat où la mort de ses parents l'avait envoyée alors qu'elle était enfant.

– Je suis arrivée un jour de tristesse et de froid, racontait-elle à ce sujet. J'ai compris la place qui devait être la mienne. Nous avons beaucoup parlé de ce qui s'était passé là-bas, en terre de Diemen… Et s'il y a eu quelques disputes entre nous, j'ai toujours su apaiser ses remords.

Elle regardait son oncle de ses yeux vert-de-gris hypnotiques. Et le vieux acquiesçait :

– Oui, ma nièce. Qui n'a pas de remords n'est qu'un sot qui s'ignore.

Il s'exprimait souvent par aphorismes. Il appréciait la lecture quotidienne des moralistes du Grand Siècle qui étaient ses compagnons de solitude et lui rappelaient l'austérité de son éducation.

Surtout il avait aménagé les dépendances de son château pour y recréer un monde à part qui lui servait à ne plus paraître dans celui des hommes : le monde des animaux, de ceux qui l'avaient marqué dans ses voyages ou fasciné dans ses études et qu'il s'était procurés à prix d'or. C'était sa zoothèque où il passait tout son temps, n'en sortant pratiquement plus que pour son sommeil ou son dîner qu'il avait fixé tous les jours à six heures.

Les écuries aux murs délabrés formaient une enfilade de salles dont il avait fait condamner la moitié des ouvertures pour amoindrir la lumière. Ce n'étaient pas de simples pièces dans lesquelles on pénétrait ; c'était un lieu incroyable qui contenait un univers entier dans des communs de château.

La première salle formait un cabinet de travail où, à côté du bureau du comte, s'entassaient des squelettes, des crânes, des dents dont un bois de mégalocéros et un prétendu fémur fossilisé de dragon. Puis venait celle des animaux empaillés, qui contenait toute une collection de rapaces, un loup-cervier, un céraste, une mangouste, un hydropote de Chine, mais aussi des fantaisies de la nature, des *impossibilia* comme une truite velue, un lièvre glabre, un lézard bicaudé. Dans la salle suivante évoluaient les spécimens vivants achetés en provenance d'autres pays : deux ratels d'Inde, un coati du Brésil, un babiroussa de Célèbes, des lémuriens de Tananarive que l'enfermement prolongé avait rendus apathiques mais qui parfois se soulevaient au passage, se mettaient à tourner dans leur cage comme pris d'une subite folie et ne s'apaisaient que sous la bonté de Carolange qui leur parlait à voix basse. Au bout enfin se trouvait l'ancien manège où Griseldan avait installé son trésor, ses pièces maîtresses – celles qu'il avait baptisées ses trois filles, ses belles, ses cruelles, ses mystérieuses moires, et qu'il tenait jalousement éloignées du regard des autres.

Malgré la fraîcheur de l'air, la porte était ouverte comme si le vieil homme guettait Adelphe que Carolange avait laissé entrer d'abord car elle attendait Georgie qui partout la suivait.

– Te voilà, mon garçon, dit-il d'une voix nasillarde. Approche.

Il était assis derrière son bureau, un bureau poussiéreux près d'une armoire emplie de livres ainsi que d'une table où traînait un attirail de dissection.

– Je sais d'où tu viens, nul besoin de me le dire : tu amènes avec toi le fumet de l'humanité.

Adelphe se troubla à l'idée qu'on pût croire qu'il venait d'un lieu inavouable.

– Est-ce une visite d'estime ou de comédie ? Est-ce à moi que tu viens rendre respect ou n'es-tu là que pour mieux faire passer tes bouches en cœur auprès de Carolange ? Je parie qu'elle s'est encore empressée à ta rencontre, comme si les hommes étaient dignes de ce genre d'honneur et les femmes correctes lorsqu'elles minaudent sous le museau d'un bellâtre.

Mais retiens bien ceci : les vices entrent dans la composition des vertus, comme les poisons entrent dans la composition des remèdes. Elle te décevra, tu peux me croire, tôt ou tard elle te décevra. Autant que tu la déçois déjà.

Adelphe ne se rebuta pas de la charge ; il en était coutumier. Mais le vieillard soudain se tut. Il venait d'apercevoir sa nièce qui entrait et il détourna le visage de l'air de celui à qui il est pénible d'en dire plus ou qui craint de s'être trahi. Pourtant Carolange alla se faire oublier au fond de la salle comme si elle les engageait à converser tous deux librement, sans vouloir écouter.

Elle y avait installé un siège, un chevalet, un plateau où elle avait ordonné son matériel de crayons, de pinceaux, de fusains. Car elle avait la vocation de l'art et, pour ne pas quitter son oncle mais le surveiller dans sa misanthropie maladive, elle s'était improvisée avec talent peintre animalière des études auquel il ne touchait plus. Il ne lui avait rien appris, mais elle avait observé, lu, compris ce qu'il y avait à savoir quoique sans ordre ni rigueur. À sa façon, elle était une femme savante quand d'autres étaient des guerrières ou des diplomates de salon. À l'heure où celles de son sexe ne se mêlaient ni de science ni de peinture sérieuse, elle faisait office d'affranchie.

Chaque jour, vêtue d'une simple blouse passée sur sa robe, elle prenait place en silence et, tandis que le vieux ruminait ses colères et ses regrets, malgré le manque de luminosité, elle traçait ses lignes, ses courbes pour reproduire la nature sur sa planche et elle osait un mot, une phrase en lui demandant des détails sur un animal, un paysage qu'elle voulait représenter.

En parler le soulageait, lui faisait oublier tout le reste de l'homme, de la vie, de la difficulté d'être heureux. Il avait accepté sa nièce car elle était la seule sur laquelle il ne rugissait pas, comme s'il semblait la craindre dans sa bienveillance à son égard. Il ne faisait rien, n'écrivait plus, ne ressassait que le passé à longueur de journées alors qu'elle raisonnait à l'inverse, le geste calme en apparence mais l'esprit agité d'inquiétudes. La misanthropie est un mal qui ronge l'individu dont les proches sont démunis pour agir. Elle consacrait la majeure partie de son temps à ces soins singuliers quand elle n'était pas à tenir le foyer ou à faire une course jusqu'en ville.

– J'ai toujours eu la passion du dessin, avait-elle confié à Adelphe. Quand mes parents sont morts, c'est ce qui m'a rendu le goût de la vie. Alors je veux la partager.

Ses compositions les plus abouties ornaient les murs de la salle où elle avait obtenu l'autorisation de les accrocher après les avoir fait encadrer. Son travail était d'une grande précision. C'étaient un magnifique bélier, un chat sauvage, un aigle blessé, une lionne qu'elle avait figurés avec une puissance d'évocation qui semblait les rendre réels. Elle avait la fibre naturaliste, savait reproduire le galbe, le mouvement de chaque être et elle jetait un faisceau de couleurs dans l'ombre en insufflant un peu d'énergie au milieu des animaux empaillés et des autres vivants que l'enfermement rendait presque morts. Quelques toiles seulement, cachées dans un coin, étaient moins lumineuses ; Adelphe se disait qu'elle les avait peintes un jour où elle avait été impuissante à détourner son oncle de sa mélancolie.

Elle s'assit au fond, se mit à ranger son appui-main, ses équerres, sa règle. En face, le vieillard affichait sa chevelure folle et grisonnante jusqu'au bout des favoris. Ses yeux naturellement révulsés, où perçait une lueur jaunâtre inassagie, donnaient l'impression qu'il s'était absorbé dans de longues réflexions douloureuses et qu'il venait d'y être dérangé. Griseldan gardait une plume à la main et Adelphe remarqua que le papier devant lui était raturé sous l'effet de pensées confuses et violentes. Mais il ne se démonta pas et songea à la belle mue de serpent qu'il tenait toujours dans sa sacoche pour se sortir du mauvais engagement de leur conversation :

– En toute honnêteté, cher maître, je viens rendre visite à votre nièce, mais aussi et surtout à vous. J'en ai pour preuve ce présent que je voudrais vous offrir… Pour votre collection…

– Un présent ? *Timeo loquentes, et ferentes dona.*

Adelphe ne cilla pas mais présenta la peau de serpent comme un Roi mage aurait montré l'encens ou la myrrhe. Le vieillard sembla l'ignorer et planta ses yeux perçants dans le regard du jeune homme qu'il sonda comme le loup avait fouillé les chairs du père Euripide. Après un long silence, il dit enfin en se levant péniblement :

– Viens, allons nourrir les filles.

Carolange, comme si elle avait voulu prévenir un geste qui aurait été dangereux, s'avança sans mot dire et, avec sa grâce naturelle, barra de sa silhouette la route de son oncle.

– Ne t'inquiète pas, dit celui-ci, je serai prudent, je sais trop ce qu'elles valent.

Elle hésita un instant, puis s'écarta. Le vieux saisit sa canne et, s'appuyant dessus de son corps élancé, emprunta lentement la galerie en ne marmonnant qu'un « oui…oui… » aux chicotements plaintifs des bêtes. Qui savait depuis combien de mois, voire d'années, elles étaient enfermées là ? Adelphe fut attiré par la martre sibérienne et le sconse d'Amérique. Les deux animaux posèrent sur lui un regard si éteint qu'il ne put s'empêcher d'en avoir mal au cœur.

Au bout la porte du manège s'ouvrit ; le vieillard, qui ne cachait pas où s'en trouvait la clef, montra le premier signe d'enthousiasme de sa journée. Il n'entra pourtant pas, attendit d'y voir à l'intérieur et interdit à Adelphe de faire un pas de plus derrière lui.

– Reste là. Même recule. Je ne veux pas que tu les voies.

Adelphe recula, autant pour obéir que parce qu'une odeur forte, bestiale, presque irrespirable venait de s'échapper de derrière la porte. Griseldan l'avait mené nourrir des bêtes qu'il lui interdisait paradoxalement de découvrir comme s'il voulait susciter sa seule envie en l'approchant d'un trésor dont il ne pourrait profiter. Au fond, ses trois filles restaient tapies dans un noir total. Trois femelles d'une espèce inconnue, arrachées à leur mère, qu'il avait rapportées dix ans plus tôt des forêts de Tasmanie. Adelphe ni personne ne les avait jamais vues et, pour cela, elles étaient sa merveille à lui seul qui veillait sur elles avec des jalousies d'inventeur farouche en les maintenant enfermées dans l'obscurité. C'était envers elles qu'allait toute son affection ; il les visitait plusieurs fois par jour, se plaisait à les lâcher dans le parc du château certaines nuits quand il n'y avait personne pour les surprendre parce que ses vorantes étaient des bêtes craintives qui abhorraient la lumière du jour.

Leurs yeux rougeoyaient en l'absence de lumière, on entendait leur couinement. Il les appela et leurs ombres se levèrent. Adelphe se haussa discrètement sur la pointe des pieds. Elles s'approchèrent, une à une, d'une démarche raide et maladroite, quand, d'un seul ordre, Griseldan les fit s'arrêter à une distance suffisante pour empêcher le jeune homme de les discerner davantage.

– Celle-là, c'est Clôthô... Regarde ses oreilles; vois comme elle me renifle à dix mètres, toujours méfiante. Et celle-ci, au contraire, la gentille beige au ventre crème, comme elle me flatterait la main si elle venait! C'est Lachésia, tout l'inverse de sa sœur... Et la petite qui jappe ici, c'est ma braque, ma gourmande d'Atropé dont l'estomac n'égale que la mâchoire démesurée.

Mais Adelphe ne voyait rien, étant trop loin, ne désobéissant pas à l'interdiction d'avancer et n'ayant pas même une bougie pour éclairer le noir du manège. Il regardait Carolange qui n'approchait jamais des bêtes mais ne manquait rien non plus de la scène quand Griseldan tira d'un bac des morceaux de viande sèche qu'il jeta à l'aveugle. Il profita de ce moment agréable au vieux pour l'entretenir de la mort d'Euripide, sans s'étendre sur la médiocrité de sa prestation ni préciser qu'on l'y avait fait venir parce que le comte ne se déplaçait plus et que, n'osant mander sa nièce, on avait espéré ses lumières par l'esprit interposé d'un des rares privilégiés à être accueilli sous son toit.

– Quel a été le verdict? demanda Griseldan.

– Ils ont conclu à un loup, un loup enragé. Sinon un couple…

Les bêtes se mirent à grogner. L'enfermement où elles étaient maintenues devait les contrarier. Le vieux referma la porte, posa une fourche et une bêche en travers pour la barricader et l'air tout à coup s'assainit.

– Un loup… Bien sûr… Et toi ? Toi qui es allé jusqu'en Russie où les loups sont parmi les plus gros du continent, qu'as-tu pensé ? Qu'as-tu dit ? Ton frère aurait su, lui. Eh bien ?

– Je… Je ne…, hésita Adelphe que la comparaison avec son frère blessait profondément.

– Toi, tu n'as rien dit, évidemment ! Qu'as-tu donc vu quand tu étais là-bas ? Tu ne leur as pas rappelé que si le loup tue, c'est parce que l'homme tue tout autant, qu'il fait même bien pire avec ses foutues guerres, ses machines, ses poisons et que pour cela il ne mérite pas de vivre ? Ces ignares diabolisent le loup en oubliant qu'ailleurs on l'admire pour sa force à la chasse. Ils disent que le loup prend plaisir à tuer. Mais nous ? Nous ne nous plaisons pas à massacrer, violer, détruire ? À bien les considérer, grand Dieu, le loup et toutes les créatures qui agissent comme lui ne font que purger la nature de son plus funeste danger : l'homme. L'homme qui a besoin de se chercher des démons pour ne pas s'avouer que le pire prédateur, c'est lui ! Ça, je l'ai compris il y a quinze ans déjà à l'autre bout des mers et tu aurais dû l'entendre toi aussi, en Russie…

Et il partit pour une heure d'imprécation contre l'humanité qu'il conclut enfin par une sentence, selon sa manière propre de clore un entretien :

– Seul le fat est importun : l'honnête homme sent s'il ennuie et disparaît s'il est de trop.

Adelphe comprit, obéit, partit. Durant tout le temps passé à l'écouter, il n'avait osé lui rappeler qu'il n'avait pas même été en Russie mais s'était arrêté à la province voisine de Prusse-Orientale.

Il ne quitta cependant pas tout de suite Férale. Il avait promis à Carolange de rester avec elle, et Griseldan n'avait pas réussi à le dégoûter de l'amitié qu'un être humain peut porter à ses semblables.

Avant l'heure du thé, avant surtout que le jour ne commençât à décliner, ils cédèrent à l'envie de se promener dans le parc du château. Dès qu'ils furent dehors, Carolange lui demanda, en lui prenant le bras, de lui parler encore d'animaux. Elle aimait la nature et n'était jamais lasse de l'écouter l'évoquer parce qu'elle lui trouvait une façon si vivante, si plaisante, si différente de le faire que cela la divertissait de son ennui à vivre ici. Mais rapidement elle orienta la discussion en le pressant de lui répéter les conclusions de la mort du père Euripide et de ne rien lui cacher au prétexte qu'elle était une femme. Elle voulait s'en faire une idée.

– Promettez-moi que la prochaine fois, vous viendrez m'en avertir. Mieux : vous m'emmènerez voir, n'est-ce pas ? Je n'ai pas peur, figurez-vous !

Elle savait monter à cheval comme elle savait nager, pêcher, peut-être même tirer au fusil de chasse, et il se disait que tant d'audace et de liberté était normal car elle incarnait à ses yeux ce qui rendait la vie radieuse. Il retint sa demande, se promit d'y accéder quand l'occasion se présenterait. Ils marchèrent ainsi avec insouciance, comme si une trouée de lumière les accompagnait et que leur joie d'être ensemble chassait les nuages. Puis elle tenta de faire porter la conversation sur les événements de la ville. Les arts, la mode, la politique, les bals, les visites officielles ! Elle en était si éloignée, ici, sans compagnie ! Mais Adelphe s'intéressait peu à tout cela et répondit qu'il ne se passait rien à Orléans qui valût de troubler leur bonheur présent. Elle en sembla frustrée avant d'effacer cette impression d'un battement aérien de ses cils.

Bientôt ils atteignirent le vieux mur éboulé au fond du parc ; ils étaient seuls, comme isolés à la frontière de l'univers ; elle voulut pousser jusqu'à un coteau qui surplombait la Loire et d'où la vue était agréable, même par ces jours de brouillard, et elle s'amusa, en riant, à franchir les grosses pierres pour gagner un petit chemin extérieur. C'était déjà le crépuscule, des corbeaux jetaient dans le ciel leur criaillement triste, mais elle serait allée jusqu'à Meung si elle avait pu.

Soudain elle s'arrêta net, rattrapa le bras d'Adelphe en le tirant vivement par la manche. À vingt pas devant eux, une ombre fantomatique était apparue, comme sortie des brumes, la tête cachée d'un voile et enveloppée d'une lourde mante noire. Il n'y eut plus un bruit, plus un froissement d'herbe, plus un crissement de cailloux ; ce fut comme si la nature retenait son souffle à cette évanescence. La silhouette sembla flotter, passa sans même leur accorder un regard. Les cheveux étaient d'un roux ardent où l'on aurait eu peur de plonger la main sans se brûler ; la peau blanche était, elle, quasi spectrale. Carolange fut prise d'un immense frisson qui paralysa ses membres et ne la laissa que murmurer, la voix coincée par la peur :

– C'est elle ! C'est elle ! La Rousselaine ! La veuve du bourreau ! La Six-Doigts !

C'était elle, la Rousselaine, que tout le pays craignait.

Tout à coup cette femme s'arrête, les regarde, laissant voir seulement un visage pâle et figé comme un masque de cire, et elle pousse un cri, un cri strident, macabre, à réveiller les morts du cimetière avant de disparaître dans les brouillards dont elle a surgi. Adelphe demeure un instant saisi, se tourne vers Carolange qu'il voit chanceler et qu'il doit rattraper avant qu'elle ne tombe évanouie.

Il eut encore la force de la reconduire au château en la portant dans ses bras, comme un héros de roman qu'il savait ne pas être.

II

On comptait dans Orléans une centaine de filles publiques, des grisettes qui racolaient en pleine rue à de rares courtisanes dont l'existence n'avait rien à envier aux femmes galantes de Paris. Les plus nombreuses étaient les clandestines, travailleuses d'ateliers ou des champs qu'on retrouvait aux troquets quand elles ne trimaient pas, et leur foule remplissait les cabarets dont certains faisaient la réputation de la cité jusqu'à Bourges, Chartres ou Tours.

Les soldats s'y rendaient pour tromper l'ennui en tirant leur plaisir ; la plupart y contractaient des dettes lorsque leur solde n'y suffisait plus. Les sans-grades allaient chez Ma Tante, chez Beuglard ou au Petit Bacchus ; c'étaient au mieux des tavernes, des marchands de vin, des tripots de rogomistes, au pire des taudis louches qui ouvraient leurs portes à ceux qui voulaient s'encanailler. Une guenon adroite à porter les chopines vous accueillait chez Jondrette ; un cul-de-jatte dansait une carmagnole impossible au milieu de la salle du Bon Boiteux. Les officiers, eux, allaient chez Madame François ou chez Dona Lucrezia au Palazzo di Sabbia, où ils retrouvaient les grands bourgeois et les aristocrates. Situées de chaque côté d'une place attenante à la rue Motte-Sans-Gain, ces deux institutions se reconnaissaient l'une à une sorte de faible lumignon rouge, l'autre à une lanterne vénitienne dont la lueur obscure semblait d'autant plus merveilleuse que le verre passait pour provenir de l'île de Murano.

Le personnel, les ambiances, la clientèle y étaient radicalement opposés. Madame François était une tenancière bien française, aussi gouailleuse que ronde en chair. Avec ses colombages et sa vigne, son bordel avait des allures de manoir solognot où les filles, d'anciennes chanteuses de café, couchaient joyeusement avant de proposer un cruchon de bière ou un morceau de fromage à leur sigisbée d'un soir. Lucrezia, au contraire, était une femme mystérieuse qu'on disait originaire de Florence ou de Gênes, une haute brune froidement autoritaire avec ses courtisanes comme avec ses clients et qui employait des Juives, des Lusitaniennes, des Grecques, des Mauresses au regard assassin et au corps exotique. Sa façade était d'ocre, ses salons avaient des réminiscences de palais italiens où les hommes couchaient avec le frisson de ne pas savoir s'ils survivraient à la nuit.

Le premier établissement était connu pour les tendances libérales de ses habitués par opposition au second plus royaliste que les antichambres du comte d'Artois. Les filles de joie ont aussi leur politique et, dans certaines villes de province, celle-ci s'est parfois résumée à deux lupanars qui se faisaient face de part et d'autre d'une place. À Orléans, il s'agissait à peine d'une place, presque un renfoncement et, s'il demeurait étonnant que deux maisons antagoniques aient trouvé à s'implanter dans cet espace si restreint, on eût juré que c'était pour mieux se surveiller. Sur les lits de Lucrezia, les courtisanes écoutaient d'une oreille intéressée les confidences après l'amour tandis qu'en face, passé le temps des caresses et des soupirs, les boudoirs devenaient le lieu des complots interdits et des chimères de rétablissement de l'Empire ou de la République.

C'est ainsi qu'un vendredi soir de novembre, une poignée d'hommes se trouvaient réunis dans l'un des salons de Madame François, délestés de leur uniforme mais laissant deviner, à l'odeur de cheval qu'ils dégageaient, qu'ils étaient des cavaliers. L'endroit était meublé de gros divans éculés et de chaises rustiques. Une fenêtre encadrée de lourdes tentures n'avait pas ses volets clos et donnait sur la Loire qu'on distinguait à peine sous les brumes en pleine nuit. Il faisait froid dehors, chaud dedans ; de la buée s'était formée sur la vitre comme si le brouillard avait pénétré à l'intérieur.

– Mes amis, dit un homme blond au visage d'éternel jeunet, affalé un verre à la main, voilà la vraie vie ! Faire l'amour à deux femmes, s'exténuer plus encore qu'à Essling et se retirer entre hommes pour boire un bourgogne et causer politique !

Un autre, à la chemise marquée d'auréoles de transpiration, lui frappa gentiment l'épaule avant de s'assoir près de lui en se laissant gagner par la jovialité de son compagnon :

– Tu n'es pas raisonnable, Vitebsk. Tu sais bien que ce mot de politique ouvre les oreilles des femmes et les yeux des portraits en tableaux.

De fait, des femmes girondes et dénudées, à l'apparence de Phryné paysannes, venaient vers eux remplir leur verre, proposaient de goûter ensemble un même fruit, passaient les bras autour de leur nuque pour les entraîner vers de nouveaux divertissements. Les hommes prenaient le verre, croquaient le fruit, mais éconduisaient gentiment ces louves grasses à la peau blanche. Ils éprouvaient l'envie de se reposer et de profiter d'une société masculine exclusive.

– Eh, que crois-tu ? reprit Vitebsk en se dégageant d'une caresse. Que Nina et Nani qui posaient à l'instant leurs frisotis sur mon coussin s'intéressent à ce que je pense, devinent ce que je tais ? Elles s'en moquent éperdument, elles n'ont de curiosité que pour leur plaisir ! Puis je ne fais pas mystère de mes opinions. Là, c'est dit. Même aux Tuileries, ils les connaissent, et il pourrait y avoir des espionnes derrière ces murs que je m'en ficherais éperdument. Mais écoutez plutôt cela, mes amis : je l'ai intitulé « La Bacchante » et dédié à celle des deux qui sans arrêt parle et rit et me servira un café fort lorsque je franchirai la porte aussi ivre de vin que d'amour tout à l'heure.

Il avait des talents d'écriture pour la chansonnette ou la brochure ; il aurait pu être publiciste s'il n'avait été soldat. Il déclama tout à coup quelque chose d'à moitié composé, à moitié improvisé :

– Elle parle à tout va, cela ne la dérange,
elle a bu sept-et-trois cafés noirs très brûlants
et la sage féline aux silencieux élans
laisse entendre soudain son miaulement étrange.

Il y eut chez les autres une vague approbation, suffisante pour l'encourager à continuer :

– Elle a strié de brun ses roses lèvres d'ange

où l'énervement fait le dessin élégant
d'un beau pampre exprimé dans l'ivresse pendant
que sa tasse donnait la joyeuse vendange.

Effet de l'alcool, du tabac, du plaisir, il semblait en veine ce soir et les autres ne savaient s'ils devaient rire ou s'agacer. Mais lui, emporté par sa déclamation, se leva et se mit à chantonner :

– Oui,
sa voix module en moi les accents inouïs
des appétits lascifs et des soifs animales
d'un faune pour la femme offerte en bacchanales ;
et sa bouche est un temple où je me réjouis
de goûter au mystère échevelé modèle
des ménades dansant leur transe rituelle !

Tambourinade de talons ; « joli ! », « il est en verve, le beau blond ! » Mais :

– Assez, trancha une voix grave. Assez de liqueurs, de vins, de chansons. Ça suffit. Vous autres, commencez par fermer cette porte, tirez ces rideaux, congédiez ces garces et vérifiez les cloisons. Tu n'es pas raisonnable, Vitebsk, mais tu as raison sur un point : nous avons à parler.

On frappa des mains pour intimer aux filles de partir et, dans la foulée, tous s'exécutèrent en fermant la porte, en tirant volets et rideaux, en vérifiant que les soldats de planton étaient à leur poste dehors et en rapprochant les sièges pour s'écouter à voix basse. Il y eut soudain un contraste étonnant entre la tenue débraillée de chacun et le sérieux retrouvé. Des six hommes il y avait Smolensk, reconnaissable à sa jambe de bois et son bandeau à l'œil parce qu'il avait contribué à l'héroïque résistance aux cosaques l'hiver précédent; Minsk et Vilna qui s'étaient fait une spécialité d'affronter les royalistes de la ville en duel; l'élégant Vitebsk dont le libertinage était légendaire et qui se piquait de poésie égrillarde; Borissov, médecin de régiment, qui, par sa carrure pataude et son poitrail velu, prenait des allures d'ours dressé pour ne rien casser près de lui; enfin, Moscou, un grand féroce au visage creusé, aux cheveux roux en brosse, aux yeux chafouins. C'était lui qui avait donné ses ordres sans bouger, impassible à la blague, à la débauche, à l'amitié entre hommes, qui avait conservé un semblant d'habit et surtout de médailles, qui faisait manifestement office de chef et commandait en conséquence. Les noms qu'ils se donnaient étaient ceux de villes de Russie car ils étaient tous des anciens de 1812. Avoir participé à cette campagne des plus dures leur semblait un gage de courage et de loyauté à la nation.

– L'occasion que nous attendons va bientôt se présenter, commença Moscou.

Sans être contestée, sa parole fut accueillie avec un mélange d'hésitation et d'impatience. Vitebsk s'était mis en retrait, déjà fatigué de la conversation; il avalait un nouveau verre pris sur une table mais se le fit retirer sèchement des lèvres:

– L'occasion va bientôt se présenter, répéta Moscou, je le sens. Nos projets vont se préciser.

– Il serait temps, dit Borissov en se tirant la moustache qu'il avait toujours gardée alors même que l'empereur n'appréciait pas la pilosité des officiers. Quand je regarde l'état du pays depuis trois mois, je ne vois que larmoiements de curés et dégoûteries d'aristos. Il ne se passe rien si ce n'est une partie de reversi entre diables ou l'attaque d'un fauve sur un péquenaud de la Beauce.

– Un fauve ? demanda Vitebsk qui semblait vouloir se rattraper en s'attachant au sujet.

– Un loup, répondit Minsk, on en a tous entendu parler. C'était il y a dix jours. Il n'y a bien que toi pour t'étonner, mais il est vrai que ce sont davantage les louves en chaleur qui t'intéressent.

– Ah, çà, poursuivit Borissov, on en a même fait un mystère ! Parce qu'on n'aime rien tant que ce qu'on ne comprend pas ! Mais moi, je peux tout vous dire de ce loup puisque j'y étais. Je reconnais qu'elle était costaude, la bestiole, un vrai monstre capable de terrifier tout le pays.

– Terrifier le pays ? demanda encore Vitebsk qui s'intéressait peu à peu comme pris d'une vague intuition.

– Oui, mais ça reste une bête comme une autre. On ne l'a pas revue ? Quelle énigme ! On oublie qu'elle marche. Même beaucoup si l'on en croit les moujiks de Russie qui disent qu'un loup, ça se nourrit avec les pieds. On n'a pas trouvé d'autres traces ? Allons bon ! C'est qu'elle a vagabondé en une nuit à se retrouver du côté de Gien ou Vendôme. On n'a pas entendu parler d'autres attaques ? Mais c'est qu'elle a crevé le lendemain parce qu'elle avait sans doute la rage et on retrouvera un de ces jours sa dépouille dans un bois. Pendant ce temps, le monde va son chemin, toujours aussi ennuyeux. Tiens !, il paraît que Tassin de la Renardière est mort l'autre jour ; il avait quatre-vingt-cinq ans. La bonne affaire !

Borissov venait d'évoquer l'énigme qui entourait la mort du père Euripide et qui, selon lui, trompait mollement l'ennui général. Si l'on avait bien conclu à un ou plusieurs loups impressionnants, on n'avait trouvé aucune autre trace d'un tel prédateur dans les environs les jours suivants. Il n'en avait pas fallu plus pour susciter l'inquiétude et commencer de parler de bête au malin car il est connu que les chansonniers chantent aussi pour le diable qui parfois vient les chercher quand la chanson ne lui plaît pas ou lui plaît trop.

– Un loup…, murmura Vitesbk comme s'il se parlait à lui-même.

– Pas le temps de s'effaroucher des bêtes qui rôdent ou des vieux qui crèvent : fais-en une complainte si tu veux puisque tu es si doué pour les vers ! Messieurs, ne nous dispersons pas !

Moscou était excédé. Cette fois, Vitebsk se tut pour de bon et Vilna dit à son tour :

– L'homme de l'art a raison : il ne se passe rien dans cette ville, et si nous en restons à nous moquer des messes de Madame Royale ou des réceptions de Monsieur, nos discussions ressembleront à ces complots d'enfants espérant une confiture que les adultes jamais ne donneront. Il nous faut passer à la vitesse supérieure. Quelle est cette occasion dont tu nous parles ?

– Je ne sais pas encore, déclara Moscou, mais je suis comme vous, je guette les circonstances et je sens que le fruit mûrit. Je veux juste vous dire aujourd'hui patience. Ne désespérez pas de quelques semaines de plus ou de moins. Paris ne s'est pas fait en un jour et les Tarquins n'ont jamais été renversés sur un coup de tête hasardeux. Patience, patience. Il se passera bientôt de grands événements parmi nous.

Ce disant, Moscou prenait un air étrange d'oracle. Tous l'avaient suivi avec gravité et gardèrent le silence. Ce fut Minsk enfin qui soupira :

– Mais pour ça, il faudrait un prétexte ! Un élément déclencheur ! Plus les semaines passent, plus le temps presse pour renverser le gros Louis avachi sur son trône. Si Napoléon ne revient pas, si nul ne bouge, si personne n'emmène nos soldats que l'on sait prêts à nous suivre jusqu'aux Tuileries, comment espérer le rétablissement de l'Empire, le retour des acquis de la République ? Comment ne serait-ce qu'inquiéter un peu les autorités en place pour les ébranler dans leurs certitudes que tout est revenu comme avant 89 ?

Moscou ne répondit pas tout de suite mais se leva. Il fit le tour de la pièce que la fumée des pipes avait transformée en tabagie. Après avoir regardé par l'embrasure du volet où il sembla puiser un avis dans les brumes du soir, il se tourna finalement vers les siens :

– Mes amis, c'est précisément ce à quoi il nous faut réfléchir.

Blottie quelque part dans l'ombre, une femme, de celles qui ont été congédiées, s'applique à tout écouter, l'oreille collée à une fente, pour ne rien en perdre. Auprès d'elle trottent des rats qu'elle tâche d'éloigner en de vifs mouvements de bras silencieux. On ne doit pas la repérer.

En cette fin d'année 1814, la France était en une période de transition, un entre-deux politique où la restauration des rois ne satisfaisait vraiment personne et l'avenir demeurait incertain. Nul ne pouvait prédire si les futurs événements conduiraient à l'affermissement du nouveau régime ou à l'éclatement d'énièmes troubles qui le feraient sombrer à ses premières épreuves.

Face au déferlement des armées étrangères, Napoléon avait été contraint de renoncer au pouvoir six mois plus tôt. Si son abdication s'était d'abord espérée dans l'intérêt de son fils, elle se fit au profit des Bourbons que les alliés avaient oubliés pendant vingt-cinq ans de guerre et qu'ils semblaient redécouvrir faute de mieux. Le comte de Provence, déjà obèse et superficiel, se faisant appeler Louis XVIII depuis 1795, promenant son titre sans sceptre ni terre où régner, monta enfin sur le trône sans s'apercevoir que ce trône était trop petit, trop ridicule, trop près de céder sous sa corpulente illégitimité. Pourtant, du sénateur au paysan, les Français, lassés des guerres et des revers, hantés de ce que les combats se déroulaient désormais sur le territoire national, acceptèrent son avènement. Les militaires suivirent et se rallièrent, qui avaient rossé les rois dans toute l'Europe, fait et défait les monarques et auraient giflé celui-là et confisqué sa couronne mais ne le firent pas, parce qu'ils s'avérèrent à leur tour vaincus par les coalisés autant que poussés par le projet de s'improviser une carrière politique. Dans Paris ensoleillé, pavoisé, jonché de fleurs, on arbora la cocarde blanche aux chapeaux et aux coiffes quand le roi y fit son entrée au mois de mai.

Néanmoins, on comprit vite que non seulement les Bourbons entendaient gérer la France comme si la Révolution n'avait été qu'un cauchemar passager, mais qu'en plus ils le feraient médiocrement, sans programme politique, sans connaissance effective des problèmes du royaume pour en avoir été absents un quart de siècle. Si Paris avait semblé accueillir par sa liesse printanière le cortège royal, beaucoup s'étaient en réalité rendu compte de la supercherie que les semaines suivantes ne firent que mettre en lumière. Le roi déçut, jusque dans ses bras de fer avec les Chambres ou les alliés que chaque fois il gagna mollement à coups de vagues promesses et de petites compromissions. La plupart en furent fatalistes en se disant qu'on n'y pouvait rien ; d'autres retrouvèrent la haine qu'ils avaient temporairement oubliée pour cette famille de mauvais mesquins qui ne leur opposa que la morgue extraordinaire dont elle était capable.

La Charte rassura bien un peu, mais cette constitution réclamée par la nation n'avait été concédée que du bout des doigts, et ses principes resteraient fragiles tout en affaiblissant la couronne à laquelle elle ne conférait aucun éclat. L'opinion ne s'étonna pas d'apprendre dès l'été le rétablissement partiel de la censure ou la restitution des biens nationaux à leurs anciens propriétaires.

– De vieilles perruques s'entêtent au sommet de l'État.

– Ce gouvernement n'a aucune prestance.

– L'armée est vexée que Dupont soit encore ministre de la Guerre. Le vaincu de Baylen !

– Surtout le traité de Paris, présenté comme un succès par ces jean-foutre, achève de nous humilier. Le pays sera si mal défendu, réduit à rien militairement !

– Les autres puissances doivent bien rire : pauvre France à genoux vassalisée par son propre roi qui ne voit même pas qu'il est faible comme on veut qu'il le soit à Londres, Vienne ou Berlin !

Devant cette situation, chacun y alla de sa contestation et la partagea dans l'intimité de cercles plus ou moins restreints. Dès le mois de mai, des caricatures circulèrent ; des salons en vibrèrent ; des cabaleurs épandirent partout leur venin. Certains versèrent dans des projets de complot, sans toutefois les pousser à leur terme, mais comme on attend qu'un fruit mûrisse avant de le faire chuter. Des politiques s'y risquèrent avec une prudence matoise, des soldats avec un enthousiasme combatif dont il ne fallait guère s'étonner pour des héros habitués à conquérir le monde. Il y eut ainsi, dans le Nord, le complot de Drouet d'Erlon, de Lefebvre-Desnouettes et des frères Lallemand, en Gironde, les agissements des Faucher, à Paris, les intrigues du café Lamblin. À Orléans, ce fut le groupe des Six.

Si l'ordonnance du mois de juin sur l'obligation du repos dominical les avait laissés indifférents, les états-majors n'avaient pas digéré celles relatives à l'armée, pas plus que le licenciement de trois cent mille hommes et le traitement de misère accordé aux officiers renvoyés dans leur foyer. Ces demi-soldes, comme on appelait les soldats limogés, réduits à l'oisiveté et condamnés à ruminer leur hargne en silence, se mirent à vouer la monarchie aux gémonies, à rêver du retour de Napoléon, à solliciter l'empathie de leurs pairs. Quoique les Six d'Orléans ne fussent pas directement concernés par ces retraites anticipées, ils se sentirent solidaires parce qu'ils avaient tous en commun l'amour de l'épée : ce fut le début de leur association. Eux-mêmes, en province, jugeaient qu'on démantelait l'armée :

– Voilà qu'on y réintègre des anciens de Condé, grognait Smolensk. Des Vendéens aussi.

– Ou pire, ceux qui ont combattu contre nous sous un uniforme étranger !

La réduction du budget de la Légion d'honneur accrut leur déception, l'adoption du drapeau blanc nourrit leur colère : le mot de trahison fut bientôt sur toutes les lèvres. Le reste, le maintien des impôts, l'augmentation du traitement des prêtres, la réfection du château de Versailles, le retour de l'ancienne étiquette, même les processions solennelles de la Fête-Dieu ou les messes expiatoires à l'intention de Louis XVI, les choqua secondairement et ils le virent davantage comme un moyen d'attiser l'exaspération populaire et de travailler à un hypothétique renversement de la monarchie mort-née que comme une réelle offense qui les eût concernés.

Les hommes réunis chez Madame François formaient donc ce qu'ils appelaient eux-mêmes le groupe des Six, la coterie d'Orléans, une réunion de soldats entre le club de discussion tel qu'on en avait connu à la Révolution et le quarteron de conjurés comme l'histoire en regorgeait. Ils n'étaient pas les plus gradés ni les plus titrés de leurs régiments, mais ils se faisaient fort d'être écoutés de la troupe pour leur vaillance avérée et leur force de conviction. Tous capitaines, ils avaient combattu parfois dix ou quinze ans, s'étaient illustrés sur les champs de bataille dont ils avaient tiré des cicatrices à s'en couvrir le corps et qu'ils exhibaient au moindre débat. Pour cette raison, ils ne montraient pas toute la prudence qu'ils eussent dû : ils se croyaient auréolés d'un prestige extraordinaire, persuadés de la médiocrité des agents de surveillance à leur traîne et n'ayant adopté leur nom d'emprunt que pour se donner plus de prestance sans forcément de discrétion. Certes ils se méfiaient de la délation de cette traîtresse de ville, de la meute tracassière, de ces gredins d'honnêtes gens prêts à crier au loup par besoin de se faire voir du nouveau pouvoir en place, mais ils ne s'en troublaient guère dans leur mépris du civil. Et voilà pourquoi ce soir-là, tandis que des rats lui grimpaient aux mollets, celle qui les écoutait à leur insu enregistrait ce qu'ils disaient.

Les Six se réunissaient dans un boudoir de maison close, une ferme à la campagne, un sous-bois où ils s'exerçaient quelquefois au duel et parlaient toujours de prendre la tête de leurs hommes pour marcher sur Paris. S'ériger en ardents objecteurs leur plaisait ; se camper en conspirateurs les flattait plus encore et ils aimaient en jouer le rôle comme en un spectacle audacieux qu'ils se donnaient à eux-mêmes, convaincus qu'ils pourraient influer sur les événements du pays.

– Le Loiret est proche de Paris.

– Notre garnison est nombreuse : le 14ᵉ de ligne, le royal des Lanciers de France, le 1ᵉʳ régiment. Les bataillons et escadrons sont répartis jusqu'à Châteaudun et Chartres. Comptez donc !

– Et des gars vaillants, des braves comme le lieutenant Vérot, le capitaine Chaussier…

– Jubin aussi au café de la Grotte. Il y trinque avec Cunietti qui commande la place.

Le café de la Grotte, chez Madame Dupuy ou l'auberge de l'Épervier : tels étaient les quartiers généraux de l'attente. Orléans, comme d'autres villes, avait ses repaires de mécontents qui n'attendaient que le moment où quelqu'un se déciderait enfin à passer à l'action. Les Six calculaient qu'une révolte bien menée embraserait toute la vallée de la Loire tant l'exaspération était grande, et, de là, gagnerait l'ouest jusqu'à Nantes et le sud par le Rhône parce que le peuple les suivrait en fraternisant avec eux. Ils ne misaient pas sur un complot rapide qui eût attaqué directement les instances du pouvoir comme celui de Malet, mais rêvaient d'un grand soulèvement populaire qui aurait dressé la province contre la capitale, se serait élevé comme un immense brasier et aurait témoigné du souffle dont la nation était encore capable. Ne restait qu'à en créer les conditions propices ; pour cela ils cherchaient le moyen le plus sûr de gagner le peuple à leur cause.

Les uns concevaient le complot comme une entreprise réaliste, devant aboutir à une action concrète et efficace ; les autres s'y engageaient par désespoir, ennui ou rêverie. Chacun avait son avis sur l'état de la France et sa vision de ce qu'il fallait faire pour y remédier. Smolensk, Minsk et Vilna croyaient à la légitimité de l'empereur qu'ils adoraient comme un dieu et considéraient comme le grand homme surnaturel, le plus génial commandant que l'histoire s'était épuisée à produire ; ils espéraient son retour d'Elbe, parlaient parfois du roi de Rome, estimaient que la patrie était en danger, mais moins par le hasard des armes que par la sape du politique ; ils n'étaient pas opposés à l'idée que le souverain fût plus puissant que les Chambres à la condition qu'il fût un homme fort, providentiel, non un fantoche en fauteuil. Vitebsk était un modéré : il souhaitait la réaffirmation des idéaux de 89 dans une constitution plus sincère que la Charte obtenue, invoquant l'égalité civile, la liberté, le droit inaliénable à la propriété, sans refuser non plus l'éventualité de les concilier avec l'empereur s'il était celui qui incarnait le mieux la nation. Moscou, leur meneur, était, lui, un enragé qui rejetait plus qu'il ne proposait, voulait tout détruire et refusait la vieille mystique royaliste ; anticlérical et antibourbonien jusqu'au bout des ongles, il exécrait l'orpheline du Temple et le podagre de Hartwell, s'ulcérait à l'évocation d'un souverain de droit divin et, n'escomptant ni la paix ni la concorde retrouvée, ne supportant pas d'entendre le mot de prince, mû par un besoin de violence et de sang, il aurait plutôt accepté un doge, un sultan, un satrape pourvu qu'on ne considérât sa personne comme sacrée et qu'on pût de nouveau lui couper la tête au besoin. Quant à Borissov, lui seul savait ce qu'il voulait ; jamais il ne formulait clairement ses pensées, mais il écoutait les autres exposer les leurs avec attention.

– Les esprits s'ennuient, les hommes s'empâtent comme ce gros cochon de XVIII, poursuivit Smolensk qui brûlait d'en découdre. Il faut que les choses bougent !

Il tapa de sa jambe de bois mais cela ne les effraya pas car ils en avaient l'habitude et ne craignaient pas de se faire remarquer tant la maison de Madame François était joyeuse et bruyante. La plus grande discrétion est celle du vacarme des soirées arrosées. Des rires et des gémissements provenaient d'autres salons parfois remplis de deux, trois, quatre clients à la fois dont ils avaient pris soin de vérifier l'identité. Dans son coin, l'espionne qui les écoutait se laissait mordiller le bout des doigts par un rat plus goulu que les autres en s'efforçant de ne pas hurler. Sa cache en était infestée ; l'année d'avant, à l'arrivée des cosaques, on y avait caché des vivres et les rongeurs ont la mémoire tenace.

Chacun des Six en était à espérer une solution qui ne venait pas. Vitebsk plus que les autres semblait pris dans une réflexion qui ne lui ressemblait guère. Moscou regardait toujours à travers les persiennes. Dehors, les deux soldats drapés dans leur lourd manteau d'ombre attendaient, pour l'un à la porte du bordel, pour l'autre au bout de la place, et il chercha rapidement le troisième chargé de surveiller les rues adjacentes, un dénommé Fabre dont il avait commencé à se méfier car il le trouvait changé ces derniers temps. Les rues étaient mornes, submergées de brumes qui faisaient disparaître les angles des murs jusqu'au sommet des toitures ; même les six étages aux trois cents fenêtres et la cheminée de la pompe à feu de la filature de coton voisine ne se distinguaient pas. Fabre, la sentinelle dont on apercevait au loin la silhouette bicornée, arpentait les rues d'un pas monotone, les membres comme rouillés par toute cette humidité qui tombait de très haut.

– Soyons réalistes, reprit Vilna : tout seuls, même suivis des meilleurs de nos hommes, nous n'y arriverons pas. Pour bousculer ces bourbeux de Bourbons, le peuple doit être avec nous. Le peuple ! Il n'y a que lui pour assoir la légitimité d'un pouvoir et nous ne voulons pas d'une aventure dont le peuple serait absent. Il faut qu'il marche avec nous, en foule, le jour où nous bougerons.

– Ce dont il n'est pas près ! éclata Smolensk en retapant violemment du bois de sa jambe. Il a trop soupé ses déculottées d'hiver et ses misères de printemps !

Mais tout à coup il y eut un gros bruit, comme si le cri du soldat avait surpris un intrus au-dehors. Minsk se leva d'un bond, la main sur le poignard qu'il cachait à sa ceinture. En silence, il sortit dans le couloir, s'approcha de la porte de droite, l'ouvrit : rien. Il fit de même avec celle de gauche : la chambre était vide également. Au fond, très loin, s'entendaient les rires d'un groupe d'hommes qui s'était réuni pour bambocher et le remue-ménage d'un lit qui grince, de meubles qu'on pousse, de corps qui se vautrent. Mais il entendit de nouveau le bruit, tout près, qu'il reconnut cette fois. Un roucoulement. Alors il n'eut guère de doute. C'était la belle Nana qui fricotait avec un client dans l'alcôve d'en face, et il sourit car la belle Nana était diablement redoutable à ce jeu. Il fit signe aux siens que tout allait bien. Après avoir revérifié les fenêtres, ils se rassirent et parlèrent plus bas. Il était temps d'écourter pour éviter le danger.

– C'est vrai, reprit Moscou, le peuple n'est pas près de nous suivre. Mais le peuple aussi s'éduque et la nation se laisse toujours guider vers ce qui est bon pour elle.

– Mais pour cela encore faut-il lui en faire prendre conscience et c'est bien difficile. Le peuple s'éduque certes, mais les sots qui le composent sont trop souvent aveugles sur leur intérêt.

– Pas si on l'effraie, pas si on agite l'épouvantail de ses cauchemars. Il est toujours moins malaisé de persuader de ce qui est mauvais que de convaincre de ce qui est bon.

– Reste donc à trouver quel est le cauchemar viscéral qui le prendrait aux tripes…

– Moi, j'ai une proposition. Je connais peut-être un moyen. Écoutez-moi.

C'était Vitebsk qui venait d'élever la voix et d'imposer un silence étonné à ses camarades.

Tapie dans la soupente au-dessus qu'ils n'ont pas vérifiée, immobile au plancher, le cœur palpitant d'avoir failli être découverte et le doigt saignant de la morsure du rat qu'elle vient d'écraser avec une brique, la grande Ninon s'applique alors à écouter son idée audacieuse. De toutes les créatures du bordel, qui se ressemblent jusqu'à leur nom qu'on crie de plaisir, elle est celle qu'ils soupçonneraient le moins.

Cependant, dehors tout est calme. Les soldats de faction ne bougent pas. Comme Moscou vient de s'en assurer, l'un est assis sur un banc devant la porte de Madame François, l'autre appuyé contre un arbre au bout de la place, tous deux enveloppés de leur capote dont le gris les rend invisibles en leur donnant l'apparence de statues. C'est Goujard et Lanteau : celui-ci fume, celui-là débouche une fiasque achetée à un marchand de liqueurs. Ils ne se parlent pas, ne bougent pas, ne semblent pas se connaître ni jamais s'être vus. Serrant leur arme cachée contre eux, réfléchissant confusément à tout, à rien au fur et à mesure des heures, ils ouvrent un œil fatigué et parfois s'assoupissent.

Les heures s'égrènent, lourdes, répétitives comme le peu de mots qui leur viennent en tête. Ils sont les sans gloire, ils sont les oubliés de leurs chefs qui ne leur ont même pas attribué une ville, un village comme surnom de conspirateurs tant leur rôle dans l'histoire n'a pas d'importance. Savent-ils au moins de quoi l'on cause là-haut ? Les lueurs rouges des lanternes leur éclairent la moitié du visage et laissent l'autre dans l'ombre. De temps en temps, ils se surprennent à regarder vers les volets fermés et songent au cabaret de Jondrette, au bistrot du Boiteux qui les appelle, à la bibine et la banban dont ils regrettent les plaisirs qu'ils n'auront pas ce soir. Parfois une écharpe de brouillard les surprend, les étreint, semble vouloir les étrangler. Ils se souviennent alors des brumes fatales d'Austerlitz ou Iéna qui ont coûté la vie à tant d'hommes et, se passant les doigts sous leur gorge pour écarter le col de leur peau, ils se demandent quand donc cette satanée brouée finira.

Autour d'eux, les rues sont désertes et obscures. On est quelque part sous le quartier Saint-Euverte où les vieux murs de l'enceinte effondrée abritent des oiseaux de ténèbres qui remplissent l'air de leurs hululements. Il est maintenant une ou deux heures du matin et, dans une ville comme Orléans, tout est calme après minuit. Il n'y a personne; plus aucun habitué ne viendra dans un bousin ou dans l'autre, et peu d'hommes en sortiront avant le jour car ce sont des maisons où l'on passe ordinairement la nuit. Même les espionnes préfèrent remettre à demain les révélations qu'elles ont soutirées dans les soupirs de l'amour et les commissaires de police dorment à poings fermés. Tout est calme. Les deux soldats s'ennuient en se répétant les mêmes mots confus, en serrant contre eux la lame de leur poignard et la bouche de leur pistolet qui seront leur unique maîtresse ce soir. Goujard et Lanteau rêvent des baisers de Bichette ou de Béline à l'abreuvoir des soldats.

Il y a les deux factionnaires sur place et Fabre qui déambule dans les rues avec pour tâche de prévenir si quelque chose d'anormal survient. C'est celui que Moscou tout à l'heure a reconnu au bicorne vissé sur sa tête. C'est celui dont il se méfie désormais parce qu'il ne le trouve plus tout à fait le même. C'est pourtant celui qui est encore chargé de repérer une descente de police ou la présence trop insistante de curieux. L'homme à l'œil d'or comme on l'appelle s'ennuie aussi, mais ne peut somnoler car il doit marcher toute la nuit. Sa marche s'apparente à une mécanique répétitive, de plus en plus absurde à mesure que le temps passe et que les pas alternent l'un devant l'autre. Il s'enfonce dans une étrange torpeur.

Depuis tout à l'heure, il monte et descend les rues en se parlant. Oui, Fabre, il faut tenir, ce sont les ordres. Les heures s'écoulent, lentement. Le guetteur fait parfois un détour pour ne pas attirer l'attention d'éventuels insomniaques aux fenêtres. Dans les nappes de brume, il disparaît pour mieux réapparaître au croisement. La brouillasse rend service. Mais il n'y a personne pour s'étonner de sa présence. Personne sur les débris des fortifications entreprises à l'hiver et depuis démontées. Personne vers la porte Bourgogne ou le champ Saint-Euverte. Personne dans les rues Coquille, de l'Égout jusqu'à la rue aux Loups. Personne sur la Loire où il descend pour uriner. Derrière se profile l'ombre inquiétante de la filature avec ses six étages, ses plus de trois cents fenêtres comme autant d'yeux et sa lourde cheminée. Devant, vide de bateaux, gonflée de brumes et grosse de ses flots, l'eau paraît monstrueuse ; le faîte des arbres s'y engloutit de bruine et le sol des îles est plongé sous sa surface. Le port est loin, endormi à cette heure. Allons, Fabre, il faut tenir, même pour pisser.

Un homme n'est jamais si pensif que manteau ouvert, chapeau posé, la verge libérée au grand air. Face au courant, Fabre entend la chanson lointaine d'un batelier qu'il ne voit pas, et il a l'impression d'être sur les bords du Styx où Charon viendrait le chercher. De temps en temps des clapotis du fleuve lui rappellent une faune introuvable dont il conjugue le bruit à celui de son urine tombant de la hauteur où il s'est planté pour viser les herbes et les roseaux qui poussent là. À cet endroit, surtout le soir, il n'est pas rare que les gens dérapent dans l'eau, dix pieds plus bas. Certains même, surpris, incapables de se raccrocher, s'y noient.

Il n'y a jamais de vrai silence la nuit. L'homme bâille et divague, sifflote un air goliard entre sa dentition incomplète en songeant aux nixes et aux naïades. Son œil d'or brille tel un fanal dans le noir. Il croit entendre le battement de la ville dans son dos, les échos qu'elle a enregistrés tout le jour et qu'elle garde encore en elle, le claquement des voiles, les vibrations des pierres et des poutres, les mille pas des habitants. Il croit entendre le ruissellement de son urine et le susurrement de l'eau coulant sous ses pieds comme quelque chose qui glisse, rampe et se rapproche. À quoi d'autre songe-t-il ? Que perçoit-il exactement ? Une inquiétude le prend-elle par-delà ses pensées grivoises vagabondes ? Il a fini, il s'en va mais s'aperçoit qu'il a oublié son chapeau sur le pavé et il retourne le chercher en grommelant. Foutu bicorne. Allez, Fabre, allez ! Encore un petit effort.

Une nappe de brume passe, l'enveloppe, s'estompe. Cri étouffé. Mouvement empêché. Rien qu'un lourd fracas dans l'eau inexpliqué. Et Fabre a disparu. Happé par le fleuve. Son chapeau demeure seul sur le quai près d'un anneau d'amarrage.

Dans le paysage, sa capote grise a fini de le rendre invisible.

III

Le lundi suivant, un homme se réveillait au Palazzo di Sabbia où il avait passé la nuit. Comme il avait la tête encore ensommeillée, une voix féminine à l'accent campanien lui murmura :

– Il est temps pour toi de partir, *amante mio*.

Et sans ajouter un mot, la créature qui parlait ainsi se hissa sur le lit pour lui plaquer ses seins dénudés au visage. Il accepta l'offrande que d'aucuns appellent la position de la louve pour sa ressemblance avec la façon dont l'animale tend sa mamelle gorgée de lait quand elle allaite. L'homme en avait l'habitude ; s'éveillant peu à peu, retrouvant la fougue de sa nuit, il lapa le sein, d'abord paresseusement, puis à grands coups de langue, dont il avala bientôt le téton qu'il suçota parce qu'il voulait en tirer un lait nourricier qui n'y était pas mais dont il aurait eu besoin tout le jour et même la semaine. Elle avait la poitrine aussi plantureuse que ferme. Il s'en étouffa presque et elle poussa un gémissement de plaisir à la lui donner.

La chambre était à l'image du rut raffiné de la nuit, plongée dans la pénombre qui rendait la peau mate et ensauvageait exquisément les visages. Le lit, dont la propriétaire des lieux prétendait qu'il avait jadis appartenu aux Borgia, était entièrement défait jusqu'à un traversin jeté contre la porte et des draps enroulés sous la fenêtre. L'atmosphère était brûlante. Des parfums exotiques s'y mêlaient à des odeurs bestiales d'accouplement. Un vin sirupeux scintillait au fond de verres en cristal.

C'était toujours ainsi que se terminait la rencontre du dimanche soir. L'homme avait quitté son foyer pour passer la nuit dans les bras de cette belle Napolitaine aux mains aussi dangereuses que deux poignards collés sur sa peau. Chaque semaine, il la retrouvait, et c'était autant pour les charmes de Carina Bella que pour se remémorer Naples où il avait vécu dans sa jeunesse. Ils évoquaient le Duomo, le Vésuve, les palais que la jeune femme ne connaissait pas pour n'avoir jamais pu y entrer mais qu'elle imaginait plus somptueux encore que celui de Dona Lucrezia. La tenancière leur réservait l'*aurea stanza* et, à moins d'ouvrir les volets pour s'apercevoir qu'ils n'étaient qu'au bord de la Loire qu'un crachin vaporeux recouvrait, ils se croyaient sur les rives du Volturno aux immenses bougainvilliers en fleurs et aux citronniers odorants. Il n'y avait pas à Orléans de lieu plus mystérieux ni dépaysant que celui-ci, si l'on exceptait l'hôtel que le baron de Cléry faisait alors entièrement rénover et dont il interdisait l'entrée aux visiteurs. Et c'était uniquement au souvenir de Capri, d'Ischia et d'autres îles où cet homme aurait aimé vivre seul avec cette femme qu'il en venait ensuite à se confier sur ses douleurs du passé comme ses peines du présent. On a toujours plus besoin qu'on ne le pense de s'épancher après l'amour.

Mais ces plaisirs avaient une fin. Il était temps de partir. Une heure plus tard, l'homme était dehors et retrouvait son front soucieux. Car cet homme était le baron Alexandre-Daniel de Talleyrand, cousin germain du Diable boiteux, du célèbre Talleyrand-Périgord qui réussissait alors le tour de force d'être le maître d'œuvre de la Restauration après avoir été l'artisan de l'Empire. Ce cousin méconnu, ce petit Talleyrand de province était l'ancien maire de Saint-Aubin près d'Orléans, conseiller général du Loiret. Surtout il était le nouveau préfet du département depuis la chute de Napoléon et la destitution de Pieyre, son prédécesseur.

Il venait d'épouser une jeune femme d'à peine seize ans, l'énigmatique Charlotte, dont certains soupçonnaient qu'elle fût la fille illégitime du grand Talleyrand. Lui-même connaissait peu sa femme, n'en savait que ce qu'on avait bien voulu lui en dire, s'était arrêté à la version d'une pauvre orpheline née à Londres de parents inconnus dont le prince de Bénévent eût été seulement le tuteur. Elle lui avait été donnée en mariage l'été précédent, et il n'était pas douteux que la raison de ce mariage avait été de la voir enfin porter ce nom qu'une naissance obscure lui refusait jusque-là. Mon Dieu, que son cousin avait le sens de la race ! Que Charles-Maurice avait l'esprit de famille quand celui-ci tournait à l'avantage de ses projets ! Tout puissant qu'on soit en sa ville, il y a toujours plus puissant à la capitale et, si son cousin était l'homme fort du moment, tout laissait à penser qu'il le serait encore longtemps tant il avait de rouerie sous son pied bot.

À presque quarante ans, Alexandre-Daniel se sentait accablé par le poids d'un nom, manipulé par un homme qui dirigeait les siens d'une main de fer sous des façons amènes et bienveillantes. Car là-dedans, il n'avait été qu'un instrument, un prête-nom en même temps que les bonnes grâces de son cousin expliquaient sa nomination récente de préfet et qu'elles lui ouvriraient peut-être plus tard les portes de la députation, de la pairie, voire d'une charge de plénipotentiaire à l'étranger. L'ambition exige souvent des sacrifices ; il se murmurait qu'il y en avait de bien plus difficiles qu'un mariage arrangé.

Il n'y avait cependant pas eu de lune de miel en sorte qu'il pouvait conclure, quelque six mois après son union, qu'il était et resterait probablement malheureux en ménage. Il en avait gardé une rancune envers le monde et une jalousie envers ceux de son sang, qui le poussaient dans ses fonctions à se montrer le plus madré possible quitte à se convaincre lui-même de qualités de ruse qu'il n'avait pas et, dans l'intimité de sa vie, à délaisser la femme qu'on lui avait imposée. D'ailleurs, quoique d'une physionomie douce, Charlotte n'était pas belle ; il lui trouvait les dents trop avancées, le front trop fuyant, ce qui lui fut une raison suffisante pour ne jamais la toucher. Alors, comme beaucoup d'hommes en son cas, il s'était jeté dans les divertissements de tous ordres, avec des démonstrations superbes dans ses responsabilités, avec plus de discrétion dans ses liaisons au Palazzo qui lui procuraient le délassement charnel dont il avait besoin dans la force de son âge. Le voir sortir du parc-aux-cerfs de Dona Lucrezia n'avait rien d'étonnant ; il y avait ses entrées, y passait ses soirées du dimanche où il côtoyait les grands de la ville, en repartait ragaillardi du lait qu'il avait faussement bu au sein de la belle Carina et de l'évocation du soleil de Naples qui lui avait chauffé la peau. Parfois il laissait sur la console de leur chambre une pâtisserie, un jasmin des Açores ou des gants de Grenoble et des bas de soie de Milan.

À la lumière maussade du jour sa face offrait ainsi un mélange de tristesse et de détermination. Qui l'aurait suivi sur ces deux heures aurait perçu un contraste saisissant entre l'homme exalté qu'il avait été dans la chambre, prompt à s'étendre sur ses tracas dans les bras caramel d'une *ragazza*, et le personnage pensif et sérieux qu'il devenait au-dehors. Mais ni sa maîtresse ni son épouse ni personne ne le suivaient ainsi dans les multiples changements qu'un être peut connaître au cours d'une journée, et il est vrai qu'il masquait ses déboires sous un art élégant de vivre et un travail acharné.

Préfet, Talleyrand s'était montré des plus actifs. En montant dans sa voiture et en se laissant porter par l'amble des chevaux, il songeait à tout ce qu'il avait déjà réalisé depuis son entrée en fonction à l'avril précédent. Il avait parcouru le département, circulant de commune en commune, de doléances en requêtes, pour analyser les problèmes qui se posaient et tenter d'y répondre. Il en allait de l'image de la royauté restaurée.

À ne considérer que sa seule action à Orléans, il avait en moins d'un an procédé au juste paiement des ouvriers et fournisseurs réquisitionnés pour la défense des faubourgs ; il avait imposé ses règles aux mariniers toujours frondeurs de Dardonville ; il avait assaini le quartier Bourgogne en en délogeant les équarrisseurs afin que l'odeur des cuirs écharnés n'infectât plus les croisées de chez Lucrezia quand il y était. Il avait pris soin d'épurer le personnel de sa préfecture et il avait fait prêter serment d'obéissance à tous les membres des administrations. Son beau rôle avait aussi été d'escorter le duc d'Angoulême et d'accueillir la duchesse son épouse lors de leurs passages respectifs dans la ville ; il avait envoyé une cohorte, une belle cohorte urbaine assister au *Te Deum* en l'honneur du roi à Saint-Ouen avant de présider à la bénédiction de ses étendards deux mois plus tard en compagnie du maire. Surtout, et cela avait été à ses yeux sa plus belle réussite, il avait réuni un banquet, un magnifique banquet de soixante-dix convives, tous chefs de corps religieux, civil, militaire confondus, pour célébrer l'entrée du roi dans Paris, au cours duquel plusieurs toasts avaient été portés et dont les vœux d'enthousiasme résonnaient encore dans les cœurs.

Il avait toujours été au service du roi et de son peuple. Pas comme d'autres, pas comme ce Cléry qui avait fui toute sa jeunesse et n'était revenu sur la pointe des pieds qu'au moment de la chute du tyran. Garant de l'ordre public, soutien loyal du nouveau pouvoir en place, le préfet pouvait le dire et il pouvait s'en satisfaire : il n'avait pas paressé. Mieux, il avait été incontournable et nécessaire ces derniers mois, si bien que tout Orléans et ses environs étaient tombés entre ses griffes, sous son œil rapace comme il se plaisait à l'imaginer. Si une catastrophe devait demain s'abattre sur sa ville, sur sa région, sur ses administrés, il se sentait les épaules assez carrées, la poitrine assez forte pour les protéger du danger. Pour continuer d'empreindre la société de son pouvoir, pour souligner ses compétences d'homme de l'ordre et oublier ses chagrins conjugaux auxquels il préférait ne pas penser ce matin-là en rejoignant ses bureaux de la rue de Bourgogne.

À aucun moment il ne songea à monter dans ses appartements pour saluer sa femme. En revanche, il voulut un instant faire un détour chez Coraline qui serait heureuse de le voir, mais il se ravisa. Sa petite maîtresse, qui était actrice de théâtre, avait beau être plus sucrée qu'un calisson sur la langue, elle était jalouse comme une teigne et si elle savait d'où il venait, elle lui ferait certainement une crise. Tempérament d'artiste, ego de comédienne qui se croit plus haute qu'une catin ! À vrai dire, elle aussi l'ennuyait un peu ; il aurait bien aimé rompre mais n'en trouvait pas l'occasion et craignait une crise de larmes en guise de reproches.

La voiture entra dans la cour où Péritas, son mâtin napolitain, vint le saluer en aboyant. Il n'en eut cure. La pensée qui lui vint en se faisant ouvrir la porte et dérouler le marchepied fut à cette étrange brume incessante qui avait envahi jusqu'aux grilles de la préfecture et donnait aux vieilles rues des allures lugubres. Il se demanda si ce n'était pas dangereux pour la sécurité, s'il n'allait pas devoir prendre des mesures en conséquence et, tant le brouillard rend les pensées nébuleuses, il s'attarda à la réflexion que ce n'était décidément pas le soleil de la cité de Parthénope.

La préfecture d'Orléans occupait un ancien bâtiment des bénédictins de la congrégation de Saint-Maur. Depuis 1800, le préfet y était installé et, signe qu'on ne reviendrait plus à sa destination première, en 1807 en avait été démolie l'église dont la coupole avait pourtant été peinte par un Parrocel et qui comprenait des toiles de Hallé ou Restout. Le corps principal, autrefois réservé au chapitre et au réfectoire des moines, avait été attribué au cabinet du préfet et aux salles de réception tandis que les appartements se situaient dans l'ancien dortoir à l'étage supérieur. L'aile ouest longeant la rue Saint-Germain restait dévolue aux écuries et aux salles utilitaires, l'aile médiane aux cuisines, l'aile est aux bureaux ; ces parties latérales avaient été prolongées par deux petits bâtiments symétriques en équerre, pour le corps de garde et le portier, qui encadraient le portail d'entrée et fermaient la cour d'honneur. L'ensemble retrouvait ainsi le plan traditionnel d'un hôtel particulier entre cour et jardin et le préfet y songeait souvent en se disant qu'il rivalisait, quoique médiocrement à son goût, avec l'hôtel du Vantail du baron de Cléry qu'il n'avait pas encore visité mais dont, baron contre baron, il ruminait l'idée fixe.

– Bonjour, messieurs, commença-t-il encore un peu sur le nuage de sa nuit.

Liasses en main, dossiers sous les yeux, les collaborateurs attendaient la réunion journalière à la table de travail. Après avoir inhalé une prise de tabac, le préfet les rejoignit pour s'absorber avec eux. Il s'assit près de Boulland, son secrétaire, avala ses pensums, s'enquit des sujets importants, des mouvements et nouvelles en provenance de Gien, Montargis, Pithiviers car le département connaissait depuis le début de l'année un flux incessant de déplacés dont on se méfiait, tout voyageur portant en lui un propagateur de rumeurs si ce n'est un espion. Puis on évoqua le brouillard ouaté qui noyait jusqu'aux tours de la cathédrale et l'on arrêta des précautions pour que la circulation n'en fût pas menacée. Par des temps pareils, les accidents se multipliaient aux croisements; parfois des promeneurs tombaient sur les berges ou dans les fossés le long de la route.

De là, on en vint à des sujets plus graves. L'attaque de loup qui avait coûté la vie au père Euripide et dont on avait été informé n'avait pour le moment pas eu de suite; on en était à conclure à un surgissement isolé comme on en déplorait quelquefois.

– Le loup s'abat comme la grêle sur les vignes, dit le préfet très philosophe en reprenant une prise. Sans explication. Il n'y a pas à s'en étonner.

Les mariniers continuaient d'être réfractaires à la discipline, emmenés par Dardonville et ce Robineau Champenois qui avait pris la grosse tête depuis qu'il avait organisé, avec une trentaine de bateaux sur la Loire, l'évacuation des blessés quand les hôpitaux en débordaient. On prédisait que tous ces oiseaux-là pourraient causer des ennuis en cas de faiblesse du pouvoir: ils contestaient toujours ce qu'on voulait leur imposer et il fallait inlassablement se méfier de ceux en escale de transbordement parce qu'on les connaissait plus mal que les autres.

– Maintenez la pression sur leurs chefs. Des sauvages, ces bateliers, et des napoléonistes; encore heureux qu'ils ne traînent pas leur chienlit sur nos routes.

Puis les gens se plaignaient du repos forcé du dimanche, de l'obligation de fermer boutique et des procès-verbaux aux ouvriers trouvés ce jour-là sur un échafaudage ou une pelle à la main : ça grondait dans les faubourgs. On racontait qu'on avait bloqué une voiture de déménagement parce qu'on était à l'heure de la messe ou qu'un maçon avait écopé d'une amende simplement parce qu'il avait laissé son gilet accroché à son chantier du samedi soir au lundi.

– Si ça continue, dit Talleyrand, on nous traitera de bigots.

Quant au groupe des Six comme on les appelait dans ce bureau, ces conspirateurs de pacotille qui se retrouvaient en croyant qu'on ne les surveillait pas, qui avaient l'audace naïve de cabaler au nez et à la barbe des autorités sans se douter que celles-ci le savaient, ils poursuivaient leurs discussions stériles sans vraiment passer à l'acte. Chez Madame François, c'était la Ninon, une des putains les plus laides mais des plus mamelues, qui les épiait et transmettait tout à l'inspecteur et, de là, au commissaire Deloynes. Le préfet avait reçu deux jours plus tôt un billet de celui-ci où était écrit : « *Informations étonnantes à vous communiquer. Les Six sont actifs. Ils peuvent être dangereux à moyen terme* », et il savait qu'il lui faudrait clarifier cela. En attendant, on convint de maintenir leur surveillance au bordel ou en caserne quoique l'envie ne manquât pas d'opérer une descente pour les cueillir. Combien de fois le préfet lui-même avait-il voulu traverser la petite place de la rue Motte-Sans-Gain pour débouler chez Madame François et les faire arrêter s'il n'avait suspecté qu'ils eussent plus important à lui apprendre à condition de savoir patienter ?

Le fonctionnaire versait dans le répertoire policier. Il se flattait d'être doué de finesse et de ruse. Des scélérats plus terribles étaient déjà passés entre ses mains. Alors il attendait, multipliant les fiches et les dossiers sur ces énergumènes, puis sur tous ceux qui auraient été susceptibles de marcher avec eux dans le complot. Il n'y avait pas jusqu'au général Chassereaux, commandant du Loiret et vainqueur des cosaques l'année précédente, jusqu'au grand Cunietti, commandant de la place et antipapiste notoire, il n'y avait pas jusqu'à de tels hommes qui ne lui parussent suspects. Le préfet avait des mouchards de toute espèce, à l'auberge de l'Épervier où ce petit monde se réunissait parfois, au café de la Grotte, chez la mère Dupuy. Il se voulait maître de la situation, décidé à piéger au bon moment ceux qui espéraient piéger la ville. Les Six étaient ses conjurés à lui ; il en usait comme un enfant de ses jouets, un gourmand de ses fruits, entendant en extraire tout le jus et le plaisir possibles avant de s'en débarrasser.

– Nous les tiendrons, répétait-il, je vous jure que bientôt nous les tiendrons.

Enfin, il s'arrêta sur le cas d'un prêtre dont il avait mis les agissements à l'ordre du jour parce qu'il les redoutait depuis quelque temps : l'abbé Vox, un illuminé échappé de son monastère pour courir les paroisses et y répandre sa parole fielleuse. Le préfet le jugeait capable de semer le trouble dans les campagnes. Il avait ordonné une enquête.

On avait signalé les allées et venues de ce prêtre depuis le début de l'été ; il n'était un village de Beauce, parfois des rives de Loire, qui n'en eût entendu parler ou ne l'eût vu apparaître un soir au bout d'un chemin vicinal. L'abbé Vox, que les gens n'appelaient jamais par son vrai nom de père Donadieu, était un personnage inquiétant. On ne savait d'où il venait, s'il était vraiment abbé, curé, desservant ou vicaire ; on ne savait ce qu'il voulait au juste mais il faisait forte impression sur les esprits qui le croisaient. D'aucuns affirmaient qu'il avait été vomi des vieilles cryptes du Moyen Âge pour voir ce que le monde chrétien était devenu. Immense, atteignant presque deux mètres, il était d'une saleté et d'une hideur répugnantes, tandis que sa maigreur extrême lui donnait des apparences de squelette animé. On murmurait que son ample vêtement, non la soutane noire coutumière mais une sorte de bure brune déchirée aux manches et aux genoux, cachait un cilice. Il avait les yeux jaunes d'un fou et luisants d'un mystique, une grosse barbe fauve pouilleuse sous laquelle un visage hâve avait été taillé à coups de hache dans la joue d'un martyr, et le crâne dégarni, couvert d'une longue mèche de cheveux qu'il rabattait d'un côté devers l'autre.

Qu'il ventât, qu'il plût ou fît des chaleurs accablantes, il parcourait des kilomètres à pied, parfois seul, parfois suivi d'ouailles conquises et de sectateurs. Si, malgré l'insistance de certains de le voir paraître en cathédrale, il se refusait à venir à Orléans, il arpentait, son bâton à la main, noueux et torsadé comme une vipère en attaque, les communes de Châteaudun à Pithiviers, entrait dans les églises qu'il investissait au nom de Dieu et il y restait des heures à haranguer les fidèles qui en oubliaient les champs ou les travaux du village. Il prêchait aussi sous les croix des chemins, aux carrefours des routes, sous les chênes ancestraux. Aux environs des Élus, il avait réuni une foule sur les flancs d'un ancien tumulus, et c'était là qu'on lui avait accordé pour la première fois des vertus thaumaturges :

on racontait qu'il avait guéri un enfant d'une morsure de serpent en suçant le venin de la plaie et en l'avalant plutôt qu'en le recrachant pour ne pas, selon ses mots, infecter plus encore le monde. Il mangeait et dormait dans les étables, les granges, les meules de foin en plein air, nourri grâce à la superstition populaire; on lui faisait porter des fricots du diable par les enfants si apeurés qu'ils devaient y aller en bandes, mais on le détournait de l'entrée des maisons parce qu'on aurait eu peur de le voir coucher dans ses draps et manger à sa table.

Il avait la sacralité terrifiante de ceux dont on hésite à dire s'ils sont des saints ou des démons. Tous l'écoutaient parmi les basses gens: même les gendarmes des brigades de Saint-Péravy ou d'Artenay ne l'arrêtaient pour l'expulser mais se laissaient aller à prêter attention à son discours. Il était persuasif, poussait à l'extrême le retour à l'ancien ordre en appelant à l'expiation constante, la contrition quotidienne, en exigeant de pleurer Saint Louis ou Jacques Clément en même temps que Louis XVI, Cadoudal et les suppliciés de la Terreur. Sorte de Savonarole dangereux, il avait la bouche écumante de haine lorsqu'il affirmait qu'il fallait châtier les suppôts de 93, les mangeurs de curés au nom des vertus sacrées des Évangiles; il annonçait l'ire de Dieu et sa prochaine justice pour les crimes de la Révolution, le retour de la Bête qu'il appelait Béhémoth ou Léviathan; sa parole trouvait écho auprès des dévots hier malmenés par les tenants de l'Être suprême et qui n'attendaient aujourd'hui qu'un retour à la religiosité d'antan. Ce qu'entendant, ni les autres prêtres ni les maires n'osaient le déjucher de son jubé ou de sa chaire.

Il finissait en parlant d'Orléans comme d'une Gomorrhe plus infernale que Paris, Rome ou Londres et en dénonçant la *Lubrica*, le monstre aux seins larges, aux bras tentateurs, le tas de boue infect sous le velours de la peau, envoyé sur Terre pour damner les hommes et incendier le cœur des femmes. S'il visait souvent les femelles du clan Bonaparte, il avait aussi pris pour cible la Rousselaine, la sorcière dont tout le monde clamait les méfaits dans ce coin de l'Orléanais depuis qu'elle s'y était implantée. Soupçonnée d'être la veuve hors mariage de Sanson le bourreau, une bohémienne héritière des prêtresses de Lycopolis d'Égypte, elle était aussi supposée abriter le diable dans son repaire. Sur la foi de commérages locaux, il l'accusait de se transformer en anguipède ou en vouivre à la brune, de devenir la Vorasse. Plusieurs fois, il avait appelé au meurtre contre elle et, parce qu'il savait parler aux foules et qu'il était d'une virulence inouïe, on l'écoutait.

L'abbé Vox laissait dubitatifs le préfet et ses conseillers. Toute la difficulté était de calmer les ardeurs de ce fanatique sans refroidir les partisans raisonnés d'un retour aux bienfaits de la religion. On allait trancher et formuler des consignes quand un huissier entra sans frapper :

– Un officier de gendarmerie attend dans l'antichambre, monsieur.

– Eh bien, que veut-il ? Faites entrer, répondit le préfet en sentant vaguement que sa bonne humeur, qui s'amenuisait de souci en souci, pourrait s'en aller pour de bon à cette occasion.

Le gendarme parut. C'était le lieutenant Ponsot, un ancien de Montereau où il avait servi sous les ordres de Pajol et qui était connu pour avoir moins de trois mois plus tard tourné casaque et s'être improvisé le zélé représentant d'une gendarmerie royale qu'on n'avait pas encore créée. Il défendait le nouveau régime à son échelle, en arrachant les affiches interdites sur le mail, en contrôlant enseignes et panneaux pour y chasser l'aigle au profit de la fleur de lys, en opérant des descentes dans les troquets pour mater les rixes des militaires trop bonapartistes à son goût. On le voyait souvent faire des rondes dans les quartiers Saint-Laurent, Sainte-Catherine, Recouvrance où toute une population de mariniers s'entassait. Mousses, compagnons, patrons, portefaix ne lui revenaient pas. Il nourrissait une haine contre ceux qui évoluaient sur l'eau et qu'il savait plus revêches à la discipline que la canaille faubourienne. Il n'hésitait pas à user de son poing, portait une chevalière en forme de sabre recourbé sur laquelle étaient inscrits la date du 18 février 1814 et le mot « victoria ». Elle laissait une trace indélébile et reconnaissable sur la joue de ceux qu'il frappait.

– Faites excuse, monsieur le préfet, le capitaine m'envoie vous dire qu'un corps a été retrouvé ce matin dans la Loire. Sur la berge, à Saint-Jean-le-Blanc. Une patrouille est sur place.

– Un corps ? Et alors ? Serait-ce donc un loup ou ce diable de Vox ? Sinon j'en lirai le rapport au besoin. Comprenez qu'un préfet ne peut se déplacer à chaque événement.

– Sauf votre respect, monsieur, l'état du corps est atroce, on n'a jamais vu ça par ici et… Il s'agit d'un soldat. Probablement un homme du 14e. Du bataillon de Jargeau. On y fait l'appel.

Le préfet parut étonné. Il posa la plume qu'il tenait en main parce qu'il s'était remis au travail d'indifférence. Se tournant vers ses collaborateurs, il leur demanda à voix basse :

– Le 14e, n'est-ce pas le régiment de Lebel ?

Ce à quoi on opina : c'était bien le régiment de Lebel, le Vitebsk du groupe des Six.

– A-t-on prévenu Bugeaud qui les commande ? Dépêché un médecin sur place ?

– Le général est informé de la situation et le chirurgien-major Béraud est présent.

– Évidemment, soupira Talleyrand en reprenant une longue prise de tabac. Faites-en venir un autre, deux même pour éviter les manigances. Et préparez de nouveau ma voiture.

Une demi-heure plus tard, il traversait le pont, se rendait sur la rive à hauteur de Combleux où l'attendaient le commissaire Deloynes ainsi que le capitaine Duplessis et un cordon de gendarmes chargé d'éloigner les badauds. La Loire continuait de couler, livide, froide, presque coupable d'être impassible à toute cette agitation sur ses flancs. On prévint le préfet du caractère épouvantable de ce qu'il allait trouver en contrebas. Il ne s'en effraya pas, ne voulant pas être de ceux qui restaient confortablement installés dans leur bureau. Il souhaita voir de ses propres yeux et avança droit vers la scène qui l'horrifia.

Il était à croire que le plaisir pris au sein de la belle Carina ne l'avait pas suffisamment fortifié contre ce qui gisait à dix mètres de lui.

Le corps offrait une vision comme en recèlent les pires cauchemars. Pratiquement nu, il semblait un haillon. À peine pouvait-on reconnaître un humain là-dedans. Qui savait depuis quand il était là ? Avec ces brouillards qui affleuraient à la surface du fleuve, on ne l'avait pas tout de suite aperçu et aucune traînée de sang n'avait pu en fournir l'indice. Des haleurs l'avaient découvert dans une roselière saccagée, accroché à la végétation comme un débris que le fleuve charrie. Deux oiseaux déchiquetés flottaient près de lui.

Quand on le tira de l'eau et qu'on en commença l'examen, on comprit l'horreur de sa mort. Il n'y avait nulle trace de griffure, de coup, encore moins de morsure évidente, mais il présentait au niveau de la gorge, du tronc et des jambes, des marques d'enserrement, ou plutôt d'étranglement tant la peau y était violacée par contraste avec le reste qui était d'une pâleur verdâtre immonde.

Au-dessus se tenaient Béraud et son assistant, un autre homme qui devait être médecin, voire légiste, et qui, les mains aux goussets, regardait ce cadavre avec le coup d'œil dédaigneux de celui qui en a vu d'autres, enfin le jeune Adelphe de Mézières qui remplaçait le vieux Griseldan de Malmaure. Lorsqu'il avait été appelé, le garçon avait songé à prévenir Carolange comme elle le lui avait demandé, mais le temps avait pressé et Férale était loin. Il s'était promis de tout lui raconter dès que possible.

Sans attendre que le corps fût transféré à la morgue, Béraud, accroupi, avait pris le premier l'initiative d'une manipulation et, quand il arriva sur place, le préfet le trouva les mains enfoncées dans le cadavre sans montrer le moindre dégoût comme il n'en avait déjà pas montré à la mort du père Euripide. Il n'y avait qu'une blessure, une seule, très importante et inédite : du milieu de la cuisse gauche jusqu'au bas de l'épaule, le corps avait été incisé d'une entaille improbable qui semblait être remontée ou descendue d'un coup. Quelle lame avait pu obtenir pareil résultat ? La ligne en était nette, ininterrompue, à peine dentelée ; elle avait laissé la plaie béante et l'on pouvait en visiter l'intérieur, y plonger ses bras comme en une poupée vidée de sa bourre. Car à l'intérieur, le corps avait été débarrassé de ses entrailles et de ses muscles, et une partie des organes manquait. On en voyait le revers de la peau du dos, raclée jusqu'aux tissus comme un animal qu'on s'apprête à empailler, et l'on ne trouvait plus grand-chose qui y tenait si bien que le corps s'en trouvait famélique et dégingandé, rendu mou comme une chiffe s'il n'y avait eu un reste du squelette pour l'accrocher. Une enveloppe sans contenu dont la peau avait gonflé, dure, épaisse comme du cuir à cause de l'eau glaciale dans laquelle elle était restée longtemps. Béraud en ressortit un petit vairon et des brindilles qui s'y étaient engouffrés.

– Ce corps n'est plus qu'une loque, dit le préfet qui avait dû porter un mouchoir à son nez. Il est tombé sur un sacré sabreur. Pour le reste, l'absence de tripes, je ne me l'explique pas.

C'était inexplicable, en effet. On ne dépeçait pas ainsi un homme sans laisser un tas de chair informe derrière soi. Il n'y avait même pas un bout de vêtement. Des gendarmes allèrent inspecter les berges en amont, en aval pendant qu'on examinait le corps pour interroger le peu qu'il en restait. Au bout de longues minutes, on n'aperçut qu'un chapeau abandonné sur la rive en face, du côté de la manufacture de coton, sans pouvoir dire s'il avait un lien avec cette affaire.

Béraud se releva enfin après s'être essuyé les mains dans l'herbe avec une allure d'ours qui sort de sa tanière où il a consommé quelque proie. Mais alors même qu'on ne lui avait encore rien demandé, il conclut son examen en s'adressant au préfet pour réfuter sa première hypothèse :

– Les intestins, les poumons, le cœur, presque tout manque là-dedans. Il n'y a même plus l'estomac pour vérifier quelle quantité d'alcool ce gredin a dû ingurgiter. Un coup de sabre, je ne crois pas ; la d'Harpalyce que j'ai connue en Pologne n'en serait pas capable. Notre homme a été avalé par un trou d'eau plutôt. Avec ce brouillard il sera tombé, se sera fracassé les flancs contre un rocher. Puis le courant est fort : il l'aura poussé vers une pointe qui lui aura puissamment ouvert la peau ; les poissons ont fait le reste en le vidant de ses entrailles et en le nettoyant sur trois jours.

Le préfet le regardait en coin. Il savait que Béraud était le Borissov du groupe des Six, ce que les autres ignoraient, et il devinait que ce lascar de Parisien composait présentement ses explications sans y croire. Il tâcha de percer ses pensées informulées :

– Trois jours ? Comment le savez-vous ?

– À l'état de son épiderme, répondit le chirurgien avec un art consommé de l'improvisation.

– Et ces marques de strangulation aux jambes et à la gorge ? demanda le commissaire pour ne pas être en reste au milieu des gendarmes plutôt que des officiers de paix car la situation relevait de la surveillance du fleuve, non des rues.

– Des racines à mon sens. J'en ai vu de pareilles sur le Niémen. Le malheureux a dû tomber au mauvais endroit, s'être pris les pieds dans un entremêlement qu'il a aggravé en tentant de s'en tirer et en paniquant fatalement. D'où ces stigmates aux cuisses, aux bras ou au cou.

L'autre médecin émit un grognement qui ne signifiait rien de précis. Adelphe, blême comme il l'avait été au-dessus d'Euripide mais s'efforçant de faire cette fois-ci bonne contenance, répondit inutilement que ce n'était pas un loup qui avait fait cela. Il avait jusqu'ici subtilement détourné les yeux du corps dont la vision lui était devenue intolérable. Il frissonnait intérieurement devant la mort, l'horrible mort qui toujours le poursuivait.

– Fin absurde, reprit Béraud comme si ce que les autres pouvaient dire n'avait aucune importance et qu'il se parlait à lui-même. Mais il n'y a rien à voir ici, croyez-moi ; je conclus à une noyade. Tout spectaculaire que l'état du mort soit, c'est un accident ordinaire.

– Les loups, ajouta Adelphe, peuvent longer la Loire pour y boire, on en voit même parfois qui la passent à la boucle Saint-Benoît, mais en été. Puis, s'ils attaquent, ils laissent la tête, des os, ils arrachent éventuellement la peau du dos ou du cuir chevelu ; ils ne vident jamais un corps de ses chairs. Encore moins sur des berges aux abords d'une ville. Pas même un spécimen enragé.

Qu'aurait pensé Carolange à sa place ? Qu'aurait-elle dit pour se montrer utile comme elle savait souvent l'être ? Il considérait la scène avec le même étonnement que les *impossibilia* du cabinet de Griseldan. Béraud, qui avait vaguement entendu parler de ses travaux sur le règne animal, le regarda avec un mélange de sympathie et de condescendance :

– Rien à voir avec ce qu'on a trouvé du côté de Chaingy, je vous le confirme, jeune Linné.

– Rien à voir, peut-être, objecta le préfet. Mais quoi que vous en pensiez, il ne s'agit pas d'une mort anodine. Car, Ponsot, vous m'avez dit tout à l'heure que c'était un soldat. Sur les mille quatre cents hommes du 14e, à quoi l'affirmez-vous puisque sa face est méconnaissable et qu'il est nu ?

La face figée dans une grimace hideuse était méconnaissable assurément ; l'un des yeux avait été crevé, l'autre arraché. Béraud intervint encore, avant même que le gendarme ou le commissaire ne pût ouvrir la bouche, pour monopoliser la parole et éviter qu'elle ne dérive :

– C'est Fabre, l'homme à l'œil d'or. Quoiqu'il soit défiguré, j'en suis aussi sûr que deux et deux sont quatre. Tout le monde le sait de ceux qui l'ont connu. S'il n'a plus son œil, ses dents…

On observa la bouche entrouverte dans un dernier cri ou un dernier baiser et, comme si le corps n'avait décidément rien de rebutant, le chirurgien y engouffra deux doigts pour s'en saisir comme d'un poisson à la pêche. Mais Ponsot, vexé de s'être fait voler sa réponse alors qu'il connaissait lui aussi la soldatesque pour la discipliner dans les cabarets de la ville, enchérit à son tour :

– Il lui manquait les incisives du haut et les chicots du bas comme si on lui avait filé un coup de poing qui aurait fait tomber tout ça aussi facilement qu'une vitre brisée. Lui restaient plus que les canines et ce qu'il y a derrière. Ça lui donnait un chuintement dès qu'il parlait et l'air d'un gueux.

En effet, il n'avait à cet endroit qu'un trou noir par contraste avec le reste de sa dentition. Mais tandis qu'il y avait ses doigts plongés, Béraud sentit quelque chose qu'il sortit avec précaution : une touffe de poils longs, ou de cheveux, à l'aspect de brins de laine rousse qu'il présenta dans le creux de sa paume et examina à la lumière blafarde.

Ce fut alors qu'on rapporta le chapeau. Il passa de main en main. C'était bien celui du dénommé Fabre, mais il était étonnant qu'on l'eût retrouvé de l'autre côté de la berge en aval. Que faisait ce soldat sur les bords du fleuve ? Était-il seul ? Autant de questions sans réponse. Le clapotis de l'eau semblait un ricanement de complicité de la Loire.

– Il va nous falloir enquêter sur la vie de ce bougre, dit le préfet, ses activités des derniers jours. En attendant, vous êtes priés de ne pas ébruiter cette affaire pour le moins étrange et inquiétante.

Béraud acquiesça. Pour masquer son ennui, songea Talleyrand, car il ne voulait sans doute pas qu'on fouillât dans l'existence de cet homme qui aurait peut-être des choses à révéler après sa mort sur sa vie, son régiment et ceux qu'il avait pu côtoyer.

– Messieurs, conclut le chirurgien, ce n'est pas un loup qui a fait ça, mais ce n'est pas un homme non plus. Étrange, je veux bien, inquiétant, je ne crois pas. On m'a raconté qu'on a retrouvé une fois un gamin de seize ans, à demi enterré dans les sables, en état de putréfaction. Il ne restait de son habit qu'une agrafe d'argent et des boutons en cuivre. Rien d'autre. C'est comme ça, la Loire est une putain qui nous vole nos gars et nous les rend sucés jusqu'à l'os. Tenez, c'est comme ces brouillards si extraordinaires qu'on se refuse à la plus simple explication : l'expression de la nature dans ce qu'elle a de plus ordinairement curieux et de banalement extravagant.

Mais le préfet n'était déjà plus là pour l'écouter : il était remonté avec son commissaire et profitait de sa présence pour apprendre ce que leur espionne avait découvert sur les Six.

Frimas

I

– C'ÉTAIT LA BÊTE AU DIABLE, dit l'adolescent tout tremblant de ses membres, le monstre... Celui dont l'abbé Vox nous a parlé à l'église. C'était lui. Avec son air charogneux, nuiseux comme le quartanier qui a blessé les chiens au marquis l'an dernier à la chasse... Sauvage, comprenez, m'sieur, sauvage comme... Comme... Ah, çà ! V'là que je bagosse !

Il avait encore sa branche de sureau à la main, celle avec laquelle les garnements faisaient une sarbacane quand ils prétendaient aller ramasser le bois mort loin des adultes et s'amusaient à des batailles entre eux. L'arme était dérisoire, mais il donnait l'impression de s'en être servi lors de l'attaque et il l'agitait fébrilement à mesure que les mots peinaient à sortir de sa bouche.

– Sauvage comme la Rousselaine quand elle devient la bête qu'on dit qu'elle est. Ça avait les poils dorés tout pareil, la gueule immense... Les dents longues, l'œil perçant... Ça a dû s'approcher de nous ventre à terre, en s'cachant qu'on a rien vu de rien ; puis, ça a emporté P'tit-Follet par le col et les cheveux. L'Antoine est mort qui essayait d'le défendre. J'ai rien pu faire.

Je vous jure, rien! Ça s'est mis à sauter si vite que même la fronde au David l'aurait pas pu le toucher.

– Allons, gamin, dit Ponsot en approchant sa chaise de paille, la bête au diable, ça n'existe pas. Cet abbé Vox qui fait le tour des villages vous fait avaler des couleuvres. Un loup, c'est gris de pierre sous le gel, pas doré comme les blés au soleil et ça court, ça bondit pas. Parce que c'est un loup que tu as vu, tu m'entends. Comme hier chez les Cribier. C'est un loup et c'est déjà beaucoup.

Ponsot avait beau être devenu fervent royaliste, il avait gardé l'incrédulité de sa jeunesse républicaine. Il ne s'en cachait pas, s'en faisait au contraire une gloire tacite. Non qu'il fût imprégné de voltairianisme. Il avait le bon sens terre à terre des hommes d'ordre qui n'ont pas le temps de se nourrir d'espoirs ou de peurs autres que ceux qui les touchent concrètement, et il conjuguait ce bon sens à l'intolérance de la violence qu'il exerçait. Il n'appréciait pas ce qu'il qualifiait de sornettes et boniments de curés; il croyait d'ailleurs assez peu en la parole d'église, quoiqu'il trouvât normal d'aller à la messe le dimanche, et il se voulait intimidant pour empêcher les autres d'y croire également et les rallier à ses hypothèses à lui:

– Mais au fait, m'étonnerait qu'il ait pu faire son affaire au grand frère en même temps qu'il emportait le ch'tiot dans sa gueule. Alors y en avait un ou deux? Et de quelle taille?

Il avait haussé la voix en posant sa dernière question et se serait presque emporté. Dans son ombre, deux rejetons de la famille, des cadets de quatre ou cinq ans, regardaient la scène avec de grands yeux ahuris, jetés contre un mur sans fenêtre, le plus loin possible de la porte comme si on leur avait intimé l'ordre de ne plus s'approcher des extérieurs. Au-dessus d'eux, leur aïeule, une grand-mère vigoureuse malgré l'âge, veillait, un balai à la main, autant pour continuer d'assurer la propreté du logis que pour chasser la menace quelle qu'elle fût. Une odeur de soupe emplissait l'atmosphère : elle l'avait laissée cuire plusieurs heures, puis posée à tiédir pour qu'elle épaissît un peu et tînt au corps ; malgré tous les drames du monde, la vie continuait coûte que coûte, le père finirait par rentrer et il faudrait manger tout à l'heure pour reprendre des forces.

Le garçon mit un temps à répondre. Il avait les cheveux encore hérissés, collés de sang sous le tissu qu'on lui avait plaqué sur la plaie. Le regard dans le vide, il tremblait comme une feuille, se rapetissait sur son siège. Il cherchait des éléments clairs dans sa mémoire trouble comme l'eau mêlée de gouttes de café et de gnôle qu'on lui avait tendue pour se revigorer.

– Je sais pas. C'était dans le taillis sous la brume, à l'angélus, et on était chacun de notre côté. Combien qu'y en avait ? Un, j'en ai vu un, ça suffit bien comme vous dites… Mais ils étaient peut-être deux, s'il y en avait un autre dans les fourrés… Ça expliquerait… Ça a été si rapide.

– Trois, interrompit la mère qui venait de remettre une bûche dans le feu. Il y en avait trois. Je les ai vus en arrivant avec la Madelon après qu'les gamins ont crié. On a cru qu'elles allaient nous attaquer nous aussi, mais elles se sont sauvées sous le brouillard, ces saletés.

– J'en doute, fit le gendarme. Plus y en a, plus on les repère. Et là, personne n'a rien vu. Ni chez vous ni ailleurs. Alors, brouillard ou pas, pouvez me dire que vous en avez vu quinze, moi, je penche pour une seule bête. Deux à la rigueur, pas trois. J'ai le flair. M'est avis que c'est une maline qui se cache, mais très grosse et, puisque le gamin peine à répondre, j'ajoute qu'elle mesure six pieds de long du museau à la queue, aussi vrai que Ponsot prend six lettres de son p à son t.

Il savait lire et écrire, en était fier face à des paysans analphabètes et il en tirait un sentiment de supériorité. En l'absence de briganderie dans les environs, l'attaque dont les enfants venaient d'être victimes était un bon relais pour changer du fretin quotidien et cela semblait lui plaire de conclure nécessairement à un loup, un loup extraordinaire. On aurait pu croire que, très ambitieux au fond, il considérait que c'était enfin une menace à sa mesure, l'assurance d'une gloire à venir. Ce n'était certes pas son rôle d'aller chasser cette bête, mais il se disait que si, fort de son autorité et de celle du capitaine Duplessis sur ces villages, il parvenait à maintenir l'ordre, empêcher les réactions fiévreuses jusqu'à ce qu'on la tuât, il en sortirait en vainqueur. Le loup est terrible pour les morts qu'il cause mais aussi pour les ravages qu'il fait dans les esprits, et l'effroi est souvent mauvais conseiller : c'était la mission du gendarme de l'éviter, qui le grandirait plus que de décoller des affiches interdites sur les arbres du mail ou de distribuer des coups dans les estaminets de la ville.

– Deux loups, ce peut être un mâle et une femelle qui n'auraient pas encore formé de meute, en attendant leur portée. Mais trois, ça ne colle pas, vu ce qui s'est passé hier à Huisseau.

– L'attaque sur la petite Cribier ?

– Les nouvelles vont vite.

– Pas assez vite pour nous dissuader d'envoyer toute notre couvée jouer ailleurs que dans nos pattes. Y en avait trois, j'insistons, aussi vrai que je vous vois assis là en uniforme, et c'étaient pas des loups. Enfin, pas vraiment. Ils leur ressemblaient, mais ils étaient différents.

– La femme, un loup est un loup. Hideux, sournois, rampant, c'est toujours la même bête.

– Non, j'en ai vu un de près une fois dans mon enfance et c'est une chose qui vous marque, pouvez me croire. Ceux-là, ils ont surgi au petit jour alors que les mioches étaient à cent pas du hameau. J'ai eu le temps de remarquer qu'ils avaient la taille d'un roux-puant, j'veux dire d'un renard, et le corps plus allongé, et des oreilles courtes, et des rayures sombres qu'on aurait dit d'un gros chat. Ça pouvait ressembler à un loup, mais c'en était pas. Ils couraient pas si vite quand ils s'en sont pris aux gnards aux Doucet. Mais féroces malgré ça, la tête large, la gueule énorme. Surtout ils avaient la queue longue comme un serpent ! Mon Dieu, dire qu'ils auraient pris mon Jacquot s'ils avaient pu ! J'suis arrivée au moment où le grand Charles Loiseau, le seul à avoir sa serpe, a voulu en tuer un. C'est comme si la lame avait été déviée par l'vouloir du malin et, dans la bagarre, pensez si des gamins de dix ans c'est adroit, l'Antoine a pris le coup. Il est tombé. J'ai rien pu faire, moi non plus, quand toute cette faune est repartie dans un sifflement à saigner les esgourdes.

– Un sifflement ?

– Comme celui qu'on prétend qu'ont les esprits quand ils vont en enfer. Ces choses donnaient l'impression de craindre la lumière du jour comme des chauves-souris au soleil.

Elle avait, à la lueur du feu, quelque chose de mâle dans l'expression de ses traits et, même en hiver, un teint que les travaux aux champs avaient bruni. Tandis que l'aïeule allumait un cierge à la fenêtre comme celui qu'on bénissait les soirs d'orage, elle se pencha pour frictionner les doigts de son Jacquot d'enfant qu'elle voyait transi de froid malgré le feu qui flambait :

– Le gosse a raison, qu'on vous dit, c'est de la bête au diable, c'est de la bête à la Rousselaine : si c'est pas directement elle qui s'est transformée à la lune et s'est pullulée. C'te Vorasse ! On dit qu'elle se fout nue pour enlever les enfants quand c'est pas les adultes. Et l'abbé nous avait annoncé la grande lubrique, la fauvesse sans âme, celle à qui le dragon a transmis sa puissance ! Il nous avait prévenus ! Ça a fini par nous frapper nous aussi, ça a traversé le champ pour venir jusqu'à nous !

Elle allait repartir dans ses délires mystiques de paysanne crédule, réciter la patenôtre du loup quand un hurlement plaintif, venu de la maison d'en face, déchira l'air et fendit les murs pour retentir jusqu'à elle. C'était la Doucette, la femme au Doucet. La mère du Jacquot racla sa gorge en songeant à sa voisine qui là-bas, de l'autre côté du chemin, défendait farouchement à quiconque, même aux gendarmes, de voir le corps de son aîné comme si elle voulait le protéger en vain une dernière fois tandis que son mari était parti avec d'autres à la recherche de son plus jeune ou de ce qu'il en restait parce qu'il y avait peu d'espoir de le retrouver vivant.

– La malheureuse, elle a perdu ses deux marmots d'un coup alors que j'ai encore mon p'tit bétail tout près. Vous verrez qu'elle va m'accuser d'avoir défendu mes morveux à moi et sacrifié les siens à la Veuve Rouge. P'tit-Follet et l'Antoine, c'étaient des bons gamins. Mais qu'est-ce qu'on y peut faire ? J'irai lui apporter un peu de soupe tantôt quand vous en aurez fini avec nous. Pour nous faire faire pardon de pas avoir été plus vigilants. Si elle me claque pas la porte au nez…

Il fallait abréger. Déjà la mère ne s'occupait plus des gendarmes autour d'elle. Elle parlait à voix basse à son Jacques pour le réconforter, lui disait de ne pas s'inquiéter, que son père avait regroupé des braves, qu'ils trouveraient ces sales bêtes grâce aux traces dans le givre, que dès demain il pourrait retourner dégripper la poulie du puits car le travail n'attend pas. Déjà la grand-mère servait la soupe et attablait les marmots tout en aspergeant par intermittence les murs de la maison avec un rameau trempé d'eau bénite en guise de protection. Ces façons exaspéraient Ponsot.

– Pour moi, dit-il, j'en ai assez entendu. Il doit être quatre heures. Il faut rattraper ces bougres maintenant. Ils ont lancé une battue et la nuit va tomber. Ils ne trouveront rien à improviser comme ça les choses et, avec ce maudit temps, on risque un nouveau drame. Alors au revoir, la mère, et toi, le Jacques, sois fort, va, t'en verras d'autres, tu peux me croire.

Il sortit, suivi des hommes qui l'accompagnaient. Un silence se fit jusqu'à ne plus entendre que le susurrement de la flamme et le craquement de la bûche. Le feu dessinait ses ombres virevoltantes sur les murs ; il dégageait une chaleur appréciable quoiqu'un souffle froid continuât de courir dans la pièce et de glacer les membres. Mais un homme était resté, qui n'était pas gendarme, et une femme, qui n'avait rien d'une paysanne. Nul ne leur avait suffisamment prêté attention pour comprendre la raison de leur présence :

– Pouvons-nous regarder sa plaie ? demandèrent-ils poliment.

La mère se contenta de défaire le bandage sommaire qu'elle avait enroulé sur la tête de son fils. Elle détourna les yeux du cuir chevelu à vif et, sans penser à rassurer ses autres enfants, elle alla se placer à la fenêtre d'où l'on apercevait la ferme aux Doucet, si basse, si tassée, où la maigre bougie allumée à la vitre était en train de mourir. Vrai, ça lui faisait trop mal au cœur d'imaginer la douleur d'avoir perdu ses deux gosses. Bien sûr, deux mômes, ça se remplace, mais on s'y attache, et ils sont bien pratiques aux champs ou à l'étable. Alors, pour ne pas voir, elle regarda le ciel où les petits étaient déjà montés. Les brouillards de novembre avaient évolué, comme ils étaient venus, lentement, silencieusement, en s'épaississant à l'arrivée des frimas. La nature semblait vouloir complexifier ses mystères en les conjuguant à une couche de gel formée par la brusque baisse des températures huit jours plus tôt.

Derrière elle, Carolange – car c'était elle, accompagnée d'Adelphe – observait la plaie de l'enfant, sans crainte ni dégoût comme d'autres personnes de son sexe ou de son rang en auraient manifesté. L'entaille avait beaucoup saigné ; elle était impressionnante mais superficielle et, dans l'agitation de la journée, on n'avait rien fait pour la soigner réellement. Après l'avoir examinée de près lui aussi, Adelphe conclut en lui-même qu'il ne s'agissait pas d'un coup de dent ni de patte. C'était plutôt le choc d'une branche ou d'une pierre dans l'affrontement. Et cela l'amena à réfléchir à ce qu'on avait trouvé dehors ; malgré tous les vœux de Ponsot, les indices d'un loup, les indices indiscutables n'étaient pas si nombreux ni si évidents et il avait du mal à en tirer des conclusions précises, doutant d'ailleurs de ses capacités à démêler le vrai du faux.

Il avait un peu de pharmacie dans les sacoches de sa selle. Ils se proposèrent avec la même politesse de nettoyer la blessure. La mère les laissa faire parce que les messieurs qui ont du savoir savent toujours mieux que ces brutes de paysans et que les dames qui ont les mains propres sont plus douces que celles qui remuent la terre et se salissent les ongles. Elle n'était guère inquiète de toute façon ; l'abbé Vox était capable de soigner le mal juste en posant les mains dessus, lui dont on racontait qu'il avait hérité, par des biais mystérieux, des pouvoirs de saint Hubert contre la rage ; il n'y avait qu'à attendre qu'il passât bientôt près de chez eux. Adelphe l'ignorait et Carolange semblait n'y prêter foi. Il alla chercher le nécessaire ; elle coupa les cheveux autour de la plaie qu'il lava d'un peu d'eau et de vinaigre avant de la cautériser au muriate d'antimoine. Ils ne pouvaient faire plus mais c'était déjà bien davantage que ce qu'avait reçu le garçon de la part des siens.

– L'écorchure risque de s'infecter. Baignez-la les prochains jours et pansez-la avec de la charpie sèche. Il peut travailler comme d'habitude.

Mais la mère était ailleurs, encore navrée du sort de sa voisine et déjà soulagée que son fils pût retravailler au plus vite après cette journée de perdue. Ce fut celui-ci qui, revenu à lui, demanda :

– Croyez-ti que c'est le dos-gris comme il dit, le Ponsot? J'en ai pas l'image nette.

– Cela se peut, dit Adelphe. La violence d'un événement déforme souvent son souvenir.

– C'en est sans doute un, corrigea Carolange. Le temps des loups paraît bien revenu.

En entendant la même phrase se répéter, Adelphe fut frappé de la facilité qui la faisait céder elle aussi à cette conclusion toute faite. Il demeura pensif en l'observant griffonner des notes dans un carnet qu'elle avait pris l'habitude de noircir. Elle y tenait une page sur chaque mort qu'il lui avait relatée. Après celles d'Euripide, du soldat Fabre et de la petite Cribier, elle remplit celle des Doucet datée du 6 décembre, qu'elle ponctua en soulignant ses mots car c'était la première attaque dont elle pouvait mesurer les conséquences de ses propres yeux et elle en croqua le dessin, sombre, violent, inspiré de ce que le Jacquot avait confié et de ce que la puissance de son imagination lui faisait compléter. Pour un futur tableau, songea Adelphe, qui serait encore plus saisissant et vrai que ceux qu'elle avait déjà peints.

Ce jour-là, à l'heure où femmes et enfants se faisaient attaquer en lisière du bois, il était à Férale où il n'avait pas oublié qu'elle lui avait demandé de l'informer si d'autres drames survenaient. C'était son jour de visite si bien qu'à son arrivée, elle l'attendait. Mais elle n'avait pas dévalé les escaliers pour courir vers lui; au contraire, il l'avait trouvée assise au salon jaune, muette en raison de céphalées qu'elle avait de temps en temps, les yeux rivés sur le parc pour apaiser sa pauvre tête. Griseldan était à la zoothèque ; elle avait besoin dans ces moments d'être seule et de se délester de son rôle de filleule dévouée.

Malgré tout, elle lui demanda de converser comme il savait faire, sur tout, sur rien, sur ce qui se passait dans le pays où le loup sévissait. Il ne put décliner, évoqua le drame qui était survenu la veille à Huisseau. Elle en fut frappée. Comme après la mort de Fabre, elle souhaita tout savoir. Et lui, qui n'en savait que ce que d'autres avaient bien voulu lui en dire, en était à ajouter de la violence à son récit quand soudain, dans un revirement improbable qui lui fit oublier sa migraine, elle s'enhardit en se levant :

– Nous ne pouvons pas rester là ! Je vais seller Chrysis et nous irons nous enquérir auprès du capitaine Duplessis. C'est un brave homme. Toute femme que je suis, il ne pourra nous refuser les renseignements dont il dispose.

Elle enfilait déjà une cape, n'étant pas de celles qui pâlissent facilement et, tout en sortant, elle proposait d'apporter son aide en partageant ce que son oncle lui avait inculqué du règne animal. Il s'en réjouit. Elle paraissait en faire une cause personnelle, s'ingéniant à vouloir connaître les détails de chaque événement pour établir un lien entre eux. Mais sur la route :

– Vous ? Qu'est-ce que vous fichez sur les chemins par un jour pareil ?

Ils n'avaient pas même eu à se rendre à Orléans. Ils venaient de rencontrer le lieutenant Ponsot qui, entouré de ses hommes, les accueillit sèchement, n'appréciant pas qu'un minois comme elle et un mandarin de salon comme lui vinssent se mêler d'affaires graves qui ne les concernaient pas. Le gendarme n'avait de toute façon pas le temps de satisfaire leur curiosité : on venait de l'avertir qu'une nouvelle attaque avait eu lieu dans un village voisin. Il s'y rendait sans délai.

Carolange et Adelphe le suivirent et, avant d'aller recueillir les témoignages, le jeune homme obtint qu'on fît un crochet par le sous-bois du drame pour constater les traces avant que celles-ci n'eussent disparu. Elle n'en voyait pas l'intérêt, jurait qu'il fallait d'abord secourir les blessés, mais il insista et Ponsot consentit de mauvaise grâce, restant en selle, maugréant contre le froid qui lui givrait le gourdin, disait-il. Adelphe se hâta, chercha, finit par trouver ce qu'il soupçonnait.

L'endroit avait été retourné, piétiné en tous sens ; les indices étaient confus. Entre les branches cassées, les plaques de givre écrasées, les fagots abandonnés et les taches de sang au sol, il y avait bien la trace de plusieurs bêtes : quoiqu'il fût difficile de les compter précisément, elles étaient au moins deux et l'on suivait leur ligne respective de marche. Pour le reste, aucune touffe de poils ne s'était accrochée ; l'herbe gelée n'avait retenu, de foulée en foulée, aucune trace suffisante pour être identifiée quand, au milieu d'un lit de feuilles cristallisées par le gel, une flaque de boue durcie lui apparut. En son centre, on décelait une empreinte malaisément reconnaissable. Elle présentait un grand coussinet plantaire avec cinq doigts presque placés en ligne droite.

Or un loup n'en laissait jamais que quatre.

En deux semaines, il y avait eu trois, peut-être quatre attaques recensées, de plus en plus proches dans le temps et sur une zone géographique assez restreinte pour que le mot de Béraud puis de Carolange, selon lequel le temps du loup était revenu, pour que ce mot ne fût, malgré tous les mystères qui persistaient, pas entièrement dénué de fondement.

Après la mort violente d'Euripide et celle plus frappante encore du soldat Fabre sur la Loire, la veille du drame de Bucy, une enfant de Huisseau-sur-Mauves, Marie-Anne Cribier, âgée de quatorze ans, avait disparu sans qu'on eût pour le moment retrouvé sa trace. La dernière personne à l'avoir vue attesta qu'elle marchait seule en fin de matinée au lieu-dit du Pater et l'on n'avait découvert au milieu des vignes qu'un tablier jeté au sol. Aucune recherche n'avait été entamée dans l'immédiat ; on s'était contenté d'arrêter des paysans sur les routes de Meung, Baccon ou Rozières pour leur demander s'ils n'avaient pas vu la gamine. On craignait autant une mauvaise rencontre qu'une blague d'un goût douteux ; la moutard avait en effet la fâcheuse habitude de délaisser elle aussi son travail pour courir la campagne même aux jours malplaisants de l'hiver. De là, néanmoins, comme l'annonce de la mort du père Euripide s'était diffusée dans tout le pays et qu'on en avait déjà accusé le dos-gris, on continua de colporter le bruit qu'il ne devait y avoir qu'un seul et même responsable : le loup. Et le soir, dans les chaumières de Huisseau, on ne parla que de cela. Le lendemain, la même conclusion commençait de se répandre dans les communes alentour quand le malheur frappa de nouveau, moins d'une lieue plus loin du côté de Bucy.

Comme dans nombre de régions, les attaques de loups avaient laissé des souvenirs traumatisants dans l'Orléanais. Les plus récentes dataient de quelques années seulement où des fauves, suivant les campements de troupes en route vers l'Espagne, avaient assailli assez de bestiaux pour que le préfet s'en émût. Mais il fallait remonter les siècles pour trouver l'origine de la peur ancestrale dont le dos-gris était l'objet et, si les vieux de villages racontaient encore les événements des générations antérieures, les registres paroissiaux renfermaient la mémoire de victimes jusqu'au règne du Roi-Soleil tandis que les sociétés savantes en dataient les premières chroniques au sortir du Moyen Âge.

Dès l'époque d'Henri II, l'effroi s'était répandu à la Cour à propos d'agressions de loups-cerviers, comme on les qualifiait alors. Un siècle plus tard, on dénombra les ravages d'un monstre dans une aire comprise entre Fleury, Saran et Vennecy où avaient été égorgées plus de deux cents personnes de tous sexes et de tous âges dont les noms ne disaient plus rien à personne mais dont le malheur ne cessait d'épouvanter. Le XVIIIe siècle enfin, dans la lignée du précédent, émailla ses horreurs qu'on se transmit de veillée en veillée : c'étaient à Baule le souvenir de la fille à Pierre Boubou qu'une bête féroce avait mortellement blessée en 1763 ; à Semoy celui d'une autre dont la tête avait été raclée et la gorge si largement percée qu'on y avait fourré trois doigts pour en soulever le cadavre ; à Saint-Jean-de-Braye celui des appels du curé Lecomte qui, las d'enterrer ses morts, avait réclamé l'envoi de la louveterie et une prime de trente livres pour chaque dépouille rapportée à l'hôtel de ville d'Orléans ; c'était à Échilleuses le carnassier qui se repaissait du sein des femmes, et à Saint-Ay celui qui léchait le visage de ses victimes avant de les croquer toutes crues ; c'était enfin le grand désordre aux confins du Vendômois, le fléau, la plaie divine quand la couronne de France était accablée d'insuccès en Amérique et en Inde parce qu'il y a toujours un rapport entre l'apparition d'un démon et les catastrophes qui s'abattent sur une société. Ce n'était pas seulement le loup qui terrifiait, mais tout ce dont il était devenu le symbole.

Pas un territoire ne fut épargné et l'on pouvait dresser le même constat dans le Blésois, le Gâtinais, et au-delà. Les attaques avaient eu lieu tantôt en Beauce, tantôt en forêt d'Orléans, tantôt dans le Val-de-Loire. Certaines haches, certains mousquets accrochés aux râteliers des maisons attestaient encore qu'on avait accepté, aux heures les plus angoissantes, d'armer les habitants des villages. Les traces de griffures aux portes prouvaient que la menace avait été réelle et que nul n'avait été à l'abri jusqu'au seuil de sa ferme.

Mais la crainte dépassait parfois la réalité, répondant à un besoin, celui d'avoir peur pour mieux se rassurer, où l'animal devenait porteur de tous les maux qu'il fallait combattre pour vivre tranquillement en société. La fameuse bête du Gévaudan avait ainsi fait trembler au-delà de l'Auvergne, et l'on vendit, bien des années après, à Chartres ou Orléans, des gravures qui en illustraient la lointaine réminiscence et qui rencontrèrent un grand succès. Parallèlement, on tendait à dégager la figure inquiétante d'un unique monstre derrière la multitude de morts pour cristalliser les hantises : après 1700 et les dix années d'attaques qu'avaient connues les villages, les fauves de la forêt d'Orléans ne devinrent ainsi plus qu'un dans la mémoire collective.

La suite est logique : ces arrangements avec la vérité rencontrèrent souvent le folklore. Comme partout, on mêla ces histoires à des superstitions locales : les apparitions voraces du dos-gris entrèrent dans la légende du meunier qui avait fait fuir une meute en grattant trois allumettes et en invoquant la Trinité, ou dans celle du grand Encanteur qu'on accusait d'être un lycanthrope qui, par un pacte avec le diable, charmait les loups pour les jeter contre les troupeaux. L'hyperbolisation tournait en un merveilleux éhonté ; le loup prenait son appellation de malbête, de mégueule digne d'un bestiaire prophétique ; il gagnait des ailes de chauve-souris, des rayures de tigre, des cornes de bouc et une queue de serpent comme le Jacquot et sa mère en avaient rapporté le détail.

Quoique l'époque fût de plus en plus à la raison, la chose était encore vraie en cette année 1814, en ce temps de cataclysmes où les levées en masse avaient vidé les champs des travailleurs, où l'on craignait les réquisitions des armées nationales comme les ravages des hordes étrangères, où l'on avait connu tant d'éclipses de l'intelligence et du cœur, tant de triomphes du malheur qu'on était prêt à accorder foi à n'importe quelle croyance fabuleuse. Une chape d'angoisse s'était abattue sur les campagnes. Cela expliquait pourquoi les nouvelles attaques étaient prises au sérieux, et pourquoi d'emblée tout le monde inclinait à penser à un loup en tremblant ou en s'insurgeant comme ses ancêtres auparavant.

Quand Adelphe et Carolange sortirent enfin de la maison, la nuit tombait sous un voile de brumes. On n'aurait plus distingué un dogue d'un loup. Ils s'en retournèrent. Mais ils avaient à peine lancé leurs montures qu'ils furent arrêtés par un aboiement de chiens et un attroupement d'hommes. Ils eurent d'abord du mal à les reconnaître car aucun n'avait de lumière. Puis ils identifièrent le peloton de Ponsot. Au croisement de deux routes, les gendarmes avaient rattrapé des paysans rameutés de Bucy, qui ne réclamaient plus une battue au vu de l'heure tardive mais exigeaient d'aller trouver la Veuve Rouge dans son repaire pour en délivrer P'tit-Follet qu'elle s'apprêtait sûrement à sacrifier. Ponsot secouait la tête. Pour lui, la Rousselaine n'était qu'une marginale, une paria coupable d'avoir été la maîtresse d'un bourreau, incapable de crime, encore moins d'enlèvement d'enfant sous les traits d'une louve. Il ne comprenait pas que, quand la douleur la plus vive se teinte d'incompréhension, il lui faut un exutoire. À coups de menaces, il tâchait de ramener ces hommes à la raison pour les disperser. Mais les paysans ne se calmaient pas ; ils commençaient d'invectiver les gendarmes en mêlant le loup et l'ensorceleuse ; ils gueulaient :

– Y a pas un instant à perdre ! Qu'est-ce que vous foutez, les gendarmes ? Vous avez peur des femelles qui ont des pouvoirs ? Venez donc avec nous chercher la sorcière !

– Rentrez chez vous ! répondait-on. Il fait nuit. Demain nous reprendrons les recherches.

– Ah, çà ! Faut-y donc qu'on vous bouscule pour que vous alliez avec nous ? On vient de passer devant la ferme à la Mathilde : elle braille qu'elle a subi un carnage dans son poulailler !

– Réfléchissez, c'est la preuve que la Rousselaine n'a pas mis un bout de sein là-dedans ! La Mathilde est une exagéreuse : au jour, on verra que deux poules crevées chez elle, et des malades! Allez, rentrez chez vous, bougres de sots, ou vous tâterez du plat de nos lames!

– Vrai-Dieu, cornards! Découillus que vous êtes! Du courage! Vous savez que si on n'agit pas tout de suite, le loup peut ravager la contrée en trois jours!

Les injures pleuvaient, sans respect de l'autorité, et bientôt on ne s'entendit plus. Heureusement, les paysans avaient négligé de s'armer dans leur hâte à battre inutilement la campagne. Ils n'avaient rien d'autre que quelques bâtons et ce fut une chance car la situation s'envenimait. On s'attrapait déjà par le collet, on aurait pu en venir aux mains quand Carolange s'interposa:

– Arrêtez! Arrêtez! Je vous ordonne d'arrêter!

Sa voix suffit à ramener le calme. Elle était une femme; elle était surtout la dame de Férale, avait sur ces rustres une autorité naturelle; nul n'osait aller à son encontre.

– Oui, poursuivit-elle, le temps des loups est revenu et la Rousselaine est peut-être derrière ces crimes, mais vous, lâchez ces gens! Et vous, posez ces bâtons, vous n'obtiendrez rien ce soir!

Tous savaient qu'elle avait de la science et de l'audace et ils la respectaient pour cela. D'ailleurs, elle intervenait dans leur sens, demandait juste de la prudence et de l'entraide. Mais tout à coup une détonation retentit, un éclair déchira l'obscurité. Non vers eux ni vers le ciel mais en direction du rideau frimassé qui tombait sur la route. Un gendarme avait tiré. Il se retourna:

– Bon Dieu, là! Je… Je crois que j'ai vu quelque chose!

Sans se demander si ce qu'il avait vu était un loup ou un autre animal, si ce pouvait être tout simplement quelque chose au lieu d'une illusion, tous alors lâchèrent les chiens et se jetèrent dans la même direction. Ponsot lui-même se laissa entraîner et courut avec eux. Mais ce fut Carolange qui se révéla la plus formidable. Remontée en selle, elle prit le fusil des mains du gendarme qui avait tiré et s'élança dans le noir. Adelphe en resta interdit; Ponsot le tança:

– Ne restez pas là, bougre d'ahuri! Il n'y a pas de temps à perdre! Suivez-la!

Il obéit, pique des éperons, double les hommes à pied pour s'enfoncer dans le brouillard à la recherche de la jeune femme déjà hors de vue. Il galope en aveugle, l'obscurité recouvrant tout devant lui. Bientôt même les chiens sont débordés. Le cheval part à travers champs, à gauche, à droite, à gauche sous de vagues sifflements, pour s'arrêter soudain et se cabrer. Là! Deux points rougeoyants! Deux! Adelphe croit reconnaître une ombre fugitive dans le noir.

L'ombre se sauve sous une haie dans un grognement effrayant; il reste en selle; il sait trop ce qu'il peut en coûter à un homme à pied de se mesurer sans arme à un loup. Il écoute, retient son haleine. Les nuages courent sur la lune; ni le bois ni la plaine ne poussent un soupir; rien ne bruit. Ses oreilles bourdonnent, de peur ou d'effort. Il appelle: « Là! C'est là, venez! » Les autres mettent un temps fou à arriver et il se rend compte à quel point il a été imprudent de s'aventurer si loin. Un frisson le glace à l'idée que c'est peut-être la mort qu'il a face à lui; alors, il songe à fuir. Fuir! Il va fuir en faisant demi-tour quand brusquement son cheval se fait bousculer. Il chute, braille. Nouvelle détonation, puis deux, puis trois. Une salve de tirs. C'est là, devant. Mais quoi ?

Silence. Roulement des sabots du cheval effrayé. Gendarmes et paysans accourent pour aller voir, passent devant Adelphe à défaut de lui tendre une main. Ponsot se contente de lui dire :

– Ce n'est que nous, jeune lionceau. Faut pas trembler comme ça ; m'est avis que vous avez rien de cassé à la fesse. Un de mes gars a culbuté les jambes de votre canasson dans le noir. C'est ça, la hâte à la chasse. Mais y a plus rien ici, si y a jamais eu quelque chose. Qu'avez-vous vu ?

– Ses yeux… Enfin, je crois.

– À la bonne heure ! Nous savons au moins maintenant que cette bête a des yeux. De toute façon on trouvera plus rien ce soir ; on reviendra demain matin. Allez, rentrez chez vous. Je vous promets de vous dire quand nous aurons rétabli l'ordre par ici.

– Mais Carolange, où est-elle ? Je l'ai perdue !

– Pas d'inquiétude, vous avez vu comme elle galope, elle saura se débrouiller. Je vous fiche un jeton sur la table qu'elle rentrera comme une grande au château si elle y est pas déjà. Vous feriez mieux d'aller l'attendre là-bas. Allez, allez, je vous dis !

Adelphe hésita mais, incapable de désobéir, finit par s'éloigner tout piteux, l'habit sali de boue, le corps endolori et le cœur contrarié, ainsi qu'un gamin tombé de sa chaise et réprimandé par son maître d'école.

En effet, Carolange avait pu s'avancer loin dans la nuit et regagner Férale sans le vouloir. La précipitation le fit encore se tromper de chemin avant d'arriver. Enfin là-bas, quel ne fut pas son soulagement quand la jeune femme, qui était bel et bien rentrée, descendit le perron à sa rencontre :

– Grand Dieu, Adelphe ! J'ai été si inquiète !

– Tout va bien. Mais vous ? Vous avez pris tant de risques !

– J'aurais voulu tirer pour atteindre cette chose et libérer tous ces gens, mais dans ce noir, je n'y voyais rien… Puis je me suis moi aussi laissée désorienter et, avant même de m'en apercevoir, j'étais revenue jusqu'ici. La prudence m'a dissuadée de repartir…

Elle murmura des paroles rassurantes à Néro pour cacher qu'elle était aussi un peu honteuse d'avoir été si téméraire et peut-être plus d'être revenue bredouille de sa course insensée. Bientôt, elle entra dans un état d'excitation intense, rageant de s'être élancée dans la mauvaise direction, puis de réflexion subite. Était-ce bien la bête sur laquelle ils étaient tombés ? Se montrerait-elle plus féroce encore après sa blessure ? Il faudrait mettre en garde le pays tout entier.

Il prit congé et rentra à Orléans. À nouveau seul, l'angoisse alors l'étreignit dans cette avant-nuit hivernale, un frisson puissant au soupçon de la mort qui rôdait dans ce paysage affligé de décembre, en cette heure crépusculaire, en compagnie de cette ombre rampante, diffuse, qu'il sentait dans son dos.

Ses efforts pour échapper à ses angoisses se relâchèrent. Il eut un de ces instants paniques qu'il pouvait connaître après une grande maîtrise de soi. Les cris des enfants attaqués, le sang rouge des plaies à vif, la silhouette de la Rousselaine se muant sous les astres, l'écho exalté des discours de l'abbé Vox tambourinèrent à ses tempes, lui martelèrent le crâne; il crut entendre la mort ricaner. Derrière lui. Partout autour. Dans son cou, contre sa peau, comme une femme aimée rit quand on la tient dans ses bras. L'obscurité l'enserrait et son cheval se mit à hennir comme si quelque chose le mordait subitement aux jambes.

À La Chapelle, il soupira de son ridicule en passant devant l'enseigne de la taverne L'Orme au loup et ralentit. Il ignorait que cet endroit aurait pu lever bien des mystères s'il s'y était arrêté. Une petite maison de vigneron était attenante à l'arrière de la taverne; le propriétaire était un républicain notoire au point qu'un des garçons de service avait été secrètement acheté par la police pour être ses yeux et ses oreilles dans l'établissement. Les volets étaient clos, mais sous la porte passait la lueur d'une bougie. À l'intérieur, un groupe d'hommes discutait à mots couverts, et si l'on avait pu saisir ne fût-ce que des bribes de leur discussion, on aurait peut-être compris qu'ils se disputaient avec véhémence et s'adressaient des reproches:

– Bon sang, des enfants de dix ans! C'est à ça que tu pensais quand tu nous as soumis ton plan? Enfin, quoi, pour le vieux, nous n'y étions pour rien, nous n'avions pas décidé, mais cette fois je refuse d'être un tueur de gamins! Vous m'entendez, je refuse!

– Eh, qu'est-ce que tu croyais? Qu'elles tueraient des colosses? Des seigneurs? Évidemment que non, elles ne peuvent pas! Elles ont la taille de louvards de deux ans.

– Il a raison. Nous savions qu'il y aurait des victimes, peu importe l'âge. Ce à quoi nous devons plutôt être vigilants, c'est que le retour de ces choses, de ces sphinges est chaque fois difficile si tu nous dis que Valoutina t'a écrit ce matin et qu'à cette heure, il en manque encore une.

– Valoutina ne tient pas son rôle !

– Je réponds de Valoutina ! C'est moi qui ai eu l'idée de l'associer, c'est moi qui ai eu l'idée de ce plan, il en va de ma responsabilité que tout fonctionne comme prévu.

– Ta responsabilité ? Tu es un irresponsable qui ne pense qu'à peloter et à boire.

– La peur se propage ; c'est ce que nous voulions, non ?

– Mais pas comme ça ! Pas en tuant des gamins, merde !

– Assez ! Avons-nous autre chose ? Non. Alors il faut continuer tout en restant maître de la situation. Ce n'est pas le moment de nous diviser. Il est trop tard pour reculer. Nous avons lancé une intrigue : il faut maintenant aller au bout pour voir si le roman sera bon ou mauvais. Il nous faut même accélérer, qu'on ne se contente pas d'un vieillard libidineux dont tout le monde se fiche et de gamins désœuvrés.

– Quoi, tu veux égorger un bourgeois ? Un propriétaire ? Un aristo ?

– Mieux : un gendarme. Pour montrer que nul n'est à l'abri et instiller la terreur dans les esprits.

– Mais je le répète : tu oublies qu'elles n'en ont sans doute pas la force.

– C'est vrai. Qu'à cela ne tienne, nous allons les y aider.

II

DIX JOURS PLUS TARD, Adelphe repensait encore à tous ces événements.

Un autre feu que celui de la ferme au Jacquot brûlait devant lui, d'une flamme solitaire mais vive malgré la petite taille du poêle. On pouvait faire reproche à sa servante de mitonner des plats immangeables ou d'effectuer un ménage douteux, mais la brave Euphrosyne, dont le mari était le portier et qui était femme à tout faire dans l'immeuble, ne manquait jamais d'allumer l'appareil dès le jour, avant même qu'Adelphe fût levé. Entre le crottin ramassé dehors et un seau d'eau porté à la famille du deuxième, elle revenait régulièrement chez lui alimenter ses fournées de bois durant les heures qui suivaient, traînant son poids énorme et suant à grosses gouttes. Euphrosyne était louchonne, grasse et bossue autant qu'à Férale Élodie était osseuse, revêche et raide comme un i.

Il faisait froid ce matin-là, extrêmement froid au-dehors ; Adelphe l'avait senti à la fraîcheur des lattes du parquet dès qu'il y avait posé les pieds au réveil. Les températures avaient encore baissé dans la nuit et le thermomètre qu'il se flattait de posséder indiquait péniblement deux degrés. Novembre était passé avec ses brouillards, ses semailles d'automne, ses cortèges d'ouvriers qui, montés à Paris pour la belle saison, s'en étaient retournés dans leur pays natal. L'hiver s'installait, époque du repos de la terre et du repli domestique, et se ressentait jusque dans les recoins du modeste garni du troisième étage.

Après une toilette à l'eau gelée et un déjeuner frugal, Adelphe, emmitouflé d'une laine, poussa sa table un peu plus près du calorifère et un peu plus loin de la fenêtre dont il appréciait pourtant la vue sur le Martroi quand il travaillait. En bas, de l'autre côté de la rue, l'ancien couvent des Minimes montrait ses toits blanchis comme une guimpe sur une robe de none. Au bout, la place blêmissait du grésil qui continuait de tomber lentement. Dans un renfoncement, on apercevait derrière le voile de poudre grise l'ombre de la statue de Jeanne d'Arc guerrière de Gois qui, casquée sur son socle de marbre, semblait ne rien craindre depuis dix ans qu'elle était installée là, mais vouloir entraîner les Orléanais vers une lutte indécise malgré les rigueurs du temps. Sous les précipitations, il fallait se cacher le visage pour y voir devant soi tout en faisant attention où l'on posait le pas car le grésil recouvrait tout. La circulation dans la ville en était ralentie ; de rares courageux traversaient la place. En les apercevant, Adelphe frissonna encore de la nuit où il avait poursuivi… Poursuivi quoi au juste ? Il ne le savait toujours pas, mais il remerciait Dieu de ne pas avoir été alors pris dans un temps si affreux.

Une tiédeur appréciable commençait de se diffuser et lui déglaçait les pieds et les poings. Il alluma sa pipe, se mit à fumer lentement, presque voluptueusement. Dans l'indigence de son quotidien, le tabac était son seul plaisir, qu'il achetait à prix d'or et qui lui avait causé plusieurs fois une véritable angoisse quand il avait égaré sa tabatière.

Le tuyau entre les dents, sous les volutes odorantes, souvent il s'oubliait à regarder la lueur rougeoyante qui perçait à travers la fonte du poêle ; il n'y avait que cela pour le distraire dans son appartement aux murs nus à l'exception de vieux plâtres jaunis et d'une gravure représentant *La Boudeuse* de Bougainville dans une baie d'Otaïti. Il écoutait le crépitement incandescent de la flamme, appréciait le réchauffement qui en émanait, y puisant chaque fois la force d'écrire. Ces derniers temps, son quotidien était dévolu au travail. Il terminait une étude sur le brachet polonais dans laquelle il s'était jeté à l'arrivée de l'hiver et qu'il comptait finir pour la présenter aux beaux jours à la Société des sciences. Il fallait bien manger pour vivre et, pour manger, trouver quelque chose d'utile et d'ambitieux.

Adelphe était écrivain dans l'âme avant d'être savant. Au sortir de l'adolescence, il s'était d'abord essayé à la poésie en publiant un recueil intitulé *Le Calame et la Rose*, qui ne passa jamais de sa Champagne natale à Paris où les carrières littéraires se font et se défont. Ce fut alors que son frère, plus âgé, décida de venir à la capitale pour suivre les cours de Geoffroy Saint-Hilaire, Mertrud ou Lacépède au Muséum d'histoire naturelle. Paulin était un modèle pour lui, et il ne fut nullement étonné de son choix. Les sciences, bien sûr, comme leur père était médecin et, avant lui, le père de leur père : à la suite de son aîné, il songea que fréquenter les bancs parisiens ne lui serait pas non plus inutile et il finit par habiter la même mansarde rue Saint-Jacques. Ils avaient respectivement dix-huit et vingt ans.

Paulin avait l'esprit conquérant ; tout lui était limpide, facile, enthousiasmant ; il avait du génie et une force de séduction sans pareille. Adelphe s'éblouissait de son charisme et jalousait, tout en la sachant logique, la préférence que ses parents lui avaient toujours manifestée. Il ne quittait Paulin d'une semelle et, même quand ils travaillaient dans le silence de leur soupente, souvent il se détournait pour l'observer en secret et essayer de percer le mystère de son intelligence. Paulin avait été repéré par ses professeurs, on lui confiait déjà quelques leçons, une carrière prometteuse s'ouvrait à lui : il ne lui manquait plus qu'un voyage prestigieux pour obtenir son entrée parmi les plus grands. En 1800, on le recommanda pour l'expédition Baudin en partance pour la Nouvelle-Hollande. Celle-ci devait explorer les côtes encore méconnues du continent australien en vue de débouchés commerciaux et, pourquoi pas, d'ambitions territoriales ; elle compterait sur ses navires, *Le Géographe* et *Le Naturaliste*, une armée de cartographes, médecins, zoologistes et botanistes que le jeune homme rêvait de côtoyer. Les noms de Bory de Saint-Vincent, Leschenault de La Tour, Péron, Michaux se bousculaient dans sa tête. Adelphe le revoyait encore faire le tour de leur chambre en dansant ; il entendait ses rires d'allégresse, sa voix passionnée :

– Te rends-tu compte, mon frère ? Gicquel, second d'Entrecasteaux ! Milbert, le dessinateur ! Bernier, un élève du grand Lalande ! Et combien d'autres avec moi !

Tous ces noms n'auraient rien dit au profane, mais Paulin s'en alla plein d'espoir et de joie, surtout quand chacun des participants à l'expédition reçut une tabatière gravée à son nom du Premier Consul en personne. Bonaparte voulait montrer que la République aimait ses scientifiques. Adelphe en resta orphelin. Te rends-tu compte, mon frère ? Il s'était rendu compte, oui.

Car lui était tout autre. Écrasé d'angoisses, manquant de confiance, peinant à lier une amitié solide ou à briller en société, il avait toujours été d'un esprit plus lourd, d'une volonté plus laborieuse, d'un caractère plus irrésolu qui lui avait fait obtenir des résultats médiocres et hésiter sur ce qu'il voulait faire de sa vie. Il crut devoir s'intéresser à la médecine, puis se tourna vers les minéraux, les plantes, enfin les animaux lui aussi. Mais contrairement à Paulin, il se raccrocha à la faune européenne davantage qu'exotique. Il se spécialisa dans les espèces rares, voire réputées disparues, avant de réaliser que cela ne le menait à rien sinon à des découvertes qui seraient dédaignées. Son tempérament de poète l'avait fait se pencher sur l'auroch plutôt que le bœuf, le tarpan et non le cheval ; il fallut toute la force de conviction de son aîné pour lui ouvrir les yeux sur la vacuité de telles études s'il voulait se faire un nom et gagner de quoi vivre.

– Il faut bien manger pour vivre, lui répétait Paulin, et pour manger de nos jours, il faut trouver quelque chose d'utile et d'ambitieux.

Adelphe accepta le conseil : tandis que le bateau emportait son frère loin des côtes de France, il renia ses premiers travaux et concentra ses recherches sur les chevaux pour s'attacher l'armée dans sa gloire. Il espérait trouver une race robuste, rapide, résistante aux blessures. Il n'y parvint pas. Alors il redoubla d'imagination, porta son intérêt sur les chiens et, sollicitant des audiences officielles, voulut convaincre de leur utilité pour traquer l'ennemi dispersé à la guerre. Mais sa parole ne suscita qu'une simple attention. On gardait trop en mémoire l'expérience peu probante de Saint-Domingue où les molosses cubains achetés à grands frais pour chasser les nègres évoquaient l'humiliante défaite qu'avait connue la France là-bas. Ce fut un échec pour Adelphe, qui s'aggrava infiniment quand il apprit la mort de son frère à l'autre bout du monde.

Paulin était mort. Son frère chéri était mort. Le néant s'abattit comme une longue nuit dont on ne voit pas la fin. On était en 1802.

Cependant, il fallut bien continuer. Il fallut bien manger pour vivre et, pour manger, trouver quelque chose d'utile et d'ambitieux. Les dix années qui suivirent furent aussi brouillonnes que les dix précédentes. Adelphe s'entêta à essayer de convaincre, oscilla entre les cabinets parisiens et les champs de bataille jusqu'aux frontières du grand Empire russe, faisant partie des inventeurs, commerçants, artistes qui gravitaient dans le sillage de l'armée pour tenter leur chance tandis que la mort que chacun traînait comme son ombre l'effrayait. Il cherchait le contact avec la troupe mais fuyait les cadavres pâles et les blessés agonisants ; la seule vue d'un cheval qui se vidait de ses tripes lui donnait une nausée atroce. Jamais pourtant il ne renonça, préférant se voir comme le dernier des savants de la trempe de ceux qui avaient autrefois accompagné Bonaparte en Égypte, et cette candeur sur lui-même suffisait à le rassurer. Des déserts de sable à ceux de glace, il voulait croire que l'aventure restait la même. La débâcle l'emporta.

Il retourna en France, d'abord à Reims dont il était originaire et où, échappant toujours à la conscription, il attendit une ingrate notoriété. Ce fut de Reims qu'il lia contact avec Griseldan qu'il ne connaissait que de renom. Le vieil homme venait de lui écrire, deux ans après que sa famille avait appris la disparition de Paulin en terre de Diemen, pour lui adresser ses condoléances et livrer son témoignage. Nul ne l'avait fait auparavant ; l'officier qui avait écrit aux siens en 1802 n'avait que rapporté des faits auxquels il n'avait pas assisté. Malgré l'écart d'âge, Griseldan s'était présenté comme un grand ami du disparu et lui avait envoyé, avec sa lettre, la tabatière qu'Adelphe garda en souvenir et dont il ne se séparerait plus désormais. La concomitance des événements avait été tragiquement ironique : la France attendait le retour imminent de l'expédition Baudin, les foules se faisaient une joie d'aller à Lorient devancer l'entrée du navire dans le port quand la lettre tomba sur la table d'Adelphe. Une feuille jaunie, délavée, gonflée par l'objet qu'elle renfermait dans son pli. Il la regarda longtemps avant de l'ouvrir, devinant quelque mauvaise nouvelle. L'écriture était petite, serrée, par moment illisible. Il s'effondra à sa lecture.

Griseldan commençait par y expliquer que l'expédition avait connu des déboires et que ces déboires avaient viré à la catastrophe à partir de leur escale à l'île de France. On n'avait plus compté les abandons ni les morts et l'on sentait toute la déception du savant dont la confiance de départ s'était mue en une rancune envers le capitaine qui n'avait su mener son odyssée comme il fallait. Puis il en venait à l'amitié nouée avec Paulin sur le navire, à ce qui les avait rapprochés, aux instants de conquêtes et d'aventures qu'ils avaient partagés. Paulin était novice, Griseldan non. Quand il vit le jeune homme être malade à bord, courir à terre sans savoir où donner de la tête ni se méfier des dangers, il lui prodigua ses conseils. Sa passion, sa jeunesse, sa fougue, sa beauté aussi l'avaient grisé, lui qui en manquait déjà beaucoup. Il disait, pour rire, qu'ils étaient l'Apollon et le Thersite. À deux, ils vécurent des semaines intenses de découvertes, collectant le jour spécimens et observations où qu'ils fussent, les couchant la nuit sur papier et en tirant des conclusions au point qu'ils finirent par dormir dans la même cabine. Dans ces moments, Paulin lui parlait beaucoup d'Adelphe.

Griseldan fut l'unique témoin de ses derniers instants. Le récit du drame tenait en quelques lignes, comme bien des malheurs qui souvent arrivent d'une façon des plus banales.

Le bateau mouillait quelque part au sud-est dans le canal arpenté jadis par d'Entrecasteaux. Notre groupe débarqua dans une anse inconnue pour vingt-quatre heures d'exploration. À peine le pied posé sur la plage, on s'égailla en tous sens, par équipes, les uns pour explorer les terres et trouver de l'eau douce, les autres pour chasser des cygnes et assurer la subsistance. Nous partîmes, quant à nous, de notre côté, sans autre compagnie que celle des deux indigènes que je venais de prendre comme valets. On nous avait assuré à Timor qu'un oiseau bicéphale évoluait dans ces parages. La chose, bien qu'étonnante, était plausible tant la nature dans ces hémisphères est encore inétudiée ; elle méritait en tout cas d'être vérifiée si croire en l'impossible, c'est déjà le faire naître.

Au bout de plusieurs heures de marche, nous débouchâmes dans une solitude paradisiaque. Sous une végétation abondante qui assourdissait jusqu'au murmure de son eau, un lac, à peine plus grand que le bassin d'un château, y formait un cadre qui aurait été idyllique si les coups de feu de la chasse n'avaient résonné au loin et fait s'envoler des nuées de perruches. Une cascatelle chutait en de minces filets sur des rochers et rejaillissait en éclaboussures mélodieuses. Derrière, une grotte où pendaient des mousses et des lianes s'arrondissait comme une bouche qui se pâme. L'eau de ce lac avait la brillance trompeuse des yeux d'une femme ; l'onde y donnait l'impression de manquer de profondeur et avait la surface lisse et miroitante de celle qui surprend les héros des mythes avant qu'ils ne glissent à leur perte.

Votre frère, monsieur, n'y tint plus. La chaleur était pesante, la fraîcheur insuffisante, il avait souffert trop longtemps des rations d'eau. Oubliant l'oiseau merveilleux que nous poursuivions, il plongea pour s'y ranimer. Il m'invita à le rejoindre, mais j'ai passé l'âge de me baigner et je me contentai de lui tendre parfois une branche pour essayer de le faire tomber en poussant son torse glabre comme la gorge d'une jeune fille. Votre frère riait, faisait mine de couler. Nous étions seuls ; Eugène et Hygin, mes nouveaux domestiques, étaient partis trouver de quoi déjeuner quand l'accident tout à coup s'est produit et le paradis s'est transformé en enfer.

À ce moment de la lettre, l'écriture de Griseldan était devenue plus embrouillée qu'elle ne l'était déjà, comme contractée sous l'effet de la douleur. La syntaxe se relâchait, la graphie devenait hasardeuse pour dire qu'il vit soudain Paulin se débattre dans l'eau, s'enfoncer, élever ses bras.

Sans même avoir le temps de pousser un cri, j'ai assisté à sa noyade. Au début, j'ai cru qu'il plaisantait. Quand j'ai compris enfin, il était trop tard. Son corps… Son corps avait été aspiré au fond de l'eau. J'ai cherché, j'ai hurlé ; mes serviteurs ont accouru et ils ont été impuissants, pas même à le dégager, mais à le localiser. S'était-il coincé sous une pierre ? Dans des racines ? Avait-il été happé par un animal ? C'était comme si le lac l'avait englouti et ne voulait rien en rendre. Il paraît que ce genre d'étendue d'eau, plus dangereuse que les plus dangereux des sables de Loire, peut avoir des fonds troubles qui cachent longtemps les corps et ne les rend parfois jamais. Mais une telle explication ne suffit pas ; surtout elle n'atténue pas le chagrin…

Il ne s'étendit pas davantage.

Quand Adelphe lui demanda des précisions, il éluda toujours en donnant des renseignements vagues qui se comprenaient par sa peine encore vive, même des années après le drame. Adelphe eut beau regarder une carte, il ne sut dire où son frère était mort. Aucun récit ultérieur n'en parla et il ne réussit à recueillir aucun autre témoignage. À croire que Griseldan l'avait inventé si la chose n'avait été un accident des plus communs. Un malheureux et tragique accident. Tout ce que d'autres lettres lui apprirent porta sur l'obsession du vieil homme à se demander s'il avait trop hésité à se jeter à l'eau, s'il aurait dû envoyer chercher du renfort, s'il rejoignit le bateau trop tôt ou s'il était trop tard depuis longtemps. Quitter les lieux sans son ami alors qu'il le savait si près de lui, sous l'eau, avait été un traumatisme et il concevait de tout cela un remord extrême qu'Adelphe par respect ne voulut pas empirer, sentant qu'il partageait sa souffrance et se contentant de l'aimer pour cela. Il n'en demanda pas davantage, craignant de travestir la vérité en forçant le souvenir, de heurter ce nouveau compagnon dont il jugeait l'amitié précieuse pour entretenir la mémoire de l'être aimé. Les détails n'avaient jamais ramené les morts à la vie.

Lui aussi resta meurtri. Plus qu'un frère, il avait perdu celui qu'il chérissait par-dessus tout, qui était son modèle, son repère et il eut conscience que le vide laissé par Paulin ne serait jamais comblé. Il enferma la lettre dans un tiroir qu'il regarda souvent sans oser le rouvrir, n'ayant pas besoin de relire ce qu'il avait lu parce que chaque mot s'était gravé en lui à la façon de l'épitaphe d'une tombe. Quoique anéanti, il choisit cependant de se montrer digne. Il entama une correspondance qui dura près de dix ans, au rythme d'une longue lettre à chaque saison, motivée par le souvenir du défunt autant que par un goût pour les sciences naturelles qu'ils avaient en commun. Adelphe n'était pas sans ignorer qui était Griseldan de Malmaure et Griseldan, sans cacher qu'il s'était retiré des sciences, semblait s'intéresser aux travaux d'Adelphe. Celui-ci en profita pour découvrir ses études sur la faune australe des antipodes. Il y avait de l'émotion dans leurs lettres, de la sincérité ; il semblait qu'ils tissaient un lien de tendresse autour du cher disparu, les souvenirs de l'un s'étant arrêtés là où commençaient ceux de l'autre.

À aucun moment Griseldan ne laissa paraître son caractère misanthrope ; il accueillit Adelphe dans sa vie comme un second fils moins bon qu'on accepte après avoir perdu le premier qui était bien meilleur. À aucun moment non plus il ne lui parla de Carolange à laquelle Paulin, sans jamais l'avoir rencontrée, avait pourtant été lié parce que Griseldan, voulant le mieux pour sa filleule orpheline et ne sachant de garçon plus valeureux, avait conçu l'idée de la lui donner en mariage quand elle sortirait du pensionnat où il l'avait laissée le temps de son périple au bout des océans. Aussi Adelphe fut-il étonné de recevoir un jour une lettre de la part de cette jeune femme qui lui était inconnue. Elle lui apprit d'emblée la vérité de sa relation avec Paulin, mais ce ne lui fut pas un frein car elle avoua ne l'avoir jamais côtoyé que par l'intermédiaire de quelques missives et n'avoir appris sa disparition que comme on apprend celle d'un ami, non d'un amant. Elle écrivait maintenant à Adelphe par politesse pour sa famille ; il songea plus tard que c'était aussi peut-être par ennui. Elle cessa d'ailleurs bientôt de parler de choses tristes et Adelphe, pour une fois, tint la première place devant son frère.

Une correspondance parallèle à celle de Griseldan, plus intime et légère, s'engagea entre eux. Vivant dans la solitude selon l'habitude voulue par son oncle, Carolange semblait apprécier l'amitié épistolaire d'Adelphe. Elle avait peu de conversation, mais se plaisait à apporter un jugement indulgent sur ses propos et apprécia les dissertations interminables qu'il lui infligea dans ses maladresses courtoises. Les échanges durèrent des mois; on ne compta plus les lettres envoyées, reçues, conservées précieusement sur le cœur parce qu'elles avaient le parfum de la rose. Ils en furent tous trois à un tel degré d'intimité, ils croyaient se connaître depuis si longtemps qu'Adelphe, fuyant la progression des alliés, se rapprocha d'Orléans où il finit par s'installer en février 1814.

Alors il la rencontra et tout fut différent. S'il l'avait sentie quelque peu réservée dans ses lettres, il découvrit une femme plus savante et audacieuse qu'elle n'en donnait l'air. Non contente de seulement l'écouter, elle montra qu'elle avait ses propres connaissances et qu'elle pouvait enchérir sur ce qu'il lui racontait. Car il avait le savoir livresque d'un lettreux tandis qu'elle avait la science des êtres qui battent la campagne, font d'un jardin leur terrain de jeu et n'hésitent pas à se baisser, se hausser, à déchirer leurs vêtements pour attraper ce qu'ils ont vu. Elle l'entraînait parfois à observer les chevreuils qui passaient derrière les murs du parc ou à nourrir en cachette les spécimens de la zoothèque. Elle était la dame de Férale que les gens du pays évoquaient, la seigneuresse du domaine, qui peignait la nature au point de lui donner la vie et qui parlait aux animaux et aux hommes pour soulager les peines des humains et des bêtes. Il comprit qu'il aurait besoin d'elle.

Ayant découvert que Griseldan était plus brutal qu'il n'y paraissait sous sa plume et Carolange plus charmante encore que dans ses rêves, il les fréquenta moins pour les souvenirs de Paulin que le premier se refusait à partager que pour les bienfaits que la seconde dispensait autour d'elle. Il fut aussi touché de sa peinture, cette peinture pleine de force, de vérité, de passion ; mais il refusa de l'y résumer car, si extraordinaires que fussent ses toiles, elle était tellement plus à ses yeux. Elle était joie, douceur, lumière. Une seule fois, au début de leur relation, il avait cru assister à un renversement de leurs caractères quand, arrivé sans s'être annoncé, il les avait trouvés en pleine dispute, elle raidie, sévère, victorieuse, lui en colère mais honteux et docile sur un sujet dont il n'avait jamais rien su. Mais tout avait été si rapide qu'il s'était plutôt accusé de les avoir surpris et mis mal à l'aise. Depuis, pour l'éviter, un rythme de visites s'était instauré : il s'en venait les dimanches et jeudis, écoutait le vieux médire sur le monde à coups de sentences et galantisait innocemment avec celle qui l'appela bientôt « chère âme » et qui était devenue son ange de félicité.

Le grésil tombait toujours. La vieille Euphrosyne passait chaque heure nourrir le feu et s'assurer que l'appartement fût bien chauffé, élevant sa bosse dans l'escalier comme un chameau sur la dune, montrant dans l'entrebâillement de la porte son visage uniforme et bouffi.

– Si j'étais pas là, qu'elle ânonnait, vous vous laisseriez mourir, m'sieur de Mézières. Vous seriez aussi roide et froid que la statue de not' pauvre Jeanne là, en bas, sous ce qui tombe.

Mais Adelphe ne la voyait pas. Il errait en ses pensées. À mesure qu'il vagabondait, les idées se mêlaient dans sa tête, les images entrevues des vivants et des morts. Bientôt le souvenir de son frère, des relations nouées avec Griseldan et Carolange se conjugua au temps présent, aux attaques de bête. Il se les retraça, de celle du père Euripide où il avait été appelé un mois auparavant à celle récente de Bucy dont il avait entendu le récit des rescapés. Ces attaques n'avaient rien que de très pitoyable et courant ; il aurait pu ne pas y prêter attention en attendant que le danger disparût. Il s'occupait de chiens, mais pas de loups, et il rêvait d'être utile à l'armée, non à des paysans menacés des mêmes dangers depuis des siècles. Pourtant, un intérêt croissant s'était éveillé en lui depuis qu'il avait constaté que des incohérences demeuraient, au point d'accaparer ses pensées et de troubler son sommeil, et il se demandait s'il était le seul à les avoir repérés.

Certes c'étaient toujours, à l'aube ou au crépuscule, sur des personnes isolées ou faibles, des attaques violentes qui se concluaient par la dévoration de la victime. Mais au-delà, comment ne pas voir que les indices retrouvés trahissaient des assauts différents ? Ce qui avait tué Euripide ne pouvait être ce qui avait causé la mort de Fabre, à supposer qu'il ne fallût pas conclure pour lui à un simple accident. Quant aux événements de Huisseau et Bucy, s'ils concordaient, si le scénario de gamins agressés était très plausible, on ne pouvait pas affirmer de manière absolue que c'était encore la même bête : Béraud, qui semblait être celui qui avait le plus d'expérience en ce domaine, avait été catégorique pour dire que c'était un seul animal qui avait commis le massacre du vieux chansonnier et qu'il ne rôdait pas en meute comme les témoins l'affirmaient pour les autres victimes. Comment se faisait-il qu'il n'y eût d'ailleurs aucun bétail touché ? Pas un bestiau égorgé dans un pré, pas de gibier éventré dans un sous-bois, pas même une volaille déplumée dans une basse-cour. Surtout comment se faisait-il que, dans un pays sans montagnes ni forêts, un animal aussi agressif, suffisamment massif pour s'attaquer aux hommes, n'avait encore pu être débusqué ni même aperçu ? Si l'on exceptait la chasse que les gendarmes lui avaient donnée la nuit du 6 décembre où un tir l'avait peut-être blessé, nul ne l'avait aperçu dans la campagne comme s'il disposait d'une cache inconnue et sûre, d'un liteau impossible où se terrer tout le jour.

On avait fini par découvrir les restes de la petite Cribier qui avaient déjà été enterrés quand Adelphe fut prévenu, mais on lui en donna les détails. Cheveux arrachés, pariétaux enfoncés, lèvres, menton et joues emportés : ça avait tourné à l'horrible ripaille. Pourtant, à se faire montrer le lieu du drame, le peu de distance sur lequel la gamine avait été traînée, il en conclut à l'inverse qu'elle avait été agrippée, sans doute saignée à mort, mais sans être emportée comme si elle avait été trop lourde pour son prédateur. Puis les petits blessés de Bucy qu'on avait transportés à l'hôtel-Dieu, quatre en tout, portaient des marques ambiguës. Deux d'entre eux présentaient des blessures qui, comme l'Antoine, ne résultaient pas de l'attaque mais de la fuite où ils avaient glissé ; les deux autres présentaient bien des morsures aux bras qu'ils avaient reçues en essayant de défendre leur camarade, mais ces morsures avaient un écartement plus important que celui de la mâchoire d'un loup et une pression en revanche plus faible. Les dents, quoique puissantes, avaient moins pénétré les chairs que d'ordinaire dans ce genre d'attaque. Surtout, autant qu'on pouvait en juger, elles semblaient avoir un nombre d'incisives et de molaires différent. La description qu'ils avaient eux aussi fait de la bête était des plus fantaisistes, ce qu'il fallait imputer à l'âge des rescapés : un enfant parlait d'un gros chien beige aux oreilles arrondies qui grognait ; un autre évoquait une panthère grise aux pattes griffues ; un autre parlait d'un animal au poil ras, capable de se dresser et qui avait émis des sifflements devant lui. Chaque fois néanmoins, la mention revenait d'une queue semblable au serpent que le diable s'accroche à la taille quand il poursuit les innocents pour les emporter. Quand Adelphe tenta d'en obtenir un croquis, il eut l'impression que l'animal en question avait tout d'une chimère sortie des sermons de l'abbé Vox que ces gamins avaient dû entendre avec leurs parents.

Les empreintes au sol ne correspondaient pas non plus : elles avaient un coussinet plantaire plus grand sur les pattes de devant et cinq doigts quand le loup, on le savait, en présentait quatre. Et la chronologie ne convenait guère, toutes ces attaques s'étalant sur un temps trop long si la bête avait la rage ou se cachait. Enfin… Il hésitait tant cela lui semblait grotesque… Enfin, il ne pouvait s'empêcher de repenser à l'étrange peau de serpent qu'il avait découverte sur la route et offerte à Griseldan sans savoir comment relier cet élément au reste, si même cela avait un quelconque rapport. Il ne pouvait s'empêcher d'y repenser car il lui semblait avoir vu dans la touffe de poils roux trouvés sur le cadavre de Fabre quelque chose du duvet incrusté à l'envers de cette peau. On ne l'avait pas laissé y voir de plus près, et il n'avait pas osé demander, mais il se disait que cela faisait beaucoup de coïncidences étranges tout en sachant bien que le risque avec les coïncidences, c'est qu'on veuille toujours les relier.

C'était à n'y rien comprendre. De là à remettre en cause l'idée d'un loup, à formuler l'hypothèse que ce fût autre chose, il n'y avait qu'un pas. Se pouvait-il aussi qu'il se trompât tout à fait ? Il n'était sûr de rien, s'embrouillait, aurait aimé être aussi certain que Béraud ou Carolange. Qu'aurait pensé Paulin, qu'aurait-il fait à sa place ? Le seul qui pouvait l'aider était celui qui avait fréquenté son frère et fait partie des grands noms de la capitale : Griseldan. Et il résolut de s'ouvrir à lui de ses interrogations à sa prochaine visite.

– Vous devriez arrêter de songer, dit Euphrosyne qu'il avait oubliée. Ça vous mine ! Je sais guère à quoi vous pensez, au mauvais temps, à vos écritures ou à une dame, mais quand on voit quelqu'un comme ça, on lui conseille qu'il vaut mieux agir un bon coup que réfléchir trop.

Et elle rentra dans sa loge où elle rejoignit son portier de mari, le bedonnant Hector, qui avait autrefois perdu son bras droit à Valmy mais pouvait encore atteler un cheval au besoin.

La visite arriva. Adelphe s'en vint à Férale. Le froid de décembre mordait ses joues, engourdissait ses mains, humidifiait son front des gouttes de pluie gelée qui flottaient dans l'atmosphère. Emmitouflé dans la même pelisse parce qu'il n'en avait pas d'autre, il reprit la route habituelle et l'image de Carolange suffit à lui réchauffer ingénument le cœur et lui faire tenir bride sur le chemin triste et glissant qui le menait jusqu'à elle.

La route, longeant la Loire, était toute droite. Les brouillards de novembre avaient disparu mais elle n'en était pas plus gaie. Sous de longues bandes grises de nuages, les hameaux qu'il passa semblaient endormis comme s'ils s'apprêtaient à hiverner fenêtres et portes closes, volets rabattus ; de temps à autre, le fleuve s'apercevait au loin comme une ligne flottante dans le paysage qui semblait tracer une voie parallèle merveilleuse. Le gel ne tenait pas encore partout ; comme un prélude aux grandes neiges d'hiver, il formait çà et là des plaques fines et, en d'autres endroits, se mêlait à la terre en une espèce de boue. Les sabots du cheval s'y enfonçaient quelquefois et des idées sombres venaient au cavalier. Était-ce l'effet subreptice de ces attaques ? Déjà depuis plusieurs semaines il n'avait plus son insouciance d'amoureux quand il trottait vers Férale. Tout ce à quoi il avait assisté le rattrapait et l'ombre de la mort sans arrêt planait sur lui. Il en venait à se demander, sur cette route qui allait vers Blois et au-delà jusqu'à l'embouchure de la Loire, combien de bêtes avaient terrorisé les rives du fleuve royal dans l'histoire. Combien avaient été évidentes, combien problématiques, combien mystérieuses d'un mystère irrésolu ?

Il traversa la campagne lentement. Au dernier bourg, il remarqua une poignée de femmes groupées autour d'un lavoir. Elles parlaient entre elles. Il ne voulut pas s'arrêter et elles ne lui demandèrent rien, mais il entendit distinctement le nom de cette sauvageonne de Rousselaine revenir entre les lèvres. Il devina ce dont il était question : d'une femme qui s'alouvait la nuit pour séduire les hommes et enlever les enfants. Toutes ces histoires de métamorphoses variaient selon les fantasmes et les hantises de ceux qui les colportaient.

– C'est une sorcière, disait probablement l'une.

– Une bougresse : elle a déféqué des louveteaux, répondait une autre.

Adelphe n'était pas dupe. Depuis quelques jours, il savait qu'on cherchait une cause irrationnelle aux attaques et que la Rousselaine était la coupable toute désignée, elle qu'on accusait déjà avant cela de récupérer la graisse des cadavres pour en faire du verre soufflé. Il eut pitié de ces misérables. Comment ne pas voir dans leurs ragots la jalousie de paysannes pour une créature qui échappait à la société et suscitait l'attirance autant que la répulsion de leurs maris ?

À son arrivée, le château ne trahissait aucune activité. À cause du mauvais temps, Adelphe n'était pas venu depuis plus d'une semaine qui lui sembla un mois. Contre toute attente, la haute grille était fermée ; ce fut l'un des deux domestiques, Eugène ou Hygin, qui vint lui ouvrir car l'ouverture coinçait sous la chute des températures. Les corbeaux volaient bas dans le ciel ; le parc, plus délaissé qu'à la fin de l'automne, presque rejeté en-dehors de la nature, accroissait l'impression d'autarcie que Férale renvoyait d'ordinaire. Le second valet l'accueillit au perron et ce fut comme toujours quand il fut dans le vestibule que Carolange descendit, la chatte blanche Georgie se faufilant, filiforme, entre ses jambes au risque de la faire tomber :

– Adelphe, enfin ! Que vous avez été méchant ! Depuis quand ne vous avons-nous vu ?

Il n'eut pas le temps de rougir ni d'interroger la vérité de son regard car elle poursuivit en s'adressant au chat autant qu'à l'homme :

– Mais il faut avouer que notre compagnie est des plus ennuyeuses, n'est-ce pas, Georgie ? Alors je vous pardonne, et aujourd'hui je suis à vous, et vous n'aurez que moi à vos côtés car…

– Il n'est pas disponible ?

Il parlait de Griseldan, songeait à ce qu'il devait lui dire de ce qu'il supputait des attaques.

– Non, il n'est pas disponible, et je m'en réjouis : nous passerons plus de temps ensemble.

En même temps qu'elle dit cela, un voile étrange, mystérieux d'équivoque, parut passer sur ses yeux, qu'elle chassa aussitôt. Le prenant par la main, elle le mena dans le petit salon voisin où ils conversèrent. Il ne fallait guère plus que cette main pour qu'il se laissât entraîner et, puisque Griseldan n'était pas disponible, c'est devant elle qu'il évoqua les pensées et les interrogations qu'il avait ruminés en chemin.

Elle était assise en vraie dame, en maîtresse de maison qui reçoit et écoute. Mais parce qu'elle était une personne réfléchie et sûre d'elle, elle objecta des arguments à tout ce qu'il avançait :

– Je ne suis pas d'accord avec vous. Permettez-moi de le dire. C'est un loup. Mon oncle m'en a tellement parlé que je le sens, davantage encore que je le sais. Il n'y a pas d'autre animal aussi vorace, aussi fort, aussi cruel dans nos contrées. Je n'ai d'ailleurs pas ses réticences à penser qu'il faut organiser une battue, traquer cette bête et l'abattre pour que le pays retrouve sa tranquillité.

Le geste qu'elle fit de tenir un fusil et viser comme si elle-même comptait s'acquitter de cette tâche déstabilisa Adelphe, moins pour la violence qu'il supposait que par le fait qu'elle acceptait de s'y exposer. Elle s'arrêta et, regardant par la fenêtre, ajouta dans un frisson murmuré :

– Si j'osais, je vous dirais même qu'il est possible que sous cette bête, ce soit cette femme…

– La Six-Doigts ? La Vorasse ? Non, vous n'y croyez pas ! Je veux dire, pas vous…

Sa sympathie pour les petites gens lui faisait-elle donner crédit à toutes leurs bêtises ? Pour toute réponse, elle sortit son carnet et lui mit sous les yeux la page où elle avait crayonné une femme se transformant en louve. On y voyait une moitié de corps féminin entée sur des pattes, et l'ensemble était si réaliste, si fluide, si peu grotesque qu'on avait l'impression d'assister à cette métamorphose sur la feuille. Elle avait dessiné cela… Mais avant qu'il eût pu tourner les pages, elle le lui avait déjà repris. La discussion était close.

Alors Adelphe douta, tant elle avait de force de persuasion sur son esprit. Quelque chose en lui se laissa gagner et, quoique instruit d'un esprit philosophe, il en vint à se demander si tous ces gens de peu qui accusaient la Rousselaine n'avaient peut-être pas raison. Après tout, ils faisaient si souvent preuve de bon sens dans la vie de chaque jour que, s'il ne pouvait décidément croire en une métamorphose, il acceptait de reconnaître qu'il y avait aussi des faits qui parfois nous échappaient. Croire en l'impossible, c'était déjà le faire naître, lui avait écrit Griseldan à propos de l'oiseau bicéphale que Paulin et lui avaient vainement poursuivi. Il y avait une forme de sagesse là-dedans.

Mais soudain Carolange se montra volubile, presque excitée, et passa à un autre sujet :

– Mon ami, ce sera bientôt Noël. Figurez-vous que l'abbé Vox viendra au village prononcer son sermon. C'est Élodie qui m'en a parlé ; vous savez comme elle est piquée dès qu'il s'agit de religion. Elle a été marquée par la captivité du pape et depuis, elle croit avoir une dette personnelle à réparer comme si elle en était responsable. Tout le bourg est en émoi. Oh, si vous vouliez venir écouter cette messe ! Je suis si curieuse de ce prêtre dont on parle tant et qui est, dit-on, un terrible saint homme.

C'était proposé de façon si naturelle, si spontanée, qu'il ne sut pas dire non.

Après un instant de silence, il s'enquit enfin du motif pour lequel Griseldan n'était pas disponible. Le comte connaissait ses jours de visite et exigeait d'ordinaire de s'entretenir avec lui avant de le laisser roucouler avec elle. Elle haussa les épaules, ne put que répondre :

– L'une de ses trois filles s'est échappée dans le parc et s'est blessée il y a dix jours. Une blessure affreuse, semble-t-il ! Depuis il en est malade et n'apparaît que plus aigri à nos dîners.

Le voile avait reparu dans ses yeux pour se conjuguer à un front subitement soucieux. À la regarder Adelphe demeura songeur, mais elle finit par lui sourire comme pour lui faire oublier que c'était peut-être quelque chose d'important. Dès lors il n'y pensa plus.

III

À LA NOËL 1814, il n'y eut pas de messe de nuit au village de Chaingy. Le danger était trop grand; nul ne voulait courir le risque de subir l'attaque d'un loup en allant à l'église ou en en revenant dans la pénombre. Trois semaines s'étaient écoulées; aucune nouvelle agression n'avait été recensée depuis celle de Bucy, mais les conversations à ce sujet n'avaient cessé d'en grossir la menace, et la terreur amplifiée avait fait plus de ravages que la réalité des prédations. Les gens furent rassurés de sortir le lendemain en plein jour, quoique beaucoup décidassent de ne pas venir, préférant rester chez eux par précaution ou ne s'absenter que pour nourrir les bêtes, couper du bois ou tuer le cochon. La tuaille était une fête joyeuse qui ne revenait qu'une fois par an; célébration pour célébration, d'aucuns choisirent de la faire coïncider avec le jour de la naissance du Christ qui tombait cette année un dimanche.

L'église s'emplissait lentement. Ceux qui avaient bravé le risque d'une mauvaise rencontre entraient en paraissant soulagés de franchir les portes et de se retrouver à l'intérieur. La pierre épaisse, le clocher massif du vieil édifice, le nombre de fidèles réunis dans ce lieu clos leur semblaient les protéger contre un danger qui se diffusait partout au-dehors; innombrables étaient les faux laissées dans les coins de l'église qu'on récupérerait après pour s'en aller sur les chemins.

Carolange et Adelphe y pénétrèrent à leur tour, moins inquiets que d'autres, elle parce qu'elle avait si peu l'occasion de s'échapper de Férale et comptait en profiter, lui parce qu'il était au bonheur de l'accompagner en tête à tête. Il s'était fait raser et pommader, portait un jabot superbe sur un habit cannelle emprunté et il avait loué un cabriolet pour la conduire. Griseldan n'était pas venu. Non pas qu'en tant que calviniste la messe catholique lui fût impossible à suivre, mais il ne supportait plus depuis longtemps ce qu'il tenait pour une comédie sociale et il considérait que le contact avec Dieu ne pouvait se faire que dans le cadre d'une prière intime solitaire. Même dans une commune rurale, la messe avait un aspect mondain qu'il exécrait. Il laissait néanmoins sa nièce libre de s'y rendre.

L'intérieur de l'église avait beaucoup souffert des excès de la Révolution. Déjà médiocrement entretenu sous l'Ancien Régime, il avait été laissé à l'abandon durant la vague de déchristianisation qu'avait connue la France; le mobilier avait été confisqué par les nouvelles autorités et l'espace avait servi de salle de réunion municipale ou d'entrepôt pour le salpêtre et le marc que l'armée réquisitionnait pour la poudre des fusils. Ce n'était que sous l'Empire qu'un semblant de normalité était revenu avec la fin des vexations contre le clergé, mais on s'était contenté de remettre en ordre les lieux sans engager de grands frais. Adelphe n'aurait pas su dire si les reliques de saint

Symphorien et saint Sébastien censées s'y trouver avaient pu être préservées.

Cette vétusté se ressentit quand les fidèles prirent place sur les bancs vermoulus et les chaises en nombre insuffisant. Même en ce jour de Noël, une lumière incolore tombait sur eux des rares fenêtres que l'architecture romane primitive achevait d'assombrir, et les visages ainsi éclairés se vieillissaient comme pour s'accorder à la tristesse des lieux. Les deux jeunes gens parvinrent à se glisser sur le côté de la nef, suffisamment près pour entendre la messe à venir. Devant, on distinguait deux rangées de notables enveloppés de manteaux ; derrière étaient les autres habitants de la commune, qui craignaient moins le froid parce qu'ils y étaient habitués et dont la moitié se tenait debout dans un silence relatif. La dame de Férale se trouva ainsi entre la vieille aristocratie locale dont elle n'était pas et le peuple des campagnes envers lequel sa tendresse était connue.

Le curé Rubline ne tarda pas à paraître, précédé du thuriféraire et des autres servants autour de la croix. Après une inclination profonde où chacun gagna sa place, il se signa puis se livra, au bas de l'autel, aux prières rituelles pour ouvrir la messe :

– *Introibo ad altare Dei, ad Deum qui laetificat iuventutem meam…*

Il se tourna une première fois vers l'assistance. Il avait les yeux gris, la bouche grande, le front étroit sur un visage ovale. Inquiété sous la Convention et le Directoire, emprisonné et déporté en Guyane avec le curé de La Chapelle, il était célèbre dans le département pour ses sympathies royalistes qui en avaient fait un martyr aux yeux des uns, un entêté aux yeux des autres. Ponsot comptait parmi ceux qui l'avaient arrêté à l'époque ; tous deux se vouaient une haine depuis. Mais comme le chiendent, il était chaque fois revenu, et il avait toujours survécu et traversé les régimes en s'accrochant à sa cure, si bien qu'on le retrouvait sous la Restauration où l'avenir s'éclaircissait pour lui. Il le répétait : des temps meilleurs allaient venir où l'on purgerait la France et, plus porté sur l'argent que n'aurait dû l'être un homme de Dieu, on soufflait qu'il pensait à ses biens qu'il voulait recouvrer dans leur intégralité. Il n'était pas étonnant qu'il accueillît l'abbé Vox en un jour aussi symbolique. Il le faisait même loger dans le grenier de son presbytère et profiter des largesses de sa cave.

– *Confiteor Deo omnipotenti, beatae Mariae semper Virgini, beato Michaeli Archangelo, beato Ioanni Baptistae, sanctis Apostolis Petro et Paulo, omnibus Sanctis, quia peccavi…*

L'office entama son déroulé monotone où le latin s'égrena en de longs chapelets de prières et de chants qu'Adelphe ne suivit qu'à moitié. Il était bien décidé à se laisser combler de sa joie présente. Non celle de la bonne parole dispensée, mais celle de Carolange qui se tenait à ses côtés.

Dans le silence de l'assistance, un léger bruissement doux comme un battement d'ailes venait de le surprendre, que nul autre n'eût entendu et qui lui procura un ravissement extraordinaire : là, tout près, sous la palatine d'agneau qu'elle portait, c'était la respiration de cette femme qui était son ange de félicité. Puis cette respiration s'accompagna d'une odeur que lui seul put sentir et apprécier, plus évanescente aux narines mais plus entêtante au cœur que toutes les fragrances imaginables, le parfum de sa peau et de son souffle qui flottait près de lui. Alors il la regarda. De sa silhouette émanait une grâce lumineuse qui rejaillissait sur les murs nus de l'église tandis que le moindre de ses gestes, chaque oscillation infime de ses cils semblait engager la nature entière et diffuser une chaleur imperceptible qui le rendait heureux, très heureux. Tout à son bien-être, il se demandait si ce n'était pas cela qu'on appelle l'amour, ce saisissement silencieux et si simple, si délicat et indicible qu'un être communique à un autre par sa seule présence et qui lui donne l'enthousiasme d'exister. Tout ce que pourrait dire le curé sur l'allégresse divine et la céleste béatitude ne serait rien en comparaison de ce que cette femme lui offrait. Elle lui apportait la force, la détermination qui lui manquaient et il s'inquiéta soudain de ce que quelque chose de dangereux pût en naître. Une appréhension aussi vague que paradoxale, qu'il n'aurait pu expliquer, s'empara de lui. Il frémit de se laisser rattraper par ses angoisses dans ses moments de bonheur et il ne put s'empêcher de lui prendre la main pour se rassurer, car tenir la main d'une femme est la meilleure voie pour s'inviter dans son âme. Elle ne le repoussa pas. Et ce lui fut alors un moment de quiétude d'une rare intensité.

Mais un souffle glacial traversa l'église. On en était arrivé au prône. Rubline s'arrêta de parler, un bruit inquiétant résonna dans le fond. L'assistance se retourna : l'abbé Vox faisait son entrée. Beaucoup le découvraient pour la première fois ; il était celui que tous attendaient sans oser citer son nom. Sale et vêtu d'une bure brune déchirée, il fendit l'assemblée, dominant chaque tête, balayant chaque visage de ses yeux luisants et repoussant les corps trop proches du bâton qu'il tenait devant lui pour marcher. Il y eut instinctivement un mouvement de recul, on s'inclina. On semblait le craindre en même temps qu'être fasciné par sa présence.

Alors on n'entendit plus que le choc de ses pas lourds et de sa canne de fortune qui battait le sol en cadence. Il gagna le bas de la chaire où Rubline, d'ordinaire si fier, si pugnace, si orgueilleux lui céda servilement sa place. Il l'avait exceptionnellement invité à prononcer l'homélie. Vox monta pour s'adresser à tous. La chaire était exiguë, vieillotte, branlante ; elle donnait l'impression de devoir s'effondrer sous le poids et la carrure du personnage, bien que d'une maigreur évidente.

L'abbé Vox était un prédicateur formidable qui proclamait, partout où son ombre se profilait, le devoir incontestable de prière et d'obéissance à ses exhortations. Son sermon était redouté parce qu'il n'hésitait jamais à exciter la foule en prenant des cibles précises chez les vivants et les morts, les hommes ou les femmes. Une fois, il avait ainsi justifié le meurtre d'un commissaire aux grains sous la Révolution, un meurtre vieux de vingt-cinq ans et qu'on avait dû lui raconter, mais qu'il avait tiré de l'oubli pour le présenter comme une punition du Ciel parce que l'impie avait osé faire rouler un chariot le jour du Seigneur. Une autre fois, il avait tonné contre la captivité du pape qui remontait à deux années et il avait joué les prophètes en annonçant le retour de Napoléon, mais pour venir expier ses fautes et mourir brûlé vif sur le bûcher où le diable l'attendait. Parfois encore, il n'hésitait pas à montrer du doigt, même dans la foule des fidèles qui le suivaient, des dames qu'il présentait comme épouses ou filles d'acquéreurs de biens du clergé et il excitait son auditoire à leur arracher leurs atours qui provenaient selon lui d'argent volé à l'Église. Pour toutes ces raisons, on le redoutait autant qu'on l'admirait.

Il y eut d'abord un instant de flottement comme si l'abbé cherchait ses mots ou voulait ménager ses effets. Il avait les joues si sèches et décharnées qu'on aurait pris son visage pour celui d'un cadavre, n'eût été l'énorme barbe qui lui poussait comme le lichen sur la roche, et il continua de fixer avec férocité quiconque osait lever les yeux vers lui. Puis il se lança dans son prêche en un français mâtiné de latin sans qu'on sût si cela s'expliquait par la volonté d'être compris de tous ou parce qu'il maîtrisait mal la langue des saints pères. Et d'une voix tonnante :

– *Fratres ! Audite ! Audite me !* Aujourd'hui n'est pas un jour comme les autres. Aujourd'hui est celui de la naissance du Christ. *Iesus Christus*, si ces deux mots ont encore quelque sens à vos oreilles. Jésus ! Christ Roi ! Non pas né pour que vous vous réjouissiez benoîtement chaque année de sa venue. Mais pour souffrir à votre place, pour endosser les maux dont l'humanité s'est montrée coupable, pour racheter vos péchés en montant au Ciel d'où il viendra juger les vivants et les morts ! Aujourd'hui, sachez-le, est le jour de la mille-huit-cent-quatorzième année où vous avez contracté une dette envers lui. Combien de siècles faudra-t-il avant que vous le compreniez ? Car frères, *obsecro me audiatis*, cette dette de sacrifice, vous l'avez bafouée ! Habitants de Chaingy, *pagani*, vous l'avez bafouée vingt-cinq ans durant en laissant cette église être pillée, son culte méprisé, son ministre humilié et chassé comme un chien tandis que vous tolériez des incroyants et des impies sur votre sol. Qui étiez-vous pour songer à vous accaparer les biens de notre sainte Église ? Pour oser traîner un homme du culte dans la boue ? Pour croire que l'ire de Dieu ne se déchaînerait pas ? Le Seigneur est amour, mais l'amour implique de se soumettre à sa colère comme celle d'un père qui, parce qu'il aime son fils, le punit pour le remettre sur le droit chemin. *Amantis patris amatos pueros castigare !* Il n'y a pas d'amour sans châtiment et le châtiment est toujours ce qui attend le mécréant…

Silence. Silence de celui qui reprend son souffle parce qu'il ne fait que commencer son prêche. Silence de l'assistance bousculée, déroutée, sidérée par ce qu'elle vient d'entendre. Silence d'Adelphe qui a lâché les doigts de Carolange et perdu son parfum. On était loin de la célébration de Noël. L'abbé prononçait une homélie qui en aurait choqué plus d'un si chacun avait pu revenir à lui en cet instant. Alors que l'orateur semblait prendre sa défense, le curé Rubline lui-même sourcilla en se demandant où il voulait en venir, à moins que ce ne fût un discret sourire qu'on aperçut sur ses lèvres. Mais Vox s'exprimait avec une telle persuasion, à un auditoire si disposé à l'écouter, qu'il put continuer sans être interrompu :

– Je veux parler de cette bête qui rôde dans vos champs, qui n'est pas un loup mais une créature du diable, qu'on appelle déjà la bête de Chaingy, *fera vestra !*, parce qu'il n'y a qu'ici, dans ce village si coupable qu'elle a pu naître. *Adoraverunt draconem qui dedit potestatem bestiae ; et adoraverunt bestiam dicentes : quis similis bestiae ?* qui est semblable à la bête ? *et quis poterit pugnare cum ea ?* La bête ! La bête à qui fut donnée une bouche, *os loquens magna et blasphemia !* Une bouche disant des paroles orgueilleuses et blasphématoires ! *Et data ei potestas facere menses quadraginta duos !* La bête à qui le pouvoir fut donné d'agir pendant quarante-deux mois !

La bête. *Bestia.* Effet de la répétition des mots ou du latin comme d'une langue incantatoire, on buvait ses paroles. Dans cette petite église sombre comme une mauvaise conscience, l'abbé disait finalement ce qu'on voulait entendre et c'était comme si l'assistance prenait plaisir à se faire rudoyer. Il avait bien sûr une interprétation personnelle des événements ; nul n'aurait imaginé que son sermon tournerait à une accusation si extrême. Mais ses paroles trouvèrent un écho dans les fors intérieurs parce qu'on avait en mémoire le sort réservé au malheureux curé durant les désordres de la Révolution alors qu'on avait toléré les libres penseurs en tous genres et laissé tranquilles les familles protestantes. Tous à cet instant, de ceux qui avaient réprouvé ces faits sans rien dire à ceux qui en avaient ouvertement profité, s'en repentirent tandis que le pauvre Rubline, qu'on accusait juste avant d'être trop porté sur l'argent, se muait en martyr dont la souffrance devait servir de modèle pour retourner vers Dieu. Chaingy devenait le centre de tous les péchés ; tout le monde jugeait prodigieux que l'abbé Vox connût si bien l'histoire du village ; on oubliait que ce qui s'y était passé s'était en réalité passé dans toute la France.

Vox poursuivit de sa bouche hideuse qui esquissait un rictus en même temps qu'elle semblait vouloir mordre ; il racla sa gorge, haussa le ton, s'emporta en élevant son doigt sale au bout duquel on aurait aperçu des ongles terreux si l'on avait eu l'audace de lever les yeux :

– *Dico vobis*, n'imaginez pas que cette bête ne soit qu'un loup ! Cette bête est la colère incarnée. J'ai traversé votre campagne, j'ai marché sur vos routes et j'ai senti ce que ses pas recelaient. Alors je vous le dis, il n'existe qu'une solution pour la combattre : la repentance. Oui, la repentance, et après la repentance, la purification. Purification de vos âmes par l'élimination de ceux qui vous ont poussés à ces méfaits : je veux parler de la démone écarlate, la lubricieuse aux cheveux d'or, à la peau de velours qui hante vos jours et vos nuits ; je veux parler des fauteurs de Satan, des publicains de Sodome qui pensent pouvoir concurrencer la puissance éternelle de l'Église et vous entraînent à piller ses biens, à renier son enseignement, à molester ses officiants !

Il essuya l'écume de salive qui s'agglutinait à présent aux commissures de ses lèvres. De qui parlait-il ? Qui était sa cible ? Chacun pensait le savoir sans oser poser la question. La démone était la femelle lubrique, la harpie qui hante la vie de chaque homme et de chaque femme pour les laisser entrer en tentation. Elle était une métaphore, celle de la porteuse de péchés qui presse le monde vers sa perte et, pour beaucoup par ici, puisque l'abbé ne cita aucun nom, elle se confondait avec la Rousselaine que tout le pays accusait de sorcellerie. Les hommes acquiescèrent, et les femmes ne trouvèrent rien à dire à cette attaque qui était aussi dirigée contre elles.

Quant aux suppôts de l'État, même sous la restauration d'un roi protecteur de la religion catholique, Vox ciblait tous ceux qui, du gendarme au préfet, pouvaient imposer un contre-pouvoir séculaire à celui de l'homme de Dieu. Le retour à l'Ancien Régime ne suffisait pas, la force temporelle était une illusion si elle ne s'accompagnait d'une puissance spirituelle rétablie, et c'était une manière de prévenir la foule qu'une battue organisée par les autorités pour traquer le loup dans la campagne ne permettrait pas de lutter contre le mal dont les racines étaient plus profondes et plus graves. L'injonction tomba de se livrer à des prières publiques régulières de délivrance de la bête et, au-delà, des péchés de la communauté.

Devant tant de véhémence, Adelphe reprit la main de Carolange, et il eut la surprise de constater que ses doigts tremblaient, qu'elle allait défaillir. Il s'aperçut alors qu'autour de lui beaucoup étaient pris de tressaillements, et il entendit même à l'autre bout de l'église quelqu'un pousser un gémissement. Le gémissement d'une âme rattrapée par un enseignement clair : si l'on voulait se débarrasser de la créature qui terrorisait les environs, il fallait s'arracher aux griffes du diable et revenir dans le giron de l'Église.

Ils rentrèrent aussitôt après la messe, se parlèrent peu sur le chemin, troublés au point d'oublier de profiter de leur tête-à-tête. La campagne était morne. Adelphe conduisait le cabriolet et se concentrait sur la route où il portait un regard inquiet. Carolange ne disait rien ; elle observait le paysage où le ciel laissait tomber ses aiguilles de neige fondue. Qui les eût vus à l'aller, elle si expansive, lui d'une conduite si leste, ne les aurait pas reconnus au retour.

L'office s'était poursuivi après l'homélie dans une atmosphère pesante où les esprits, impressionnés par le sermon qu'ils venaient d'entendre, étaient ailleurs et les visages graves et contrits. Les deux jeunes gens étaient sortis parmi les premiers de l'église par peur que l'intransigeance de Vox ne se retournât contre eux, et ils ne se sentirent en sécurité qu'une fois hors du village comme s'ils avaient échappé à une foudroyante punition.

– C'était une mauvaise idée, dit seulement Carolange. Nous n'aurions pas dû venir.

Il régnait une sorte de gêne et pour la première fois il la sentit éloignée de lui comme si elle roulait des pensées qui lui étaient impénétrables, voire contraires à leur histoire. Les reproches adressés aux fidèles ne les concernaient pas : ils étaient étrangers à la commune et à peine nés lors des événements que l'abbé avait jetés à la face de ses ouailles. Pourtant, peut-être parce qu'ils partageaient finalement la crainte de cette bête ou qu'ils avaient eux aussi des actes à se faire reprocher, ils étaient tombés sans s'en rendre compte dans l'introspection mortifiante que Vox avait voulu leur imposer. Carolange devait songer à son éloignement de Dieu, à la confusion des cultes à laquelle elle s'était livrée, peut-être même à quelque chose de plus grave qu'elle ne pouvait partager ; elle semblait entendre un murmure de voix inaudibles. Adelphe, lui, sentait soudain resurgir la mémoire de son frère comme si ce frère était là, entre eux deux ; il entendait Paulin lui susurrer à l'oreille : « Tu m'as volé ma fiancée comme les habitants de ce village ont volé les biens de Dieu », et cette pensée l'étonna car il ne se savait pas ce scrupule. L'abbé était fort pour insuffler à chacun des idées que nul n'avait en tête auparavant. Le paysage autour d'eux semblait plus effrayant de froideur que jamais.

Ils atteignirent Férale avec soulagement. Ce ne fut que dans l'allée du parc qu'ils trouvèrent à se rasséréner ; le petit salon jaune où ils se réchauffèrent leur parut l'endroit le plus agréable du monde. Élodie était à la cuisine ; des odeurs alléchantes en venaient, mettant l'eau à la bouche d'Adelphe qui ne mangeait pas tous les jours d'un repas comme celui qui s'annonçait. On entendait la servante grommeler ; elle n'avait pas eu la chance d'aller écouter l'abbé Vox et elle en concevait de la rancœur car une bonne chrétienne, disait-elle, se devait d'aller voir les bons abbés.

Carolange avait voulu quelque chose de simple pour le repas – un potage aux oignons, une purée de gibier, un soufflé à la frangipane que la bonne réussissait plutôt bien ; elle n'avait pas les moyens de proposer mieux, ne savait pas si Griseldan daignerait paraître à table mais Adelphe trouva cela tout à fait suffisant et enviable. Un beau feu craquait dans la cheminée ; c'était un réel plaisir lorsque de nouvelles pluies givrées menaçaient de tomber au-dehors. Ils tâchèrent d'avoir une conversation enjouée et se livrèrent au plaisir de charades comme c'était alors la mode. Mais Adelphe ne put s'empêcher de demander :

– Depuis quand votre oncle s'isole-t-il ainsi ? Je veux dire, plus encore qu'avant ?

– Trois semaines maintenant. À peu près quand il y a eu cette affreuse attaque de loup sur les enfants de Bucy, le jour où Hygin a tenté de dégripper la grille du parc.

Elle donnait l'air de chercher ses mots mais, s'il fallait bien expliquer pourquoi Griseldan ne reparaissait pas depuis le début du mois, elle n'en dit pas beaucoup plus :

– Cette grille, Hygin l'a faite grincer toute la journée. Le bruit était insupportable ; j'ai dû m'enfermer pour y échapper. Vous croyez que c'est ce qui l'a plongé dans cet état ? À son âge, on est sujet aux bizarreries et je l'ai souvent entendu dire que le monde crissait pour lui comme un métal douloureux. À moins que ce ne soit encore sa pauvre bête blessée qui le tourmente. La grille était ouverte, elle s'est enfuie et s'est laissé estropier on ne sait comment.

Il songea qu'elle lui avait dit précédemment que c'était dans le parc que la bête s'était sauvée. Mais sans doute avait-elle été imprécise ou n'avait-il pas fait attention. Il n'avait jamais remarqué non plus que la grille du parc grinçait à ce point.

– Je l'ignore. Mais cela ne peut durer ! Si vous le permettez, je vais aller le voir. Nous serons heureux si je parviens à le convaincre de partager un moment avec nous.

Elle n'osa l'en dissuader. Elle ne pensait pas qu'il réussirait à sortir le vieux savant de sa misanthropie mais il ne coûtait rien d'essayer et le repas n'était pas prêt de toute façon. Elle insista pour y aller elle aussi, afin de prévenir les gestes brutaux qu'il pourrait avoir contre lui.

À la zoothèque, Griseldan demeurait, comme à son habitude, assis dans son fauteuil, derrière son bureau. Préoccupé, le regard embué, il réfléchissait dans le vide. Adelphe comprit qu'il songeait encore à la blessure de son animal auquel il tenait particulièrement comme à une pièce rare de sa collection et il s'excusa de le déranger. Griseldan parut d'abord ne pas l'avoir vu, mais il l'avait bien entendu car il lui demanda brusquement, sans que le sujet fût amené, s'il y avait du nouveau sur les attaques de loup.

Adelphe répondit que non, et cela faisait quelque temps justement qu'il souhaitait le consulter sur la question. Griseldan se passa la main sur le visage comme on se débarbouille pour chasser les soucis ; c'était le signe qu'il se disposait à l'écouter. Retrouvant alors les considérations qu'il s'était efforcé d'éclipser depuis le matin, et sentant les explications apocalyptiques de l'abbé Vox s'estomper, Adelphe reprit l'ensemble des faits qu'il exposa en détail. Il formula ses interrogations, ses doutes, ses suppositions sur la cause de chaque mort et les types de prédation. Parlant à Griseldan avec la vivacité de ceux qui finissent par se parler à eux-mêmes, il en vint à l'idée qu'il s'agissait sans doute, oui, sans doute d'affaires distinctes, d'animaux différents que le hasard avait concentrés en un mois autour d'Orléans. Ce ne pouvait être autrement, on devait faire fausse route en s'ingéniant à vouloir non seulement les rapprocher pour leur trouver une cause commune, mais à s'obstiner aussi pour n'y voir qu'une attaque de loup.

Tandis qu'il se rengorgeait, fier de sa conclusion, Griseldan se leva et tempêta soudain :

– Non, tu te trompes, ce n'est qu'un loup ! Un loup ! Un seul et même loup ! Rien d'autre ! Carolange peut te le dire si elle se souvient au moins de ce que je lui ai appris !

Il jeta un regard sévère à sa nièce qui le soutint avec bonté, prête à essuyer tous les reproches.

– Mais… Mais vous-même m'avez dit, à propos du père Euripide, qu'un loup n'attaque pas tant l'hiver qu'aux beaux jours et que…

– Je t'ai dit que c'était un loup !

– Et le cadavre dans la Loire ? Ce ne peut pas être un loup, voyons ! Ce qu'on a retrouvé dans la bouche de ce soldat ressemble étrangement à ce morceau de peau que je vous ai apporté à l'automne et ce n'est pas d'un dos-gris. Si vous me laissiez l'examiner de nouveau…

– Non ! Non ! Tu ne comprends rien, vraiment ! Et tu ne seras jamais le grand Buffon que tu rêves d'être !

Adelphe se tut. Il venait de se faire rabrouer comme un enfant et, comme un enfant, il attendit que l'orage passât. Pour détourner l'ire de Griseldan, il s'enquit de la raison de son absence :

– Il paraît qu'un de vos animaux est blessé, une de ces bêtes que vous préservez jalousement…

– Qui t'a dit cela ? Hein ? aboya-t-il en regardant de nouveau Carolange comme s'il la soupçonnait, avant de s'apaiser aussitôt. Oui, c'est Atropé qui s'est sauvée. Des trois, elle est si gourmande qu'elle en devient rebelle, et j'ai tardé à la nourrir, et elle s'est échappée. Juste devant le parc, où elle a trouvé moyen de se blesser. Enfin, je la surveille depuis et elle s'en remettra.

Il semblait se rassurer lui-même, minimiser la fugue de sa bête et sa blessure dont Adelphe ne pouvait avoir qu'une représentation limitée puisqu'il n'avait jamais vu l'animal en question.

– Mais comment a-t-elle été blessée ?

Le jeune homme se demandait en même temps comment elle avait pu s'échapper. Quelque chose dans cette histoire le dérangeait, quelque chose n'était pas clair, qui expliquait peut-être la volte-face de ses propos. En admettant que la grille du parc fût ouverte par Hygin, comme lui avait dit Carolange, les portes du manège où le vieux enfermait ses moires étaient fermées à clef et il ne les laissait prendre l'air que la nuit, à l'abri des regards, quand leur isolement devenait intenable.

– Ce n'est pas le sujet, et elle n'est pas sortie longtemps, elle n'est pas allée au-delà du chemin ! Elle ne doit pas sortir ! Elle ne doit pas ! Tu comprends ! C'est trop dangereux !

Il était de nouveau hors de lui, se tirait les cheveux, se battait les tempes, parlait comme s'il s'adressait des reproches à lui-même. Pour se mettre dans un tel état, il devait vraiment adorer ces vorantes qu'il enfermait dans sa zoothèque et ne montrait à personne.

– Mes filles ne sont pas habituées à notre milieu et les gens d'ici les prendraient pour… Pour des monstres, pour les bêtes de l'Antéchrist, que sais-je ?

À cette évocation qui lui rappela le sermon de l'abbé, Adelphe se figea. Une vague intuition s'éveilla en lui que Griseldan ne lui laissa pas le temps de s'approprier :

– Ton frère aurait compris, lui. Il savait d'instinct la sensibilité des espèces. Il était brillant. Va-t'en maintenant, je ne viendrai que ce soir. Il n'y a plus que l'horaire du souper qui me relie à vous et à votre engeance.

Adelphe reçut le mot comme on reçoit une gifle. Il renonça à rester davantage, à obtenir les éclaircissements qu'il espérait, même à le convier à venir déjeuner. Le sage évite parfois le monde de peur d'être ennuyé, lui aurait répondu le comte. Carolange sortit la première. Quand Adelphe la suivit, le vieux le retint encore en lui disant : « Souviens-toi, jeune insouciant, souviens-toi que les hommes ne vivraient pas longtemps en société s'ils n'étaient les dupes les uns des autres », et Adelphe se demanda pourquoi il lui livrait cette maxime.

Au château, le repas était prêt, la table mise pour deux. Élodie savait déjà que son maître ne se serait pas laissé convaincre et, tandis qu'ils s'installaient pour manger, que Carolange retenait des larmes de tristesse devant cette situation, Adelphe lui demanda :

– L'avez-vous vue, cette bête, quand elle s'est sauvée ? Dans l'allée ? Sur le chemin ?

– Comment aurais-je pu la voir ? Je vous ai dit que j'avais dû m'enfermer dans ma chambre pour échapper au bruit de la grille.

– Qu'avait dit votre oncle pour vous empêcher de rester près de lui ?

– Je ne sais plus… Sans doute m'avait-il congédiée comme il le fait quand il les libère un peu.

– Mais en journée ? En sachant le parc ouvert ? Je vous en prie, vous devez vous souvenir et clarifier les choses.

Elle détourna le regard :

– Que cherchez-vous à la fin ? Tout est rentré dans l'ordre depuis. Adelphe, chère âme, cessez de vous tourmenter, pensons maintenant à nous et à ce repas que nous allons déguster.

Mais, pendant qu'ils déjeunent, pendant qu'ils retrouvent leur gaieté en évoquant les étrennes à venir, qu'ils pensent même à rire et oublient les misères de ce monde, pendant ce temps, l'horreur arrive quelques kilomètres plus loin, à l'entrée de Messas, près de Beaugency.

Comme d'autres, Louis Chiquet, la Chiquette sa femme et leur fils Louiset ne sont pas allés à l'église. Trop dangereux. Trop inutile aussi quand il y a tant à faire et tant à craindre en ces journées. Et puis Chiquet a eu un premier fils parti à la guerre, que le bon Dieu ne lui a pas rendu. Alors le bois n'attend pas et dispense de messe ; le mauvais temps des derniers jours a fait fondre la réserve et empêché de s'en occuper plus tôt ; il n'y a plus à tarder pour avoir de quoi se chauffer correctement. Le père s'enfonce dans un bosquet qu'il connaît bien, au croisement des routes du Bardon et de Cravant, où il mène les siens derrière lui. Ce leur est presque plaisant d'y entrer ; les arbres arrêtent comme un voilage la pluie glacée et étouffent les hurlements du vent.

Tous trois marchent sur le sol dur du boqueteau, froissant les feuilles, brisant les branches de leurs talons. L'homme est devant, la femme ensuite et le gamin.

Chiquet est une force de la nature ; Louiset aussi pour ses quinze ans. Le père est journalier l'été, un peu bûcheron et brouettier l'hiver quand il n'y a plus de travail dans les champs ; il a la carrure de ceux qui sont nés pour l'effort et les bras homériques de ceux qui y ont passé toute leur vie. Sa hache a des allures de francisque barbare. Le fils marche sur sa voie et, si l'armée ne le rattrape, on devine qu'il deviendra bientôt comme lui. Entre eux deux, la mère semble d'une autre nature ; elle se tasse malgré son âge encore jeune et elle a les épaules si fragiles que son époux pourrait la briser rien qu'en lui posant la main dessus pour la caresser. Ce sont des gens pauvres, durs à la peine.

Ils ne choisissent que de menus troncs. Ce ne sera pas le grand abattage, simplement de quoi tenir une semaine supplémentaire. Ils se mettent au travail, chacun le sien pour être efficace : l'homme coupe de sa cognée et débite en fines bûches, le gamin ébranche de sa hachette, la femme empile dans les carrioles d'osier qu'ils ont conduites jusqu'ici. Ils en ont quatre petites, facilement manœuvrables, qu'ils pousseront tout à l'heure sur le chemin de la maison. L'homme en tiendra deux, chacune d'un bras. Ils n'ont pas de bêtes de somme et le chien qui les tirait jusqu'à présent est mort dans l'année.

Rapidement, la première carriole est remplie. La Chiquette l'amène sur le chemin, juste à l'entrée du bosquet pour prendre un peu d'avance sans que le bois soit mouillé. Les souffles du vent semblent vouloir l'entraîner hors des grands arbres. Le paysage est si désolé ; la pluie lui mord le visage de mille aiguilles glaciales. Elle n'aime pas cela. Elle n'aime pas s'attarder dans ces bois quand elle sait ce qui y rôde. On lui a raconté les attaques de ces dernières semaines et, quand elle y pense, c'est une crainte ancestrale qui remonte dans ses veines. Alors elle préfère ne pas y penser, car on ne peut pas s'arrêter à toutes les histoires dont on s'effraie à la veillée.

L'homme coupe, le gamin continue d'élaguer. Bientôt la deuxième carriole est prête, la femme va l'amener pareillement sur le chemin et, de transpiration, elle défait les lacets de son bonnet qu'elle ôte et accroche au fagot devant elle. Elle se méfie aussi de maraudeurs qui guettent le travail des honnêtes gens et le leur volent dès qu'ils ont le dos tourné. Ça lui est déjà arrivé de se faire dérober un panier entier de fruits à la belle saison, alors une carriole de bois en ces temps si difficiles…

Son homme appelle :

– Dépêche-toi donc ! On va avoir fini la troisième.

Elle accourt, ramène la troisième carriole, fatiguée déjà, les jambes et les bras lui tirant sous le poids, songeant qu'il va falloir rentrer encore à la maison en en guidant une sur la route. Essoufflée, elle entend son mari frapper de plus belle et chanter avec son fils pour se donner de l'entrain. Elle va pour les rejoindre quand soudain une douleur atroce la saisit au mollet.

Elle ne comprend d'abord rien, la douleur est trop vive. Mais quand elle chute au sol, elle a le temps de sentir une masse remonter son corps et la plaquer. Elle voit la gueule béante au-dessus d'elle. Et les dents, les dents longues comme des pointes de couteau de boucher. Elle hurle, elle hurle ! Elle hurle à la malbête avant de sentir les crocs lui déchirer la chair et s'enfoncer profondément en elle. Une morsure la saisit en plein ventre.

Tout à coup, elle entend qu'on accourt. C'est son mari et son fils qui viennent à toute allure la secourir. Ils crient au loup ! Le mari brandit sa hache et, la faisant tournoyer devant lui, en fait reculer l'animal qui essaie de tirer sa victime pour l'emporter.

– Saloperie à quatre pattes, tu es venu nous embêter, hein ? C'est ma maigrelette que tu veux croquer ? Tu vas tâter de ma lame et, si ça suffit pas, je vais t'écarter la gueule de mes poings, moi !

Il avance comme on va à la castagne des foires et le loup recule en montrant des crocs saliveux ; il semble avoir entendu la menace sans se montrer effrayé. Il se jette. Un combat terrible s'engage entre l'homme et l'animal, où chacun tente une attaque et répond à celle de l'autre, où les corps saignent indistinctement, où l'on ne sait plus si l'animal a quelque chose de l'assassin ou l'homme de la bête. Ils se roulent au sol, se plantent leurs dents dans les membres et leurs pointes dans les chairs. Minutes d'incertitude. Puis Chiquet obtient le dessus ; il piège le dos-gris en le laissant mordre dans sa lame et en le cognant d'une série de coups de poing sur le museau. L'animal ne demande pas son reste, s'enfuit tandis que le bûcheron renonce à le poursuivre.

Car derrière il est déjà trop tard. Pendant que le mari luttait, le fils a vu sa mère, la gorge transpercée d'une telle force que la langue en a été arrachée, se vider de son sang que la terre boit. Il crie après elle, il crie, ne sait ce qu'il doit faire, appelle en vain pour rameuter du monde. Bientôt elle s'agite de dernières convulsions, il la sent qui expire entre ses bras. Elle veut lui dire quelque chose mais ne le peut dans les hoquets de sa gorge. L'enfant est ahuri de stupeur :

– Maman ! Maman ! À l'aide, aidez-nous ! Le loup a encore frappé !

Au loin, dans la campagne grise, des villageois arrivent enfin. Mais l'animal a disparu. Il est clair pourtant que cette fois-ci il s'agissait bien d'un loup et qu'il a assailli seul sa proie.

Neiges

I

L'HIVER ACHEVAIT DE S'INSTALLER.
La neige était tombée à larges flocons la nuit précédente. La pluie glacée des dernières semaines maintenant le cédait à des couches blanches immobiles et épaisses qui se superposaient peu à peu et bientôt se durciraient pour compliquer la vie quotidienne de ceux qui vont au labeur. Sous un ciel morne que semblaient piquer les branches nues des bosquets, sous un ciel uniforme qui empêchait de dire si l'on était le matin, le midi ou le soir, la nappe neigeuse au sol cachait imparfaitement la terre grise comme un vieux lambeau de nippe troué. Un sillon avait déjà été piétiné par la sorcière qui hantait le fond de ce bois. Au bout, trois taches du sang d'un oiseau égorgé y traçaient des signes cabalistiques innommables.

Un geste, rapide et précis.

Au-dessus d'un tas de cadavres de rongeurs dont il ne reste que le squelette après la chair décomposée, la Rousselaine vient d'étêter un maigriot d'oiseau ramassé dans le froid. Elle n'est sortie que pour cela et elle rentre aussitôt, le petit corps ailé dans sa main ensanglantée, le hachoir dans l'autre. Les pieds nus dans la neige et la boue, elle glisse plus qu'elle ne marche, paraît flotter dans l'air, n'avoir aucun poids comme si elle avait quelque chose des ailes de celui à qui elle vient d'ôter la vie ; même ses pas ne craquent jusqu'à ce qu'elle referme sa porte sous le regard ombreux des arbres inquiets. Aucun animal ne passe par ici ; pas même les charognards ne viennent débarrasser l'empilement des carcasses abandonnées. La Loire qui coule à une dizaine de mètres semble se reculer de répulsion dans son lit en même temps qu'elle s'approche parfois sournoisement pour lécher la rive des reflets funèbres de ses eaux.

C'est un lieu des bords du fleuve qui n'appartient à personne et dont personne ne veut parce que la légende rapporte qu'autrefois, dans les massacres qu'Orléans connut au lendemain de la Saint-Barthélémy, une bande de ligueurs y a assassiné son hécatombe d'innocents. Enfants, femmes, vieillards huguenots émasculés, démembrés quand on ne leur arracha pas les tripes aux tenailles avant de les jeter à la Loire qui les mangea comme un silure avale les déchets que le courant apporte. On murmure qu'on y entend encore les cris et les pleurs des malheureux les longues nuits d'hiver, que l'eau s'y teinte de rouge quand le soleil daigne y refléter ses rayons en été. Et parce que l'endroit était déjà maudit ou simplement infréquenté, la magicienne y a établi son repaire dans un pli à moitié enterré du terrain, un trou où la main du diable semble avoir un jour jeté des branchages et de la terre pour en faire un toit improvisé.

L'ensemble est mal bâti. Il n'y a pas de fenêtre, à peine une ouverture pour évacuer la fumée, et la porte n'est qu'un fagot épais coincé par deux grosses pierres. À l'intérieur, l'odeur âcre, indéfinissable, empêcherait de faire un pas à quiconque oserait approcher. L'exiguïté fait toucher les parois en allongeant seulement les bras et explique l'absence de meubles. Ni chaise ni table. Tout est à même le sol, un sol en terre battue comme un animal aurait fait là son terrier. On y perçoit vaguement une couverture en guise de grabat, un panier en guise de coffre à vêtements et un autre quasi vide pour tout garde-manger ; des écuelles sales, des récipients égueulés de toutes sortes, de vieux couteaux ébréchés et une hache de presque dix kilos, une hache de bourreau dont elle se sert pour couper un peu de bois ; au centre, une crémaillère rouillée où s'append un chaudron de fonte sans anse bruissant d'une mixture infâme. Le feu en dessous n'éclaire pas mais réchauffe inégalement. Il semble que, tout près, deux couleuvres soient lovées, hors de toute cage, qui serpentent, glissent, confondent leur peau brune dans un entrelacement infini comme l'eau du Styx coule, comme les viscères des immolés s'enchevêtrent…

Dans le bouillonnement de sa marmite, la Rousselaine voit des choses. Des choses du passé, qui apparaissent sous des contours troubles, sans qu'elle puisse dire si ce passé est lointain ou récent, si ces visions remontent à son enfance ou à la dernière fois qu'elle a tué. Tué quoi ? Elle ne sait plus. Tant d'êtres sont passés sous sa lame. Lame plongée dans les chairs… Mains qui écartent les entrailles jusqu'à faire craquer les côtes… Corps qu'on éventre, corps qu'on accouche… Crue du fleuve… Eau qui ruisselle… Chair sanguinolente… Odeur infecte… Elle détourne la tête.

Elle a jeté l'oiseau entier dans le bouillon brûlant sans qu'on puisse encore dire si c'est pour sa cuistance ou l'un des sortilèges dont elle a le secret. Et elle remue cela, et elle remue d'autres choses perdues au fond de sa mémoire, au fond de son chaudron qui roulent comme l'œil de verre énucléé qu'elle y a une fois brisé à coups de cuillère. Mais voilà qu'elle entend du bruit dehors, des froissements secs dans la neige, des cliquetis, des craquètements de branches qui la font s'inquiéter. Nul n'arrive jamais jusqu'ici ; plutôt, nul ne vient jamais à plusieurs parce qu'il faut passer la gravière et que ceux qui s'aventurent le font seuls car ils ont toujours des crimes à se reprocher. On ne va pas voir une sorcière pour seulement parler du temps.

Les craquements se rapprochent, leurs sons varient, des voix s'ajoutent qui s'accroissent ; elle présume que ceux qui viennent et parlent ainsi sont nombreux. Soudain un choc tape le fagot de bois qui fait office de porte. Elle sursaute, prononce quelque chose qu'elle-même n'entend pas. Un deuxième choc. Elle se fige. Encore un autre. Elle comprend. Ce sont des cailloux qu'on lance pour la faire sortir, et qu'on lance violemment, et qu'on lance de loin comme si on n'osait tambouriner à sa porte de peur de la toucher. Ils ont été ramassés dans une poignée de neige dont elle reconnaît l'éclatement caractéristique contre le bois.

Elle saisit sa lourde hache, pousse le fagot, manque de recevoir une pierre qui atterrit à l'intérieur. Devant elle une quarantaine d'individus dont la masse hostile s'arque autour de sa tanière tout en restant à bonne distance. Ce sont les paysans du coin, ceux que les gendarmes de Ponsot ont retenus le soir de l'attaque de Bucy quand ils prétendaient venir à elle et qui, après des jours, après des semaines de retenue, entendent laisser éclater leur colère. En sabots ou galoches, ils ont convergé de Baccon, Huisseau, Rozières sans que le sol gelé ne les dissuade. Des hommes, des femmes, des enfants. Certains sont armés de triques, de faux, de lances de fortune, qu'ils portent désormais pour se protéger, jusqu'à les emmener à l'église ou sur les marchés. Deux chiens grognent parmi eux. Les visages sont durs, fermés ; ils viennent se faire justice après toutes ces morts.

Affolée, la Rousselaine se courbe par réflexe, rentre ses épaules chétives sous sa longue mante fendue à force de l'avoir portée chaque jour d'une vie de misère. Que veulent tous ces gens sinon lui faire comprendre qu'elle doit payer pour ce qu'ils ont à lui reprocher ? Elle ne le sent que trop, toute sauvage qu'elle est. Cela fait une éternité qu'elle ne s'intéresse plus aux hommes ni aux femmes des villages et des villes. À peine aux vivants sous les bois. Elle ne sait rien des attaques de loups au pays – s'il s'est bien agi de loups lors des dernières attaques. Nul n'est venu lui en parler et elle ne parle à personne ; il n'y a pas jusqu'aux bêtes qui ne se détournent de sa tanière au point que les oiseaux qu'elle tue sont ceux atteints en plein ciel ou arrivés là par erreur.

Mais la Rousselaine sait la nature humaine : elle a été l'épouse de celui qui a expédié les condamnés dans l'au-delà, recueilli leurs ultimes confidences et vu la vérité d'une âme quand approche sa dernière heure. Elle sait ce que vaut la société. Elle sait les raisons pour lesquelles elle en a été rejetée. Elle sait qu'elle est la marginale, l'intouchable, la proscrite. Ça ne suffit pas ? Ce sera donc toujours prétexte à de nouvelles brutalités ? Que veulent-ils, ceux-là ? Qu'ont-ils donc à lui reprocher ? Que croient-ils avoir le droit d'exiger ? Avant même qu'elle ait trouvé la force d'un mot, la question la fait se redresser, face à tous, plus fière qu'on aurait supposé et d'une indéfinissable beauté. Celle d'une silhouette fantomale aux traits vieillis mais gracieux, au teint cireux planté d'yeux sombres amandés, à la crinière épaisse comme la laine, d'un roux d'aube sur la chute de son torse, emmêlée de poussière et qui lui a valu le surnom de Rousselaine. Sans âge aucun, son corps est encore jeune quoiqu'il commence à s'épuiser.

Tous s'arrêtent en un instant de flottement où les injures prédites tardent à venir sur les langues assassines, où les yeux et les esprits se laissent fasciner, où resurgissent les jalousies des femmes et les désirs latents des hommes pour la créature marginale. Tous ont l'impression de ne jamais l'avoir vraiment vue et les hommes contemplent en cette chevelure un brasier où ils brûlent de se perdre, les femmes y lisent les torsions vipérines d'une rivale fatale, les chiens une brillance surnaturelle dont ils doivent se méfier.

Cependant, les regards finissent par se baisser sur ce qui fait sa difformité et justifie son autre surnom : la Six-Doigts montre à la main gauche une excroissance, un bout de chair qui lui forme une articulation supplémentaire et qui lui est poussé pour l'empêcher à jamais d'être comme une autre. Alors, ceux qui ont suspendu leur attaque la reprennent sans avoir honte d'être quarante contre une seule. Il y a la mère au Jacquot qui jacte en harengère ; il y a le fils Chiquet encore à la peine du sort de ses parents ; il y a Blanchard le tonnelier, Judas et Ladurie qui ont colleté les gendarmes au soir de Bucy ; et peut-être, peut-être y a-t-il quelque part derrière un arbre, au fond du bois qui le cache, l'ombre de l'abbé Vox appuyé sur un bâton, dont les paroles ont poussé ces crédules à hurler ici leur colère parce qu'il n'a cessé d'attaquer les femmes incroyantes et luxurieuses pour les rendre responsables des récentes attaques.

– Méfiez-vous, a-t-il répété dans ses messes, méfiez-vous de la *Lubrica* ! Le monstre aux seins d'ambre, aux bras tentateurs, le tas de boue infect sous le velours de la peau !

La Rousselaine tente de parler, mais sa voix ne parvient à couvrir le brouhaha véhément de la foule. La fureur l'emporte, le saisissement n'a duré qu'un court instant. On ne l'écoute pas, on ne veut pas l'écouter et les injures enfin dégorgées se répandent :

– Salaude ! crient-ils avec des airs de rouliers, monstresse ! Louveteuse de malheur !

Sa hache n'effraie pas, sur laquelle on jurerait que des filets de sang ont séché. Ni le couteau glissé à la ficelle qui lui sert de ceinture. Au contraire, ces lames rappellent à tous que la Rousselaine est la veuve du bourreau et les confortent dans l'idée qu'elle est infréquentable et funeste.

– Quoi que vous voulez ? demande-t-elle de toute sa maladresse de femme qui n'a pas l'habitude de parler. Vous venez chercher quoi ? J'ai rien pour vous ! Rien !

Mais comme si ce n'étaient pas des mots, plutôt des jappements qui jaillissaient de sa bouche, on ne lui répond pas tout de suite : on brandit d'abord les armes comme on fait pour éloigner une bête. Enfin quelqu'un s'exclame :

– Ce qu'on veut ? Elle demande ce qu'on veut ? On veut que t'arrêtes tes messes noires et tes transformations ! On veut que t'arrêtes de t'alouver, bougresse ! On sait que c'est toi qui es derrière toutes ces attaques ! On sait que t'as des formules magiques qui cachent les loups ou qui te rendent bonne apparence ! On veut que tu quittes le pays, c'est ça qu'on veut ! Sinon on t'y forcera !

Un projectile vient ponctuer la menace, qu'elle reçoit en plein front. Elle porte la main à sa peau, sent un liquide épais, s'aperçoit qu'elle saigne quand le bout de ses doigts devient rouge et, tout étourdie, elle n'a que la force de refermer brusquement le semblant de porte de son abri.

Qu'est-ce que c'était que la Rousselaine ? Un mystère qu'il eût été facile d'éclairer pour peu qu'on se donnât la peine de s'intéresser à son histoire.

Elle était arrivée au pays quatre années auparavant, et sa venue avait coïncidé avec les rendements désastreux de 1811 que même l'apparition de la comète et les vendanges exceptionnelles de cette année-là n'avaient pu faire oublier. Dès son arrivée, un statut de paria lui était échu, qu'elle avait accepté comme une bête se résigne au mauvais traitement dont on l'accable. On l'avait laissée s'installer derrière le Caillas parce que c'était le seul lieu déserté de tous et, par une sorte d'entendement tacite, on avait décidé de la fuir, de l'ignorer, de n'avoir le moindre contact avec elle sinon pour s'effrayer au point que personne n'était capable d'en dire davantage. Et les soirs de veillée, en écalant des noix à la lueur d'une flamme, on colportait nombre de récits fantaisistes qu'elle n'avait jamais démentis, n'étant pas même informée de la gravité des ragots qui circulaient sur son compte. Ainsi va la société qui a toujours besoin de s'inventer des repoussoirs. On tapait les noix sur la table ; on en récupérait le brou ; on en brisait la coque pour aller chercher le cerneau et les récits se prolongeaient et, dans chaque maison, chaque conteur en offrait sa variante terrifiante. À croire qu'on n'osait chercher la vérité de peur que celle-ci ne déçût.

Tous les récits disaient la Rousselaine veuve d'un bourreau, et ce seul élément aurait suffi à expliquer le rejet dont elle était l'objet. Apparue au pays dans une proximité sinistre avec la mort, la mort violente, brutale, souvent injuste, elle était devenue la Veuve Rouge dont les longs cheveux s'étaient teints du sang des condamnés de son homme. Mais les détails de cet étrange veuvage n'étaient jamais les mêmes. Selon certains, elle était une épouse légitime ; selon d'autres, une maîtresse. On ajoutait qu'elle avait été celle du grand Sanson, l'exécuteur de Louis XVI, qu'elle aurait suivi dans sa retraite quelque part sur l'Essonne et dont, après sa mort, elle aurait emmené les restes en Beauce où elle se serait retirée. Mais on corrigeait parfois cette version en disant qu'elle s'était en réalité donnée à celui-ci pour sauver un premier compagnon membre des chauffeurs d'Orgères exécutés à Chartres en 1800 et, peut-être à cause du retour de la même couleur dans leur nom ou parce qu'on la confondait avec une autre incendiaire qui avait été son amante, le souvenir du Rouge d'Auneau revenait souvent pour identifier l'individu en question. Elle-même, en d'autres versions, aurait fait partie de la bande et aurait eu un passé de brigande avant d'avoir un présent de sorcière. D'aucuns disaient qu'elle était sans liard ni billon ; d'autres, au contraire, qu'elle cachait une fortune sans préciser si c'était un reste du butin de sa horde ou l'héritage d'une famille de bourreaux. On aurait été très étonné si d'aventure on avait appris qu'elle s'appelait Marie ou Catherine et n'était que la fille d'un guérisseur de Sologne. Mais peut-être même alors aurait-elle pu avoir été enfantée par la Loire, allez savoir, ou la Malnoue, cette rivière souterraine sur laquelle elle voguait la nuit et qu'on imaginait passer sous le pays et mener droit en enfer. Les fleuves de France ont de ces secrets obscurs surnaturels.

Elle ne parlait jamais, à croire qu'elle fût muette, et on la soupçonnait d'employer un langage animal davantage qu'humain. Des mégères avaient ainsi décrété qu'elle était née d'un œuf de vipère et qu'elle avait tué sa mère comme font les vipéreaux à la naissance, qu'elle vivait entourée de reptiles à qui elle s'adressait comme une fée à ses amants. Mais laissant les légendes proliférer sur son compte, elle ne cherchait pas à défendre son identité, à dire qui elle était, même quand elle était en présence de personnes qui eussent pu l'écouter. Car les superstitions viennent souvent à bout des répugnances et il y a toujours plus fort que l'aversion : l'utilité qu'on peut retirer des gens dont on use. Malgré toutes les hantises et les rejets, on venait la voir en secret pour un sort contre la conscription, contre un chiard mal venu dans le ventre, contre une récolte qui s'annonçait mauvaise et qu'on voulait détourner de soi pour la faire s'abattre sur le champ du voisin. On lui avait parfois réclamé d'éloigner un renard ou un chien enragé, ce que les paysans, qui avaient pourtant la mémoire longue quand ils voulaient, omettaient de dire en l'accusant d'être à l'origine des attaques de loups. Nul ne savait ce qui se disait lors de ces consultations interdites, mais les visiteurs en repartaient plus effarés qu'à l'arrivée, s'empressant d'oublier ce qu'ils avaient vu ou entendu.

À quoi occupait-elle ses jours, ses nuits ? Quelles étaient ses activités en dehors de celles pour lesquelles on venait la consulter ? On la voyait errer dans le paysage, lugubre et fantomale, flottant sur les chemins, disparaître comme elle était apparue. De temps à autre, le garde champêtre s'assurait qu'elle se tenait tranquille mais s'abstenait d'aller voir de plus près ; les mariniers s'écartaient des rives quand le courant les portait à sa hauteur. On disait qu'il y avait dans sa tanière des poudres, des infusions, des ingrédients de toutes sortes parmi lesquels des téméraires avaient reconnu des racines d'angélique, de la passerage, de l'églantine, des orties, des écailles et un liquide incolore qui devait être la vipérine, cet alcool du diable. Quelqu'un citait des fers à marquer encore rougis de leur passage au feu. D'autres expliquaient sa tambouille en affirmant qu'elle mangeait les carcasses de chats que les gens utilisaient comme appâts à la pêche aux écrevisses dans les Mauves.

Pour le reste, il était arrivé qu'on l'accusât de parler aux loups, de s'accoupler avec eux, de les mener en meutes au pays. L'accusation avait notamment resurgi lors de l'incursion des cosaques l'année précédente, et il avait surtout fallu y voir un symbole des prédations de l'ennemi pour rendre compte de l'angoisse qui étreignait les populations au moment de la défaite et des pillages. Il n'empêche qu'on avait tiré le fil de ces récits et l'on y avait tantôt ajouté un pacte avec le diable, des métamorphoses en garolle, des commandements donnés au dos-gris pour s'en prendre à des troupeaux mal gardés et mordre le bois des calvaires. On prétendait que son sixième doigt avait une griffe et une forme semblable à celle du coussinet d'un carnassier.

Mais une autre histoire circulait sur son compte qui la disait plutôt fille de l'eau et femme-serpent. Déclinaison de la supposée fortune héritée de son bourreau de mari, on disait qu'elle cachait une escarboucle enterrée sous son repaire, et parfois on corrigeait en disant que la seule pierre précieuse qu'elle possédât était celle de son sexe que les curieux dérobaient du regard quand elle nageait dans la Loire. C'était une légende répandue dans les casernes d'Orléans où les soldats étaient friands de ce genre de contes moitié égrillards moitié fantastiques qui leur faisaient passer plaisamment les longues heures monotones au quartier. Nombreux étaient ceux qui, au cours de soirées avinées, avaient parlé de s'approcher du point du fleuve où elle se baignait, en sachant combien c'était dangereux : la Rousselaine était capable d'aspirer toutes les forces, toutes les chairs comme l'eau emporte tout dans son lit, et on n'aurait su dire si c'était vrai ou s'il fallait y voir là un énième fantasme, celui de la féminité propre à épuiser la vigueur mâle des troupes.

À l'été précédent, il y avait ainsi eu toute une scène dans un baraquement à Jargeau. Un soir que des garçons du 14e s'occupaient à une partie de piquet en buvant et en se racontant des histoires, un lignard originaire de Nevers empêcha un de ses compères de jouer du violon en évoquant une légende qu'il tenait de sa bonne amie, lingère à Saint-Jean : celle du violoneux de Chaingy qui avait joué une nuit entière pour le diable et ses démons réunis en sabbat au lieu-dit la Clairière-des-Sorciers. Belzébuth l'avait si bien ensorcelé que, tremblant de tous ses membres, incapable de maîtriser son archet et de tenir correctement son violon, il avait pourtant joué avec une virtuosité infernale au rythme de l'entrechoquement des sabots et des cornes de bouc.

Le lignard en frémissait comme si les rires sataniques dont il parlait le flagellaient pour de bon et il prétendait le plus sérieusement du monde que c'était pour cela que dorénavant il ne voulait plus qu'on jouât du violon devant lui quand un autre, un ancien qui était du pays et était jusque-là resté en retrait, le gronda en affirmant que cette histoire n'était qu'un ramassis de racontars pour mauviettes et qu'il en connaissait une bien plus terrifiante parce que vraie.

Interrompant la partie et forçant ses camarades à faire cercle autour de lui, il expliqua qu'il y avait réellement une sorcière à Chaingy, qu'on pouvait rencontrer sur la route et qui jetait un sort rien qu'en touchant le bras de celui qu'elle croisait. Elle était réprouvée en même temps que recherchée pour ses pouvoirs. Comme beaucoup, son père à lui était allé la voir pour le faire rentrer vivant d'Espagne et il préférait ne pas s'étendre sur ce qu'il avait dû donner en contrepartie de cela.

Cette sorcière, c'était autre chose que l'histoire d'un musicien apeuré jouant pour des créatures impossibles. Elle vivait dans un lieu sans nom derrière une gravière que tout le monde savait habité du malin – non sous sa forme animale, mais invisible comme l'esprit du mal qui gangrène le monde. On la disait veuve d'un bourreau, sans savoir lequel, Capeluche, Thérage ou Sanson, tant on la suspectait d'avoir traversé les siècles ; on la disait bourrelle elle-même, assassine, bouchère au point d'accrocher des peaux d'enfants suppliciés aux branches des arbres et de se faire des colliers de bouts de seins desséchés des femmes qu'elle avait attirées jusqu'à elle. Des fils de laine teints du sang de ses victimes lui poussaient en guise de cheveux ; sa peau était faite de la même cire que celle avec laquelle elle façonnait des poupées pour jeter ensuite ses sorts. C'était une vraie sorcière, répétait le vétéran, loin des rondes du diable, capable de se muer non en chèvre ou en chatte, mais en serpent les nuits de pleine lune où elle venait vous arracher les dents dans votre sommeil ou vous gober les yeux. Et ajoutant qu'elle cachait une gemme enfouie sous son lit, il tirait sur sa pipe tandis que son regard se perdait dans les volutes de fumée. La tombée de la nuit faisait son effet sur les esprits qui, tout militaires qu'ils fussent, gardaient leur candeur enfantine.

Soudain un soldat s'esclaffa. C'était Anodonte Fabre, le rodomont de la chambrée, qui prétendit, en faisant chuinter ses mots dans un défaut de prononciation évident, qu'il ne craindrait pas une telle magicienne au motif qu'il avait déjà perdu ses dents principales. Il était vrai qu'il lui manquait les deux chicots de devant et un œil remplacé par une bille de verre si jaunie qu'il la qualifiait de dé d'or. Le regarder dans cet œil passait pour porter bonheur, et lui-même prétendait que c'était ce qui faisait son charme auprès des femmes. Il avait fait de son physique disgracieux une marque de superbe et avait assez seriné son monde avec ça. Plus généralement, il était fier comme Artaban de ses capacités et de ses liens de confiance avec certains gradés du régiment. D'aucuns plaisantèrent en lui tapant le dos parce qu'ils le savaient toujours enclin à se vanter :

– Tes yeux, tes dents ! Mon beau, méfie-toi qu'elle vienne pas te voler ce qu'il t'en reste !

Fabre alors s'entêta ; il détestait qu'on sous-entendît le ridicule de ses crâneries. Comme il avait bu et que la liqueur lui échauffait la tête, il les défia tous d'aller surprendre la sorcière dans son bain et il prétendit même qu'il saurait bien la forcer à lui rendre ses dents ou sa prunelle.

– Mais ce n'est pas tes chicots, idiot, qu'elle a pris ! Ni ton calot !

– Tant pis, j'aurai ceux des autres, en remplacement !

On ne sut jamais trop ce qu'il fit après cela. De fait, tout le monde s'en moqua et oublia cette histoire. Sauf lui. Quelques jours plus tard, on le retrouva qui fanfaronna devant les mêmes compagnons et prétendit que ça y était, c'était fait, qu'il avait surpris la sorcière à tremper entre deux sables de Loire. Même qu'elle était plutôt maigrichonne et pas si blanche que ça pour une rousse. Une vraie metteuse en scène ! Elle était entrée dans le fleuve pour se baigner ; puis elle s'était aussitôt faite immobile, une statue. Tu parles, elle savait qu'il était là, la garce ; elle voulait se laisser zieuter et, sous la lumière des étoiles qui l'éclairaient juste ce qu'il fallait, elle avait paru répandre l'eau sur elle non pas comme on se laverait mais comme on verserait une libation de parfums et de poudres pour se faire coquette.

Fabre n'était pas seul à y être allé. Un autre, dénommé Goujard, s'était laissé entraîner. Ledit Goujard, cependant, arguait qu'il ne voulait pas en parler parce qu'il n'y avait rien à en dire et que, s'il avait bien dépassé la dernière maison à laquelle tous s'arrêtaient, il n'avait pu aller plus loin que le talus que faisait ensuite le terrain avant de dévaler vers l'eau maudite du fleuve. Il semblait peu tranquille, contrairement à Fabre qui se vantait, enchérissait, prétendait que même il n'y avait pas de pierre précieuse sinon le joli bijou de la sorcière entre ses cuisses. On rit beaucoup de l'allusion et, comme il n'y avait pas de preuve, on s'inclina. Mais le vieux briscard, celui à l'origine du défi que le faraud s'était lancé, joua les rabat-joie en disant qu'ils avaient eu tort, qu'ils avaient signé leur arrêt de mort en osant cela car la sorcière ne lâchait plus ceux qui avaient eu la mauvaise idée de s'en prendre à sa pudeur. Elle viendrait tôt ou tard, ils devaient se méfier. Fabre répondit :

– Qu'elle vienne, je l'attends : ça me rappellera Saragosse !

Il indiquait son sexe, pour sous-entendre les viols dont l'armée s'était fait une gloire en Aragon.

Les semaines suivantes, il ne parut pourtant plus le même. Les réactions s'inversèrent. Goujard s'était peu à peu rassuré de ne pas être allé jusqu'à la Loire, mettant en avant sa prudence qu'il présentait pour l'effet de sa sagesse. Fabre, lui, était tombé dans une étrange torpeur, une sorte de mélancolie sombre dont il aurait eu besoin d'être secoué mais dont personne ne le tira.

Les officiers dont il se targuait d'être proche, ceux-là mêmes qui complotaient un soulèvement de la troupe pour marcher sur Paris commencèrent à l'observer et à douter de sa confiance. Ils ignoraient l'histoire de la sorcière mais pensaient qu'un homme qui a d'étranges manies est ou bien un traître potentiel ou bien quelqu'un qui a des soucis d'alcôve; en tous les cas, il n'est guère apte à seconder une action politique. Fabre fut ainsi jusqu'à l'automne, jusqu'à une nuit où il était prévu qu'il escortât ses chefs chez Madame François avant d'être remercié le lendemain pour ses services. Il devenait trop instable. En arrivant dans le quartier Motte-Sans-Gain, Moscou et les siens lui demandèrent pour cette raison de faire la ronde plutôt que le pied de grue de peur que ses penchants maussades ne le fassent se morfondre ou, pire, s'endormir où il ne fallait pas.

Quand les conjurés sortirent du bordel plusieurs heures plus tard, il n'était pas là. Ils envoyèrent le chercher en silence, ne le trouvèrent nulle part, se dispersèrent dans les rues en faisant attention de ne croiser aucun commissaire ni mouchard. Le lendemain, ils s'inquiétèrent de ne pas le voir réapparaître et soixante-douze heures après ils apprirent qu'on l'avait retrouvé mort dans la Loire. Borissov fut dépêché sur place; il rapporta l'état extraordinaire du cadavre et, malgré tout ce qu'il avait pu dire au préfet Talleyrand et à ceux qui avaient examiné le corps avec lui, il conclut devant ses amis qu'il n'y avait rien de normal dans cette mort. Non, rien de normal. Les causes qu'il avait alléguées, une chute dans le brouillard sur les berges de Loire, le choc avec un rocher tranchant qui lui aurait ouvert le ventre, et le courant, et les poissons qui l'auraient vidé de ses entrailles, n'avaient été qu'une improvisation pour ne pas éveiller les soupçons. Une pure invention qui ne le convainquait pas lui-même au point que les conjurés se demandèrent s'il ne fallait pas voir dans la mort de Fabre un acte volontaire, un meurtre étrange afin d'être impressionnant, quelque avertissement dangereux d'un anonyme envers leur complot.

Et tandis que Moscou, Vitebsk et les autres se prenaient à redoubler de prudence, eux qui se montraient d'ordinaire si imprudents, la nouvelle se répandit à la caserne. Fabre était mort, d'une mort des plus horribles : il avait eu le corps aspiré, réduit à l'état d'enveloppe comme une peau de castor tannée ; on avait retrouvé en lui du sable de Loire et des brins de laine rousse entre ses dents ; son œil de verre devait avoir été avalé. Dans la chambrée, on en reparla le soir devant son lit inoccupé en s'étonnant d'une telle fin. Alors le vétéran, celui qui avait joué le rôle de conteur auprès de ses camarades, eut cette simple sentence en guise de leçon :

– La sorcière jamais n'oublie ni ne pardonne. Elle a pris son œil pour se venger.

Goujard ne dit rien mais frissonna de ce qui l'attendait peut-être en se demandant si, malgré tout ce qu'il avait pu dire, il n'était pas allé un peu plus loin que le talus avant la Loire.

La Rousselaine est restée un moment derrière le fagot qui lui sert de porte. Les jets de pierres sont de plus en plus forts ; on les lance de plus en plus près. Bientôt ceux qui les assènent oseront s'approcher tout à fait ; ils enfonceront sa porte, viendront la prendre, eux qui auparavant n'ont jamais osé la toucher. Les cris s'affermissent, les accusations mêlent les injures de louvesse, de garolle, d'assassine, de harpie, plus singulièrement de *lubrica* ou de succube. Si elle avait des connaissances, elle comprendrait à ces derniers mots que seul un homme disposant d'un peu de latin et de beaucoup d'aversion pour les femmes a pu les souffler à cette masse ignare de paysans. Un homme, l'abbé Vox, est derrière tout cela, qu'il assiste à la scène dans un coin ou l'ait projetée depuis l'église où il prêche. Mais évidemment tout cela la dépasse. Ce qu'elle sait, c'est qu'elle va devoir sortir dans l'immédiat et elle en retarde encore un instant la décision.

– Prends ça, la louveuse !

Le choc des pierres se fait plus sec, plus sonore. Elles sont de plus en plus grosses, de plus en plus lourdes ; les dernières n'ont pas été roulées dans la neige pour en amoindrir le bruit.

– Si tu crois que ta porte va nous empêcher de t'écorcher ! On va te faire la peau, l'ignoble !

Sa porte, qui n'en est pas une, ne la protège de rien, elle le sait. Elle sait aussi que ceux-là s'enhardissent parce qu'ils sont en groupe et que la colère associée au nombre fait souvent sauter les dernières craintes et les ultimes dégoûts. Jamais en temps normal, ils ne seraient allés aussi loin. Non pas qu'elle se juge impressionnante, mais parce qu'elle sait que poser la vue sur elle équivaut déjà à un acte de bravoure. Il y en a même parmi eux, là, dehors, qui sont déjà sûrement venus la voir pour jeter un sort de stérilité ou attirer des pucerons sur les vignes et sont repartis en tremblant à l'idée qu'ils étaient entrés en contact avec elle.

– Y avait pas de sorcière par ici avant, y en aura bientôt plus ! Faut que ça cesse !

Combien de temps reste-t-elle ainsi à écouter toute cette haine que les malheurs du temps avivent ? Ce n'est pas pour Fabre qu'ils sont là ; peut-être n'ont-ils même jamais entendu parler de lui ; ils ne savent pas, non, ils ne savent pas ce qu'elle a pu faire. Ils sont là pour leurs croyances archaïques, pour leurs superstitions ancestrales, à cause des loups, à cause de la bête.

Un nouveau choc, plus dur, plus perçant que les autres la fait sursauter. La pierre qui vient d'être lancée a brisé une branche du fagot qui lui sert de porte et l'a traversé pour atterrir à ses pieds. Une autre suit immédiatement et vient taper contre le chaudron fumant en produisant un son de cloche. Les couleuvres au sol ont disparu, et elle donnerait cher pour se faufiler comme elles et s'enfuir. Que doit-elle faire, dire ? Aura-t-elle même la force de parler ? Elle n'a plus le temps de rien décider. Le sang de sa plaie au front lui coule dans l'œil en un long filet chaud. Sa vue se noie de rouge. Elle panique, regarde autour d'elle, écrase ses maigres affaires au sol sans y prêter attention. Elle n'a d'autre choix que sortir. La hache trop lourde dans une main, son couteau émoussé dans l'autre, avec la furie du désespoir, elle se jette comme une démone dehors.

Emportée par son élan, elle rend d'abord leurs menaces à ceux qui sont venus la menacer ; mais à faire tournoyer sa hache, à brandir trop haut sa lame, on sent bien qu'elle est déstabilisée. Alors les paysans avancent ; ils prennent confiance en se poussant mutuellement. Bientôt ils profitent de ce qu'elle a lâché ses armes et se retrouve les bras nus. Ils s'approchent, montrant les dents, prêts à bondir, les yeux luisants d'une haine farouche. La Rousselaine n'a pas la force de s'opposer et tombe à genoux, résignée à subir les sévices qu'on lui réserve. Un dernier instant d'immobilisme, de silence prolongé. Soudain elle hurle, d'un hurlement strident, et tous se ruent sur elle, comme un essaim, une meute, une nuée, et l'entraînent dans sa hutte.

Ils en ressortiront moins de dix minutes plus tard, laissant la cahute complètement brisée.

Sous le chaudron renversé dont la terre boit le liquide infâme, le couteau gît ensanglanté. Dans un coin, la Rousselaine prostrée, le visage griffé, les cheveux empagaillés, tâche de se recouvrir la tête d'un morceau de tissu en se tournant vers le mur de terre comme si elle voulait y trouver refuge. Tout près d'elle un petit bout de chair, une excroissance, son sixième doigt sans ongle ni poils, qu'une main vient de couper, est tombé au milieu d'une mèche arrachée à ses longs cheveux roux. Elle se relève pour le ramasser et, sans un mot, sans un pleur, la voilà qui le mange. D'un coup. Comme on ravale sa honte, sa peine, sa faiblesse.

Elle est la Rousselaine, la paria, l'animale, la sorcière que tous craignent. Loin de l'abattre, la haine des foules n'aura fait que renforcer sa rage de vivre et la pousser à continuer à se défendre.

II

Chiquet mourut deux semaines plus tard de ce qui s'apparenta à la rage.

Presque un mois s'était écoulé depuis l'attaque dont sa femme avait été la victime. S'il n'avait d'abord montré aucun symptôme, lui savait qu'il avait été mordu en voulant la défendre et il guettait l'apparition du mal en soupçonnant qu'il y eût un risque probable que la bête qu'il avait affrontée fût infectée. Il s'isola plus encore qu'avant, refusa tout secours, ne toléra que les visites de son fils à qui il ordonna de rester sur le seuil de sa porte. Louiset n'eut ainsi plus de toit et dut crécher chez des voisins qui eurent pitié de son infortune. Parce qu'il n'avait la force d'assister son père tous les jours, il détourna son chagrin sur la prétendue coupable de son agression et il fut parmi ceux qui s'en prirent violemment à la Rousselaine. Certains rapportèrent qu'il fut même, dans la bousculade finale, celui qui lui coupa son sixième doigt comme si ce geste lui avait permis de se venger.

Les premiers signes de l'infection ne tardèrent pas à se manifester. Chiquet sombra dans une mélancolie inexplicable : il n'eut subitement plus goût à rien et cessa tout labeur alors qu'il avait encore la force, malgré ses blessures, de couper son bois ou de curer un fossé. Le fils, ne voulant croire qu'il allait aussi perdre son père, songea que cette tristesse s'expliquait par la mort brutale de sa mère à laquelle ni l'époux ni l'enfant n'avaient rien pu faire. Mais très vite, il dut se rendre à l'évidence quand Chiquet fut pris de fièvre au point de s'aliter et montra des débuts d'angoisse et d'hallucinations. Le malheureux affirma d'abord revoir le loup rôder autour de sa baraque, ce qu'on aurait bien pu croire, mais il parla ensuite d'une meute complète qui venait lui lécher les pieds et d'un ours qui venait lui mordre les doigts : le doute alors ne fut plus permis.

Tout alla très vite. Perclus de contractures, tremblant comme une feuille à la lumière ou dès qu'on faisait un peu de bruit au bout de son chemin, Chiquet se mit à suer, à suer énormément et réclama à boire. Oh, ce qu'il avait soif! Il fallait qu'on lui rinçât le gosier ! Mais dès qu'il buvait, des spasmes horribles le secouaient et l'emplissaient de terreur à l'idée de reboire ne fût-ce qu'une goutte et il eut bientôt un réflexe de peur panique à la vue de l'eau, mais aussi de tout autre liquide qu'on lui présentât, vin, lait, gnôle pour laquelle sa préférence était connue. De violentes convulsions le saisirent, des accès de folie furieuse où il se trouvait mal allongé, encore plus mal debout et essayait de se lacérer la peau. Ses yeux roulaient en tous sens comme des calots dans un godet ; sa bouche écumait de salive, moussait d'une bave qu'il ne pouvait plus ravaler. Alors qu'on était en plein mois de janvier, que dehors il gelait à pierre fendre, Chiquet se croyait dans un désert, dans une caisse laissée en plein soleil et il hurlait : « Sortez-moi de là ! Je veux m'en aller ! » Il réclamait d'être plongé dans la neige pour soulager ses brûlures, et il se tordait, se contorsionnait, se renversait sur lui-même de telle façon qu'on n'aurait pu le retenir si l'on avait osé s'approcher. Un soir, enfin, il perdit connaissance et le lendemain on le retrouva mort, la bouche entrouverte dans un dernier râle, les yeux écarquillés, les doigts crispés sur sa couverture, les membres déjetés en une ultime danse qui disait sa douleur.

Aucun médecin n'avait été appelé pour soulager son agonie. Chiquet avait refusé, comme il avait refusé l'entaille de saint Hubert par laquelle on incise le front du malade et l'on glisse sous sa peau un bout de tissu qui passe pour une relique de l'étole du saint. Il était de toute façon trop tard, et son fils, sachant le mal incurable, ne voulut pas dépenser le peu d'argent qu'il avait. Les gens trouvèrent cela raisonnable ; avec leurs saignées ou leurs urines récoltées, ces voleurs de médecins au mieux n'arrangeaient rien, au pire aggravaient tout ; quant aux guérisseurs, vendeurs de bagues et talismans, ils vous prenaient tout autant la pièce sans obligation de résultat. Quelques-uns néanmoins le blâmèrent à demi-mots en lui disant qu'il aurait dû faire venir l'abbé Vox car le saint homme passait pour avoir de réels pouvoirs thaumaturges. Il n'y eut du reste point de religion dans l'affaire ; Chiquet était incroyant.

Le maire de la commune, soucieux de faire quelque chose, avait dépêché au premier jour Barthélémy Pelletier, l'officier de santé qui œuvrait de La Chapelle à Beaugency et qu'on avait déjà vu au-dessus du cadavre du père Euripide. Il faut croire qu'à Messas on avait moins de relations, que Chiquet n'était pas une gloire locale comme l'était le chansonnier pour faire déplacer des médecins chers à payer. Car celui-ci n'était qu'un besogneux de la médecine en campagne qui se faisait rétribuer en vidant la huche à pain ou le pot de sel des malades et se révélait incapable de soigner le pied bot d'un garçon d'écurie. Alors soulager la rage ! Pelletier franchit à peine la porte de Chiquet, donna des consignes de loin et disparut.

Adelphe avait lui aussi cessé de venir. Malgré les connaissances héritées de ses études, il n'était pas médecin et se savait impuissant face aux souffrances qui annoncent la mort d'un individu. Il avait par ailleurs conscience qu'en ces occasions, il n'était guère digne de l'homme qu'il voulait paraître en public. Après deux visites où il observa le père et interrogea le fils, il fut sûr des conclusions à tirer : Chiquet avait été mordu par un animal enragé et tout portait à croire que ce fût un loup. Le doute était impossible : la Chiquette n'avait pas été dévorée, mais elle avait eu la peau lardée de meurtrissures, le cuir arraché du crâne, le visage et le cou entaillés, la trachée et l'œsophage criblés dans une frénésie qui s'expliquait moins parce que la bête n'avait eu le temps de se repaître que parce qu'elle en avait été incapable, complètement déréglée qu'elle était dans son comportement. Quant au mari, il avait commis l'erreur de l'affronter à mains nues – mais est-ce une erreur de défendre les siens ? – quand une seule morsure ne pardonnait pas à un endroit où aucune étoffe, aucun vêtement épais n'offrait au moins la possibilité de rendre la lésion superficielle. S'il avait sauvé son fils, il s'était condamné lui-même.

Carolange fut très étonnée d'apprendre qu'un loup enragé avait sévi. Elle insista auprès d'Adelphe pour l'accompagner lors de sa seconde visite. Louiset accepta de redire tout ce qu'il savait car elle était la dame de Férale et, comme beaucoup au pays, il la respectait pour sa science, ses talents et la pitié qu'elle témoignait envers les petites gens. Il confirma qu'il s'agissait bien d'un loup et, quoiqu'il fût le seul témoin, il n'y avait guère de raisons de ne pas prendre en compte ses dires. Les traces sur place, autant qu'on avait pu en juger en revenant sur les lieux, allaient en ce sens et, dès le lendemain, des paysans rapportèrent qu'un veau avait cette fois-ci été retrouvé égorgé à Tavers avant que, le jour d'après, ce ne fût le tour de deux ovins et d'un goret près d'un village voisin nommé Le Bardon. C'était la première fois qu'une de ces mystérieuses morts s'accompagnait aussi évidemment de charniers d'animaux. On avait bien retrouvé un lièvre mutilé aux alentours de la cahute du père Euripide, mais l'on n'avait su trop dire s'il y avait vraiment un rapport. Quant aux autres cas, les seuls cadavres retrouvés avaient été humains, rien qu'humains, comme si ce qui les avait attaqués avait eu une haine unique pour l'homme.

Son carnet ouvert devant elle, un crayon à la main, Carolange notait chaque mot prononcé.

– C'était un nuiseux énorme et solitaire, un spécimen extraordinaire, un mâle pour sûr…

– Il faut m'en dire plus, demandait-elle en menant l'interrogatoire à elle seule.

– Plus ? Mais vous savez bien ce que c'est qu'un dos-gris, vous, une dame qui avez autant de savoir. C'est… C'est monstrueux… Ça a des yeux jaunes qui rougeoient comme le feu, des dents effilées comme votre doigt et qui salivent… Ça mesure bien six pieds de long…

On croyait réentendre Ponsot lorsque le gendarme avait voulu en remontrer au Jacquot à Bucy : tous cédaient, sans le savoir, aux excès de l'imagination dès qu'ils s'appliquaient à décrire un loup, *a fortiori* un loup enragé, et tous faisaient de ce loup, qu'ils l'eussent vu ou non, un prédateur prodigieux. Avec un dédain de citadin, Adelphe n'hésitait pas à croire les habitants des campagnes influencés par les récits entendus à la veillée. Mais le Louiset l'ignorait, il se contentait de livrer son témoignage sans s'apercevoir que celui-ci correspondait moins à la réalité qu'à une représentation toute faite qui lui faisait oublier ce que lui-même avait vu. À l'entendre, la course de l'animal était si rapide qu'il semblait voler ; il faisait des bonds de sept à huit pieds de hauteur, des écarts de douze à quinze de distance ; il soufflait avec un bruit effrayant. Adelphe se disait qu'il n'y avait guère que lui, parmi tous ces pauvres gens, pour faire preuve d'un peu de raison.

– Mais celui-là précisément, ce loup, comment était-il ? insista Carolange.

– Crénom ! cria le gamin entre deux sanglots. Il était comme je vous dis qu'il était !

Rien de plus, et ça ne résolvait pas certaines questions. Nul autre n'avait vu le loup, ni avant, ni après alors qu'un spécimen enragé était facilement repérable puisque enclin à s'en prendre à tout ce qui bougeait. Celui-là avait dû être infecté peu avant son carnage et avoir péri juste après, peut-être des coups de

Chiquet. On n'avait pu suivre que la trace de ses victimes, animales cette fois, sans être parfaitement sûr qu'il fallût toutes les porter à son compte. La géographie ne correspondait guère : s'il errait de clocher en clocher et aurait pu sévir entre Messas et Bucy, les rares mentions de ce loup le montraient allant vers Beaugency plutôt qu'en direction d'Orléans. Loin du père Euripide donc ou de la petite Cribier, encore plus loin de la rive où l'on avait retrouvé le soldat Fabre. Enfin, une bête enragée crevait au bout de trois jours ; même si celle-ci pouvait être coriace et avoir tenu une semaine, elle ne pouvait être celle qui avait attaqué le chansonnier deux mois auparavant. L'intuition d'Adelphe, qu'il avait formulée à Griseldan le jour de Noël, était la bonne : ce n'était pas le même animal qui était responsable de toutes les violences que le pays subissait.

Mais le jeune homme fut coupé dans ses réflexions en entendant Carolange dire :

– Je vous crois, du ton maternel de celle qui prétend soulager la peine des plus faibles. Je vous crois. Alors savez-vous ce qu'il faut faire ? Prévenez le pays, tous ceux que vous connaissez et à qui vous tenez encore pour leur dire que le loup sévit, qu'il n'a jamais cessé de sévir depuis l'automne et qu'il faut être prudent désormais. Prudent comme on ne l'a jamais été. Prudent car ni les rois ni tous les gendarmes du monde ne pourront vous protéger contre un tel fléau.

– C'est vrai, m'dame, on est toujours tout seul face au démon, qu'ce soit la Vorasse ou le loup. Les gendarmes et les rois, ils ont jamais su que s'gausser sur notre dos.

La Vorasse : Louiset revenait à la Rousselaine qu'il avait contribué à lapider. Les superstitions reprenaient toujours le dessus, comme si c'était la sorcière qui avait fini par bouffer cette bête après en avoir accouché une nuit de pleine lune. Carolange acquiesça, indulgente devant l'imagination du pauvret et rangea son carnet sans qu'on pût regarder ce qu'elle avait fini d'y écrire. Adelphe se surprit à lui trouver un sourire indéfinissable et discret, un sourire qui aurait été imperceptible s'il n'avait eu l'habitude de contempler son visage – un sourire secrètement enjoué dans ces circonstances terribles.

Le lundi suivant, il se rendit à la préfecture pour exposer le résultat de ses réflexions aux autorités compétentes et savoir si l'on avait de nouvelles informations. Il se sentait autorisé d'y prétendre tant l'affaire lui tenait à cœur et parce qu'il devinait que là-haut, dans le cabinet du préfet, on piétinait sur le sens à donner à tout cela.

Les rues étaient obscures et humides, tapissées de la boue épaisse et gluante de l'automne que les récentes neiges n'avaient pas couverte totalement. De la place du Martroi à la rue de Bourgogne, les venelles tortueuses prenaient un aspect cafardeux en ces jours d'hiver où de vieilles maisons mal bâties et tassées renfermaient chacune, comme une femelle grosse d'une portée ignoble, leurs habitations de misère. C'étaient des logements bas, inéclairés comme des caves, donnant la plupart sur des cours sales et infectées par ce qu'on y jetait de déchets. Partout les murs étaient petits, les portes étroites, les fenêtres mal vitrées, et tout un peuple vivait là en raison de la modicité des loyers, grouillant, se reproduisant, mâchonnant des envies de révolte au point qu'il se demanda si, au milieu de cette population sauvage, on ne pourrait trouver une bête aussi maléfique que celle qui rôdait dans la campagne. Le froid engourdit ses membres. Il se hâta, doubla des gamins qui jouaient dans un ruisseau malgré l'eau croupie et glaciale.

Soudain il marcha sur une feuille au sol, qu'il ramassa parce qu'une gravure grossière y avait attiré son attention. L'image écrasait la moitié de l'imprimé ; elle représentait une sorte de chien bondissant sur une femme au milieu d'un bois tandis que deux autres personnages accouraient au second plan. Il eut l'intuition qu'on évoquait l'horreur de Messas, ce qu'une lecture rapide lui confirma. Ce feuillet anonyme était ce qu'on appelle un canard. Distribué par centaines depuis quelques jours sur les places et les marchés. Semblable à tous les torchons de ce type dont le peuple raffolait. Même gros titre, même légende racoleuse, même texte, même complainte jusqu'à la pliure de la feuille identique. Aussitôt acheté, aussitôt lu, jeté et ramassé par d'autres, mais prouvant que la rumeur des attaques se répandait jusqu'en ville. Comment la préfecture avait-elle pu laisser imprimer ça ? Comment n'avait-elle pas vu qu'elle n'avait aucun intérêt à faire s'ébruiter ces attaques de loup ? Adelphe en devint sombre. Il avait en tête de lointaines réminiscences selon lesquelles la rumeur complique toujours tout, avec son lot de mensonges autant que de vérités.

Au portail de la préfecture on lui refusa l'accès et, malgré ses demandes insistantes, aucun interlocuteur ne vint à sa rencontre pour daigner l'écouter. C'étaient souvent de vieux gendarmes qu'on y affectait et il avait cru pour cette même raison qu'il pourrait en abuser. Mais un homme comme lui, vêtu d'un pantalon et d'une redingote fatigués, sous un chapeau qui avait vu mille hivers et dans des bottes crottées, n'inspirait pas confiance, *a fortiori* lorsqu'il réclama de parler sans intermédiaire au préfet. Il venait d'assister à l'arrivée de ce dernier, sans savoir que tous les lundis Talleyrand revenait de sa nuit passée chez Dona Lucrezia, et il tenta de l'interpeller directement. Ils s'étaient déjà entretenus au-dessus de cadavres ; cela permettait des familiarités. Le préfet cependant ne sembla le voir ni l'entendre et Péritas dans la cour aboya si fort qu'il en fut effrayé. Piètre savant, ricana le portier à qui Adelphe s'était présenté en spécialiste de la cynégétique pour paraître sérieux, et le jeune homme reçut à nouveau la raillerie comme on reçoit un soufflet.

Il moisissait ainsi depuis une heure quand, perdant patience, il se résolut, dans un sursaut d'orgueil, à quitter les lieux. Non pas pour rentrer chez lui ; il courut au contraire les rues et les bastringues, sans regard pour les filles, les jeux ou la boisson quoique remarquant à des feuilles laissées sur les tables que le même canard avait circulé jusque dans les troquets. Il cherchait Ponsot, qu'il trouva chez Beuglard à corriger un marinier qui y faisait du tapage. Il attendit que le gourdin eût fini de tomber, puis il s'avança au milieu des chaises et des tables renversées. Les gendarmes crurent qu'il s'interposait et voulurent s'emparer de lui. Mais le lieutenant le reconnut :

– Encore vous ? C'est pas possible ! Quel chieur de lune vous faites !

Il était d'une humeur de chien, mais Adelphe ne se laissa pas démonter :

– J'ai besoin de vous et je crois que vous ne le regretterez pas. Faites-moi confiance…

– Confiance ? V'là un mot que je connais pas !

– J'ai un début de piste pour la bête. Il faut que vous m'aidiez à parler au préfet. Vous avez plus à gagner qu'à perdre, croyez-moi.

– Attends, morveux, tu crois pas que je vais risquer de froisser mon capitaine et même le préfet pour tes beaux yeux. Tu veux lui dire quoi exactement à Talleyrand ?

Adelphe mentit alors avec un aplomb qui le surprit lui-même :

– Je sais où est le loup. Celui qu'on cherche. Le responsable de toutes ces attaques.

De fait, ce n'était pas un petit mensonge puisque, en réalité, il n'avait rien sinon l'idée qu'il s'agissait d'attaques distinctes. Mais, orgueil de l'homme qui se pense savant, il soupçonnait que s'il ne partageait pas cette vague intuition, tous passeraient à côté de la vérité, et ce simple soupçon lui fit commettre la folie d'abuser un furieux comme Ponsot.

– Tu le sais ? répondit le gendarme en se laissant attraper car le furieux n'est pas forcément le plus fin dans l'entourloupe. Et il est où ?

– Crevé sur un bord de Loire. C'est la vérité.

Ce n'était toujours pas la vérité, c'était même un autre mensonge aussi gros que le premier. Et pour attirer l'attention du butor, il enfonça encore le clou :

– Le temps presse. Vous qui maintenez l'ordre en ville, regardez ces feuillets qui commencent à circuler un peu partout.

Il en prit un sur une table, taché et chiffonné mais semblable à ceux qu'il avait vus parce qu'il y en avait ici comme ailleurs. Pas besoin de lire, l'image parlait d'elle-même :

– Quand la rumeur s'empare d'un sujet, ce n'est jamais bon. Alors il faut la faire taire, cette rumeur qui enfle, et vite !

Ponsot se calma ; il était lourd d'esprit mais voulait plaire à ses supérieurs ; il tomba dans le piège :

– De toute façon, on en avait fini par ici. Fallait qu'on retourne au dépôt.

Le dépôt était à la gendarmerie, rue de la Bretonnerie. La préfecture était sur le chemin.

Avec Ponsot à ses côtés, il fut plus simple de se laisser recevoir. Ils patientèrent d'abord dans la salle commune où des employés silencieux travaillaient, serrés entre des armoires et des piles de dossiers parmi lesquelles ils se fondaient. Le gendarme tenait à rester, au grand dam d'Adelphe ; il semblait considérer qu'il avait une sorte de responsabilité à avoir introduit un pareil empêcheur de tourner en rond. Mais, dans le bureau du préfet, le ton fut tout autre :

– Monsieur de Mézières, je vous en prie, entrez. Le lieutenant Ponsot a bien fait de vous faire venir car nous vous attendions.

Adelphe n'avait pas l'habitude qu'on l'« attendît » quelque part, surtout des gens importants comme le préfet. Il fut plus encore surpris de constater qu'il tombait en pleine réunion lorsqu'il reconnut assis dans un fauteuil le commissaire en chef Deloynes qu'il avait déjà croisé, Legros qu'il reconnaissait dans son habit noir de chef du bureau central de la police d'Orléans et, debout contre la cheminée, Duplessis qui gratifia Ponsot d'un signe d'approbation en le mettant aux anges.

Talleyrand était bien disposé; il venait d'achever son conseil hebdomadaire et les soucis divers n'avaient pas entamé sa bonne humeur. Il avait passé la nuit dans les bras de la belle Carina à rêver du soleil de Naples et il n'était pas encore dans l'état de maussaderie qui le regagnerait quand il s'apercevrait qu'Orléans n'avait qu'un rude hiver à lui offrir sans vue sur la Méditerranée. Dans une heure, il ne serait plus le même homme et Adelphe sans le savoir n'aurait alors plus aucune chance de le faire s'intéresser à lui. Après une prise de tabac, le préfet l'interrogea:

– En quoi ai-je l'honneur?

– J'ai un début de piste pour expliquer les méfaits de la bête qui sévit depuis deux mois.

– Très bien, je vous écoute. Mais faites vite, mon temps est précieux.

– Il me semble qu'il ne s'agit pas de la même bête pour chacun des morts recensés.

– C'est entendu. Et?

– Et... Cela fait une différence, je crois. Nous avons traité toutes ces attaques comme émanant d'un seul prédateur alors que...

La voix du jeune homme mourut d'elle-même. Ils se regardèrent. Adelphe comprit que le préfet était déjà parvenu à la même conclusion et le préfet comprit que c'était toute la conclusion à laquelle Adelphe était parvenu. C'était trop peu. Le capitaine et les deux commissaires gardaient un silence gênant. Et Ponsot, demeuré en retrait, se prit à fulminer en constatant que ce jean-foutre s'était moqué de lui et qu'il allait falloir le faire sortir maintenant *manu militari* d'ici pour éviter que le ridicule ne retombât sur sa personne. Petit saligaud qui avait osé lui mentir !

– Écoutez, reprit Talleyrand avec une bonhommie persistante, c'est par respect pour la mémoire de votre frère que j'ai consenti à vous associer à l'enquête sur ces cas mystérieux. Rien ne nous y obligeait. Je me suis renseigné sur vos travaux. Bien qu'ils aient une parenté, qu'il ne soit pas toujours facile de distinguer leurs attaques, les chiens ne sont pas des loups, vous savez…

Adelphe crut devoir réfléchir rapidement à haute voix. Quitte à être risible, seule l'énigme à résoudre comptait et il oublia le risque qu'il prenait de froisser cet homme important :

– Comprenez-moi, monsieur ; ce que je veux dire, c'est qu'il y a en fait deux possibilités : celle d'un loup et d'autre chose. Je pense que ce loup n'est pas d'ici, qu'il est venu probablement de la forêt d'Orléans depuis peu en évitant d'être aperçu. Ils y sont encore nombreux.

– Bien sûr : les loups monstrueux sont toujours étrangers au pays, je connais la rengaine.

– Mais nul ne l'a vu auparavant, et il n'y a pas même eu de bêtes égorgées jusqu'à récemment. Si ce loup avait attaqué le père Euripide ou le soldat Fabre, on aurait eu bien plus d'indices éclairants. Nous sommes face à deux affaires distinctes, peut-être même trois, qui se confondent à nos yeux parce qu'elles se rapprochent dans le temps et parce que les esprits inventent toujours des chimères, comme celle d'un super-prédateur à la peau dure.

Le préfet était étonnamment de bonne volonté. Il marqua un temps qui laissa penser qu'il se prenait au jeu de la réflexion – ce qui était pour lui l'occasion de démontrer sa sagacité :

– Je sais bien. Nous le savons même depuis le début. Nous avons suivi toutes les morts suspectes des environs, procédé par zones, daté chaque fait, interrogé brigades de gendarmes et survivants. Il n'y a pas une heure encore, figurez-vous que le maire de Chaingy est venu m'avertir qu'on a retrouvé sur sa commune la dépouille d'un loup. Au Caillas exactement ; rappelez-vous, la gravière à côté de la cabane. Le loup y était enseveli sous un tas de cailloux qui a dû lui couler dessus. Expliquant par là-même pourquoi on ne l'avait pas encore débusqué. Ce n'est pas celui qui a attaqué le bûcheron, mais probablement celui qui a bâfré de notre chansonnier. Il était dans un état de décomposition avancée. Pensez bien, depuis plus de trois mois.

– Vraiment ? Mais alors…

– Alors, en effet, nous sommes en face d'affaires distinctes. Deux loups isolés, apparus coup sur coup : on a déjà vu ça dans le pays aux heures les plus sombres… Peut-être y a-t-il eu un spécimen sain et un autre enragé… Peut-être celui de novembre n'a-t-il fait que traverser notre région avant de crever au Caillas et l'on s'expliquerait ainsi le peu de traces qu'il a laissées derrière lui. Quant aux suites à donner à la récente attaque sur ces bûcherons, je sais quoi faire. J'ai nommé quatre nouveaux officiers de louveterie et une battue vient d'être fixée à l'instant, dans ce bureau, lors de notre réunion de huitaine : elle sera pour la fin du mois, le temps de prévenir les maires des communes concernées et de lever assez d'hommes. Une battue : vous devriez vous y joindre, vous qui aimez les chiens, nous aurons de beaux dogues pour l'occasion.

– Mais elle ne servira à rien, s'enhardit Adelphe. Sauf votre respect, tout le monde sait que les louvetiers de ce département ont toujours été d'une piètre efficacité. Et puis s'il s'agissait bien d'un animal enragé, il est déjà mort…

– Que voulez-vous faire d'autre ? Procéder à une distribution de poudre ? Trop dangereux. Faire creuser une fosse aux loups ou pétrir des pelotes de poison pour que ces sales bêtes les mangent ? Pas assez visible, pas assez spectaculaire. Pensez en politique, mon ami, soyez plus cynique. Au moins une battue servira à dire que nous avons fait quelque chose et elle ne laissera pas le monopole de la réaction à cet abbé Vox qui lance ses ouailles sur la première cible venue. Il n'y a rien de pire que de paraître inactif. Alors pour la plèbe des rues le souci n'est pas de savoir si mes louvetiers seront efficaces ou non, mais s'ils seront là. Quant à nous qui sommes un peu plus fins que le commun des mortels, la vraie question ne porte pas sur le loup, mais plutôt sur l'autre animal. S'il y en a un, comme vous le supposez.

Il sembla hésiter, scruta Adelphe de la tête aux pieds :

– Enfin, si vous êtes enclin à réfléchir avec nous, il n'y a pas de raison de vous cacher ceci.

Il sortit de son bureau deux mouchoirs pliés qu'il posa devant lui.

– Voilà ce qu'on a récupéré à l'endroit de deux attaques. Ici vous reconnaissez certainement ces longs poils roux sortis de la gorge du soldat Fabre.

Il y avait en effet dans le premier mouchoir une touffe roussâtre, mais si abîmée qu'on hésitait à dire s'il s'agissait de poils, de crins ou de fils de laine orangés. Adelphe la reconnut tout de suite et il comprit où le préfet voulait en venir parce qu'un tel indice pouvait indiquer que ce n'était pas un loup qui avait attaqué le soldat sur les rives de Loire.

– Et voilà ce qu'on a retrouvé planté dans la cuisse d'un des gamins de Bucy transporté à l'hôtel-Dieu : un drôle d'ongle, n'est-ce pas ?

Dans le second mouchoir, c'était une griffe, mais très différente de celle d'un loup : plus courte, moins aiguisée, plus épaisse.

– Et tenez-vous bien, cet ongle, on en a retiré un identique du sternum de la petite Cribier. Mais rien de semblable pour les Chiquet où les traces ont pourtant été nombreuses.

Il s'arrêta, fixa encore Adelphe dans les yeux et le jeune homme le sentit tiraillé entre le secret de l'enquête et son besoin d'étaler ses certitudes. Le préfet Talleyrand était ce genre de fonctionnaire qui ne se contente pas d'administrer un département et de superviser de loin une enquête, mais y apporte sa pleine contribution. Il était en même temps ce genre d'homme fort qui aime se sentir supérieur et ne résiste pas à la tentation d'en remontrer aux autres quand il peut. Il fallait croire qu'Adelphe était l'interlocuteur idoine pour lui, disposé à l'écouter, prétendument savant et ne bronchant pourtant pas dès qu'un prétentieux lui faisait la leçon.

– Il se pourrait ainsi qu'il y ait une autre bête. Voire pire…

Il ne résista pas. Devant les policiers et gendarmes muets, il abattit sa carte maîtresse en révélant ce qui avait dû être le sujet principal de la réunion de ce jour.

– Cette nuit, le corps d'un brigadier d'Artenay a été retrouvé, traîné sur plusieurs mètres, baignant dans son sang, la gorge atrocement lacérée et criblée de trous comme si on en avait fait un tamis.

Ponsot, surpris, regarda son capitaine. Manifestement il n'était pas au courant.

– Un loup ? s'exclama Adelphe. Il aurait donc survécu jusque-là ?

– Ce n'est pas un loup, répondit le préfet. Pour la simple raison qu'on n'a jamais vu un loup trancher un cou si nettement ni en larder la peau à coups de pic. On dirait plutôt l'effet d'une lame qu'on a voulu maquiller.

– Vous voulez dire…

– Qu'entre deux loups il peut y avoir un autre animal, et que derrière l'animal il peut se cacher de l'humain se faisant passer pour un loup. L'affaire est grave si, après des paysans, on tue des gendarmes. Nous savons des choses que nous devons vous apprendre. Il y a plusieurs mois, une espionne nôtre, une de ces filles de bordel qui écoutent aux portes et surprennent les secrets, nous a informés qu'un groupe de conspirateurs prévoyait de terroriser le pays pour susciter des troubles dans la population.

– Qui sont ces hommes ?

– Vous n'avez pas à le savoir. Il vous faut simplement retenir que notre indicatrice n'a malheureusement pas perçu tous les détails, mais en recoupant avec ce qu'un autre mouchard nous a révélé, nous avons la certitude que ces individus ont voulu profiter de l'attaque de loup sur le père Euripide pour la répéter avec leurs propres bêtes.

– Leurs propres bêtes ? Mais qui a ce genre d'animaux dont il pourrait user à sa guise ?

– Vous ne voyez pas ? Vraiment ? Vous êtes bien naïf : il n'y a qu'un homme, qu'un lieu…

Adelphe comprit aussitôt, car il avait déjà approché la vérité sans oser aller jusqu'au bout.

– Le comte ! Férale ! J'étais si près !

– Êtes-vous un homme de paix, monsieur de Mézières ? Je vous pose cette question car nous sommes en face d'un groupe dangereux, une faction d'individus qui cherche à déstabiliser la région et le pouvoir royal en insufflant la terreur dans nos campagnes. Il y a même plus. Ces agitateurs se sont probablement rapprochés d'une marginale des plus suspectes pour mener leur projet. Car, voyez-vous, la Ninon qui espionne pour notre compte nous a assuré qu'une femme trempait dans l'affaire. Elle a nettement entendu parler d'une complice, je dis bien une, et, par ici, la seule femme louche capable de tant d'horreurs est celle qu'on nomme la Rousselaine.

Adelphe en était resté à la révélation du rôle que Griseldan avait pu jouer dans toute cette affaire. Un éclair de lucidité douloureux l'avait traversé auquel il refusait pourtant de croire. L'évocation de la Rousselaine l'avait moins troublé. Mais il sentit que ce n'était pas tout, qu'on attendait quelque chose de lui :

– Peut-être devriez-vous aller y voir de plus près… Oh, ne vous récriez pas, je sais bien ce qu'il pourrait vous en coûter. Mais je vous demande de surveiller pour nous les animaux de Férale, ou plutôt de les identifier, car il y a du mystère là-dessous, qu'aucun loup du monde n'a jamais causé. On murmure qu'il y a des bêtes que le seigneur des lieux n'a montrées à personne. Quelles sont-elles ? Quel lien avec ces conspirateurs ? Ce ne sont pas des loups, voilà tout ce que je dis, et vous pouvez découvrir la vérité. Après tout, vous fréquentez déjà le château… Puis je vous demande d'aller voir du côté de la sorcière. Cette harpie des campagnes est impossible à convoquer jusqu'à moi et, si mes gendarmes débarquaient, qui sait de quoi elle serait capable. Mais entre nous, avec un pistolet dans son habit, on ne craint pas grand-chose…

Adelphe ne trouva rien à répondre, étourdi de la demande qui consistait à faire appel à un particulier plutôt qu'aux forces de l'ordre dont c'était la fonction. Il finit seulement par bégayer :

– Vous… Vous saviez donc et vous n'avez rien fait… Mais pourquoi ?

– Pour mieux les attraper quand toutes les preuves seront réunies ! Cynique, je vous dis, il faut être cynique. Allez, je sais bien que quelques innocents ont péri mais nous n'en sommes pas responsables. Je sais bien aussi que ce que je vous demande semble gros. Mais je ne crois pas aux sorcières et vous, homme de science, ne devez pas y croire non plus. Cette engeance est une marginale sur laquelle on jette les oripeaux de nos fantasmes. Exactement comme la bête, loup ou non, dont on fait la manticore du démon. Moi, je crois aux femmes qui manipulent, aux vieillards aigris devenus fous, aux conspirateurs capables de tous les méfaits. Et puis, j'ai confiance en vous : quelque chose me dit que vous saurez être à la hauteur, que vous saurez être digne de la mémoire de votre frère. Lui, ce ne sont pas les sauvages du bout du monde qui l'ont effrayé, pardi !

– Vous voulez que je mène mon enquête ? Que je vous serve d'informateur à mon tour ?

– Vous savez, je n'ai pas de bureaux aussi développés qu'ils en ont à Paris, mais j'emploie beaucoup de monde en plus de mes hommes. Des boutiquiers, des médecins, des logeuses qui écoutent, observent, interrogent l'air de rien. Mon prédécesseur faisait pareil avec des mariniers. Empereurs ou rois : ces pratiques ne sont pas une question de régime. Alors enquêtez, puisque vous employez ce verbe : n'est-ce pas la raison de votre présence aujourd'hui ? N'est-ce pas plus généralement l'objet de vos travaux scientifiques ? Prétextez ici vos études canines, là l'examen d'une plante ou d'un sol pour aller fureter. L'observation de la nature ne coïncide-t-elle pas avec une vaste enquête de la part du savant ?

C'était vrai et Adelphe se sentit flatté tout en devinant que le préfet le coinçait. Il acquiesça.

– Bien, l'affaire est réglée en ce cas. Vous reviendrez nous dire ce que vous aurez appris.

Talleyrand le congédiait. Il sentait que le contentement intime dans lequel il était depuis sa sortie du Palazzo s'estompait, que sa lassitude et sa mauvaise humeur revenaient. Puis il était un homme très pris qui réglait chaque difficulté en son temps et, pour le moment, une battue doublée d'une investigation sur un vieillard et une marginale semblait lui suffire. Déjà Adelphe se levait et quittait le bureau ; Ponsot derrière lui s'approchait pour l'entraîner dehors et peut-être l'engueuler copieusement de lui avoir menti.

Mais le jeune homme lui échappa en hâtant brusquement le pas. Il dévala les escaliers, courut presque à la sortie du bâtiment. Les mots, les soupçons, les accusations qu'il venait d'entendre battaient à ses tempes. Griseldan ? Le maître, l'ami de son frère ? Était-ce possible ? Avant de songer à la Rousselaine, il devait se rendre à Férale, impérativement, pour comprendre, quand soudain le visage angélique de Carolange se présenta à lui et il se demanda, tremblant, s'il devait la prévenir ou la préserver de l'effroyable vérité dont il venait de prendre la mesure.

III

ADELPHE QUITTA LA PRÉFECTURE sans attendre Ponsot. Il craignait la brutalité du gendarme et il eut la présence d'esprit de tourner aussitôt à gauche, à droite, puis à gauche pour mieux le semer.

Il erra un bon moment, se perdit dans ses pensées comme dans le dédale de ruelles de la vieille cité où les mots de battue, de sorcière, de complot résonnèrent longtemps à ses oreilles. Il était surtout désorienté par la révélation qu'il venait d'avoir de l'implication de Griseldan dans cette affaire. Si l'affection qu'il gardait au vieillard l'empêchait encore d'y croire tout à fait, sa raison lui soufflait néanmoins qu'il ne pouvait en être autrement. Il sentait venir l'explication définitive qui clouerait ses doutes. Comme une catastrophe que rien ni personne n'empêche.

Il ne songea pas à aller tout de suite épier la Rousselaine. Il y avait plus urgent. Le temps d'équiper Néro, malgré la neige qui réapparaissait lentement dans le ciel, il prit la route de Férale. Mais l'idée de tomber sur Griseldan le figea en chemin. Que dirait-il ? Comment justifierait-il sa présence ? Pour sûr, dès que le vieux l'aurait écouté, il allait encore s'en prendre à lui, lui reprocher de le décevoir, de ne pas être à la hauteur de son frère et il lui interdirait comme toujours de s'approcher de la porte du manège où ses bêtes étaient enfermées. Non, pour éclaircir la situation, il fallait le faire dans le dos de ce fou.

L'après-midi était avancé quand il arriva en vue du domaine. Il n'y entra pas comme à l'ordinaire mais laissa son cheval sous un arbre à plusieurs champs de distance, tandis que la pauvre monture lui adressa un regard aussi las qu'étonné de se trouver à cet endroit par un temps si glacial. Il passa par les derrières du parc, d'où il sortait parfois avec Carolange à travers le mur de clôture éboulé. Une chance que nul n'eût jamais songé à le faire reconstruire. Tout près de là, presque cachée, il y avait une ancienne cabane de jardinier où Chrysis, la belle jument isabelle, était installée puisque les anciennes écuries avaient été transformées depuis longtemps en zoothèque. Il y entra et il y eut moins froid qu'à l'air libre qui l'exposait à la morsure du vent. Il avait en vue le cabinet de travail du savant où il escomptait désormais que se résoudraient tant de mystères. Une nuée de flocons tombait entre les deux et le cachait autant qu'elle le gênait dans son observation.

Il guetta, comme un espion, sans trop savoir ce qu'il devait guetter ni si ce rôle d'espion était digne de son honneur d'honnête homme. Mais peut-être guetta-t-il simplement car guetter lui donnait encore à réfléchir. Et ce fut en réfléchissant qu'il glissa la main dans sa poche et retrouva la feuille qu'il avait montrée à Ponsot.

Il se mit à la relire avec plus d'attention. Sous une impressionnante gravure qui représentait une femme attaquée par un fauve, le titre en lettres capitales évoquait ce qu'on avait baptisé la Bête d'Orléans. *Cette bête cruelle déchire et dévore tout ce qu'elle rencontre sur son passage. Elle porte la désolation parmi des familles entières dans les contrées qu'elle parcourt. Le 25 décembre dernier, jour de Noël, elle rencontra à l'entrée d'un village près Beaugency un pauvre bûcheron, sa malheureuse femme et leur fils. Féroce, elle se jeta d'abord sur la malheureuse femme; l'infortuné bûcheron et son fils veulent la défendre: un combat terrible s'engage, mais las! malgré leurs efforts, la malheureuse a péri et las! son mari a été grièvement blessé sous les yeux de leur fils.*

C'était mal écrit, répétitif, larmoyant et torcheculatif à souhait, mais jusqu'ici à peu près fidèle à la réalité. La suite en revanche s'en éloignait en prenant un tour chimérique: *Il est impossible de calculer le nombre de malheureux qui ont été victimes de la voracité de cette bête sauvage. Elle est couverte d'écailles; elle a la face d'un homme, des ailes de chauve-souris, des cheveux rouges jusqu'à terre, des oreilles droites comme deux cornes, deux queues, l'une pour prendre, l'autre pour tuer et aucune arme ne peut l'atteindre. Prions Dieu, mes chers amis, qu'il nous délivre de ce monstre, et prions-le aussi pour le prompt rétablissement des malheureux blessés par cet animal.* Il n'y avait ici plus de date, plus de lieu et il y avait fort à parier qu'on reprenait des descriptions tirées d'autres temps, d'autres créatures, d'autres contextes. Le bois de la gravure lui-même pouvait appartenir à un stock antérieur qu'on avait réutilisé sans scrupule tant il était vrai que toutes les illustrations d'attaques de loups se ressemblaient de siècle en siècle.

Plus bas, le texte étonnait davantage que ce ramassis de superstitions enfantines. L'auteur suspectait la bête d'avoir sa tanière au chef-lieu du département, c'est-à-dire à Orléans ou dans ses alentours, et accusait la gendarmerie de ne pas prendre cette piste au sérieux. Cette idée d'attribuer au fléau des campagnes une origine urbaine tendait à renforcer le soupçon d'une créature lycanthrope et, fort logiquement, venait ensuite la niaiserie d'utiliser des balles d'argent pour en venir à bout, celles en plomb s'écrasant sur sa cuirasse d'écailles et tombant aplaties. On pouvait croire qu'on nageait en plein délire mais, à bien y réfléchir, derrière l'absurdité de telles allégations, tout allait dans le même sens que les accusations du préfet.

Il y avait de l'homme, là derrière.

Car, pour finir, le texte prenait une tournure politique. En deux lignes bien senties, il rappelait que l'attaque de Noël n'était que la dernière en date, que la bête sévissait en fait depuis des mois et il affirmait que le pouvoir en place, celui de Louis XVIII restauré sur son trône, ne faisait rien contre cela et laissait à penser que Napoléon, lui, aurait agi… Une complainte, peut-être reprise d'ailleurs elle aussi et adaptée, concluait le tout :

Venez, mes chers amis,
Entendre les récits
De la Bête sauvage
Qui court par les champs,

À l'entour d'Orléans,
Pour faire grand carnage.

L'on ne peut que pleurer
En voulant réciter
La peine et la misère
De tous ces pauvres gens
Déchirés par la dent
D'la bête sanguinaire.

Le pauvre malheureux,
Dans ce désordre affreux,
Pleure et se désespère :
Il cherche ses parents ;
Le père, ses enfants,
Les enfants, père et mère.

Qui pourrait de sang-froid
Entrer au fond des bois
Sans une crainte extrême,
En voyant les débris
De ses plus chers amis
Ou de celle qu'il aime ?

L'animal acharné
Et plein de cruauté,
Dans ces lieux obscurs
Déchire par lambeaux,

Emporte les morceaux
Des pauvres créatures.

Prions le Tout-Puissant
Qu'il nous sauve des dents
De ce monstre horrible,
Et par sa sainte main
Qu'il guérisse soudain
Tout' ces pauvres victimes.

Comment la préfecture avait-elle pu laisser imprimer un torchon pareil ? C'était forcément pour laisser la rumeur se répandre et paraître ensuite avoir d'autant mieux répondu aux craintes de la population. En attendant, le roi était mis en cause comme si c'était directement lui qui aurait dû s'abaisser à régler ce problème. Le laisser dire revenait à jouer un jeu dangereux qui nécessitait d'obtenir des résultats. Or, au vu de l'impuissance à laquelle on était réduit pour le moment, il n'était pas du tout sûr qu'on en obtînt.

Enfin, tout en bas de la feuille, la lettre V faisait office de signature elliptique. De quel nom était-elle l'initiale ? Qui était celui qui se dissimulait derrière un indice trop pauvre pour le deviner comme un pied de nez aux autorités ou un sourire amusé à ses complices ? Avait-il d'ailleurs quelque chose à voir là-dedans ? Adelphe ne savait pas ; il ne savait plus ; il en était à suspecter tout le monde quand soudain il pensa à l'abbé Vox. Un V, comme Vox ! Pourquoi pas ? Il revoyait le personnage, gigantesque, lugubre, inquiétant, avec sa grosse barbe puceuse, ses yeux luisants et sa face émaciée comme un crâne de macchabée. L'abbé Vox, oui. Après tout, le texte faisait à plusieurs reprises mention de prières à Dieu pour éloigner le danger et ç'aurait bien été le genre de cet illuminé qu'il avait entendu déblatérer ses accusations du haut de son perchoir à l'église. Il fallait cependant reconnaître qu'il n'était nullement question ici de sorcellerie ni de repentance, ce vers quoi l'abbé avait alors incliné en accusant la Rousselaine et en s'en prenant aux fautes des habitants de Chaingy durant la Révolution.

Adelphe attendit une heure, peut-être deux avant d'oser s'approcher davantage. Il savait Griseldan à l'intérieur, travaillant ou, plus vraisemblablement, ruminant sa lassitude du monde, toute cette misanthropie qui le rendait hargneux depuis tant d'années et qui suffisait à expliquer une folie dont nul ne l'eût cru capable à son âge. Dans la cabane, le froid commençait d'engourdir les membres et d'alentir la réflexion du jeune homme. Chrysis montrait des signes d'agacement, elle pouvait hennir à tout moment, et il se rappela son propre cheval qu'il avait bêtement laissé à la merci de n'importe quel prédateur en ces temps si dangereux.

Au bout d'un moment, alors qu'il songeait à repartir, un des deux domestiques, Eugène ou Hygin, arriva du château. Il craignit qu'il ne vînt en sa direction, s'inventait déjà une excuse s'il fallait expliquer sa présence ici à telle heure, mais il fut soulagé de le voir entrer dans la zoothèque et en ressortir quelques minutes plus tard. Il s'aperçut alors que la nuit tombait, qu'il était sans doute l'heure de dîner. En effet, fidèle à son habitude, Griseldan parut peu après, voûté de toute sa grandeur, appuyé d'une main à sa canne, rabattant de l'autre son col pour se protéger du mauvais temps, accompagné de Carolange qui avait dû passer l'après-midi avec lui en tâchant de peindre et surtout de le soulager de ses peines. Il avait, plus que jamais, l'air d'un fantôme échevelé ; la neige qui lui tombait dessus en faisait un spectre monotone et elle qui marchait à ses côtés semblait un ange gardien dont la candeur de l'âme avait quelque chose de la blancheur du ciel.

Ils rentrèrent. Adelphe se précipita sans se soucier d'éventuelles empreintes de pas car les flocons tombaient maintenant si vifs qu'ils auraient vite fait de recouvrir les marques qu'il laissait derrière lui. Puis il ne serait pas long. La zoothèque n'était pas verrouillée ; pourquoi l'aurait-elle été ? Il n'y avait rien à voler et les cages d'animaux, trop lourdes à emporter, étaient, elles, cadenassées. Il n'eut qu'un objet à trouver : une lampe pour s'éclairer dans la pénombre, et qu'un objectif : l'ancien manège où étaient retenues les trois moires de Griseldan, dans une claustration à les rendre folles contre le genre humain qui excitait la haine de leur maître. C'était cet ancien manège qui expliquait comment elles disparaissaient dans la nature sans laisser de traces après leurs attaques : elles avaient un antre où digérer leurs horreurs.

Le reste ne l'intéressait pas. Il passa devant les autres cages sans être sensible, pour une fois, à la lamentation du pika ou de l'onychogale et il alla si vite, si discrètement que les pauvres bêtes ne trouvèrent pas même à pousser une plainte à son passage. Il ne se demanda pas non plus si dans le fatras du bureau, derrière le singe de Jamaïque empaillé, sous le sabot de couagga desséché, il aurait pu y avoir quelque indice confirmant l'implication de Griseldan dans tous ces événements. Son idée fixe s'expliquait par l'attachement que l'on porte à vérifier une accusation, sinon par l'indiscrétion d'un homme qui veut lever le voile sur ce qu'on lui a trop longtemps caché comme à un enfant. Il reconnut seulement de loin l'étrange peau de serpent qu'il avait apportée à l'automne ; elle n'avait pas bougé, abandonnée là depuis tout ce temps sous la poussière accumulée parmi des toiles inachevées de Carolange qui semblaient plus sombres et inquiètes que ce qu'elle peignait normalement. Mais même cela, qui aurait pu le lancer sur d'autres pistes, ne sut le retenir.

Il avait vu maintes fois Griseldan prendre la clef dans une caissette en fer suspendue à l'un des murs parce que jamais le vieux n'avait pensé qu'il pourrait s'en emparer sans son autorisation. C'était vrai tant il était de nature soumise et timorée, et il fallait vraiment que les circonstances fussent exceptionnelles, qu'il fût taraudé de soupçons terribles pour transgresser ainsi son respect de la confiance. Il leva haut sa lampe, décrocha la clef en tremblant du tremblement du vaurien qui sait qu'il s'apprête à commettre un acte répréhensible mais le fait quand même. La caissette de fer n'était pas cadenassée, il suffisait de l'ouvrir. Puis la porte de l'ancien manège n'opposa à son tour aucune résistance et le laissa y pénétrer dans un bâillement sinistre dont s'échappa une odeur de moisissure, de déjections animales et de crime. Il n'avait pas eu, auparavant, la prudence d'attraper un des outils qui traînaient là pour se défendre au besoin ni trois morceaux de viande pour les jeter comme il avait vu Griseldan le faire si souvent.

Néanmoins il s'arrêta aussitôt, avança simplement le bras qui tenait la lumière. Dans la pénombre, il venait de percevoir un mouvement léger, jusqu'à ce que deux points brillants parussent, puis deux autres tout proches et deux autres encore tout à sa gauche au point qu'il se sentit cerné dès qu'il eut fait un pas à l'intérieur. Elles étaient là, les mystérieuses bêtes. Non sans frisson, il allait enfin découvrir de quels animaux il s'agissait, se demandant si elles étaient de l'espèce des loups, des coyotes ou d'une autre. En cet instant, la vague conscience du danger qu'il courait, l'appréhension de se retrouver face à l'inconnu s'estompa devant sa curiosité d'homme de science.

Elles approchèrent ; il se paralysa. Elles devaient penser qu'il venait les nourrir comme leur maître le faisait d'ordinaire, et il sentit sa salive s'épaissir au point de ne pouvoir déglutir. Le sol était couvert de sable où se perdaient des crottes nombreuses et des restes de pitance. Il entendit le bruit des pattes aussi légères que celles d'un chat dans la nuit. Bientôt les contours se dessinèrent. Elles étaient là, face à lui, à une portée de bras. Laquelle était Clôthô, laquelle Lachésia ou Atropé, il n'aurait su le dire, mais il eut la désagréable impression qu'elles le reconnaissaient à l'inverse. Peut-être s'étaient-elles habituées à sa présence après toutes les fois où il avait accompagné Griseldan, même en restant plusieurs mètres en retrait.

À la tête massive avec un large front, au dessin des oreilles et du museau, à la silhouette du corps enfin, il crut d'abord à trois loups, et ce n'était pas étonnant que les témoins des attaques, pris de terreur, se fussent trompés. Car à les découvrir, Adelphe était maintenant intimement convaincu que Talleyrand avait raison : ces bêtes étaient au cœur des attaques des 5 et 6 décembre si l'on se souvenait que l'une s'était échappée et avait été blessée à cette occasion.

Très vite cependant, comme elles commençaient d'entrouvrir leur gueule, il discerna toute la différence qui pouvait exister avec un dos-gris. Il songea alors à des spécimens rares, des races inconnues des neiges du Chili ou des îles argentines. Il observa plus précisément. À la lueur insuffisante de la bougie, leur allure était davantage celle d'un gros chien, leur démarche un peu pataude, leur queue plus allongée dans le prolongement de la croupe et, d'aussi loin qu'il put le voir, leur pelage, d'un marron bistre, semblait rayé de bandes sombres distinctes. Les oreilles encore étaient plus arrondies, le museau plus épais et s'il ne put examiner leur denture, l'une des trois filles qu'il venait manifestement de réveiller bâilla et élargit sa mâchoire presque à cent vingt degrés, ce qui était inhabituel chez toutes les autres espèces de ce type qu'il connaissait et le stupéfia.

La conclusion était sans appel : ce n'étaient pas des loups, ou alors une sous-espèce bien particulière. Des loups des Malouines, des loups à crinière, peut-être des renards des Andes, se disait-il en cherchant dans son érudition pour se donner un semblant de contenance quand bien même il n'avait jamais étudié de près les animaux auxquels il songeait. Quelles étaient ces bêtes ? Quels hybrides étranges, quelles chimères impossibles si proches de ce qu'il connaissait et si éloignées en même temps ? Étaient-ce donc des créatures du diable ? Son poil s'en hérissa tandis que son œil restait fasciné de ce qu'il ne faisait qu'entrevoir et imaginer dans le noir.

Mais déjà elles avaient flairé qu'il n'avait rien dans la main pour elles – ni viande ni autre. Déjà elles grognaient, montraient leur méfiance. Il se sentit démuni et cette pensée le jeta dans un affolement tel qu'il n'eut que le réflexe de refermer précipitamment la porte et s'enfuir. Ce qu'il avait vu lui avait suffi. Il était inutile de commettre l'irréparable. Ses prétentions de savant s'évanouirent devant ses frissons de pleutre.

Il repartit comme il était venu, mais le temps de quitter la zoothèque et le parc du château, il se sentit observé sans oser tourner la tête de peur de se compromettre. Il craignait de rencontrer les yeux de Griseldan ou d'un de ses serviteurs. Il ne voulait pas savoir ; tout ce qu'il avait vu était déjà beaucoup pour lui, quand une voix l'arrêta, qu'il ne connaissait que trop bien :

– Adelphe, c'est vous ?

Carolange ! Elle était là, sous la neige, vêtue de la même cape qu'elle enfilait quand elle partait à cheval et traversait la campagne.

– Que faites-vous ici ? Ce n'est pas votre jour de visite.

Il ne répondit pas. Après tout ce qu'il avait découvert, tout ce qu'il venait de réaliser, il était soulagé de sa présence car il avait pleine confiance en elle comme en une alliée en toutes choses. Il la prit par les mains, l'emmena sous la cabane où se trouvait la jument Chrysis et, vérifiant que personne n'avait remarqué leur présence, il lui dit dans un pêle-mêle d'informations :

– Dieu merci, chère âme, c'est vous. Pardonnez mon intrusion. Je suis venu car j'ai de nouveaux éléments. De nouveaux éléments à vous partager. Que j'ai voulu vérifier.

– Mais vous partiez ?

– Je partais, mais là n'est pas la question. Ce que j'ai vu… Ce que je viens de comprendre…

– Enfin, de quoi parlez-vous ?

– Les attaques du pays ! Le préfet, j'ai discuté avec lui, j'en viens, et les gendarmes, et la police. Tous, à la préfecture, ils savent des choses ! Il y a un complot. Ils n'ont pas voulu m'en dire plus, mais un complot, vous m'entendez ? Il faut me croire, c'est grave, on a même tué un gendarme et tout cela dépasse de beaucoup le dos-gris ! S'il y a eu du loup dans toutes ces morts, il y a eu aussi d'autres bêtes. Et la sorcière, vous aviez raison ! Ou plutôt, elle n'a pas de pouvoir, mais elle est de mèche ! Et surtout, il y a les bêtes. Les bêtes ! Elles étaient là devant nous, depuis le début, dans la zoothèque. Ce sont celles de votre oncle !

– La police, les gendarmes ? répéta-t-elle comme si son esprit avait buté à la première idée qui lui avait causé un choc.

– Il faut me croire, dit-il sans saisir la portée de ses aveux.

Carolange se figea. Un long silence se fit entre eux. Elle semblait réfléchir, remettre les fragments en ordre dans sa tête, bougeant d'un sursaut imperceptible quand elle paraissait y arriver et se raidissant de nouveau dans un visage crispé. Il fut surpris de sa réaction à laquelle il ne s'attendait pas ; il pensait sincèrement qu'elle aurait adhéré aussitôt à ses révélations sans se donner la peine de les soupeser. Il avait dû manquer de clarté ; ses paroles devaient lui paraître incohérentes et il crut bon d'ajouter une crânerie :

– Je l'avais pressenti, maintenant j'en suis sûr. Je suis venu vous avertir pour vous protéger.

Alors elle se mit à trembler. À tâter les objets autour d'elle. Comme si elle cherchait où s'agripper pour fixer ses pensées tournoyantes. Elle s'arrêta devant la sellerie de Chrysis :

– Mais que racontez-vous ? dit-elle enfin. Ça n'a pas de sens…

– Il faut me croire ! insista Adelphe en s'approchant. Votre oncle est mêlé à tout cela. Les dates, les faits correspondent. Je ne sais pas comment, mais je le découvrirai. Les bêtes…

– Jurez-moi au moins que vous n'êtes pas allé les voir ! Que vous n'avez pas osé ! Pas dans le manège ! Il vous l'a toujours interdit… S'il savait que vous avez contrevenu à sa demande, il ne vous le pardonnerait pas. Il pourrait même en mourir ! Et ça, je ne veux pas ! Je ne veux pas, m'entendez-vous ! J'ai trop donné de ma personne, de mon temps, j'ai…

Adelphe se sentit pris comme un vulgaire voyou qui trahit les espérances qu'on a fondées en lui. Il tenta de se justifier :

– Vous vous méprenez, je ne lui veux aucun mal. Je veux juste comprendre…

Mais elle lui répondit brutalement, dans un rire narquois :

– Juste comprendre ? Quel ego pour un petit savant comme vous ! Juste comprendre ? Apprenez donc que la véritable science n'est pas de tout vouloir comprendre, mais de reconnaître qu'il y aura toujours des choses qui nous échapperont. Votre frère, lui, le savait !

Le mot lui fit l'effet d'un couteau planté en plein cœur. Plus froid, plus violent, plus cruel que toutes les vexations qu'il avait subies jusque-là. Ce n'était pas possible que Carolange, son soutien, son modèle de courage en toutes choses, lui parlât ainsi. Non, pas elle. Elle ne lui avait jamais adressé de tels reproches et il fallait vraiment qu'il se fût montré maladroit pour qu'elle en vînt à cette extrémité.

– Si vous êtes incapable de croire à l'explication la plus évidente, celle de loups, n'allez pas inventer des élucubrations en y mêlant ces pauvres bêtes qui mourraient à être tirées de leur enclos. Elles ne sont pas de nos régions, elles survivraient à peine dans la nature par ce froid. Vous savez comment l'une d'entre elles s'est blessée en sortant du parc à vingt mètres de la grille.

– Justement ! Comment s'est-elle blessée ? En avez-vous seulement eu le récit ? Et tous ces innocents, les dates, les circonstances… Réfléchissez bon sang ! Je n'ai pas cessé de vous exprimer mes doutes. C'est vous qui vous entêtez à…

– Assez, ça suffit ! Je refuse d'entendre un mot de plus, vous oubliez à qui vous parlez. À moi, qui suis sa nièce et vous accueille à chacune de vos visites et vous conduis près de lui. Vous êtes odieux ; vous savez ses faiblesses, ses souffrances, le mal que je me donne à tenter de les apaiser. Et vous venez ici comme un voleur. C'est indigne de l'amitié que mon oncle vous porte et plus encore de notre affection.

– Indigne ? Je vous en prie, ouvrez les yeux, faites-moi confiance. Je vous demande d'y réfléchir. Je vais vous réexpliquer dans le…

Il n'acheva pas. Elle venait de saisir une des lanières du harnais de Chrysis et en donna un coup si furieux qu'il siffla en l'air en s'abattant sur sa joue. La face fouettée, il ne se défendit pas, porta seulement ses doigts à sa lèvre brûlante et il la contempla, impérieuse et immobile, tandis qu'elle le crucifiait de ses yeux verts de gemme et froids de statue. Un commencement de larmes y montait. Malgré toute sa violence, toute sa rage et son refus d'entendre ce qu'il voulait lui expliquer, il ne put s'empêcher de la trouver éblouissante dans son innocence implacable et sa cruelle naïveté. Dans cette posture, elle était pleinement la dame de Férale.

– Maintenant partez, monsieur, vous n'avez plus rien à faire ici. Partez ou je jure que je vous chasserai moi-même.

Elle le bannissait. Ce n'était jamais arrivé. Après la brutalité, l'humiliation. Et comme toujours il obéit à qui savait se montrer plus fort que lui.

Très vite, il dépassa le mur éboulé, le chemin adjacent et retrouva son cheval qui, par bonheur, n'avait pas bougé. Il s'en alla dans la campagne en y voyant de moins en moins devant lui. La neige continuait de tomber dru. Sa vue autant que ses idées s'embrouillaient. Ce ne fut que lorsqu'il rentra enfin chez lui qu'il y vit plus clair. Il pensa à Griseldan, il pensa aux loups, il pensa à ces bêtes qui y ressemblaient sans en être tout à fait, et il se dit : c'est pourtant lui le coupable ! Celui qui est derrière tout cela, c'est lui ! Avec ces bêtes qu'il a lancées contre tous ces pauvres gens ! Pourquoi, pourquoi Carolange ne m'a-t-elle pas cru ? Il se demanda alors si à froid, la colère passée, elle accepterait de se rendre à la raison ou si au contraire elle dénoncerait sa venue. Il frémit à l'idée que Griseldan pût devenir son ennemi.

Et tout à coup, un choc ne pouvant aller sans un autre, il tâta son habit, fouilla partout, s'aperçut que sa tabatière manquait au fond usé de ses poches. Se pouvait-il qu'elle fût tombée là-bas ? Il s'effraya à l'idée que Griseldan ne la découvrît et soupçonnât qu'il était venu violer le secret de ce qu'il avait de plus cher.

La situation était cependant bien plus grave qu'il ne l'imaginait et très différente de ce qu'il croyait avoir compris.

Tout au long de la journée, Carolange était restée auprès de son oncle, à le surveiller en feignant de finir le feuillage d'une toile. Le vieux parla peu comme à son habitude, perdu dans ses pensées et marmonnant pour lui-même en jetant de temps à autre un œil sur sa nièce et sur la porte du manège au fond de la galerie. Un puissant scrupule le travaillait. Une seule fois, il n'y tint plus, se retourna et, subitement, adressa à la jeune femme une remontrance à propos de ses filles, qu'il jurait regretter car elles étaient tout ce qu'il avait de précieux. Être privé d'elles accroissait sa tristesse.

Carolange éleva alors sa palette comme pour lui signifier de se taire, sachant bien que ses plaintes tournaient toujours aux jérémiades et n'arrangeaient rien à son état. Elle aurait levé la main sur lui qu'elle n'aurait pas été plus persuasive. Elle était la maîtresse de leur succès, il devait le comprendre, et agissait pour leur bien. Ne parlait-il pas depuis longtemps d'inculquer quelque leçon définitive à l'humanité pourrissante ? Il devait se réjouir qu'elle acceptât de faire ce que lui-même n'avait jamais osé accomplir et que ce fût avec ses bêtes.

Ils rentrèrent au château pour le dîner. Elle marchait quand elle entendit un léger froissement dans la neige et surprit une ombre au fond du parc. Quelqu'un était là. Elle se rendit jusqu'au petit salon jaune où elle se planta à la fenêtre. Mais cela ne suffit pas et elle prétexta un oubli pour ressortir. Elle aperçut alors Adelphe et, le regard sombre, le front soucieux, elle réfléchit à la raison de sa présence en ces lieux. Il s'en allait déjà. Son intrusion dans la zoothèque n'avait pas duré dix minutes. Ils eurent leur discussion, ils eurent leur dispute. Quand elle le renvoya enfin, plutôt que d'en parler à son oncle, elle remonta dans sa chambre et s'y enferma. Seule la chatte Georgie, somnolant sur un divan, fut témoin de ce qu'elle y fit.

Immédiatement, elle s'installa à son secrétaire et, fiévreuse de colère, elle se mit à écrire une lettre. Une lettre qu'on aurait pu croire d'excuses, mais qui était d'avertissement :

Mon amour, mon ange chéri, mon démon adoré,

Un événement inquiétant s'est produit aujourd'hui, qui justifie que je t'écrive malgré la prudence que nous nous sommes fixée. Il est venu, lui, cet apprenti naturaliste insignifiant que mon oncle hésite à m'imposer depuis des mois parce qu'il sent lui aussi son insuffisance mais ne veut en convenir. Plutôt, sa haine de l'humanité, celle qui masque la honte que tu sais, lui fait se persuader que seul un médiocre peut épouser sa nièce car le monde à ses yeux n'est fait que de médiocres et celui-ci vaut bien les autres. Pourquoi faut-il que je me force à le supporter pour mieux cacher notre amour comme tu me l'as conseillé ? J'en ai assez de jouer le rôle de la gentille nièce, de la jolie peintre, de l'innocente fille. Je veux être la dame de Férale, la reine louve ou n'être rien ! Celle qui n'a peur de personne…

Il est donc venu, ce lourdaud que je dois faire semblant d'aimer, mais il n'est pas venu comme d'habitude pour nous rendre visite. Il est venu comme un voleur, comme un intrus qui fouinerait dans les affaires des autres à la recherche de leurs secrets et tu n'ignores pas que mon oncle comme moi en avons, chacun les siens. Je l'ai vu, je l'ai surpris, depuis la fenêtre du salon, qui s'en venait dans le parc : il allait à la zoothèque où sont les bêtes et il y est resté suffisamment de temps pour ne pas douter qu'il a ouvert la porte du manège. Avant que je puisse sortir, il en détalait déjà comme un lièvre apeuré. Il ne s'est même pas demandé ce que je faisais là. J'ai profité de l'effet de surprise pour provoquer la discussion.

Il était au courant de tout, ou presque, et c'est la police de Talleyrand elle-même qui l'en a informé. Il sait notre projet. Celui qui était vôtre et que j'ai fait mien tant je t'appartiens désormais. Celui dont tu as conçu l'idée à l'automne dernier et que tu m'as fait l'honneur de me partager parce que nous ne nous cachons rien et que tu sais qu'en plus de mon amour, je peux et veux t'être utile en toutes choses. Il sait l'identité des bêtes, il sait le rôle qu'elles ont joué dans les attaques, il sait pour le gendarme assassiné, il sait pour vous et notre volonté d'effrayer le peuple pour renverser le podagre. Nous sommes démasqués. Préviens les autres.

Mais tout n'est pas perdu. Car il y a une chose que ce grand niais ignore et sans doute l'ignorent-ils aussi, là-bas, à la préfecture. Ils sont informés qu'une femme est des vôtres mais ils croient à la

Rousselaine, parce que tu sais comme moi qu'on a toujours tôt fait d'accuser les femmes de ce type. Mes accusations répétées à son encontre et les superstitions que j'ai accréditées à l'oreille de tous ont dû porter leurs fruits tandis que je mimais l'évanouissement en la croisant sur les chemins et défaillais en entendant son nom à l'église. Ils croient à la Vorasse, ne pensent pas à moi, c'est notre chance. Mais pour cela il faut les doubler, agir vite. Il y a urgence. S'il te plaît, convoque une réunion dans les jours à venir.

Quant à ce benêt d'Adelphe, peut-il comprendre ce qui existe entre nous ? S'il ne soupçonne pas encore qui je suis réellement, il reste celui qui m'a le plus fréquentée. Doit-on alors se méfier de lui ? N'étaient ses faiblesses et sa couardise, je le penserais. Après tout, n'était-il pas présent sur chaque scène d'horreur, je n'ose dire de crime ? J'ai réussi pour l'instant à le chasser du château et à lui mettre en tête que nos bêtes sont incapables de survivre sous la rigueur de notre climat. Mais cela ne tiendra pas et je m'en occuperai moi-même.

J'ai déjà corrigé cet hommelet. La mascarade n'a que trop duré. J'y mettrai fin pour de bon.

Méfie-toi donc, ô mon Giacôme ; agis comme ton cœur te le dicte toujours et pardonne l'imprudence que j'ai eue de t'écrire. Elle n'a été dictée que par l'urgence de la situation et le souci de rattraper ma maladresse quand je n'ai pas su faire revenir à temps cette diablesse d'Atropé.

Je suis ta bien-aimée, ta Steffi de Bohême,
ta jolie Bohémienne comme tu aimes à me nommer.

Enfin, détruis cette lettre, Vitebsk, puisqu'il le faut. Jette-la au feu dès que tu l'auras lue : je t'ai appelé comme mon cœur me le soufflait, par ton vrai nom, et il n'y a que les flammes qui puissent convenir à l'amour dont je brûle.

Elle posa la plume en songeant à cette dernière précaution qui était plus romanesque que nécessaire. Cette lettre n'était pas pour Adelphe mais pour son amant. Leur correspondance était chiffrée selon un code complexe qu'eux seuls étaient capables de décrypter et qu'elle doubla en apposant un cachet anonyme à sa feuille.

La pendule indiquait dix-neuf heures. Elle sonna Élodie, lui demanda de porter immédiatement, malgré la nuit et la distance, ce message à sa couturière en lui enjoignant d'être discrète. La domestique, qui ne pouvait soupçonner la vérité, pensait que le comte ferait une scène à sa nièce s'il apprenait qu'elle avait des dettes auprès d'une tailleuse et qu'il l'accuserait de se ruiner pour des vanités. Au reste, elle n'était pas du genre à poser des questions ni même à s'en poser.

Sans rechigner ni redouter une mauvaise rencontre, Élodie partit dans le noir. De constitution pattue, elle était rapide et réussit à monter dans la charrette d'un paysan qu'elle croisa sur la route. Sur l'enveloppe était inscrite l'adresse d'un atelier de couture d'Orléans. Quand elle y arriva, l'atelier était fermé, il était vingt heures passées ; ce fut la gardienne qui lui ouvrit et qui, ayant reconnu le cachet, prit la lettre pour la remettre à qui il fallait : le Vitebsk du groupe des Six. La vieille Léonarde était la complice des amours interdites entre l'officier Lebel et la jeune femme sans s'en étonner car nombre de bourgeoises ont ce genre de liaison. Au-dessus de la boutique se trouvait une chambre où les deux amants s'étaient quelquefois aimés depuis l'été précédent. Elle en gardait la clef contre une somme conséquente d'argent.

Carolange demeura dans sa chambre toute la soirée, songeuse et grave devant le feu de sa cheminée, enfonçant ses doigts dans le poil soyeux du cou de Georgie. Elle ne se leva qu'une fois pour sa toilette et, en l'absence de sa bonne, se déshabilla et ouvrit elle-même son lit où elle avait placé la bassinoire. Couchée, elle demeura encore pensive de longues heures avant de s'endormir. À la lueur de la flamme, ses yeux verts semblaient plus sombres comme une nappe d'eau familière où l'on tombe un soir d'inadvertance et dans laquelle on finit par se noyer.

Pluies

I

Les six s'étaient donné rendez-vous avant même le jour dans un moulin abandonné sur les bords du Loiret. Il devait être quatre heures du matin. Vitebsk fut le dernier à les rejoindre, couvert de son lourd manteau de laine brune qui le fondait dans le noir.

Les environs étaient calmes à cette heure ingrate qui précède les lueurs de l'aube. Pas une habitation en vue, pas une lumière à l'horizon. Le chemin était désert ; l'eau du Loiret coulait, morne et silencieuse ; le sol humide, boueux par endroits, atténuait le bruit des pas.

Il venait de dépasser Lanteau, la première sentinelle tenant son poste comme prévu. Il lui avait laissé les montures pour les attacher, sachant qu'il n'y aurait pas d'autre homme jusqu'au moulin parce qu'on n'avait osé remplacer Fabre depuis sa mort par crainte de recruter quelqu'un qui eût été peu fiable. La sentinelle avait bien montré quelque surprise en voyant les chevaux, mais :

– Laisse, c'est bon, avait-il répondu, je sais ce que je fais.

Dans le silence, il continuait d'avancer, prenant soin de ne pas marcher sur une branche qui aurait bruyamment craqué et rompu sa discrétion. Plus il s'enfonçait, plus la nature prenait une allure inquiétante. Tout était si noyé d'obscurité que la succession d'îlots et de bois donnait l'impression de se perdre dans l'épaisseur du chaos. Comme l'Érèbe des mythes grecs, les dernières heures de cette nuit d'hiver s'étiraient au point de paraître devoir avaler le jour avant même sa naissance.

Mais depuis un instant quelque chose le gêne. Densité des ténèbres ou danger de la rencontre imminente : il n'est pas tranquille, comme s'il sentait une présence inopportune. Les lieux ont beau sembler sûrs, il se méfie toujours d'un espion sur leurs traces. Puis de vieilles légendes lui viennent, où les moulins sont des lieux du malin transformé en meunier. Il sursaute. Il vient de voir une forme allongée dans l'eau, ondulante et reptilienne, qui le fait frissonner : il s'arrête, se dissimule derrière un buisson pour observer.

– Là, regarde, ça ne remue pas ?

L'obscurité cependant l'empêche de retrouver la forme qu'il n'a qu'entrevue. Le moulin est à vingt mètres, derrière un bosquet d'arbres. Faut-il y aller quand même ? Bien sûr. Il se reprend, rit de sa crédulité de gamin : ce ne devait être qu'un bout de bois flottant et il se rassure tout à fait en se disant que les bords de l'eau sont peuplés d'oiseaux endormis à cette heure, qui auraient fait un bruit de tous les diables s'il y avait eu une menace quelconque. Il rehausse son col, renfonce son chapeau sur sa tête, va droit à la porte du moulin. Bon sang ! Que ne se sont-ils donné rendez-vous dans un bastringue fréquenté !

Aucune lumière, sinon celle de la lune. C'était normal. Ces conjurés étaient capables de se réunir dans le tumulte d'un bordel comme dans l'ombre muette d'une masure désertée. Il frappa une, puis deux fois à la porte selon le rythme convenu, donna le mot de passe « Rome » au garde qui lui ouvrit à la lueur d'une lampe de veille. Ils avaient choisi « Rome », les uns en référence au royaume sur lequel avait été censé régner le jeune fils de Napoléon depuis sa naissance, les autres en souvenir des Brutus et Cassius qui avaient su se débarrasser de leurs rois. Le garde était Goujard, l'ancien compagnon de forfanterie de Fabre. De même que Lanteau, Goujard fut étonné en ouvrant car Vitebsk n'était pas seul mais il était accompagné :

– Ne pose pas de question, nous sommes attendus. Je m'expliquerai là-haut.

Le garde obéit et traversa plusieurs pièces jusqu'au bas d'un escalier. L'intérieur du moulin était vide et délabré. Il sentait le sépulcre, avait l'opacité des catacombes. De grosses poutres l'écrasaient, qui raturaient le plafond dans la pénombre. Un peu de bois pourri, autrefois un banc, un tabouret ou un coffre, traînait dans les recoins ; des cendres durcies y prouvaient que des feux louches avaient été allumés là par des inconnus des nuits de crime ou de maraude. Les murs devant lesquels passa la lampe parurent léchés d'une lèpre qui les décrépissait par lambeaux. L'endroit, inhabité, tombait progressivement en ruine. Il y faisait froid. Vitebsk n'avait ôté son chapeau ni son manteau, prêt à repartir aussitôt en cas de mauvaise surprise.

– Attends-moi là, dit-il, sans préciser s'il parlait au garde ou à la personne qui le suivait.

Malgré l'obscurité, il monta le vieil escalier branlant qui, sans rambarde, paraissait devoir céder à chaque marche. En haut, la trémie était basse ; des toiles d'araignée s'accrochaient au front de celui qui passait en dessous. L'étage ressemblait à un grenier ouvert à tous vents. Le plancher y était couvert d'une telle couche de poussière qu'elle en atténuait le bruit des pas. Une vitre brisée y laissait entrer un air glacial ; la toiture apparente percée de trous donnait à voir un ciel sans étoiles.

Minsk vint lui serrer la main le premier :

– Enfin, te voilà ! Tu viens bien tard alors que c'est toi qui nous as poussés jusqu'ici !

Tous étaient déjà là, en effet, des compagnons de complot, éclairés à la lueur d'autres lampes qui rendaient leurs visages farouches. Smolensk, avec sa jambe de bois et sa face bandée, avait l'air de Le Clerc un soir de piraterie ou de Daumesnil une nuit de résistance à Vincennes : ses traits semblaient burinés par les souffrances et, s'il cachait son œil crevé sous un morceau de tissu, c'était parce qu'il se faisait une gloire de l'avoir perdu à la guerre. Derrière lui se tenait Vilna, qui discutait avec Borissov ; près d'eux, des sabres avaient été posés pour donner l'illusion, s'ils étaient trahis, qu'ils ne s'étaient réunis que pour se livrer à un duel à l'aurore. Au fond, Moscou, le seul qui fût assis derrière une table, posa un regard sévère sur le dernier arrivé. Il avait manifestement hâte de commencer la réunion.

– Eh ! plaisanta Vitebsk en frottant ses mains transies de froid, pas même un fichu feu pour se chauffer ! Je préfère nos sauteries chez Jondrette ! Le vin y est atroce, la guenon vilaine, mais la flamme agréable.

Il cherchait à échapper aux sermons qu'on pourrait lui formuler. Moscou coupa court avec sa brusquerie coutumière. Il n'aimait pas la blague quand l'heure était grave :

– Maintenant que tu es là, commençons. Nous ne devons jamais traîner dans nos réunions. Il n'est d'ailleurs plus temps de nous éterniser du tout : le moment est venu d'accélérer nos projets.

Tous firent cercle autour de la table pour mieux l'écouter parce qu'il avait piqué leur curiosité et qu'il allait parler à voix basse.

Leur réunion était illégale et dangereuse. Par patriotisme, par amour de l'armée autant que par goût de l'aventure, ils projetaient depuis des mois de soulever la garnison d'Orléans pour marcher sur Paris et replacer l'empereur sur le trône ou rétablir un gouvernement républicain. Depuis des mois la troupe leur prêtait une oreille attentive quand, à demi-mots ou par sous-entendus, prétextant tous les motifs de contestation possibles, ils s'assuraient de la confiance des conscrits ou vétérans et travaillaient leur image auprès d'eux. Leur drapeau était proscrit ! Leurs aigles insultées ! Les soldes impayées ! Chaque jour, dans la garnison, ils s'arrangeaient pour qu'on entende le cri de « Vive l'empereur ! » et, chaque soir, dans les chambrées, la prémonition de son retour. Ils avaient des relais puissants chez les officiers, se flattaient de l'appui de Cunietti, le commandant de la place, grand diable de Gênois dont les sentiments bonapartistes n'étaient plus à prouver ; ils espéraient répandre les mêmes murmures et les mêmes clameurs dans la population. Mais ils avaient conscience qu'une telle influence s'inscrivait dans la durée, et plus leur projet s'étirait, plus ils risquaient d'être découverts.

– Vitebsk semble avoir des éléments importants à nous dévoiler. Moi aussi. Parle en premier puisque c'est toi qui as insisté pour qu'on se réunisse au plus vite. Je continuerai quand je t'aurai entendu.

Moscou tenait à leurs noms d'emprunt même dans l'intimité de leurs réunions. Lebel restait Vitebsk, Béraud Borissov comme Varlin était Vilna, Minier Minsk, Sivaud Smolensk tandis que lui, Moscou, semblait ne s'être jamais appelé Hadrien Ternens. Vitebsk commença :

– Je n'ai pas voulu vous prévenir à distance. Trop dangereux. Vous savez que les bêtes…

Il parlait de celles de Griseldan qu'avec la complicité de Carolange, ils avaient utilisées en les lâchant dans la campagne pour insuffler la terreur au peuple et laisser taxer les autorités d'inaction et de faiblesse. Une ou deux fois avaient suffi, grâce aux morts de la petite Cribier et des gamins aux Doucet ; la chose avait même dépassé leurs espérances quand d'autres cadavres, sans doute imputables à de vrais loups, s'étaient ajoutés à ceux dus aux étranges créatures ramenées par le savant du bout du monde. Des adultes en plus, comme pour faire croire que personne n'était à l'abri alors que leurs bêtes, ils le savaient, ne pouvaient tuer que des enfants. Il n'y avait pas jusqu'à Fabre dont la mort plus qu'étrange les avait servis en éloignant d'eux les soupçons : ils s'en étaient d'abord inquiétés, mais, après réflexion, qu'importait la façon dont le soldat avait péri ? Si l'un des leurs, un complice de leur groupe, était mort, comment pourraient-ils être jugés responsables ? Ils avaient fini par se dire que de telles coïncidences rendaient les témoignages plus illogiques. Or, là où il y avait de l'illogisme, il y avait de la superstition ; là où il y avait de la superstition, il y avait toujours de l'ignorance, et c'est l'ignorance qui nourrit le mécontentement des foules.

Tout à coup un bruit se fait entendre dehors, de cygnes qui sifflent et battent des ailes. Les Six prêtent l'oreille, prêts à quitter les lieux sur-le-champ. Pourtant, à peine leur est-il parvenu que le bruit cesse. Sur un signe de tête de Moscou, Vilna, le plus proche de l'escalier, va pour descendre, mais Vitebsk l'arrête d'un geste qui signifie que ce qu'il a à dire est plus important. Renonçant avant même de savoir s'il y a vraiment danger ou non, se disant que de toute façon le garde en bas donnera suffisamment tôt l'alerte s'il y a lieu, chacun se remet à écouter.

– Je disais, reprend Vitebsk, que les bêtes sont enfermées sous bonne garde à Férale comme vous le savez. Mais quelqu'un les a récemment découvertes, et ce quelqu'un vient de faire le lien avec les morts qui se sont égrenées depuis l'automne.

Sa parole fit l'effet d'un coup de sabre. Il marqua une pause avant de lâcher :

– Cet homme est en rapport avec la préfecture.

– Je l'avais dit, grogna immédiatement Smolensk, c'était une mauvaise idée de confier nos projets à trois bêtes et une femme. Toutes en chaleur derrière toi.

– Silence, intima Moscou, laisse-le terminer.

– Je termine, reprit Vitebsk sans relever le sarcasme qui le visait. Le préfet…

– Quoi, le préfet ?

– Le préfet sait tout, dit soudain une voix qui sembla sortie du néant.

C'était Carolange, apparue en haut de l'escalier, dans sa cape de cuir. C'était elle qui accompagnait Vitebsk tout à l'heure, à qui celui-ci parlait en arrivant et qui avait suscité la surprise des sentinelles. Elle était d'abord restée en bas et nul ne l'avait entendue monter comme si elle avait la légèreté d'un fantôme ou qu'elle avait toujours été là.

– Valoutina ! s'écrièrent les autres.

Ils furent surpris de la retrouver là où aucun ne l'attendait et avant qu'ils n'eussent dit quoi que ce fût, elle se jeta contre Vitebsk qui la prit dans ses bras. Minsk lâcha le premier :

– Mais vous êtes fous ! Que fais-tu ici ? Et toi, pourquoi l'as-tu amenée ?

– Peu importe, dit Moscou. Réponds plutôt, Valoutina : comment Talleyrand saurait-il ?

La révélation qu'elle venait de leur faire le blessait en tant que chef d'un complot dont il était le garant de la discrétion. Smolensk haussa le ton :

– Je l'avais dit, je l'avais prévu ! C'est cette femme, cette peintreuse qui nous porte malheur.

– Pas du tout ! s'emporta Carolange, ils savent tout depuis le début. La faute vient de vous. De vous seuls ! Et de votre manque de discrétion !

– C'était ta responsabilité ! hurla l'autre en se tournant vers Vitebsk. C'est toi qui nous as entraînés dans tout ça ! Toi et tes beaux favoris de minet devant lesquels elles bavent toutes ! Ah, le loup cherche toujours sa louve !

Le grand borgne à la jambe de bois rappelait que tout ce qui s'était passé venait d'une intuition de leur compagnon un soir d'automne chez Madame François. C'était Vitebsk qui avait eu l'idée d'utiliser les bêtes de Griseldan dont Carolange lui avait parlé, et c'était contre Vitebsk que Smolensk, déjà, s'était montré réticent : le vétéran se méfiait des femmes dès qu'on voulait les concilier avec la politique ou la guerre. *A fortiori* quand ces femmes étaient des maîtresses. Et il allait le colleter pour régler cette affaire entre hommes, et Vitebsk l'aurait giflé en retour s'il avait osé ne fût-ce qu'en esquisser le geste, quand soudain Carolange s'interposa.

Elle avait sorti un scalpel et en pointait la lame sur la gorge de celui qui menaçait son amant.

L'idylle entre Carolange et Vitebsk remontait à l'été précédent, quand la France tâchait d'oublier les misères de l'hiver, et la guerre, et la défaite.

L'heure était alors aux réjouissances en tous genres. Au mois de mai, le duc d'Angoulême était passé par Orléans qu'il avait parcouru sur un grand cheval blanc avant de s'en repartir sous les acclamations. Une autre fête avait été donnée pour célébrer la paix retrouvée ; puis, trois mois plus tard, le 12 août, c'était son épouse qui faisait à son tour son entrée par le faubourg Bourgogne et prolongeait la féerie. Marie-Thérèse Charlotte de

France, duchesse d'Angoulême, fille du défunt Louis XVI, s'en venait visiter la ville, qui resplendit de fastes pour l'occasion. L'accueil que les Orléanais lui réservèrent fut des plus brillants et des plus chaleureux. Certains dételèrent sa voiture pour la tirer eux-mêmes ; d'autres tapissèrent le pavé devant leur maison, suspendirent des couronnes de verdure et lancèrent des roses et des lys sur son trajet. C'était l'époque où l'on redécouvrait que la France avait une famille royale et que cette famille royale faisait rêver. La fille de Louis XVI ! La survivante du Temple, qui avait traversé cinq ans de terreur et vingt d'exil et que les heureux hasards de l'histoire replaçaient maintenant aux Tuileries ! C'était la fille de Louis XVI qui réapparaissait comme revenue d'entre les morts !

La duchesse déjeuna à la préfecture où elle fut magnifiquement reçue par le préfet Talleyrand, les autorités civiles et militaires, un cercle de dames et un grand nombre d'habitants qui se pressèrent pour avoir la chance de l'apercevoir. Sans qu'ils se connussent encore, Vitebsk et Carolange étaient parmi eux. On avait en vain sollicité la présence de Griseldan ; sa misanthropie viscérale l'avait empêché d'accepter et il avait envoyé sa nièce pour le représenter, accompagnée d'Adelphe qu'il avait annoncé comme une des futures gloires scientifiques de France. Le comte était pourtant connu pour être un napoléoniste notoire. Mais son prestige de savant bourru, par nul autre égalé dans la ville, contrebalançait ses compromissions politiques qui, du reste, remontaient à bien des années avant sa détestation du genre humain.

La fête se poursuivit le soir à la mairie où l'on offrit un concert, un bal, un souper. Un compositeur et un poète orléanais y allèrent de leurs cantates et odes en hommage aux rois de France. On dansa ensuite un quadrille, et si la duchesse, fatiguée, se retira assez tôt, la fête se prolongea par un banquet où l'on chanta encore des couplets, on récita des vers, on porta des toasts en son honneur. Adelphe avait bu un peu plus que de raison. Le vin commençait d'alourdir ses paupières et d'amollir ses pensées. Toutes ces fêtes le laissaient finalement indifférent tandis que Carolange s'en trouvait émerveillée parce qu'elle n'avait pas tant d'occasions d'échapper à la solitude de Férale. Vers deux heures du matin, la salle se vidait peu à peu : il lui proposa de rentrer ; raisonnablement, elle accepta. Il s'était absenté pour aller faire chercher la voiture qu'il avait louée pour la soirée quand une voix langoureuse s'adressa à la jeune femme :

– Je crois, madame, que je n'ai pas encore eu la joie de faire votre connaissance. Notre soirée ne saurait s'achever sans réparer cette injustice.

Elle tourna des yeux étonnés vers celui qui s'adressait ainsi à elle. Elle n'avait pas l'habitude d'une telle courtoisie et se demanda si c'était bien elle qui en était l'objet. L'homme sur lequel son regard se posa était grand, blond ; il portait beau ; c'était un officier sans qu'elle eût su dire son grade car, contrairement à d'autres femmes, elle ne s'intéressait pas à ces choses-là.

– Laissez-moi être votre obligé pour un bref mais délicieux moment.

– Je ne suis pas venue seule, monsieur, et je crois que…

– Dieu a donné deux bras aux femmes pour qu'elles puissent avoir deux hommes à leurs côtés.

La jeune femme ne put s'empêcher de sourire de tant d'impertinence. À cet instant précis, elle aperçut Adelphe qui rentrait dans la salle du banquet. Mais à peine tourna-t-elle la tête vers le bel officier qu'il avait déjà disparu comme un songe qui la troubla pour le reste de la soirée.

Adelphe la raccompagna jusqu'à l'appartement mansardé que Griseldan possédait dans un immeuble sous la tour Saint-Paul. Au-dessus d'une boutique de mercerie, le comte le gardait inhabité pour ce genre de situation où sa nièce – puisqu'il n'y avait plus qu'elle qui venait en ville – ne devait rentrer si tard à travers la campagne. Élodie, la vieille domestique, y attendait cette nuit-là sa maîtresse en grommelant contre les amusements de piaffeuse auxquels elle s'adonnait. Mais Carolange n'en eut cure : en rentrant, elle se déshabilla et se mit au lit en se prenant à rêver de l'homme qui l'avait abordée en fin de soirée. Elle s'étonnait de sa rencontre davantage qu'elle ne songeait à des choses sérieuses. Elle ignorait qu'en bas de l'immeuble, l'inconnu l'avait suivie pour savoir où elle habitait.

Le lendemain, Adelphe ne put l'accompagner au départ de la duchesse auquel elle voulait assister avant de s'en retourner à Férale. Elle alla sur la place du Martroi pour la voir passer, et le cortège s'en repartait déjà par la porte Bannier au bruit des cloches de Saint-Paterne, la foule se dispersait quand la même voix la rattrapa :

– Je vois qu'aujourd'hui vous êtes seule ; il n'y a donc plus d'objection à vous demander votre compagnie. Le temps est splendide. Une promenade serait si agréable.

C'était lui, l'inconnu de la veille qui, sans autre forme de ménagement, lui prit le bras pour l'attirer. Curieusement, elle ne résista pas.

– Je suis le capitaine Lebel. De qui le Ciel m'accorde-t-il la joie de tomber sous le charme ?

Elle n'osa répondre, troublée au contact enjôleur de l'élégant soldat. Elle ne voulait rien dire de son nom de famille par crainte que le bruit de cette rencontre ne vînt aux oreilles de son oncle ; mais elle finit par révéler son prénom, simplement son prénom, contre toute bienséance, en rougissant quand il lui dit que la moitié en était faite pour la chair, l'autre pour compter parmi les créatures célestes. Jamais personne ne lui avait adressé un compliment si osé. Elle demanda à Élodie dont la tête tournait de tant de festivités d'aller l'attendre à l'appartement, elle ne serait pas longue, et elle l'autorisa à profiter en chemin de la fête sans trop s'éloigner. La vieille fille ne se le fit pas répéter, oubliant ses grommellements de la veille et négligeant sa maîtresse dès qu'elle eut tourné les talons.

Carolange s'en alla dans la direction opposée en remontant vers les remparts de la ville. Elle marcha longtemps sans parler ni détourner son visage de la route comme si elle était seule et qu'elle n'avait pas remarqué qu'un homme aussi charmant que le capitaine Lebel l'accompagnait. Les cloches de Saint-Paterne sonnaient à pleine volée, leur musique assourdissante semblait n'avoir de raison d'être que pour couvrir les paroles qu'ils s'échangeraient. La foule qui tournoyait autour d'eux les isolait, les rendait anonymes, presque invisibles, dans la rue. Les gens riaient, criaient, dansaient et, bientôt, la jeune femme se laissa prendre à une conversation galante qu'elle désirait autant qu'elle redoutait. Elle était belle, de cette beauté innocente d'une femme qui ne sait pas à quel point elle peut plaire.

Ils se retrouvèrent sur le terrassement au-dessus des remparts d'où l'on dominait les nouveaux boulevards en cours d'aménagement. Les murs d'Orléans étaient dans un état de décrépitude avancé mais, couverts de lierre et percés de trous où nichaient des colombes, ils prenaient l'air de ruines romantiques pittoresques. Ils se dirent des banalités : lui, surtout ; elle, l'écoutait. Mais il y a des moments où des voix habiles savent transformer des banalités en paroles incantatoires. Lebel était doué à ce jeu. Car ce n'était qu'un jeu pour lui de vanter le teint de porcelaine d'un visage ou de célébrer le joli temps propre à s'aimer. Le prestige de l'uniforme joua en sa faveur, de même que sa Légion d'honneur gagnée à la dernière promotion.

La promenade les mena jusqu'au Jardin botanique sur le boulevard des Princes, où elle se surprit à penser qu'elle n'aimerait pas y rencontrer Adelphe qui y avait ses habitudes ; le jeune homme l'aurait gênée à se trouver sur son chemin. Ils avaient fait le tour de la moitié de la ville lorsqu'ils rentrèrent. Elle avait plus de deux heures de retard. Avant de la quitter, il lui demanda la permission de lui écrire. Sans savoir pourquoi elle la lui accorda par un sourire tacite mais lui demanda aussitôt, timidement comme si elle devait en concevoir une forme de honte, de le faire à la boîte commune du quartier, non à

Férale, et d'écrire sa lettre à l'« Innommée ». Elle pourrait venir chercher le courrier quand elle reviendrait pour une course. Il lui baisa la main avant de partir. Ce baiser sur sa main avait déjà quelque chose de celui d'un amant sur ses lèvres.

Deux jours plus tard, au motif d'aller à l'atelier de couture situé au pied de l'immeuble, elle revint en ville : dans la boîte aux lettres collective de la rue, il y avait bien une lettre pour l'« Innommée », emplie de louanges et de ces mots creux qui font plaisir à lire et plus encore à entendre. Elle n'y répondit pas, se contenta de la relire et de la presser contre son cœur. Mais au bout d'une semaine, il y en avait deux nouvelles plus enflammées que la première comme si l'absence de réponse avait décuplé les feux du militaire, et celles-ci avaient été directement glissées sous sa porte. Cette fois, elle prit la plume pour lui demander d'arrêter. Elle avait pris peur, brûla les lettres, s'abstint de paraître en ville durant une quinzaine. Il lui fut difficile de patienter.

Quand elle revint enfin à l'appartement, seule, un après-midi où le ciel menaçait, elle ne trouva pas d'autre billet sous sa porte ni chez la concierge. Elle en fut soulagée autant que déçue sans se l'avouer. Mais en se retournant, dans l'ombre du palier, de l'autre côté de la croisée où quelques gouttes de pluie commençaient de tomber, elle l'aperçut et resta saisie d'étonnement : il était là, silencieux et très beau, à l'observer comme on observe un objet d'émerveillement ; il était venu sans savoir qu'elle viendrait ; il était donc peut-être venu tous les jours pour l'attendre. Il n'y avait pas de hasard. Il la voulait. Elle ne résista plus.

Alors elle le fit entrer et lui offrit tout ce qu'une femme peut offrir au risque de verser dans le scandale et le déshonneur. Dehors il se mit à pleuvoir beaucoup tandis que, sous la mansarde du logement, ils firent l'amour, passionnément, intensément, impudiquement au point d'en être brûlants de fièvre et tremblants de plaisir. Dès cette première fois, elle accorda tout ce qu'elle n'avait jamais accordé à Adelphe ni ne lui accorderait jamais. La passion ne s'explique ni dans ce qu'elle nous fait faire ni dans les raisons qui nous poussent à y céder. Dans l'appartement que les rideaux tirés plongeaient dans une demi-obscurité, elle s'abandonna sur le premier sofa devant elle et se laissa embrasser dans le cou, sur la nuque, sous l'épaule quand sa robe fut délacée et que ses cheveux, retenus sous sa capote à rubans roses, se libérèrent. Elle se retrouva nue, allongée et se donna entière à cet homme qui la posséda de ses yeux, de ses mains, de sa bouche avant qu'elle eût pu réaliser ce à quoi elle était en train de renoncer pour lui. Elle ne le connaissait pas, mais il lui sembla apprendre à le connaître quand, au lieu de mots inutiles, il se déshabilla à son tour et se montra dans la vérité de son corps : il avait les épaules carrées, le torse bombé, le sexe épais et long. La pluie dehors tombait contre les vitres comme pour mieux les cacher sous son voile d'averses et couvrir leurs murmures de son bruit ; le grain le plus fort s'abattit au paroxysme de leur jouissance.

Rapidement, Carolange s'abandonna aux tourments délicieux de la passion. Énamourée de ce Lebel qui lui était encore étranger, elle lui aurait sacrifié le monde pour lui prouver son désir frénétique de lui. Et à mesure que sa passion grandissait, son amitié pour Adelphe finit par la dégoûter. Elle n'en laissa rien paraître cependant ; contre toute logique, elle s'évertua plutôt à jouer la comédie, n'espaça pas même leurs rencontres, les enfermant dans une routine où elle lui demandait de continuer à venir à Férale le dimanche et le jeudi sans qu'il pût deviner qu'elle aurait ainsi le loisir de retrouver son beau militaire d'autres jours. Comme une vertu, l'hypocrisie lui seyait.

Ce lui fut une torture de s'astreindre à n'aller qu'une fois par semaine à Orléans pour ne pas éveiller le soupçon, ou parce que Lebel ne souhaitait pas qu'ils se vissent aussi souvent qu'elle l'aurait voulu. Alors elle lui écrivit, à son tour, des lettres au lyrisme débridé. Et la vieille Élodie s'en allait porter son courrier sans y comprendre grand-chose ni songer à ouvrir l'enveloppe pour laquelle elle avait le respect bête des cerveaux lourds. Elle ne remarquait aucune supercherie puisque les missives étaient écrites à l'adresse du petit atelier de couture. Chaque fois l'enveloppe cachetée était récupérée par la concierge complice, puis récupérée par Lebel que Carolange avait vaguement présenté comme un cousin. Nul ne s'aperçut de la situation. Qui l'aurait pu ? Adelphe était aveugle dans l'ébahissement où il se complaisait pour son ange de pureté, incapable de s'imaginer quelque trahison que ce fût. Griseldan, quant à lui, était insensible à ce genre de situation et Carolange n'avait pas d'amie intime pour la soutenir ou la désapprouver dans ses choix.

Tout l'automne, Lebel lui fut un démon auquel elle voua son corps et son cœur. Elle se doutait qu'il ne devait guère être fidèle mais courtiser d'autres femmes en son absence. Peut-être fréquentait-il même des filles de mauvaise vie ; elle le devinait avec l'instinct de celles qui refusent de croire à l'entièreté de leur bonheur, mais elle n'y pouvait rien : elle avait besoin de ses charmes comme on est pris aux sortilèges d'un mage. Elle l'en aimait d'autant plus, à en jalouser secrètement les créatures des bordels. Elle dut alors s'avouer qu'il ne s'agissait plus d'une simple passion mais de quelque chose de plus fort et compromettant. C'était de l'amour qu'elle éprouvait, de l'amour pour ce séducteur incapable d'aimer comme on aime vraiment.

Dès lors les rôles s'inversèrent, et la situation se compliqua. Ce ne fut plus lui qui se montra assidu après elle, mais elle qui voulut le voir et le revoir encore. Elle lui déclarait avoir besoin de lui en toutes circonstances, être prête à tout pour lui, ne se reconnaissant plus elle-même, devenant une autre au point de lui donner tout ce que la morale réprouve, et il la regardait avec des yeux lassés d'incompréhension. Sans doute fallait-il voir là une conséquence logique de l'extrême solitude et de la pauvreté affective dans laquelle elle vivait : le premier être qui lui avait offert de briser ces carcans était devenu un dieu. Sans s'en apercevoir, elle l'ennuya comme souvent quand l'attachement s'exprime en sens unique. Il songea à rompre.

Avant l'amour, après l'amour, même pendant, elle lui parla beaucoup d'elle, et il retint surtout qu'elle partageait ses opinions politiques, qu'elle avait du respect pour les acquis de 89, se méfiait du retour des vieilles perruques, qu'elle était napoléoniste de cœur comme son père et son oncle anobli par l'empereur. Elle était maladroite, passablement naïve mais sincère, et il la laissa souvent s'épancher en l'écoutant d'une oreille distraite avec ce présupposé qu'une femme, même partageant des vues communes, n'y connaît pas grand-chose dans des affaires d'hommes. Qu'elle fût la dame de Férale aux yeux d'une poignée de paysans et qu'elle sût peindre et fût reconnue pour sa science le laissait indifférent.

Pourtant, au détour d'une discussion, elle lui apprit l'existence des bêtes que Griseldan possédait à l'insu de tous, de leur aspect étrange et de leur voracité parce que le vieux les rendait folles à les maintenir en captivité dans le noir. Il en devint songeur. Il se rappelait vaguement des événements qui avaient eu lieu à Boulogne où il était en garnison quelques années auparavant, l'histoire d'un violent orage qui avait jeté sur la côte un monstre qui mangeait les vivants et déterrait les cadavres. Le monstre avait causé ses ravages avant d'être abattu une nuit de pleine lune près d'un cimetière.

Dès lors, il la regarda différemment, eut l'intuition de la mettre dans la confidence : elle qui n'était qu'une conquête parmi d'autres devenait une relation à mi-chemin entre l'instrument et la complice. Il avait décidé qu'il ne romprait pas. Pas tout de suite. Il lui apprit l'existence du complot en lui demandant si elle l'aimait assez pour garder un secret, persuadé que ce secret la rendrait plus dévouée qu'elle ne l'était déjà. De fait, sa passion prit une tournure romanesque inespérée. Elle aussi le regarda autrement : il n'était plus le simple Lebel, il devenait l'héroïque Vitebsk.

Elle se sentit fière, investie de la confiance qu'il lui accordait. Habilement, il n'évoqua pas tout de suite les bêtes, mais une semaine plus tard, ce fut elle qui formula l'idée de tirer parti de ces animaux que nul n'avait jamais vus par ici et qu'on assimilerait à des démons. Il hésita; jamais son oncle ne les laisserait utiliser ses animaux; à quoi elle répondit qu'elle saurait y faire, qu'elle avait une arme infaillible pour le faire plier. Il ricana de tant d'imagination mais peu à peu devint sérieux et réfléchit: l'idée de semer l'effroi dans les campagnes pour obtenir un soutien populaire à leur soulèvement de soldats lui parut moins stupide, envisageable même, utile. Ce devint une idée, à laquelle elle adhéra lorsque après sa Steffi de Bohême, il la surnomma, pour rire, sa belle Valoutina en souvenir d'une bataille remportée sur la route de Moscou. Immédiatement cela lui plut et, oubliant la plaisanterie, elle en fut grave comme si la pure Lucrèce venait de renaître en elle. Il comprit qu'elle voulait être cette Valoutina, qu'elle ferait tout pour incarner cette nouvelle femme. De ce moment ils n'étaient plus les Six; elle voulait qu'ils fussent les Sept. Prendre un nom d'emprunt lui semblait un gage suffisant pour faire pleinement partie de la bande. Il exigea de chiffrer désormais leur correspondance.

Plus tard, chez Madame François où l'on évoqua un soir la mort du père Euripide dont tout le monde avait entendu parler, leur idée sembla devoir soudain se concrétiser sous le coup du hasard. Vitebsk la soumit à ses comparses qui se montrèrent réticents. Il y avait une forme de prudence mêlée de misogynie chez ces soldats à confier la réussite de leur engagement à une femme doublée d'une inconnue. Mais il sut les persuader en leur rappelant qui était Griseldan de Malmaure et en insistant sur la difficulté à soulever une ville sans se servir du pays environnant. Carolange serait leur Tarpéia; son rôle se réduirait à libérer ces bêtes à certaines dates précises sans avoir besoin d'en savoir plus, surtout le nom réel de chacun. Il se gardait bien de dire qu'elle connaissait déjà le sien. On sait la suite : tous se résignèrent. L'idée était devenue un projet.

Ce fut en raison de leurs réticences premières qu'ils furent surpris de la voir parmi eux ce soir-là au moulin abandonné. Et ce fut pour ces mêmes réticences qu'ils se récrièrent quand elle intervint avec la lame d'un scalpel dans ce qui n'était qu'une bagarre entre hommes.

– Range cette arme, Valoutina, dit Moscou. Vous êtes ridicules. Prenons plutôt la menace pour une chance. Les autorités savent peut-être tout, mais pour une raison qui m'échappe elles ne nous ont pas encore arrêtés. Profitons-en pour les doubler ! Nous n'avons plus d'autre choix. Le fruit est mûr : la feuille que nous avons rédigée et fait imprimer en brouillant les pistes fonctionne ; vous avez tous constaté comme moi à quel point les ignares sont crédules. Et figurez-vous qu'on m'a annoncé ce matin que le général Pajol est en route pour Orléans. Il vient d'être nommé au commandement de notre subdivision militaire. Vous n'ignorez ni son poids sur la troupe ni sa sensibilité politique malgré son ralliement aux Bourbons. Il se pourrait qu'il accepte de nous suivre si nous lui démontrons le sérieux de notre entreprise et nos chances de succès. Et si lui nous suit, les autres feront de même : ils ne se contenteront pas de nous prêter simplement une oreille attentive ; ils marcheront avec nous. Ce sera la victoire.

Mais ce n'est pas tout. À cette nouvelle s'en ajoute une autre, une dernière, la plus importante : je vous annonce, messieurs, le retour du duc et de la duchesse d'Angoulême à Orléans à la fin de ce mois. Ils étaient déjà venus séparément l'été dernier ; ils reviennent en couple. Maire et préfet s'activent déjà ; ils veulent dépasser l'accueil qu'on a réservé à ces petites couronnes l'été dernier. Préparons-nous aussi. Le pays s'inquiète ; la garnison trépigne ; c'est l'occasion que nous espérions pour frapper fort.

– Que proposes-tu ?

– D'enlever le duc et la duchesse. Tout a commencé avec eux, tout finira par eux.

Enlever les d'Angoulême : les autres n'eurent pas le temps de réaliser. Dehors, dans un vacarme incroyable, un coup de feu, puis un cri, un cri d'homme, un cri effroyable viennent de succéder aux mots de Moscou comme pour les ponctuer d'horreur du fin fond de la nuit.

Tous reconnaissent ce cri : Goujard ! Le garde ! Il est arrivé quelque chose ! Vite !

II

PAR LA SUITE, aucun ne fut certain de ce qui était arrivé. De Carolange, des six conjurés et de l'autre sentinelle accourue au coup de feu, chacun retint une version distincte, composée d'éléments amplifiés, déformés sous l'émotion, contradictoires, qui ajoutèrent de l'épaisseur à un mystère qui n'en manquait pourtant pas. Tout ce dont ils furent sûrs, c'était que Goujard n'était plus là où il devait être ; mais comment avait-il disparu, par où, pourquoi, cela restait une énigme.

Ils cherchèrent d'abord à le retrouver ; une minute à peine s'était écoulée, il ne devait pas être loin. Mais il n'y eut aucune réponse à leurs clameurs sinon celle de l'écho dans la nuit. Alors ils serrèrent plus fort leurs armes, se drapèrent plus encore dans leur manteau et n'osèrent appeler davantage de peur d'être entendus et repérés si ce n'était déjà fait.

Vilna buta sur quelque chose. Le fusil du disparu, dont il s'empara avec un gémissement de dégoût : l'arme était salie d'une boue gluante qui faisait comme un filet glaireux et la rendait intenable. Ils examinèrent le sol, approchèrent leur lampe, crurent apercevoir une traînée luisante jusqu'à la rive, qu'ils ne s'expliquèrent pas. La situation leur échappait. Ils se demandèrent s'ils n'étaient pas victimes d'une illusion collective. On avait rapporté des cas où, dans les déserts d'Égypte, la troupe avait été prise de mirages au point de se persuader d'avoir vu des fantômes. Smolensk, arrivé le dernier à cause de sa jambe de bois, affirma entendre encore des voix chuchoter dans le noir et sentir leur présence ; Minsk et Vilna soupçonnèrent que Goujard venait d'être enlevé ; seul Borissov gardait raison en disant qu'il avait dû tomber dans un trou d'eau.

La panique les gagnait et la discorde allait éclater ; Moscou était sur le point d'intervenir quand Carolange outrepassa de nouveau son rôle en plantant violemment son scalpel dans l'écorce d'un arbre pour s'imposer. Elle ne s'appartenait plus depuis son irruption parmi la bande. Elle surjouait sa présence, théâtralisait son rôle, prenait une posture de chef tandis que le bruit de la lame qui se fiche en plein bois les fit taire :

– Il nous faut réfléchir ! Nous n'arriverons à rien sans discipline !

Elle observa autour pour trouver des indices, s'approcha de la rivière. Dans le noir, se rendirent-ils compte que l'eau du Loiret avait inexplicablement monté depuis leur arrivée ? Qu'elle continuait même de gonfler au point de venir lécher leurs bottes et de les forcer à reculer ? Smolensk hasarda une explication en ramassant à son tour le fusil que Vilna avait lâché :

– Avec cette traînée par terre, je jurerais que quelque chose est venu l'attraper. Quelque chose qui sortait de toute cette vase et qu'il a eu le temps de viser. Un serpent, un lézard, un orvet gigantesque ou un silure du diable. Pas étonnant, qui sait ce qui traîne sous les eaux…

Il faisait allusion au fond des fleuves, lacs et marais qui recèle toujours de mystères. Mais comme il disait cela, il aperçut entre deux racines un objet qu'il eut d'abord du mal à identifier avant de réaliser qu'il s'agissait d'un bout de peau, de peau étrange, couverte d'écailles gelées et puant l'eau croupie, qu'il palpa entre ses doigts et découvrit granuleuse et visqueuse. Béraud la lui prit et l'examina devant sa lampe. Le lambeau était grand comme une main d'homme. En le retournant, il y vit à l'envers un duvet clair, une fourrure fine qui lui rappela la mèche de poils qu'il avait recueillie des mois auparavant dans la bouche de Fabre ; elle lui semblait tachée de sang, quoique ce fût difficile à affirmer. Mais Moscou la lui arracha à son tour et la jeta au loin.

– Il faut déguerpir, dit-il, et fissa ! Le coup de feu a dû donner l'alerte. Mais quoi qu'il se soit passé, ça ne doit pas nous détourner de nos projets. Faisons-en ici même le serment.

Ils hésitèrent. Il les bouscula :

– Faisons-en le serment ! Là, sur notre honneur, avant de nous séparer ! Toi aussi, Valoutina, puisque désormais tu es des nôtres, que ça nous plaise ou non.

Elle s'approcha, tremblante, jubilant d'être reconnue comme une des leurs dans ce geste désuet et fort qui consiste à prêter serment. Tous obéirent, jurèrent d'aller au bout de leur projet malgré les dangers. Puis ils rejoignirent leur monture, se dispersèrent en des directions opposées si bien qu'en un instant il n'y eut plus aucune trace d'eux autour du moulin.

Vitebsk raccompagna Carolange au petit trot par les chemins de traverse et les passages infréquentés. La prudence imposait de nombreux détours, elle avait une longue route jusqu'à Férale, il s'inquiétait de la laisser seule. Il ne la quitta qu'aux abords de Chaingy d'où elle pourrait sans encombre regagner le château, et elle rit en repensant à la fois où elle avait fait croire à Adelphe qu'elle s'était désorientée sur la route. À l'endroit où leurs chemins se séparaient, il lui souffla :

– Notre victoire approche. Les Goujard ne sont rien. Sois muette et attends mes nouvelles.

C'était lui qui avait insisté pour la faire venir à la réunion des Six, dans l'idée de lui laisser endosser une part des reproches qu'on ne manquerait pas de lui faire. Elle l'avait pris comme un gage de confiance, un honneur, là où ce n'était que lâcheté d'un homme manipulant une femme qu'il juge naïve.

Elle lui sourit et lui dit :

– Je ne te décevrai pas, c'est promis. Je sais ce que j'ai à faire.

– Tiens, garde ça. On ne sait jamais. Ça peut servir.

Il lui tendit un petit pistolet à silex et l'étrange peau que Moscou avait jetée et qu'il avait ramassée à sa suite. Elle accepta sans objection, lui offrit un baiser et il la regarda s'éloigner, encapuchonnée dans sa mante de cuir, en se disant qu'il aurait été bien bête tout de même de rompre.

Elle arriva à Férale aux premières lueurs du jour. Après avoir dessellé Chrysis, elle ne voulut pas tout de suite monter se reposer mais aller voir les bêtes enfermées au manège pour vérifier que tout allait bien. Elle s'aperçut que la porte était ouverte. Au fond, le halo d'une lampe pâlissait. Elle crut qu'Adelphe était revenu en son absence, qu'il avait trouvé la clef qu'elle cachait désormais. Elle était épuisée de sommeil, dans un état d'hébétude et d'enivrement porté par l'excitation des événements de la nuit ; en elle résonnaient encore le baiser de son amant et la promesse qu'elle lui avait faite de ne pas le décevoir. Son scalpel en main, elle s'avança sous le regard des autres animaux en cage. Quelle ne fut sa surprise de découvrir celui qui se tenait à l'intérieur.

– Toi ? Que fais-tu là, avec elles ? Tu as donc trouvé la clef ?

C'était Griseldan, entouré de ses filles qui tournaient autour de lui de leur démarche pataude. Il était certainement venu les nourrir et, levant sa lampe pour la regarder, il la toisa dans une attitude de défi. Elle le vit bien et, parce qu'il était tard et que les heures avaient été lourdes en chicanes, elle crut devoir ajouter pour apaiser les choses :

– Tu les engraisses trop, ce n'est pas bon pour elles.

– Je suis encore leur maître, non ? Tu crains qu'elles ne courent pas assez vite peut-être ?

Atropé, Clôthô, Lachésia : il était à les flatter mais elles se montraient revêches à la caresse.

– Elles sont précieuses, répondit-elle sans animosité. S'il te plaît, va te coucher.

– Tu sais bien que les nuits et les jours me sont pareils depuis longtemps. La vérité est que je ne dors plus beaucoup. *A fortiori* quand je te sais dehors. Pose ce scalpel. À moins que tu ne veuilles me menacer. Il est vrai que la menace est souvent aussi redoutable que l'action.

Elle s'aperçut qu'elle tenait encore son arme de fortune dont elle referma la lame.

– Je m'inquiète pour elles, continua le vieux en tendant sa main vers le dos rayé de Clôthô qui grogna. Qu'allez-vous faire maintenant ? Après en avoir usé comme des monstres.

– Cela ne te regarde pas. Crois-moi, il vaut mieux que tu l'ignores.

– C'est un secret ?

– Chacun les siens, répondit-elle avec humeur. Tu en as de plus ignominieux.

– Tu n'as pas le droit ! éclata-t-il. Tu abuses de ma faiblesse ! Rien n'est prouvé contre moi !

Pour toute réponse, elle sortit du manège, alla droit au bout de la galerie où elle tira du fatras de toiles entassées un croquis qui était dissimulé parmi les plus sombres qu'elle eût jamais crayonnés. Elle revint le lui plaquer sous le nez. Il en demeura interdit, les yeux révulsés comme pour fuir la vérité d'un cauchemar auquel on se refuse de croire. Une étendue d'eau y était représentée au milieu d'une nature luxuriante ; sur le côté se distinguaient deux formes vagues d'êtres humains dénudés, aux prises l'un avec l'autre dans un combat terrible.

– Ne doute plus maintenant, car j'ai esquissé ça à partir des bribes de tes souvenirs, de tes regrets, de ce que tu m'as raconté et de ce que j'ai deviné. Imagine la toile que ce dessin deviendrait si je le terminais ! Alors ne viens pas te mêler de mes affaires et je ne révélerai rien des tiennes. Tout ce que tu as à savoir, c'est que ta misanthropie légendaire sera bientôt contentée et que les filles ne risquent rien. Elles ne sont pas menacées.

Sa parole prenait un ton mauvais, mais il ne se démonta pas :

– Oui ! Comme la fois où Atropé a été blessée. Par ta négligence. On lui a tiré dessus ! Heureusement que j'étais là pour la réceptionner à son retour !

– Mes filles ne sont pas menacées et, ce jour-là, j'ai su faire revenir Clôthô, Lachésia, et pour Atropé, j'étais là aussi !

– Tes filles ? s'emporta-t-il. Elles m'appartiennent ! C'est moi qui les ai ramenées en France, tu m'entends ? Je ne te laisserai pas me les voler ! Tous les sifflets du monde n'y feront rien !

– Vraiment ?

Elle tira d'une caissette un appeau pour appeler les trois bêtes qui hésitèrent comme un enfant à qui on demande de choisir entre deux parents qui s'affrontent. Elle siffla, d'un sifflement strident. Et comme elles s'étaient montrées distantes envers celui-ci, elles filèrent se blottir contre celle-là.

– Il y aurait de quoi rendre Georgie jalouse, railla-t-elle. Rentre à présent. Tu dois te reposer.

Elle était restée sereine tout au long de la scène, et c'est peut-être pour cette raison qu'il s'avoua vaincu, troublé de la remarquer si maîtresse d'elle-même et de la situation. Elle sortit victorieuse de leur énième dispute ; il se retira au château, meurtri par l'évidence : ses bêtes ne lui appartenaient plus ; elles venaient d'échanger leur père protecteur pour une souveraine autoritaire.

Durant les jours qui suivirent, les Six s'évitèrent, ne s'adressèrent la parole ni même un regard quand ils se croisèrent à la caserne dans leurs activités quotidiennes. La révélation des informations que la police possédait sur eux comme la disparition de Goujard sentait le piège. Un piège qu'ils n'auraient su définir et qui s'accrut lorsque le corps fut bientôt découvert, un peu plus loin sur une rive, atrocement mutilé comme celui de Fabre. Goujard avait été tué. Comme pour Fabre, on dépêcha gendarmes et commissaire avant que le préfet lui-même ne se rendît sur place.

Pourtant les Six ne renoncèrent pas à leur projet. Ils avaient juré sur l'honneur avant de se séparer et s'y vouèrent même davantage comme en une sorte de fuite en avant. Chacun de son côté encouragea discrètement la troupe dans son mécontentement. Ils flattèrent son appartenance au peuple en brocardant les impôts et les ordonnances royales les plus impopulaires; ils rappelèrent encore l'humiliation des quatorze mille officiers licenciés tandis qu'on rétablissait mousquetaires et gardes du corps comme sous l'Ancien Régime; ils versèrent des larmes sincères sur le drapeau tricolore, l'aigle et l'abeille. Et les soldats allaient dans leur sens; la ville était dans une ébullition que rien ne semblait devoir attiédir; les Six sentaient la troupe prête à marcher avec eux sur un geste, un mot de leur part, quand ils se révéleraient soudain ses chefs. Alors rien ne les arrêterait. Moscou se voyait déjà entraîner une foule immense jusqu'aux Tuileries.

Ils rêvaient de désobéissance et d'insurrection, d'un ultime sénatus-consulte qui eût proclamé la République ou le retour de Bonaparte car ils ne s'étaient toujours pas accordés sur la cause pour laquelle ils conspiraient, s'unissant seulement dans leur rejet des Bourbons. Après tout, le sang devait appeler le sang et, dans les semaines qui suivirent, ils ne perçurent plus le danger qu'il y avait à poursuivre leur action quand tant de morts parsemaient déjà leur route. C'était le signe qu'il fallait se hâter ; ils se figuraient avoir les coudées franches. Ce qui se passait dans une petite ville comme Orléans, même à cent kilomètres de Paris, n'intéressait plus personne si cela eût jamais intéressé quelqu'un. Et non seulement la police de la capitale était dans la plus complète inactivité, mais son ministre lui-même était un fantoche qui n'intimidait pas. Avec du recul, ils pensaient ne devoir rien craindre ici si là-bas on était d'une nullité aussi crasse. Le fruit était mûr ; tout était réuni pour le cueillir. Bientôt ils recommencèrent leurs réunions. Seule la fin inexpliquée de Fabre et Goujard continuait d'apporter une ombre au tableau qu'ils chassèrent en se disant que les deux soldats avaient été victimes d'accidents comme la Loire en causait régulièrement.

Dans ce contexte, ils préparèrent l'enlèvement des Angoulême, et même pire : ils imaginèrent les utiliser comme otages lorsqu'ils marcheraient sur Paris. Ils avaient réussi à glaner des informations sur l'entrée et le parcours du duc et de la duchesse, leur réception, les dispositions prises pour maintenir l'ordre aux alentours. Ils n'avaient d'ailleurs pas grand mérite à s'en informer : le maire et le préfet ne cachaient pas leurs préparatifs mais en publiaient une large part pour inciter les Orléanais à fêter dignement le couple princier et lui réserver un accueil plus chaleureux encore que celui de l'été précédent ; les salons bouillonnaient de jalousie ; c'était à qui obtiendrait son carton d'invitation devenu le trésor le plus prisé de la ville. Jusque dans les campagnes, il n'y eut pas une paroisse qui ne fût au courant.

Aucun des Six n'avait reculé devant l'énormité du projet, tous persuadés que ce nouveau plan au moins échappait aux mouchards. Seul Borissov semblait parfois réticent sans qu'il eût l'occasion de s'expliquer devant l'emballement de ses camarades.

Surtout, ils avaient appris que c'était le général Pajol, nouvellement nommé à la tête de la subdivision militaire du Loiret, qui commanderait au maintien de l'ordre avec les troupes à sa disposition. Pajol était arrivé peu de temps auparavant et s'installait dans ses fonctions ; on citait déjà des querelles d'ego entre le préfet et lui parce que, comme souvent dans les cérémonies publiques, l'un devait occuper la première place et l'autre la deuxième. Dès que Moscou l'apprit, il décida d'entrer en contact. Le général ne lui était pas inconnu. L'homme aux dix blessures et aux vingt décorations était une gloire nationale qui semblait avoir participé à tous les événements, à toutes les campagnes depuis la prise de la Bastille en 1789 jusqu'à la bataille de Montereau en 1814, et Moscou avait servi sous ses ordres à Bobrouïsk sur la Bérézina. Sa nomination dans une petite ville comme Orléans s'apparentait à une disgrâce en raison de ses rapports rugueux avec la famille royale. Il y retrouva Bugeaud et Colbert qui commandaient au 14e et aux lanciers, mais que les conjurés connaissaient mal et à qui ils n'avaient osé se confier. Avec ses états de service et le prestige dont il jouissait, Pajol était au contraire le haut gradé qu'il leur manquait pour emporter l'adhésion finale de la troupe.

Par l'intermédiaire du colonel Biot, son aide de camp, Moscou parvint à se rapprocher de ses services et il retrouva l'homme qu'il avait connu, aux grands yeux, au front haut, à la barbiche à la Richelieu qui lui donnait un air de mousquetaire de Louis XIII. Pajol avait la tournure raide et pénible ; de graves entailles reçues dans les côtes l'empêchaient de se retourner et le faisaient marcher comme un automate, mais il accueillit Moscou avec la bienveillance de ceux qui ont une histoire en commun. Ensemble, ils partagèrent quelques souvenirs et, au motif de lui faire visiter les vignes de Saint-Jean-de-Braye où le général Chassereaux avait mis en fuite les cosaques l'année précédente, Moscou en vint à s'entretenir seul à seul avec lui. La promenade dura près d'une heure durant laquelle il s'enquit, sans en avoir l'air, de l'opinion politique de son supérieur : républicain ou bonapartiste, Pajol avait nourri des sympathies jacobines et Moscou voulait s'assurer que ce fût toujours le cas. Le prétexte d'un drapeau tricolore arraché la veille du pignon d'une maison de la ville l'amena à mentionner les vexations que les patriotes enduraient depuis le retour des Bourbons.

– Si seulement nous étions un an plus tôt...

– Non, répondit Pajol. Il y a un an, nous souffrions douloureusement. La gloire de la France n'était déjà plus à son sommet. Si seulement nous étions dix années en arrière...

– Nos maux pourrait bien s'achever plus vite qu'on ne le pense.

Pajol parut intrigué avant de poursuivre sur un autre sujet comme s'il n'avait rien entendu. Mais deux jours plus tard, à l'occasion d'une nouvelle promenade, ce fut lui qui y revint implicitement :

– L'hiver est bien long cette année, quand on pourrait si vite revoir les beaux jours…

– Il ne tient qu'à nous d'accélérer le cours des saisons…

– Que proposez-vous ?

– Rien, plutôt rien d'avouable si je n'ai votre parole d'honneur d'être un homme de foi.

– Mon bon Ternens, j'ai pris la Bastille, j'ai été blessé à Spire, Mayence, sur la Lahn et j'ai reçu un sabre d'honneur alors que je n'avais pas trente ans : ma valeur n'est plus à prouver. Croyez bien que j'accorde autant d'importance à la confiance dans le champ politique que sur le champ de bataille. Parlez : je ne serais pas moi-même si je divulguais quoi que ce soit de ce que vous me direz.

– Eh bien, disons que nous réfléchissons à la possibilité de satisfaire les hommes et le peuple qui, tous, se trouvent mécontents de la situation actuelle. Les affronts de l'automne ont beaucoup froissé la troupe ; quant à l'inaction du pouvoir en place face aux attaques de bêtes sur les paysans…

Moscou garda le silence un instant avant de pousser plus loin la discussion :

– Nous projetons d'entraîner les hommes sur Paris ; ils sont mûrs, en ont assez de l'inaction. Nous sommes persuadés que là-bas, on aurait vite fait de chasser le roi et rappeler l'empereur si un homme auréolé de prestige nous guidait et assurait une forme d'intérim…

Il ne parla pas de leurs hésitations à choisir le régime qu'il faudrait à la France ; ce n'était pas le moment et il serait plus simple de s'attacher Pajol sous la bannière de l'Empire pour lequel il s'était tant battu. Il avait évoqué un homme de prestige : ce disant, il enfonça ses yeux dans ceux du général pour sonder son regard et lui faire entendre qu'il pensait à lui. Moscou ne craignait pas de s'ériger en chef du complot, mais un nom plus glorieux était nécessaire quand ce même complot éclaterait au grand jour. Il serait le meneur dans l'ombre, le véritable instigateur ; Pajol, s'il l'acceptait, en serait la figure de proue.

– Tout le travail en amont a été fait ; il ne vous reste qu'à récolter les lauriers de la gloire.

– Vous l'ignorez, mais je viens de recevoir un ordre du ministre de la Guerre lui-même. Il paraît que Murat a envahi la Romagne et que le roi veut réunir une armée de trente mille hommes sur le Rhône. Les deux premiers bataillons du 14e de ligne partiront pour Mâcon incessamment.

– Le 14e ! Le temps presse alors ! Il n'y a pas à hésiter.

Pajol était au courant de la situation du pays, de l'exaspération de la troupe comme de celle de la population. Le projet que Moscou lui exposa, si audacieux fût-il, ne l'étonna pas ; il était même inéluctable ; si ce n'était celui-ci aujourd'hui, c'en serait un semblable demain. Il demanda un jour de réflexion que Moscou lui accorda. Le lendemain, il lui annonça qu'il les suivrait si et seulement s'ils parvenaient à soulever toute la garnison de la ville et commençaient à marcher sur la capitale. Cette position prudente, loin de toute effusion d'enthousiasme, sembla légitime à Moscou, un gage de sérieux même. Il en informa les autres qui s'en réjouirent.

Il fallait d'ailleurs se tourner résolument vers les jours à venir. Car pendant ce temps leur plan de terrifier la population par des prédations aussi violentes que mystérieuses semblait dépasser ce qu'ils avaient escompté. La nouvelle de la mort de Goujard se répandit ; les gens parlèrent, firent le lien avec Fabre dont on avait tenté de cacher la fin atroce et dont on n'avait réussi qu'à accroître l'énigme ; certains esprits jurèrent que l'abbé Vox avait raison, qu'un démon venait les châtier pour les crimes commis depuis la Révolution. On se laissa aller aux théories les plus folles et tout cela se mêla aux légendes sur les loups, le dos-gris, la mégueule, le diable, la vouivre et la Vorasse. On tremblait dorénavant partout, le matin, le soir, même en plein jour, sur les chemins, les rives, jusqu'au foyer des chaumières. On ne se sentait nulle part en sécurité.

Au cours de ces journées où la discrétion s'imposait, Carolange résista encore moins que les autres à l'idée de se rencontrer. Ils n'étaient plus six, mais sept désormais. Sept dont une femme. Et une femme a toujours des réactions différentes de celles d'un homme.

Dans un billet elliptique, Vitebsk avait prévenu Valoutina que les événements les contraignaient à s'isoler quelque temps et qu'il lui réécrirait quand la situation serait plus sûre. C'était vrai et en même temps il voulait la tenir à l'écart des préparatifs de l'enlèvement, autant pour ne pas froisser ses complices toujours réticents au rôle à confier à la jeune femme que parce qu'il se méfiait qu'une ingénue comme elle pût venir tout compliquer.

Rapidement pourtant elle lui écrivit et il fut bien forcé de répondre. Il lui intima de cesser cette correspondance tout en lui indiquant des consignes pour les jours à venir. Ce fut une erreur qui la poussa à lui écrire encore, en feignant de n'avoir pas compris ses directives, et qui l'obligea à son tour à lui apporter des précisions. Ils échangèrent ainsi une série de billets courts, chiffonnés de désir ou d'exaspération, qui furent chaque fois codés et détruits par précaution. Mais bientôt cela ne suffit plus. Valoutina voulut voir Vitebsk, curieuse de savoir l'avancée de leur projet et désireuse de retrouver son amant. L'envie fut trop forte. Les heures sans lui écrire devinrent des siècles, les jours sans le voir une éternité, la distance entre Férale et Orléans un océan à franchir. Elle ne pensa plus qu'à cela. Alors elle s'arrangea pour trouver le moment propice et l'approcher discrètement.

L'occasion s'offrit un soir où elle savait qu'il rentrerait tard à son casernement. Vitebsk s'en venait de la tour Pinguet qui avait, ces dernières décennies, servi de dépôt de matériel et de morgue. Quand les cosaques avaient attaqué la ville l'année précédente, on avait repris l'habitude d'y porter les cadavres. C'est ainsi qu'on y exposa le corps de Goujard pour mieux l'examiner. Depuis plusieurs jours, le public s'y pressait pour frissonner. Sans en informer ses complices, Vitebsk avait eu l'idée d'y aller à son tour ; il voulait chuchoter à chacun que la mort du soldat était due à la bête qui terrifiait les environs. Carolange l'avait su car il s'en était vanté dans son dernier billet.

Il était resté là-bas tout l'après-midi et il fut le dernier à quitter les lieux quand le gardien ferma la porte de la tour. Elle le vit alors descendre la rue de l'Ételon, puis celles aux Loups et des Quatre-Fils-Aymon et, vêtue comme une femme du peuple pour ne pas être reconnue, elle eut l'idée de l'y surprendre. La pèlerine noire sur ses épaules suffisait à lui faire croire qu'elle serait autorisée à toutes les licences. Mais rien ne se passa comme elle l'avait prévu. Elle ne surprit pas son amant, ne se jeta pas à son cou, ne lui réclama pas des baisers dans l'obscurité.

Car elle le vit tourner dans la rue Motte-Sans-Gain où deux maisons éclairées se faisaient face au milieu d'une place éteinte. La première avait l'air d'une ferme cossue avec ses colombages et sa vigne géante ; une lumière rouge y pendait au-dessus d'une grosse porte en bois. À l'opposé, la seconde ressemblait à la façade ocre d'un caravansérail digne d'un conte oriental. Ce fut vers cette maison qu'elle vit Vitebsk se diriger, puis entrer.

Elle avait compris. Compris que si les conjurés s'évitaient pour un temps, cela ne signifiait pas qu'ils se cloîtraient chez eux. Au contraire, pour donner le change, mieux valait se livrer à leurs activités coutumières : monter à cheval, participer aux manœuvres, boire à la taverne, aller au bordel. Après être sorti de la morgue, Vitebsk entrait au Palazzo di Sabbia. Depuis la révélation que le préfet savait tout de leur complot, il avait eu l'intention, par une bravade folle, de séduire la belle Carina que tout le monde savait être la compagne préférée de Talleyrand. Pour l'humilier, le punir à sa façon. Et il y parvint : la belle était une putain et les putains couchent pour la même pièce, qu'elle vienne d'une main royaliste ou non.

Carolange l'attendit, sans voir le temps passer. Heureusement, il n'y resta pas la nuit. Quand il sortit enfin, surpris de la trouver là, il se mit à rire et, devant son silence, sans honte, il lui dit :

– Quoi ? Tu veux y retourner avec moi ? Il y a là-bas une Italienne extraordinaire, tu sais.

Mais bientôt sa présence l'ennuie et, tout en songeant qu'il ne doit pas non plus la froisser s'il ne veut compromettre leur complot, il a l'idée de lui confier une tâche pour la conforter dans son rôle autant que pour l'éloigner en ses heures de garçon.

– Tiens, prends ce portefeuille. À l'intérieur, il me reste une cinquantaine d'exemplaires. Va les distribuer et sois discrète. Moi, je rentre. Nous ne sommes jamais vus. Bonsoir.

Ce sont les nouveaux feuillets qu'il a rédigés sur la bête d'Orléans et fait imprimer dans une presse clandestine. Il a eu l'audace de les emmener avec lui dans une serviette de maroquin noir. En les lui tendant, il congédie Carolange avec l'autorité d'un officier envers un soldat. Et obéissante et quelque peu déboussolée, perdant de sa superbe devant cet amant qu'elle adule, elle repart dans la nuit en prenant soin de passer loin des fenêtres de la préfecture.

Elle avait raison car le préfet Talleyrand ne dormait pas. Dans la discrétion de son cabinet, il ne cessait de réfléchir aux fils qui se tramaient. La mort inexplicable du soldat Goujard l'intriguait parce qu'elle ressemblait à celle de Fabre. Il suspectait un lien avec le complot des Six qu'il faisait surveiller et dont il se doutait bien qu'ils passeraient prochainement à leur coup d'éclat décisif dont il ignorait encore tout.

On lui rapportait que la troupe grondait des vexations qu'elle prétendait subir, que les gendarmes réclamaient vengeance pour celui des leurs qui avait été assassiné, que la population s'affolait de la bête qui terrorisait les environs, que l'abbé Vox hantait les campagnes et crachait son venin contre tout ce qui n'obéissait pas à la volonté de Dieu. À l'occasion de la fête à venir des brandons, au cours de laquelle on parcourait chaque année la ville en tenant à la main un flambeau de paille, les paysans parlaient de faire une longue procession où ils entonneraient des cantiques pour écarter le danger. Il n'y avait pas jusqu'à Ponsot qui ne l'étonnât car il l'avait vu très déférent envers Pajol sous les ordres duquel il avait combattu à Montereau et, sans l'inquiéter, ce changement de visage lui rappelait qu'on n'est jamais vraiment celui qu'on paraît. Alors en homme d'action et de démonstration, il avait demandé au général nouvellement nommé de surveiller la situation sans savoir que c'était ce même général que Moscou venait de débaucher ; il avait fait interdire la procession dont il ne doutait pas que Vox fût derrière ; il avait rendu publique l'organisation de sa battue pour rassurer ses administrés, et il donnerait une fête somptueuse en l'honneur du duc et de la duchesse pour persuader chacun que tout allait pour le mieux.

Il était tard, le préfet était à soupirer après tout cela quand on frappa à une petite porte que son cabinet possédait, dissimulée sous une tenture, par laquelle entraient les visiteurs les plus discrets, ceux qui apportaient les secrets et les compromissions, ceux dont il fallait taire le nom. Deloynes se présenta, suivi d'un individu couvert d'un large chapeau qui jetait son visage dans l'ombre. L'individu était massif ; il exhalait une odeur de transpiration mêlée de linge humide et de mauvais tabac. Il ne prononça aucun mot, se contenta de poser un œil rapide sur les quatre coins de la pièce pour vérifier que personne d'autre n'était présent.

– Je ne pensais pas que ce serait vrai, dit le préfet en se carrant dans son fauteuil. Cela me semblait trop facile. C'est donc vous qui trahissez. Allez, il y en a toujours un. Mais dites-moi : pourquoi vendre ainsi les vôtres en me révélant vos projets ?

Il essayait d'entamer une discussion parce qu'il voulait montrer qu'il gardait une supériorité en toutes choses. Mais son interlocuteur ne répondit rien : il n'était pas là pour se justifier.

– Ils projettent d'enlever le duc et la duchesse, dit-il seulement. C'est tout ce qu'il faut savoir.

Futé face à futé : s'il avait décidé de trahir les siens, l'homme s'était refusé aux détails pour ne pas trop avantager un Talleyrand qui restait intolérablement prétentieux à ses yeux.

III

La battue prévue fut lancée un matin du côté de Chaingy. Les guides s'en vinrent à l'aube, qui parcouraient les environs à la recherche de traces fraîches de loups. Trois directions s'offraient à eux : Bucy au nord ; Huisseau, puis Baccon à l'ouest ; Saint-Ay avant Meung en longeant la Loire.

Le préfet arriva une heure plus tard tandis qu'une pluie fine voilait la lumière du jour naissant. Sa voiture avait été ralentie sur la route. Partout la terre s'amollissait dans ces dernières semaines d'hiver qui annonçaient le dégel ; les arbres aux troncs mouillés, aux ramures tordues, ressemblaient à des corps dégingandés abandonnés aux lavasses et aux vents. Talleyrand ne s'attarderait pas : il resterait jusqu'à l'ouverture de la battue et s'en repartirait juste après. Il était accompagné du conservateur des Eaux et Forêts et du lieutenant de louveterie qui prendrait le relais en assurant la réussite de l'opération.

Gardes champêtres et forestiers, piqueurs et valets de chasse, gendarmes enfin avaient été mobilisés en plus du concours des paysans qui les suivaient, attirés par la prime, armés de bâtons et de fourches, à qui il avait été difficile d'imposer un semblant de discipline. Depuis la Révolution, n'importe qui pouvait prétendre à la traque, par extension du droit de chacun de se débarrasser des nuisibles. Alors il valait mieux se les concilier et les utiliser de sorte à laisser tout le mérite de la chasse aux tireurs confirmés. Trente batteurs furent acceptés de La Chapelle, autant du village de Chaingy, une quarantaine d'autres des communes alentour jusqu'à Ormes et Gidy. Mais ils ne comptèrent rien face aux châtelains de la région et à leurs équipages respectifs, messieurs d'Alès et Bazonnière, l'ancien mousquetaire Du Faur de Pibrac, le vicomte de Morogues, le marquis de Gasville ou encore le chevalier de Rillon du Raissy, cousin du fameux baron de Cléry – tous seigneurs qui dédaignaient les acquis de 89 et pour qui la vénerie restait un privilège de caste. Le louvetier, un De Courcy, était de leur monde, justifiant un peu plus qu'on leur fît tant d'honneurs.

En outre, pour que chacun pût témoigner du rôle actif des autorités à un moment où les gens raillaient leur efficacité, on autorisa le public à assister à la battue malgré l'heure matinale et surtout le danger. Quelques hautes figures locales avaient été conviées, parmi lesquelles des De Rochas, Gaudard d'Allaines, Lambert de Cambray ou de Tristan. Et des villageois des environs avaient été tolérés pour répondre aux inquiétudes sur la bête et satisfaire l'excitation de tous à voir le sang de la créature couler. Comme on ignorait encore dans quelle direction la traque serait lancée, on attendit à Chaingy, les plus chanceux assis au chaud devant la flambée de l'auberge À la Croix d'or qui vendait du café et du pain beurré en doublant son tarif, les autres, les petites gens, en se tassant sous des auvents d'étables pour s'abriter de la pluie. À dix heures, le sol était si boueux dans certaines allées qu'on faisait passer les dames sur des planches pour aller d'un endroit à un autre.

Pendant ce temps, on murmurait qu'on avait découvert un loup décomposé au Caillas près de l'ancienne cahute du père Euripide, qu'il était impressionnant et qu'on en avait rarement vu de tels au pays ces dernières années. Le préfet avait voulu qu'on le sût pour montrer que les campagnes étaient sûres malgré tout, que l'ordre se rétablissait, et il circulait parmi les groupes pour confirmer la nouvelle en se faisant un plaisir de rassurer les dames et de sermonner les messieurs.

– Que cela nous serve de leçon, disait-il en passant d'un ton galant à un autre moralisateur. Même les plus violents des loups restent des loups. Et celui d'aujourd'hui ne fera pas exception.

Mais comme on voulait croire à une histoire plus terrifiante qu'un simple dos-gris, comme l'aveu de la mort du prédateur du père Euripide eût ruiné la grande chasse annoncée et qu'on voulait continuer de rêver à un monstre, on se disait que ce ne pouvait être la bête responsable de la fin atroce du vieux chansonnier, que ce qui avait fait ça était increvable et on se racontait des carnages perpétrés dans un poulailler, sur une génisse ou tout un cheptel pour prolonger le frisson le temps que la battue fût lancée.

Le village de Chaingy avait rarement connu telle affluence. Au milieu de cet encombrement se trouvaient Adelphe, Carolange et même Griseldan.

Le comte avait, de façon inexplicable, consenti à sortir de chez lui quand sa nièce lui avait annoncé qu'un pistage aurait lieu pour débucher le loup qui dévastait les environs. De toute façon, disait-on, il aurait entendu les coups de feu depuis son domaine, alors il avait préféré y aller pour être témoin de l'action. Tous s'étonnèrent de le voir descendre de voiture et, appuyé sur le pommeau de sa canne à tête d'aigle, s'avancer de la fragilité de son corps jusqu'au bout de la grand-rue. Là, il refusa les honneurs qu'on s'apprêtait à lui accorder, ne parla à personne ni ne voulut patienter parmi la multitude mais s'installa sur une chaise qu'Eugène lui déplia tandis que Hygin tenait un parapluie au-dessus de sa tête. Silencieux, il émettait seulement de temps à autre un grommellement inaudible en scrutant la campagne qui s'étendait devant lui. Il avait un air d'empereur romain patientant avant une *venatio* dans le cirque, et ce fut à peine s'il adressa la parole à Adelphe et Carolange qu'il considérait d'un regard sombre. Ses traits émaciés, sa chevelure ébouriffée, ses yeux luisants de hargne contre le genre humain suffisaient à dissuader quiconque de lui adresser la parole. Quand le préfet s'approcha parce qu'il croyait bon de saluer l'éminent Griseldan de Malmaure, le vieillard lui répliqua :

– Le loup n'est jamais où on le cherche, monsieur le préfet.

Le préfet le prit au mot, argua qu'on était sûr que l'animal était dans les parages. Mais Griseldan clarifia sa pensée en citant un de ses moralistes préférés :

– Quiconque est loup agit en loup, c'est le plus certain de beaucoup. Comprenne qui pourra.

Le préfet comprit : il connaissait ses fables de La Fontaine. Le vrai loup n'était pas celui qu'on lèverait, mais celui qui lancerait cette levée. Autrement dit, lui. Mais Talleyrand n'était pas dupe. Il connaissait la responsabilité du vieil excentrique dans les événements des derniers mois. Il reçut sa repartie comme une injure qu'il se promit de lui faire payer quand il le ferait arrêter et il se décida enfin à s'en retourner. En roué de la politique, il avait organisé cette battue comme un spectacle pour convaincre de son action. Ne chassant pas, il lui suffisait d'y avoir été présent quelques instants ; le voir repartir laissait même entendre qu'il multipliait les tâches ailleurs comme ici, au mépris de toute paresse.

Il savait parfaitement que l'animal qu'on traquerait ce jour-là n'était pas responsable des carnages précédents. Cette seule pensée suffit à lui faire songer que, s'il n'avait pas toutes les explications aux énigmes qui se posaient à lui, il continuait de tirer les ficelles, qu'il était même le seul à maîtriser le jeu. En remontant dans sa voiture, il observa de loin Adelphe qu'il avait chargé d'enquêter pour lui et pensa pareillement au membre des Six qui était venu trahir les siens. Il ricana. Ils étaient bien tous les mêmes, de grands benêts qu'on pouvait manœuvrer à sa guise avec un peu d'habileté ! Cela lui fit oublier les paroles aigres qu'on lui avait adressées et il ordonna de démarrer.

Vingt pas derrière, abritée de la pluie sous un arbre, Carolange jouait parfaitement la comédie. Elle avait dit ne venir que pour soutenir son oncle, mais à l'examiner attentivement, on aurait vu que son regard avait en réalité quelque chose d'implacable comme si elle tenait en bride le vieillard. Elle avait dans son dos la posture de celle qui manipule un pantin pour l'articuler à sa guise. Des gens venaient complimenter la dame de Férale, n'osant s'adresser directement au comte de Malmaure ;

ils évoquaient les animaux qu'elle peignait si bien aux dires des rares privilégiés qui avaient pu admirer ses études; elle leur rendait un sourire poli.

Comme eux, Adelphe s'aveuglait. Ils ne s'étaient pas revus depuis qu'elle l'avait chassé du château, ses visites s'étaient interrompues mais il avait profité de la battue pour l'inviter à s'y rendre en sa compagnie. Elle n'avait accepté ni refusé, répondant simplement qu'elle irait; elle était en secret partagée entre son aversion envers lui et son besoin de l'utiliser pour couvrir ses agissements. Élodie ayant eu l'autorisation d'aller se réchauffer à un brasero sur la place de l'église, il resta seul avec Carolange, ne sachant quoi dire sinon des gentillesses banales et des détails inutiles sur les braques, épagneuls ou bas-rouges. Il y en avait une vingtaine dont quelques-uns étaient tenus en laisse non loin d'eux. Il voulait faire bonne figure en tant qu'expert en races canines et enquêteur comme il aimait à penser même si rien ne justifiait véritablement ce titre qu'il s'était octroyé. D'ailleurs, il se savait la risée des autres hommes de ne pas participer à la chasse.

Carolange ne l'appelait plus « chère âme », ne le remerciait plus de sa présence, ne lui demandait plus de lui parler encore de ce qu'il aimait. Elle était distante envers lui et il ne pouvait s'imaginer à quel point sa compagnie lui était devenue intolérable. De temps en temps elle détournait le regard et semblait chercher ailleurs quelque chose ou quelqu'un. Il se dit qu'elle surveillait le retour d'Élodie ou qu'elle était curieuse des participants à la chasse autour d'eux, voire qu'elle réfléchissait à ce complot dont il lui avait parlé quoiqu'il en ignorât lui-même tout. Un groupe d'officiers à cheval passa dans la grand-rue, parmi lesquels se trouvait le fringant Lebel qu'il ne connaissait pas. On avait souhaité la présence de militaires pour encadrer la chasse et lui donner une tournure plus spectaculaire. Ils étaient superbement habillés et il eut honte de son vêtement mal ravaudé.

– Qu'avez-vous ? demanda-t-il alors qu'il venait de remarquer une inquiétude chez la jeune femme mais était incapable d'en deviner la cause.

– Laissez. Je… J'ai froid. Mes pieds sont trempés.

– Venez, lui dit-il. Rentrons dans l'auberge nous réchauffer près du feu.

– Non, je dois rester, répondit-elle en murmurant. Pour lui. Vous le croyez responsable, mais moi, je le sais fragile et innocent.

Des gouttes d'eau roulaient sur son front. Elle parlait de son oncle qu'elle s'obstinait à couver du regard et il prit sa parole en reproche dont il eut soudain honte. Comme elle demeurait absorbée dans ses pensées, il finit par s'adosser à un muret à peu près sec sous l'avant-toit d'une ferme où, affecté de la situation, il se mit à réfléchir pour s'épargner des regrets.

Toute cette agitation autour de lui le rendait dubitatif. Non pas tant parce que le loup échappe souvent à qui veut l'attraper, mais parce qu'il n'avait pas changé d'avis et restait convaincu qu'il ne pût s'agir d'un seul et même animal responsable de toutes les prédations recensées. Il en partageait la conviction avec le préfet mais n'avait pas son cynisme pour passer outre et engager autant de monde dans une battue aussi dangereuse qu'inutile.

Surtout il continuait de penser à l'implication de Griseldan dans cette affaire. Après toutes les révélations qu'on lui avait faites, il peinait encore à réaliser que le coupable était sous ses yeux, dans ce vieillard chétif sur sa chaise, et il se demandait comment on pouvait le laisser ainsi libre dans ses agissements. Comment lui-même avait-il pu lui serrer la main l'air de rien? La stupeur qui avait été la sienne le jour où il s'était introduit dans la zoothèque jusqu'au manège fermé à clef, l'effroi qu'il avait ressenti en apercevant les yeux des bêtes et en entendant leur grognement dans le noir, la panique enfin qui avait fait s'écrouler ses repères lorsqu'il s'était enfui, tout cela lui semblait ridicule à présent, mais le doute en était demeuré plus fort, plus tenace, plus saisissant. Il en ruminait la pensée. Qu'il était loin, le temps où il présentait ses hommages. S'il ne recevait plus de « chère âme » de Carolange, il n'était pas près de redonner du « cher maître » à Griseldan. Et il observa ce personnage devant lui, hésitant sur ce qu'il fallait dire ou faire, se demandant s'il jouait un rôle, ne sachant comment réagir face à sa vulnérabilité de centenaire conjuguée à sa misanthropie d'atrabilaire invétéré. L'homme qui avait été l'ami, le confident, le protecteur de son frère avait-il pu perdre la raison au point de lancer la mort sur des femmes et des enfants?

Il en était à ces réflexions quand un mouvement se forma sur la route. Des gens hâtaient le pas vers l'entrée du village où une foule s'était réunie autour d'un homme: l'abbé Vox, reconnaissable à sa silhouette décharnée, sa barbe broussailleuse et sa bure sale. Naturellement, l'annonce de la battue l'avait ramené à Chaingy. Comme à son habitude, il avait drainé derrière lui son cortège de fidèles venus l'entendre bénir la chasse et déverser son fiel contre leurs ennemis communs. Au regard qu'il jeta sur les villageois qu'il croisait, il réapparaissait avec une intention accusatrice évidente, si évidente que les gendarmes l'en auraient détourné s'ils avaient su et que même le curé Rubline, craignant pour la tranquillité de ses ouailles, prétextant l'affluence extraordinaire que la battue causerait, avait proposé un prêche en extérieur. Vox traversa le village en une lente procession, créant sur son passage un immense silence de gêne ou d'appréhension. On se recula d'un pas, on se figea. Élodie n'avait pu s'empêcher de se signer avec ferveur parce que, dans son intransigeance de béguine dévote, elle était réceptive aux sermons et imprécations de l'abbé :

– Dieu, quel saint homme ! répéta-t-elle sur son passage.

Malgré la pluie, Vox entraîna une foule à sa suite. Curieux, partisans, adversaires, tous vinrent écouter ses paroles quand, monté sur une souche en guise de chaire, il entama de sa voix lugubre son habituelle litanie d'indignations et de menaces :

– *Fratres*, enfants de Dieu, *dico vobis et rogo vos*, que venez-vous faire ici ? Que venez-vous chasser aujourd'hui ? Que croyez-vous pouvoir tuer ? *Lupum aut daemonem ?* Un loup ou le démon ? Car en vérité, ce qui a ravagé vos campagnes n'est pas qu'un simple fauve. *Est amplius !* Celle que vous nommez la bête de Chaingy puisque vous avez conscience qu'elle n'apparaît qu'aux habitants de ce pays, c'est le diable. *Diabolus ! Diabolus !* Le diable quand il s'incarne en bête, en louve, en femme ! Chassez, traquez, tuez autant que vous voudrez. Vous faites erreur si vous croyez que la simple balle d'un fusil suffira. *Erratis !* La bête dont il faut vous débarrasser n'a pas de poils ni de pattes mais du velours sur ses bras, pas de crocs mais un sourire perlé autrement plus dangereux. Son attaque est plus sournoise, plus douce, plus cruelle. Je veux parler de la *Lubrica* qui se jette sur vous comme un fléau de Dieu, la *Lubrica* qui est en vous, qui vous pousse en tentation et dont vous ne viendrez à bout que par la repentance de vos péchés. Repentez-vous pour tout le mal que vous avez fait et que vous faites encore !

Plusieurs têtes s'inclinèrent en signe d'obéissance. L'abbé menait ainsi sa procession de village en village au prétexte de faire cesser les malheurs dans le pays, en vérité pour imposer sa vision terrifiante de la morale et de la foi.

Adelphe et Carolange, qui n'avaient pas bougé, virent de loin les plus mystiques parmi l'auditoire tomber à genoux sans craindre la boue pour se soumettre à l'acte exigé de repentance. La vieille Élodie se signa de nouveau, trembla, tint des paroles incohérentes et dévotieuses comme si elle avait entendu la parole divine à ses oreilles. Eux-mêmes se troublèrent comme au jour de Noël tant les appels du prêtre résonnaient dans leur mauvaise conscience. Carolange baissa les yeux, songeant peut-être à son implication dans un complot qui la dépassait de beaucoup, à ses mensonges pour un amant dont elle avait découvert qu'il la trompait tout autant. Elle avait gardé le portefeuille que Vitebsk lui avait confié comme une relique précieuse de ses illusions, de ces semaines où elle avait cru à un amour sincère et, loin de distribuer les feuillets, loin de mettre sa main au fond du sac où elle avait glissé aussi le petit pistolet et le morceau de peau trouvé à la disparition de Goujard, elle s'était contentée de cacher tout cela dans un meuble de sa chambre et de l'ouvrir de temps en temps pour en respirer l'odeur mâle à laquelle elle voulait encore s'enivrer.

Cependant l'abbé poursuivait et son intransigeance emportait l'auditoire. Poussé par ce fanatisme outré, Adelphe lui-même ne put s'empêcher de penser que ce prédicateur obscur et inquiétant n'avait pas tout à fait tort; il ignorait s'il devait se repentir de quelque chose, mais il savait que chasser le loup ici ce matin-là ne réglerait rien, et il se surprit à se laisser convaincre sur ce point par le prêche exalté de l'orateur auquel il n'aurait jamais adhéré autrement.

La phase de préparation de la battue, qui demandait le plus de temps parce qu'on ratissait large et qu'on cherchait des indices infaillibles pour savoir dans quelle direction la lancer, prit deux heures. Mais c'était une étape décisive car tous, autorités, participants, public craignaient qu'on ne tirât rien ce jour-là. Il fallait donc trouver ce qui justifierait le branle-bas général. Il ne cessait de pleuvoir, d'une pluie qui forcissait et détrempait la terre, ce qui rendait l'identification de traces difficile. Là-bas, dans la campagne, les guides s'affairaient discrètement pour ne pas effrayer les bêtes car celles-ci sont malines: elles sentent quand on dresse une nasse pour les attraper.

Enfin, ils revinrent et les aboiements des chiens, couvrant le prêche de l'abbé comme s'il n'y avait qu'eux pour l'interrompre parce qu'il n'y avait qu'eux sur qui ses paroles n'avaient prise, semblèrent ramener tout le monde à la réalité. Les guides accoururent vers la mairie où le louvetier et les principaux chasseurs attendaient en faisant mine d'inspecter une dernière fois leurs armes. De là, un bruissement de voix se répandit dans le village. Vite! Vite! On avait trouvé des empreintes prometteuses en direction de Saint-Péravy. La battue allait pouvoir commencer.

On avait trouvé des marques fraîches, sans que personne cependant n'eût su dire si c'étaient bien celles espérées de la bête. De toute façon, avec la pluie qui redoublait, elles seraient vite effacées. Alors on se dépêcha d'annoncer qu'on avait délimité une zone entre les villages de Huisseau, Gémigny, Ormes, Boulay qu'on avait cernée de cordes et de piquets à intervalles. On avait aussi creusé à la hâte deux larges fosses en lisière du secteur au nord et trois plus modestes à l'ouest qu'on avait remplies de quelques pièges à loup mais surtout de tessons de verre qui coûtaient moins cher à fournir. On avait coutume d'en utiliser par ici : l'animal qui s'y jetait pattes en avant s'enfonçait sur ces débris, comme cloué, jusqu'à ce qu'on vînt l'achever.

Puis il y eut sans doute un signal qui échappa à Adelphe car les aboiements redoublèrent et un affairement général ébranla le village. Sifflets, concerts de voix, cliquetis d'armes, mouvements de pas. On se répartit les chiens ; les équipages, carnassières à l'épaule, fusil au bras, dague au flanc, se regroupèrent selon la tâche dévolue à chacun. Mais très vite, on vit les valets des grands seigneurs de la région, vêtus de guêtres de cuir et d'habits verts, bruns ou bistre à boutons argentés, se masser selon la maison pour laquelle ils travaillaient, et il apparut que chaque grand chasseur présent disposait de ses propres rabatteurs, de ses propres piqueux, de ses propres tireurs qu'il avait fait venir et dont la mission était de tout faire pour pousser la bête vers leur maître et lui faire l'honneur d'être celui qui l'achèverait.

Pendant que ces messieurs se lançaient au galop pour aller occuper les positions de choix qu'on leur avait réservées, il ne resta bientôt plus que le lieutenant de louveterie au village, inobéi comme un roitelet moqué, entouré de seuls gendarmes ainsi que des plus brutes paysans du coin. C'était pourtant lui qui devait commander cette chasse. Mais ce jour-là, ce De Courcy était moins aristocrate qu'agent de l'État et, si la chasse était bel et bien un loisir de caste, elle était surtout une compétition entre grandes familles où un commis de la préfecture, même missionné par un préfet nommé Talleyrand, n'avait pas à intervenir. Le louvetier alla se poster à son tour; on lui avait laissé la plus mauvaise place au plus mauvais endroit.

Alors la chasse commença réellement. On lâcha les chiens dont les colliers à pointes brillèrent dans la grisaille du paysage et l'on s'avança en une rangée souple et continue. D'une extrémité l'autre de la ligne de départ, on marcha d'un pas égal, comme un rouleau régulier. On épeura tout ce qui était tapi au-devant; on appuya les chiens de la trompe et de la voix et l'on alla vite, fort, rivalisant de célérité et d'audace à traverser champs et sous-bois, à franchir ruisseaux et chemins, à retourner la moindre parcelle qui eût pu servir de bauge à un loup ou d'échappatoire à un fauve. Rapidement les habits furent mouillés de sueur autant que de pluie.

Mais tandis que les limiers faisaient merveille, remuant les hautes herbes de leur truffe puissante, mordant jusqu'aux racines des arbres et faisant vibrer le sol de leurs aboiements, le mouvement des hommes se désordonna peu à peu. Parvenu au premier tiers de la zone, quoique continuant à progresser dans la même direction, chaque groupe se répartit des secteurs et s'en alla à des allures différentes. Dès lors, ce fut comme si la grande lame de fond qui parcourait le terrain éclatait en dizaines de vagues ; il y eut des espaces inoccupés et d'autres, au contraire, où l'on passa deux fois. Quand des hommes d'un chef de ligne marchaient sur le secteur d'un autre, remarques et injures fusaient qui tournaient à l'insulte, virant à l'échange de coups si les intrus ne voulaient reconnaître leur tort. Puis on se calmait comme on s'était échauffé et l'on repartait rabattre en criant, en faisant le plus de bruit possible et en excitant les chiens. En vérité, peu d'animaux s'enfuyaient ; à peine un brocard et deux biches, que personne ne visa car on serait passé pour un fameux chasseur si l'on avait préféré ce gibier commun au loup pour lequel on était venu. Un goupil à la rigueur ou une vouivre, pourvu que ce fût un grand nuisible ou un prédateur de tous les diables. Mais tout autre chose s'apparentait cè jour-là à du menu fretin.

On n'avait encore rien tiré. On avançait pas à pas, en une courbe souple, fouillant buissons, massifs, terriers sous la pluie ; de temps en temps, quelqu'un s'en revenait en courant pour avertir le public du bon déroulement de la traque. C'était une chasse superbe ; il ne fallait pas s'inquiéter ; on aurait à coup sûr ce pour quoi on était venu. Et le public, que l'absence de tir commençait à lasser, se reprenait à espérer comme on vient voir sombrer un bateau sur la côte en guettant des cris de noyés. Les gens étaient tenus à distance ; leur désir était grand d'apercevoir un peu du poil de la bête ; quelques hardis avaient suivi à pied le sillon tracé sous la pluie par les rabatteurs ; les autres, sans s'éloigner de Chaingy où on leur avait promis la sécurité, s'étaient installés sur des monticules abrités de grands arbres où les plus jeunes grimpaient pour scruter l'horizon. Tous avaient été libérés de l'abbé Vox qui avait disparu. Mais des conteurs d'histoires en tous genres, venus exprès ce jour-là, passaient leur temps à narrer qu'une battue était dangereuse, *a fortiori* quand on cherchait un loup redoutable, plus encore lorsqu'il s'agissait d'un démon. Alors, quand on apprenait que tout allait bien, qu'on aurait bientôt des résultats, quelques bonshommes prenaient des paris, des dames s'effrayaient à l'idée de voir surgir un loup d'entre leurs jupes tandis qu'un des officiers à cheval partait, en une superbe caracolade, pour aller devancer le premier coup de fusil.

Adelphe écoutait lui aussi les nouvelles qu'on apportait. Carolange semblait résister à la tentation de courir sus au loup. Griseldan, impassible sur sa chaise au bout de la grand-rue, protégé par le parapluie que tenait son domestique, sortait par instants de sa léthargie pour répéter :

– Maudite, maudite soit la laideur des hommes !

Plus d'une heure s'écoula pendant laquelle rien d'autre ne se produisit. Tout portait à croire que là-bas on faisait buisson creux. On marchait dans la lande. Mais il n'y avait rien. La terre était froide, non des températures, mais de l'absence de bêtes qui d'ordinaire laissent leur piste fumante derrière elles.

Soudain, un coup de feu partit au loin, faisant s'envoler une nuée d'oiseaux noirs. C'était du côté de Montpipeau et le bruit se répercuta jusqu'à Chaingy comme un croassement de corbeaux. Il y en eut un autre immédiat, suivi d'une fusillade effrénée. Et ce fut tout. Le calme revint dans la campagne.

Un témoin raconta plus tard à Adelphe ce qu'il s'était passé. On en était toujours à avancer de fourré en fourré, à pénétrer les moindres broussailles pour en chasser les occupants. Mais le loup est un animal prudent qui ne se voit qu'au dernier moment. Celui-là, s'il y en avait bien un, devait être sacrément frileux car on commençait à douter de son existence quand tout à coup un des valets du marquis de Gasville, progressant devers Coulmiers, débusqua quelque chose. Très vite, on comprit que c'était un dos-gris, une louve même, une belle louve qui pouvait correspondre à la créature qu'on cherchait et qui ferait un trophée magnifique.

Agressive dans sa fuite, la louve attaqua aveuglément tout ce qui se présentait à elle comme une femelle en furie qui sentait qu'elle n'en réchapperait pas. Elle montra les crocs ; deux chiens furent tués net de sa gueule brûlante ; elle chiqua un piqueux, puis en attaqua un autre qui était sur sa route. On n'osa pas tirer, de peur de blesser l'homme et surtout parce qu'on espérait repousser la mise à mort et la réserver au marquis. La vie d'un valet avait à cette époque moins d'importance que le plaisir de son maître. Le piqueux en question le savait, qui réalisa un véritable exploit pour conduire la louve là où l'on voulait qu'elle arrivât. Quoique assailli et mordu, il parvint, à l'aide de deux compagnons, à se dégager et à s'élancer vers une des fosses que l'on avait creusées et dissimulées sous des branchages.

Le marquis l'y attendait de pied ferme. Son piqueux y courut droit ; au dernier moment, il s'agrippa à une branche pour laisser la bête dévaler au fond du trou. Elle y finit encerclée par les hommes qui la poursuivaient, immobilisée dans sa chute parce qu'elle s'était enfoncé un tesson de verre dans ses coussinets. Tout en continuant de montrer les crocs et de grogner, elle se calma, tourna sur elle-même en boitant de sa patte blessée qui commençait à saigner. Elle chercha une échappatoire au piège dans lequel elle venait de tomber, grattant la terre des parois du trou qui tombait par paquets, sautant plusieurs fois mais retombant si mal sur sa patte meurtrie que, poussant une plainte déchirante, elle finit par arrêter.

Les hommes la regardaient se démener ; ils ricanaient, se montraient grossiers en la huant et en criant à l'hallali. Leurs fusils braqués, ils lui lancèrent quelques branches pour l'affoler davantage. Les chiens ajoutaient un bruit infernal tout autour. La bête gronda, tournoya car elle voyait le danger partout au-dessus d'elle. Son pelage avait des nuances crémeuses très douces coupées de rayures plus sombres ; sa musculature était puissante ; si elle n'avait été blessée, elle aurait pu bondir hors de la fosse qui n'était pas plus haute que de quelques pieds. Mais bientôt, comme si elle avait refusé d'entrer dans leur jeu, contre toute attente elle s'affala et se mit tranquillement à lécher sa blessure qui saignait abondamment. Elle attendit stoïquement son sort. Les hommes, déçus, en conçurent une forme de colère et décidèrent qu'il fallait en finir.

Le marquis éleva tranquillement son fusil, tira une première fois dans le flanc de l'animal que le choc repoussa vivement. Ce fut la première détonation que le public perçut au loin. La louve émit un hurlement de douleur mais ne bougea pas. Elle était résignée. Le marquis prit un superbe pistolet, son pistolet légendaire, connu dans la région sous le nom de Brûle-Âme, avec lequel il avait combattu dans l'armée de Coblence autrefois contre la canaille révolutionnaire, et il lui logea une balle dans l'œil droit. Ce fut la deuxième détonation. La louve ne bougeait plus. Alors il fit un signe à ses tireurs ; ceux-ci, pour avoir leur juste part de sensations, criblèrent leur cible. Quand le public entendit cette dernière fusillade, il dut s'imaginer un combat épique. Mais à l'évocation de cette fin, Adelphe ne put s'empêcher de songer au mot de Griseldan, que le loup n'est jamais celui que l'on croit. Carolange, quant à elle, en parut contentée.

Cette louve fut la seule bête qu'on tua ce jour-là, en plus d'un renard qu'un des valets de monsieur d'Alès jura avoir confondu avec un louvard – méprise peu probable qui put se justifier par une tentative de gruger la prime.

Vers seize heures, la bête fut ramenée à Chaingy où, exposée devant la mairie, elle fut présentée à la population. Des hommes la tâtèrent du pied, des femmes se récrièrent en disant que c'était vraiment une vilaine bête ; tous parurent satisfaits de conclure que le démon avait été vaincu. Pourtant Vox réapparut et se moqua en la voyant. Il s'en prit à l'assistance qui s'était formée autour du cadavre. On était ridicule de se féliciter de cette simple dépouille ! Il fixa tout le monde des grandes cavités sépulcrales de ses yeux.

– Je vous le dis : la bête ne peut être tuée car elle annonce la venue de l'Antéchrist contre qui vous ne pouvez rien. L'Antéchrist viendra vous réclamer des comptes ! Il faut vous y préparer ! Car alors il vous emportera tous, vous qui n'avez su protéger notre sainte Église !

Il pleuvait toujours mais sa tête brûlante ne semblait pas mouillée comme si même la pluie avait peur d'entrer en contact avec lui. Ses paroles avaient cependant moins prise sur les âmes ; le sang versé libérait les esprits de l'angoisse. La nuit tombait.

– Je pars, dit Griseldan. Il est plus utile de quitter les grands que de s'en plaindre.

Il emmena avec lui ses domestiques et sa nièce le suivit. Le village se vida à son tour car on attacha bientôt la louve à la voiture du marquis et on la traîna jusqu'à Orléans en faisant étapes pour l'exhiber par Boulay, Gidy, Cercottes, Saran où la confusion fit penser qu'on l'avait tuée. Elle arriva dans un état lamentable place du Martroi vers dix-huit heures pour être pesée et éventrée devant tous avant son examen définitif. Adelphe y assista avec ceux qui étaient les plus résolus ou les plus amusés du spectacle.

Ce fut un triomphe. On alluma des flambeaux. Le préfet revint ; le lieutenant de louveterie essaya de faire bonne contenance en se rengorgeant, mais ce fut surtout le marquis qui apparut comme le héros de la journée. La bête pesait ses cinquante kilos, mesurait son bon mètre vingt, avait l'air effrayant d'un monstre tout droit sorti des pires cauchemars. Sa robe était d'un fauve sale avec des marbrures aux reflets gris ardoisé mêlé de sang, ce à quoi même Ponsot dit qu'il en était sûr depuis toujours, que ce ne pouvait être qu'une grosse bête de six pieds et que le poil de celle-là expliquait les témoignages des victimes. Il se laissait gagner par la liesse au mépris de ce qu'il savait de la responsabilité des bêtes de Férale.

L'enthousiasme fut à son comble ; on traita fameusement les chasseurs, on regarda l'abattage de cette louve comme un fier service rendu au pays. Quant à la prime, la louve n'était pas pleine, et ce détail auquel on s'attachait en fit négliger un autre plus important : elle n'avait pas de restes humains dans son ventre. Ce serait à peine quinze francs que le marquis offrit superbement à la dernière famille touchée par une attaque. Son piqueux, celui que la bête avait poursuivi et qu'on avait ramené en charrette à cause de sa blessure, obtint pour lui la queue en récompense.

Les réjouissances se prolongèrent toute la nuit. On alla trinquer dans les tavernes et cabarets de la ville. Et ce fut à La Tête noire qu'un paysan qui avait participé à la battue nuança la liesse générale. Il raconta à des compagnons de table qu'à l'opposé de l'endroit où l'on avait tué cette fameuse louve, n'ayant pratiquement rien vu depuis deux heures, il en avait profité pour braconner du gibier des sous-bois. Il était seul, dans des recoins où nul n'était passé, quand soudain à cent mètres, aussi vrai qu'il voyait d'ordinaire les filles se sécher la poitrine au soleil des moissons, il avait vu une espèce d'énorme lézard s'élever de terre et se mettre à marcher sur ses deux jambes et devenir une femme à la splendide chevelure rousse, à l'aspect fantomatique, nue comme si elle sortait du ventre de sa mère. Il jura même que, pris de frayeur, il l'avait visée mais que la balle l'avait traversée sans la toucher.

On rit fort de la blague. Sacré pétoire que le sien, il devait avoir abusé de la piquette avant l'heure! Les paroles du paysan se perdirent dans l'ivrognerie générale et sa vision finit par se diluer dans l'alcool. Tous étaient sûrs qu'on avait tué le bon loup et étaient bien décidés à oublier ce cauchemar.

Vents

I

Le lundi 27 février, à sept heures du soir, le duc et la duchesse d'Angoulême arrivèrent à Orléans où ils furent reçus dans l'effervescence. Le maire et le préfet avaient déployé un zèle extraordinaire en des préparatifs immenses ; l'un et l'autre avaient fait, quelques jours auparavant, des proclamations pour annoncer l'arrivée de leurs altesses royales afin de disposer l'esprit des Orléanais ; ils avaient pris les précautions les plus minutieuses pour que rien ne fût oublié. Un joli vent de fête souffla, faisant s'envoler les chapeaux des messieurs et les coiffes des dames au milieu des bravos. Quelque chose de printanier flottait dans l'air après les rigueurs de l'hiver.

La foule était en joie, les Six étaient embusqués. Enhardis par le soutien de Pajol, ils prévoyaient toujours d'enlever le couple princier, sans violence cependant parce qu'ils avaient imaginé l'utiliser pour faire plier les autorités si elles résistaient à leur tentative de soulèvement de la troupe. Louis et Marie-Thérèse de France leur seraient une monnaie d'échange aussi symbolique que concrète ; attenter à leur vie n'aurait fait qu'attiser la haine immense des royalistes contre eux, ce qui eût été inutile et dangereux. Aussi une telle opération exigeait beaucoup de tact et ils avaient pris soin de recueillir les informations les plus précises sur les mesures de sécurité et les obstacles qui se dresseraient sur leur route. Ils n'avaient eu d'autre choix que de se revoir plusieurs fois pour monter leur action.

Ils savaient – ce n'était pas un mystère – que le duc et la duchesse entreraient par la porte Bannier, qu'ils descendraient au Martroi, puis rouleraient, après un premier bain de foule, jusqu'à la préfecture où une réception les attendrait et d'où ils ne repartiraient que le lendemain. Ils ne seraient que de passage, Orléans n'étant qu'une halte sur leur route vers Bordeaux où ils iraient célébrer l'anniversaire du retour du drapeau blanc un an plus tôt. Mais les Six savaient aussi que la police serait renforcée et qu'il y aurait peu de chance pour de simples officiers comme eux de se frayer un accès. Car durant cette soirée de festivités, il ne serait pas permis d'entrer au palais sans billet ; individus ou députations, choisis parmi les seuls chanceux décorés de l'ordre de la Fleur de lys, devraient présenter leur invitation : une carte jaune timbrée du mot « Préfecture » avec le nom de chaque convié écrit dessus. Aucun véhicule ne serait autorisé à stationner à l'intérieur des cours ; les voitures vides se rangeraient en file dans la rue des Gobelets. Il n'y avait pas jusqu'aux faubourgs qui ne seraient verrouillés. Enfin, deux commissaires de police, sous la responsabilité directe de Boulland, le secrétaire du préfet, seraient chargés de veiller à la stricte application de ces ordres.

L'entreprise s'annonçait délicate. Pourtant il fallait frapper fort. Alors ils décidèrent d'agir le lendemain, lors du départ du couple, au moment où la surveillance se relâcherait. Ce qui les confortait dans cette supposition, c'était l'aide que Pajol avait tacitement accepté de leur apporter. En tant que commandant militaire du Loiret, le grand homme avait été chargé de veiller à ce que, dès le lendemain matin, à l'ouverture des portes du palais, tout le quartier fût quadrillé par les forces de ligne en plus de la garde nationale et des suisses de l'escorte. Et si Moscou n'avait pas obtenu du général qu'il jouât un rôle direct dans les événements à venir, ils s'étaient entendus pour laisser des failles dans le dispositif de sécurité, suffisantes pour permettre l'enlèvement et admissibles pour éviter au général d'être ennuyé si le rapt échouait.

Il s'agissait seulement de confier aux conjurés la surveillance de la venelle Saint-Germain derrière la préfecture dont les jardins abritaient une porte oubliée du temps où les lieux étaient encore une abbaye, de permettre qu'une voiture dissimulée y fût garée dans une cour dont les battants seraient ouverts et de laisser, au milieu du dédale de rues bouclées, une voie libre pour fuir le plus rapidement possible. L'idéal était la rue des Sept-Dormants, puis celle des Bouchers d'où l'on dévalerait en droite ligne sur les quais. De là on filerait vers l'est pour éviter l'embarras du pont et l'on pourrait facilement sortir de la ville. C'était l'affaire d'un quart d'heure.

– Tudieu, c'est bien risqué ! avait réagi Ponsot en apprenant que les hommes que ses gendarmes surveillaient auraient la garde des arrières du palais.

Déjà Duplessis, son capitaine, s'était alarmé des imprudences du pouvoir qui avait distribué avec un peu trop de prodigalité des décorations de la Fleur de lys pour grossir le nombre des invités. Il avait aussi essayé d'imposer ses militaires en réclamant auprès du préfet, mais celui-ci avait répondu que c'était du ressort de Pajol, qu'il savait ce qu'il faisait. Ponsot alors s'était fâché, en devançant son supérieur, au point qu'il avait fini par être blâmé en recevant l'ordre de commander un détachement à l'autre bout de la ville. Puisqu'il aimait tant rudoyer la canaille, il serait celui qui surveillerait les marchés où elle pullule, et le lieutenant obéit en ravalant sa fierté : il se rappelait son admiration pour le héros de Montereau où lui-même avait combattu. Pajol devait avoir ses raisons qu'il ne lui appartenait pas de discuter. Il ignorait que le préfet voulait en réalité laisser aux conjurés le soin d'appliquer leur plan pour mieux les prendre au piège au dernier moment et qu'il ne l'avait pas mis dans la confidence parce qu'il avait remarqué la déférence qu'il manifestait à l'égard du général.

Le projet des Six était simple, autant que la mission confiée à chacun. Profitant du succès apparent de la battue dernière, quelqu'un viendrait crier dans les rues au retour de la bête qu'on croyait pourtant avoir tuée ; un autre exciterait les esprits sur les places, susciterait la grogne, la colère, pousserait à une action en arguant de la présence du duc et de la duchesse pour leur demander quand le pouvoir protégerait enfin la population ; un troisième viendrait prévenir le préfet et les officiers de la maison d'Angoulême de l'agitation de la rue et se chargerait de les orienter vers la sortie arrière du palais. Le premier rôle serait celui de Carolange, le deuxième de Vitebsk, le troisième de Moscou qui était le seul à bien connaître les couloirs de la préfecture et qui, en tant que chef du groupe, aurait l'intervention la plus décisive.

Après l'enlèvement, ils nargueraient les autorités, feraient remonter l'affront jusqu'à Paris, la gifle, le scandale, l'affaire d'État en même temps que, grâce à Pajol, Chassereaux et Cunietti, ils soulèveraient enfin la troupe qui depuis longtemps les écoutait. De là, tout s'enchaînerait et l'on marcherait sur la capitale. Cela ne signifiait pas que toutes les difficultés seraient levées, qu'il n'y aurait aucune divergence ni aucun obstacle. Lors de leur dernière entrevue, Moscou, se sentant pousser des ailes, avait parlé de rétablir la République tandis que Minsk et Vilna avaient au contraire évoqué le projet de remettre l'empereur sur le trône. Mais par crainte d'une division au pire moment, ils s'étaient abstenus de trancher, repoussant les désaccords au lendemain selon les circonstances et les souhaits de la troupe.

Carolange en particulier jouerait un rôle essentiel dans cette partition, et ce rôle, très nouveau pour elle qui avait jusque-là été tenue à l'écart, la remplissait d'orgueil. Elle n'avait pas eu le droit d'assister aux derniers conciliabules des conjurés, mais grâce aux insistances de son amant, et parce qu'ils n'avaient guère d'autre choix, elle savait qu'ils lui avaient accordé leur confiance.

Deux jours avant l'arrivée du couple royal, à la nuit tombée, elle lâcherait les filles de Griseldan qui donneraient libre cours à leur instinct carnassier sur une dernière proie spectaculaire. Cela durerait le temps d'une lune, puis elles reviendraient. Car dans un gros livre vert où il avait tout noté de ses observations, son oncle avait expliqué qu'il les avait dressées pour qu'elles revinssent toujours quand il les libérait dans le parc dont le mur éboulé offrait le risque qu'elles ne se sauvent. Une telle disposition était dans leurs gênes ; elles avaient le sens de l'orientation ; il suffisait d'utiliser un sifflet strident qui imitait les geignements de leur espèce et portait loin. Carolange les avait entraînées à son tour à revenir sur de plus longues distances, et elle s'était montrée plus douée que son oncle au point d'envisager de les lâcher sur plusieurs lieues à la ronde. Quand Atropé n'était pas tout de suite rentrée après l'attaque de Bucy, elle en avait été à raison contrariée et elle avait disparu dans la nuit pour la ramener elle-même avant que les gendarmes ne la tuent.

Elle ferait donc revenir les bêtes. Puis elle utiliserait la vieille Élodie. Il fallait que cette rate d'église aussi stupide que bondieusarde fût dans le coup car elle était insoupçonnable et manipulable en même temps. Dès l'aube, Carolange irait frapper à sa porte en lui disant qu'elle venait de faire un cauchemar terrible dans lequel une bête commettait un massacre autour de Chaingy. Elle jouerait si bien son rôle de femme terrorisée mais sincère, jurerait si hautement que sa vision de la bête semblait réelle, en un mot elle la manœuvrerait si bien qu'elle lui ferait croire n'importe quoi, qu'un marchand, allant par exemple de Rouen à Beaucaire, venait d'être attaqué sur la route et dévoré par cette engeance du diable. Et la bonne femme, toute gobeuse et nourrie d'histoires invraisemblables, persuadée que sa maîtresse était incapable d'un mensonge comme d'une mauvaise action, se laisserait persuader qu'on n'avait pas réussi à tuer le monstre à la battue, ou plutôt que Satan l'avait ressuscité. Elle ne s'était jamais intéressée à la zoothèque ni n'avait remarqué la sortie ou le retour des bêtes; elle n'avait jamais suspecté la vérité. Mais elle interprétait les rêves et, sans chercher à savoir si un tel événement s'était bien passé, la commère qu'elle était s'en irait dans la minute tout raconter à qui voudrait l'écouter. Carolange sournoisement l'encouragerait. Associées à un carnage certain et à l'aura naturelle qu'avait la dame de Férale sur les crédules, ses paroles feraient forte impression.

Élodie résisterait d'autant moins à cette idée que son cher abbé Vox, dont elle comptait maintenant parmi les fidèles, gîtait dans les étables des environs depuis la battue. Le prêtre sentait l'inquiétude sur cette terre bouillante à ses prédications, et il accueillerait la vieille qui lui apporterait un nouveau prétexte pour dénoncer la vanité des actions humaines. Beaucoup dans le pays partageaient son jugement. Toutes ces traques, ça ne servait jamais qu'à déplacer le problème. Les loups, c'étaient des animaux prudents. Pour un seul abattu, combien avaient simplement changé de liteau, passant des plaines de Beauce à la forêt des Loges aussi facilement qu'on déménage d'un côté de la route? Puis, qu'importait aux aristos qu'on vécût dans la terreur pourvu qu'eux se vautrassent en sûreté? Tuer un loup leur suffisait pour prétendre qu'ils avaient accompli leur devoir; ils ne connaissaient rien aux affres du peuple. Alors, les battues, passé l'excitation du moment, on y croyait moyennement. Les feuillets de Vitebsk continuaient de circuler; les faubourgs connaissaient des accès d'affolement ; tout se passait comme si l'on n'avait jamais tué un dos-gris à Huisseau la quinzaine d'avant.

Durant des jours, Carolange ne cessa de penser à sa mission, moins inquiète de la réussite du plan général que de celle de son emploi personnel. Serait-elle crédible, douée ? Ce qu'elle ferait d'Élodie ne serait qu'un prélude avant sa grande entrée en scène où elle serait celle qui amènerait l'agitation en ville en même temps que l'abbé Vox. Et pour se préparer, comme elle l'avait fait le soir où elle avait suivi Vitebsk au Palazzo di Sabbia, elle se déguisa plusieurs fois en femme du peuple en mettant des hardes appartenant à sa servante et, grimée devant le miroir de sa chambre, elle s'entraîna à contrefaire son timbre, ses gestes, ses poses, les expressions de son visage comme une comédienne travaille sa gouaille.

– La bête ! La bête n'est pas morte ! disait-elle d'une voix à laquelle répondait une seconde plus forte : Le roi nous trahit ! Faut demander des comptes !

Elle s'observa longuement, crut voir une autre femme en elle, en fut satisfaite. Car après tout, les trahisons commises, les adultères goûtés, les complots dans lesquels elle trempait, tout cela ne s'expliquait que par une insuffisance de sa vie qu'elle aurait voulue plus romanesque et plus riche. Dans ces moments, elle n'était plus Carolange, mais Valoutina – Valoutina la mauvaise.

Elle avait le cerveau fêlé de celles que travaillent la solitude et leurs démons de jeunesse.

Tout se déroula d'abord comme prévu.

– Vive Marie-Thérèse ! Vive le duc d'Angoulême ! Vivent la France et les Bourbons !

Le couple princier fit son entrée à l'heure, emprunta le trajet attendu, s'étourdit au bal et passa la nuit dans les chambres confortables qu'on lui avait préparées. Si l'on ne fit pas tirer le canon à sa venue, on prit soin d'illuminer, à son passage, toutes les maisons drapées de fleurs de lys, aux fenêtres desquelles on cria des vivats.

Le lendemain, comme la troupe se positionnait pour assurer le bon départ du duc et de la duchesse, les Six se séparèrent pour accomplir leur tâche. Moscou, Vilna, Minsk, Smolensk et une poignée d'hommes fiables se placèrent dans la venelle Saint-Germain. Smolensk était au bout pour éviter à quiconque de s'y engager, Minsk à l'intersection de la rue Saint-Sauveur ; Vilna attendait près de la voiture qu'on avait dissimulée deux jours plus tôt dans une cour adjacente dont il n'y avait plus qu'à ouvrir les portes. Moscou, quant à lui, patientait dans le jardin du palais, un œil sur les fenêtres des appartements où se réveillaient leurs altesses, un autre sur l'issue discrète qui donnait sur la rue pour vérifier que nul ne l'entraverait. Il s'était assuré d'en avoir la clef et la garde. Ses mains tremblaient à sa ceinture ; il avait l'angoisse des actions décisives qui engagent un homme à la vie ou à la mort. Ailleurs dans la ville, vêtu d'habits civils fripés qui contrastaient avec son uniforme d'ordinaire si fringant, Vitebsk s'installait dans un troquet du Petit-Marché où, comme tous les mardis, des paysans venaient vendre leurs produits. Borissov, enfin, avait un rôle de liaison entre tous, devant prévenir les conjurés que le soulèvement de la population avait réussi et déposer des tracts sur les rebords des fenêtres sans que personne ne vît rien.

À l'aube, Orléans était calme. Dans les rues régnait la lourdeur courbaturée des lendemains de fête. Puis, vers six heures, on sentit la ville s'animer. Les cultivateurs s'en vinrent avec leurs chariots remplis de choux, leurs brouettes de navets, de poireaux, de chicorées ; ils entraient par les portes Madeleine, Bannier, Saint-Vincent et Bourgogne et roulaient en longues files jusqu'au centre. La municipalité n'avait osé annuler le marché pour ne pas contrarier des paysans déjà inquiets des attaques de loups et éprouvés par les affres de la guerre. Les récoltes n'avaient rien d'abondant et les étals grognaient de mécontentement. Les Six avaient vu juste ; s'il y avait bien un lieu où convergeaient la colère et la lassitude de la population, c'était ici.

Vers sept heures, la ville grouillait, enflée d'une respiration grosse et d'une haleine puissante. C'était l'heure du marché où les ânes, les charrettes, les tréteaux installés formaient un labyrinthe, où les légumes d'hiver s'amoncelaient en pyramides, où les volaillers attendaient la pratique en plumant une poule, où les paysannes, enveloppées d'une couverture de laine, tenaient leur panier d'œufs ou de beurre suspendus en guise d'éventaires, où les forgerons vendaient les outils dont on aurait besoin demain, où des gamins criaient des réclames tout en chipant une pièce aux plus bêtes, où dans un coin de la place on exposait hommes et femmes pour la loue, c'est-à-dire l'embauche d'un journalier ou d'une fille de ferme. Et au milieu de cette foule, les chefs de cuisine et officiers de bouche circulaient pour trouver la denrée alimentaire rare en cette saison rigoureuse tandis que le fermier en quête de domestiques tournait autour des groupes, estimait des yeux, faisait son choix après avoir débattu le prix du louage qui, pour un homme, était d'environ cent cinquante francs par an et, pour une femme, de soixante-dix à quatre-vingts, suivant la qualité.

Les rustiques n'aimaient pas la ville. Habitués aux travaux manuels et pénibles, ils ne voyaient dans les citadins que des désœuvrés et des paresseux. S'ils montraient une figure débonnaire qui les faisait s'incliner devant l'autorité et le pouvoir de l'argent, ils avaient en réalité l'esprit matois qui cachait un dédain des bourgeois et une méfiance du gendarme. Et ce mauvais esprit rejaillissait chaque fois qu'ils faisaient une pause dans leurs ventes et s'en allaient au café boire une goutte. Alors, comme s'ils étaient à l'abri des regards, ils se laissaient aller à la rogne. En ce deuxième jour de réception du duc et de la duchesse, on n'avait pas non plus fermé ces cafés. La place où le marché se tenait était à l'opposé de la ville; la plupart des exposants venaient du pays touché par la bête; ce n'était pas le moment de leur laisser penser qu'on cherchait à les accabler davantage.

Ce fut pourtant ce que Vitebsk s'ingénia à faire. Passant d'étal en étal, d'un troquet à un autre, il distillait ses critiques sur le préfet et sa gestion du pays. Talleyrand ne protégeait personne, rien n'avait changé; les fléaux s'abattaient; sous les rois, aujourd'hui comme autrefois, le paysan était livré à lui-même et supportait seul ses malheurs. À la taverne, il finit par rincer ses auditeurs de tournées de casse-poitrine en élargissant son verbe à des faits banals qu'il présentait comme des injustices notoires; qu'on eût sablé la route de la mule et du mulet

– comme il appelait le duc et la duchesse dont l'infécondité était célèbre – tandis que le pavé du marché était glissant et gluant d'immondices l'occupa ainsi un long moment. Et tout y passa, à grands renforts de verres ou de chopines payés à de beaux parleurs qu'il avait identifiés et qui iraient ensuite cracher leur fiel un peu partout. Il faudrait étudier le rôle des cafés dans les émeutes et les insurrections. Chaque marché a ses chefs, ses forts en gueule, ses jacasses et les mots de ceux-là se répandent comme une traînée de poudre. Vers huit heures enfin, à l'heure où le couple princier recevait les derniers au revoir des autorités avant de quitter la préfecture, on pouvait sentir dans l'atmosphère que quelque chose était sur le point de basculer. Il se formait des groupes de mécontents assez ivres qui clamaient leur hostilité au préfet. La prudence cauteleuse du Beauceron avait disparu sous l'effet de l'alcool.

Quoique vêtu d'un chapeau crasseux et d'une redingote défraîchie, Vitebsk avait la parole séduisante et, exactement comme il avait appâté Carina Bella, comme il avait ensorcelé Carolange, comme il avait convaincu ses amis de ses plans, il parvint à retourner quelques esprits malléables et déjà manipulés par tous les tracts qui circulaient depuis des semaines. En cela, il manqua peut-être de discrétion, mais il avait peu de temps, le couple devant quitter la ville à neuf heures. Dans les volutes de fumée, sa parole était efficace et il se montrait confiant, quand tout à coup, insouciant comme un rat dans une souricière, il sentit quelqu'un lui poser la main sur l'épaule – une main reconnaissable à la chevalière d'acier qu'elle portait en forme de sabre enroulé et qui lui serra fortement la peau en semblant vouloir le saisir jusqu'à l'os.

Cependant un cortège traversait la ville, serpentant comme une vipère entre les ruelles, s'élargissant de croisement en croisement et faisant de plus en plus de bruit. C'était l'abbé Vox suivi de fidèles plus nombreux qu'un matin de Noël ou qu'un jour de battue. L'homme d'Église paraissait plus effrayant que de coutume; sa barbe noiraude ébouriffée semblait s'être allongée démesurément pour noyer le bas de sa face. Munis de fourches et de bâtons, ses hommes avaient l'air patibulaire comme une bande de brigands; des femmes, des enfants gonflaient la foule, parmi lesquels on aurait reconnu la vieille Élodie, très fière d'avoir été celle qui avait révélé que la bête n'était pas morte à la chasse, qui le répétait encore à qui voulait l'entendre et qui talonnait son abbé comme si c'était Dieu. Ils étaient partis très tôt pour arriver avant le départ du couple princier. On se souvenait pourtant que l'abbé avait toujours refusé d'avancer jusqu'au cœur de la grande cité; il fallait vraiment que les circonstances soient graves ou l'occasion trop belle pour le voir ainsi changer d'avis. En passant près de la cathédrale, on se prit même à espérer qu'il pourrait y prononcer un de ses redoutables sermons.

La colonne arriva sur la place du Martroi où elle fut rejointe par des groupes de paysans furieux que Vitebsk avait soulevés et encouragés à quitter le marché pour venir manifester leur colère. Tous ensemble, ils convergèrent vers la préfecture; c'était l'affaire d'un quart d'heure à pied, et ce fut en effet si rapide que les forces de l'ordre n'eurent pas même le temps de mesurer le danger. Un bruit seul s'éleva d'abord du lointain, celui de la houlette de l'abbé qui battait le pavé en cadence. Puis on entendit comme un murmure grossissant, le roulement d'une marée qui montait, montait et faisait trembler jusqu'aux fenêtres des façades. C'était le heurt glissant des sabots crottés sur le sol mouillé de la rue. Des passants s'agrégeaient. Ils furent bientôt plusieurs centaines, peut-être cinq cents, qui grondaient, montraient le poing à mesure qu'ils approchaient. En face, les autorités furent dépassées. Au moment où la visite officielle des Angoulême prenait fin, elles avaient relâché leur méfiance et un certain flottement régnait dans l'exécution des ordres. Qui étaient ces énergumènes ? Que voulaient-ils ? On savait juste qu'ils marchaient en direction de la préfecture. Enfin, à écouter des bribes qui fusaient comme des jets de pierres, on comprit qu'il était encore question de loup, de terreur des campagnes, d'inaction du pouvoir en place. Un cordon dut être monté à la hâte rues Pothier et Parisie et l'on commença à craindre pour la sérénité du duc et de la duchesse.

Que s'était-il passé ? L'avant-veille, Carolange avait bien lâché les bêtes de son oncle qui s'en étaient allées effrayer des gamins dans les champs. Au petit jour, elle avait aussi tambouriné à la porte d'Élodie qui s'était laissée gagner, comme attendu, par la nouvelle et avait couru retrouver l'abbé Vox qu'elle savait hébergé dans un grenier du côté d'Ingré, à dormir et prêcher au milieu de ses fidèles qui ne le quittaient plus. Dans l'effervescence que connaissait le pays, l'homme se savait surveillé par les autorités qui, tôt ou tard, l'empêcheraient d'exciter davantage la population. Pour cette raison, il avait pris le parti de graviter autour d'Orléans, jamais plus loin qu'une dizaine de kilomètres, et de changer régulièrement de gîte, sans se décider à entrer dans la cité comme un fauve flaire une proie mais se méfie qu'elle ne soit un appât tendu par le chasseur. Nul ne pouvait lire en lui, il était insondable, tandis qu'il guettait le prétexte pour ne plus se contenter de sermons en campagne mais passer les murs de la ville, peser sur les représentants du roi et les contraindre enfin à ériger l'Église en seule garante de l'ordre et la morale.

– L'abbé ! L'abbé ! Elle est là, elle est revenue ! Elle ne mourra jamais ! La malbête !

En découvrant la vieille Élodie aussi essoufflée qu'excitée et bavarde, il eut d'abord du mal à la suivre ; elle prononçait des phrases hachées, parlant d'un marchand, de cauchemar, de démons. Puis, lorsque la servante retrouva son calme et exposa que sa maîtresse, la dame de Férale, avait vu la bête en rêve, qu'elle était incapable d'un mensonge et que de toute façon les rêves ne mentent jamais, il s'en trouva dubitatif. Ce fut à ce moment que deux individus se présentèrent, affolés. C'étaient deux maquignons qui marchaient sur la route de Châteaudun à Orléans où ils allaient au marché. Ils témoignèrent qu'ils avaient eux aussi vu des créatures du diable affoler des gamins dans les champs, minces, petites, mais musclées, rayées comme si des serpents s'étaient enroulés sur leur dos et dansaient avec la légèreté des esprits. Ils les avaient vues comme leurs yeux voyaient présentement la paille et les poutres du grenier ! Ces bêtes n'étaient pas des bêtes de chez nous, encore moins des loups !

Le hasard seconda ainsi l'entreprise des conjurés car de nouveaux yeux avaient vu ces bêtes à la lueur sale de la lune et ces yeux étaient ceux de crédules habitués à enfler leurs paroles pour persuader de leur véracité. Alors que les deux maquignons prolongeaient leur témoignage en le surenchérissant, l'abbé entendit ses fidèles pousser des cris de stupeur en même temps qu'une colère mêlée de terreur naissait à leurs lèvres. Ses pupilles alors s'allumèrent d'une flamme mauvaise. Y croyait-il lui-même ou voyait-il les avantages qu'il pourrait en tirer ? C'était peut-être enfin l'occasion qu'il attendait…

Il fit donner l'alarme dans les paroisses alentour où il avait des soutiens ; on s'appela de route en route, on se héla de champ en champ et, plus rapidement qu'une levée d'armée, toute une petite troupe bientôt se forma. L'abbé avait décidé qu'il fallait sans délai entrer dans Orléans pour réclamer des comptes aux autorités et profiter de la présence des Angoulême qu'il savait, comme tout le monde, y être présents. Il n'y avait pas de temps à perdre ; les princes n'étaient que de passage ! Le soir même tous ses adeptes étaient arrivés jusqu'à lui. Il les exhorta dans une longue homélie, les somma de dormir à ses côtés pour être prêts, au petit jour, à se mettre en route sans attendre. Son objectif était évident. On se doutait, car c'était leur habitude, que le duc et la duchesse entendraient une messe avant de quitter la ville. Aussi l'abbé leur demanderait-il, comme une grâce faite au peuple, d'entendre la sienne.

L'attroupement maintenant se rapprochait dangereusement des grilles de la préfecture et l'on percevait dans le palais les cris de la foule. Un vent s'était levé ; des mots parvenaient, de plus en plus distincts – « messe, messe, messe ! ». Mais à l'intérieur, le duc et la duchesse avaient déjà assisté à la leur, et, ne comprenant pas la situation, ils interrogèrent du regard leur suite, appelèrent Talleyrand pour lui demander les causes de ce chahut. Dehors l'attroupement s'amplifiait ; les badauds, venus assister aux derniers moments du couple dans la ville et espérant un salut de leur part au balcon, ceux qui devaient crier des « Vivent les Angoulême et Louis XVIII de France ! », commençaient à s'effrayer de ce que leurs acclamations fussent couvertes par des cris de colère. La présence visible, en tête de cortège, d'un homme d'Église repoussant les inquiétait.

À la fenêtre, le préfet, encore en habit d'apparat, demanda à haute voix, pour être entendu de tous, s'il ne fallait pas accélérer le départ du cortège. Il en allait de la sécurité du couple princier comme de sa réputation à lui. Qui serait-il, quel avenir politique lui donnerait-on si quelque malheur arrivait à une heure de la fin de son séjour ici ? Il regardait le duc, la duchesse surtout qui lui semblait si fragile parce qu'elle était la fille de Louis XVI et la seule survivante du Temple ; et il commençait à douter. Il exigea des précisions, descendit lui-même dans la cour, ordonna que l'on sorte en laisse Péritas qui, avec son corps trapu et lourd de soixante kilos, sa robe brune, son collier hérissé de pics et sa gueule salivante, était d'ordinaire si impressionnant qu'il suffisait à faire taire les roquets qui se tenaient en face. Il ne donna pas d'ordre plus décisif mais affirma encore que la seule vue de son chien suffirait à éloigner ces gens dont il espérait qu'ils ne chercheraient pas l'affrontement. Le préfet était bon comédien.

La foule cependant ne s'avança pas plus près qu'à vingt mètres des grilles et se contenta de crier « messe, messe, messe! ». L'abbé était un roué; il savait qu'il ne devait pas franchir les limites pour ne pas se faire arrêter. Depuis la Restauration, on ne pouvait rien reprocher à ceux qui réclamaient une messe. Mais les choses ne s'en tinrent pas là car, aux fidèles de l'abbé Vox, s'étaient ajoutés les paysans éméchés soulevés par Vitebsk. Quelques tracts circulaient; on y lisait des brocards sur le préfet et des dénonciations plus sérieuses du roi. La situation devenait confuse, des revendications inaudibles se superposant aux bravos de ceux qui pensaient encore que cette foule était venue acclamer le duc. Derrière la grille, Péritas se mit à aboyer avec agressivité. La troupe fut déployée pour contenir la masse.

Alors les conjurés entrèrent en lice. Smolensk et Minsk bloquaient avec leurs hommes les rues par lesquelles la fuite, après l'enlèvement, aurait lieu; Vilna avait ouvert la portière de sa voiture et grimpé à l'avant, prêt à fouetter les chevaux dès que les princes y seraient jetés; Moscou avait quitté les jardins de la préfecture pour passer à la phase suivante du plan. Un seul détail les inquiétait: ils ne voyaient pas Vitebsk dans la foule alors qu'il aurait dû leur faire signe. Pareillement, Carolange, qui aurait dû avoir traversé les faubourgs, déguisée en femme du peuple et hurlant elle aussi à la bête, restait invisible. Mais ils n'avaient plus le temps, et bientôt Borissov vint les rassurer en leur disant qu'il avait bien vu Vitebsk à l'œuvre.

Tout s'accéléra. Tandis que la foule s'enflammait, que la troupe était sur le point d'intervenir pour la repousser et que le préfet était dans la cour à se donner des airs d'homme de terrain, on vit un inconnu se présenter au couple princier et dire le plus sérieusement du monde au duc :

– Je suis le capitaine Ternens que le général Pajol envoie jusqu'à vous. Le temps presse, Votre Altesse, et il ne faut courir aucun risque car nous ne savons pas ce que veulent ces forcenés. Il convient de prendre l'itinéraire de rechange, plus court et plus sûr pour quitter Orléans.

Moscou connaissait le trajet de départ initialement prévu qui prévoyait une dernière boucle dans la ville, tout un chemin d'applaudissements qui passerait par le cloître Sainte-Croix, la place de l'Étape où le maire rendrait un dernier hommage, puis la rue d'Escures, le Martroi, la rue Royale, le quai de Recouvrance et, de là, rejoindrait la route de Tours. Le duc et la duchesse pouvaient d'ailleurs pressentir qu'il n'y aurait guère de danger à l'emprunter après que la troupe aurait dispersé cette foule de mécontents. C'était l'affaire d'une heure si on voulait procéder dans le calme, d'une seule grosse demi-heure si l'on voulait agir *manu militari*, après quoi la voie serait libre et la bonne population de retour pour ovationner le cortège. Passé l'effet de surprise, le duc et la duchesse se reprendraient facilement : lui était un militaire qui avait connu des affrontements plus musclés en Espagne et dans le Sud ; elle avait vu bien pire quand elle avait été martyrisée avec sa famille, à la merci de la populace sous la Révolution. Il fallait donc jouer serré. Car tout serait dans le ton et l'œil tranquille de Moscou qui devait les persuader de ses bonnes intentions.

Le plan allait réussir. Déjà les officiers de la suite du duc partaient vérifier auprès du secrétaire du préfet ce nouveau trajet tandis que Moscou, sans attendre qu'ils découvrissent qu'il n'existait pas de trajet de remplacement, orientait le duc et la duchesse par la porte dérobée qui descendait aux jardins. Il les entraînait, les poussait presque dans le dos quand soudain :

– Vous n'irez pas plus loin, monsieur, que le seuil de cette porte. Soldats, emparez-vous de lui !

C'était le préfet qui revenait, suivi d'une dizaine d'hommes armés. Il était symboliquement muni d'une épée pour montrer aux princes stupéfaits que l'heure était grave, qu'ils étaient en danger en même temps qu'il était celui qui les protégerait. On saisit Moscou qui se débattit avant de comprendre qu'il était trop tard, qu'il était pris, que toutes ses espérances s'effondraient. Cependant il envoya un coup de poing, se dégagea, eut le temps de voir à la fenêtre qu'une cohue éclatait dans la rue, qu'on y matraquait du plat du sabre la foule, que des soldats fondaient sur l'abbé Vox qu'ils exfiltraient pour le faire prisonnier et il se douta que les choses tournaient mal, trop mal, là dehors. Il envoya un autre coup de poing, tira son épée pour empêcher les hommes du préfet d'avancer ; il voulait savoir ce que faisaient ses complices. Étaient-ils montés le secourir ? Résistaient-ils ? Auraient-ils au moins la possibilité de fuir ? Mais il était impossible de le savoir d'où il était et déjà on le désarmait et on le saisissait de nouveau :

– Non, non ! hurla-t-il encore avant d'être frappé sur la nuque et d'être emmené.

Tout était fini, dès la première partie de l'action. Ni lui ni les siens ne courraient aux casernes soulever la troupe à son tour comme ils en avaient rêvé.

Le plan des Six venait d'échouer.

Au moment où leur chef était arrêté, des détachements cueillaient Vilna, Smolensk, Minsk en même temps que Ponsot conduisait Vitebsk enchaîné. C'était lui, le gendarme, l'homme à la chevalière en forme de sabre enroulé, qui, à ratisser le marché où on l'avait sciemment relégué, avait posé sa main sur l'épaule du bel officier pour l'arrêter quand il l'avait repéré. À ses côtés, le capitaine ne semblait plus que l'ombre de lui-même. Ses habits paraissaient plus rapetassés que jamais ; son visage était tuméfié des horions distribués pour le faire marcher.

Le préfet ordonna d'emmener Moscou hors de la vue des princes qu'il insultait par sa présence. Et tout de suite, il porta son attention vers le duc et la duchesse devant lesquels il se jeta pour s'excuser, les rassurer et les bercer à la fois. Il se fit suppliant, obséquieux, courtisan :

– Votre altesse, je suis coupable de vous avoir fait courir tant de risques. Mais je me savais maître de la situation ! Depuis le début, j'étais au courant de ce qui se tramait ; il fallait prendre ces brigands sur le vif ! Je vous supplie de croire que vous n'avez couru qu'un danger apparent.

La suite des princes alla dans le même sens, soucieuse d'étouffer immédiatement l'idée qu'on aurait pu faillir à la protection du couple. Et avant même que le duc et la duchesse eussent réalisé que Talleyrand mentait peut-être, qu'il enjolivait les choses, qu'il atténuait les périls, qu'ils avaient au moins servi d'appât, il les étourdit si bien, les bouscula tant de compliments et de remerciements en tous genres qu'ils se trouvèrent dans leur carrosse en route pour partir.

Le préfet, fin manipulateur, leur suggéra un ultime conseil. En signe de sérénité et pour faire taire toute rumeur de menace, il leur proposa de saluer de loin la foule et d'avoir un mot bienveillant sur Orléans en public, une promesse vague, un sourire. Ils acquiescèrent, reprirent leur route vers le Midi au milieu des acclamations que le Potemkine Ponsot fit renaître en ramenant le public et en allant chercher jusque dans les maisons de nouvelles personnes pour applaudir.

– Vive le duc d'Angoulême ! Vive Marie-Thérèse de France ! cria de nouveau la rue pendant que le cortège s'éloignait en remerciant par des signes de tête gracieux les Orléanais de leur attachement et de leur enthousiasme.

– Bonne ville, braves autorités, gens bons ! souffla enfin le duc qui avait peut-être plus d'esprit et de rancune qu'on voulait bien lui prêter.

II

MOSCOU SE RETROUVA dans le bureau du préfet, encadré d'un impressionnant cordon de gendarmes et enchaîné aux poignets. Il attendit debout, en silence, un temps si long qu'il s'écoula peut-être une heure. Ce ne fut qu'après le départ du duc et de la duchesse, une fois qu'il se fut assuré que le cortège avait quitté la ville et que sa responsabilité n'était plus engagée, que Talleyrand revint pour se planter devant son prisonnier qu'il examina en silence :

– C'est donc à ça que ressemble un conjuré. Je m'attendais à plus de prestance.

Moscou se surprit à baisser les yeux, non de honte comme sous-entendait le préfet mais de colère envers lui-même. Pour ne pas donner ce plaisir à son adversaire, il les releva et le regarda de face, en homme fier qui n'a pas peur et peut encore être dangereux.

– Vous êtes tombé dans le piège, Ternens, et notez que je vous dénie votre grade de capitaine. Vous et les vôtres avez été trop aveugles pour voir que je maîtrisais la situation depuis le début. Je l'ai confirmé au duc et à la duchesse qui, je vous rassure, ont quitté notre ville sous bonne garde et sans danger. Auréolés du prestige d'être des vétérans de Russie, vous avez cru pouvoir mener ce complot comme une campagne militaire, tambour battant, en vous aidant de la seule bravoure. Mais la bravoure est une putain qui toujours s'exhibe et n'arrive à rien ; la vraie compagne s'appelle prudence. Comment avez-vous pu croire, avec le peu de précautions que vous preniez, que je ne vous surveillais pas ? J'ai des informateurs partout, dans les bordels, les casernes, les salles d'escrime que vous fréquentiez. Je savais tout de vos moindres faits et gestes ; j'étais le marionnettiste ! Comment avez-vous pu imaginer approcher de si près la duchesse d'Angoulême, la fille de Louis XVI, sans qu'on vous arrête ? Allez, vous êtes bien naïfs et ce genre de complot, s'il doit réussir, est pour les hommes d'une autre trempe.

Ce qu'il ne disait pas mais qui se laissait deviner, c'était la fierté qu'il ressentait. Fierté d'être un préfet compétent, un investigateur génial, un baron plus fin que le baron de Cléry, un Talleyrand plus subtil que son cousin le grand Charles-Maurice. Sa victoire était totale. Il avait le sourire du jaloux enfin soulagé ; il était beau, resplendissait ; on eût juré qu'un rayon de soleil venu du ciel par les fenêtres l'éclairait dans son succès et l'habit d'apparat qu'il portait ce matin-là lui permettait d'incarner pleinement son triomphe. Mais on frappa à la porte. Ponsot entra :

– Tous les autres sont en cellule, prêts à être interrogés. Les conjurés, leurs hommes, le prêtre.

– Bien, bien, j'arrive, répondit-il en se frottant les mains. Vous voyez, Ternens, tout le monde est dans le sac. Même l'abbé auquel je sais que vous n'êtes pas liés. Nous allons en faire votre acolyte, ne vous inquiétez pas. Hein ! Que dites-vous de l'histoire des conjurés qui se servent d'un homme de Dieu pour retourner la population et l'effrayer à coups de bigoteries ?

Il n'avait pas tout à fait tort au sens où les Six avaient bel et bien voulu se servir de l'abbé Vox et de son influence sur les petites gens ; il forçait juste un peu les faits en en faisant un complice. Mais au dernier mot qu'il prononça, Ponsot s'approcha et lui murmura quelque chose à l'oreille. Un nouveau contentement se lut sur son visage : il donna un ordre sec auquel l'autre obéit en sortant. Quelques minutes suffirent à le voir de nouveau entrer et pousser Vitebsk devant lui, également enchaîné. Le militaire, d'ordinaire si gracieux et séduisant, avait la joue droite gonflée de coups et ses beaux favoris saignaient d'un sang qui couvrait leur blondeur.

– Puisque vous voilà, sachez que nous sommes allés la chercher, lui dit le préfet sans ambages.

Mais Vitebsk était absorbé dans ses pensées. Il ne semblait pas l'avoir entendu.

– Votre autre comparse, précisa Talleyrand en le secouant, celle avec laquelle vous couchiez. Tous ou juste toi, grand lovelace ? La sorcière ! On la jettera dans le même sac que le talapoin !

Il avait en effet pris les devants et envoyé arrêter la Rousselaine. La tâche qu'il avait confiée à Adelphe d'en apprendre plus sur elle n'avait servi à rien et, quoique ignorant le rôle qu'elle jouerait, il avait finalement décidé de l'appréhender directement. En ce moment des gendarmes arpentaient les faubourgs à sa recherche tandis que d'autres étaient en route vers son repaire.

– La sorcière ? balbutia Vitebsk qui avait oublié ce qu'il savait de l'erreur du préfet.

– La Rousselaine, tu m'entends ! La Vorasse ! La Six-Doigts ! Votre Valoutina !

– Valoutina ? s'étonna le prisonnier. Valoutina, la Rousselaine ?

Il adressa un sourire à Moscou qui lui valut une gifle de colère. Et le bruit de la gifle fut comme un déclic cruel : Talleyrand comprit. Il comprit qu'il avait fait erreur, que Valoutina n'était pas celle qu'il croyait. Mais alors qui ? La vérité le foudroya. Il entrevit la fourberie de celui qui, s'il avait vendu les siens, ne lui avait pas tout révélé. Par répugnance à trahir ou par volonté délibérée de le lui cacher. Persuadé de tout comprendre, croyant déjà en sa chance, Talleyrand ne s'était pas méfié et n'avait pas recoupé l'intégralité de ses informations sur la femme qui était la complice des Six.

– Ce n'est pas la sorcière… C'est la nièce du vieux qu'il nous manque ! La nièce du vieux !

Il s'était décomposé, froissé, vexé, honteux que son intelligence eût pu ainsi montrer une faille. Mais il se reprit aussitôt et, pendant que ses hommes déjà s'affairaient, il s'approcha. Dans un rictus signifiant que ce n'était qu'une question de temps, qu'il capturerait aussi Carolange, qu'il restait le maître malgré tout, il assena une nouvelle gifle à Vitebsk :

– Celle-ci, dit-il, c'est pour Carina Bella et votre noce au Palazzo.

Il voulait prouver qu'il savait tout, des affaires d'État jusqu'aux trahisons intimes d'alcôves.

– Emmenez-les ! Et retrouvez-moi la greluche qui nous a échappé ! Et le vieux, et la sorcière !

– Attendez, dit enfin une voix faible. Attendez…

C'était Moscou qui trouvait la force de prendre la parole :

– Si vous nous surveilliez depuis le début, comment avez-vous su ? Pour l'enlèvement ? Pajol ?

Le préfet retrouva son calme. Il rajusta son habit défait par son geste violent, demanda aux gardes de sortir un instant pour ne rester qu'avec Ponsot et son secrétaire. Alors, dans le secret du cabinet, il répondit simplement à Moscou, presque avec affabilité :

– Non, Pajol ne vous a pas vendus. Je sais que vous avez tenté de le débaucher, je sais qu'à cette heure il hésite sur ce qu'il doit faire, mais lorsqu'il comprendra que vous avez échoué, il n'entreprendra rien et prétendra ne pas vous connaître. De fait, il n'y a aucune preuve d'un accord entre vous et je préfère étouffer sa participation pour ne pas m'empêtrer dans un prolongement d'enquête qui pourrait me nuire à la fin. Il faut savoir circonscrire sa victoire.

– Qui d'autre alors ? exigea Moscou d'une voix retrouvée où perçait un accent de détresse.

Talleyrand se demanda s'il devait céder à son orgueil et révéler son atout. Puis il se dit que certainement l'affaire était pliée, qu'il pouvait divulguer ses trucs et astuces et il ne résista pas à ce dernier plaisir du vaniteux qui épouse le succès. Il fit signe à Boulland, son secrétaire :

– Allez le chercher. J'ai d'ailleurs une explication à avoir avec lui.

Le secrétaire ouvrit la petite porte du cabinet dissimulée sous la tenture et, presque aussitôt, comme s'il était derrière à écouter, un individu massif entra, gêné, traînant avec lui une odeur de tabac et de linge mouillé. Cette pièce où il se retrouvait était la même que celle où il avait trahi ; il portait sur les lieux le regard fuyant du judas en même temps qu'il esquissait le rictus consolateur de celui qui ne s'est pas entièrement mis à table.

– Béraud ! souffla Moscou tandis que Vitebsk défaillait. Béraud ! Ordure ! Monstre !

– Désolé, Ternens. Tout cela allait trop loin. Vous aviez franchi une limite avec cet enlèvement. Je n'ai pas su vous dissuader ; il ne me restait plus qu'à vous en empêcher.

– Même les bouchers, ajouta Talleyrand, ont des scrupules qui les rendent sentimentaux.

Il n'oubliait pourtant pas que Béraud était responsable de l'affront qu'il venait d'essuyer et, s'il ne pouvait s'en prendre à lui devant les autres sans perdre l'éclat de son triomphe, il le regardait de l'œil mauvais de celui qui ne supporte pas qu'on se soit moqué de lui.

Cependant Carolange n'était pas dans le faubourg où elle aurait dû être. Déguisée en femme du peuple, elle aurait dû réveiller la rue de ses hurlements de terreur, criant à la bête, au malin et appelant à l'aide en courant devant des maisons dont on savait les habitants propres à s'émouvoir et à transformer leur émotion en colère. Ç'aurait été encore l'histoire inventée du marchand de Rouen qui, bien narrée, répétée, amplifiée de bouche en bouche, aurait suffi à faire souffler un vent de panique et de fronde. C'était ainsi que les faubourgs, l'année précédente, avaient été secoués de rumeurs en pleine nuit. Sur le seul bruit que les cosaques arrivaient, on avait vu en moins d'une heure un millier de personnes sortir, des gardes nationaux faire feu dans le noir, des prêtres sonner le tocsin avant de s'apercevoir que ce n'était qu'un air de tambour qui avait fait écho dans les vignes.

Carolange aurait dû être dans le faubourg. Elle aurait dû ameuter plus de monde, ce même monde qui manqua peut-être à la réussite du complot. Mais la jeune femme n'était pas où elle aurait dû être. Car quelqu'un était venu troubler la fragilité de son plan. Ce quelqu'un était Adelphe, auquel elle voulait ne plus songer. Un chaos de voix bruissait en elle, droit sorti de ses entraînements de comédienne, qui lui chuchotait devant la glace :

– Ne songe plus à lui, il ne te sert plus à rien…

– Tu as assez supporté sa compagnie. Pour ne pas qu'on te suspecte de te donner à ton amant.

– Tu t'es montrée avec lui en public, tu l'as promené sur les chemins, tu l'as emmené à la messe, tu t'es forcée à l'avoir encore dans tes jupes à la battue.

– Mais maintenant que l'enlèvement est lancé, il n'y aura pas de retour en arrière ; tout le monde saura la vérité sur ton compte. Tu n'as plus rien à perdre, plus rien à singer !

– Assez joué la parodie, concentre-toi sur ton rôle ! Tu es la reine louve !

Adelphe, lui, n'aurait jamais supposé une telle duplicité de sa part tant elle incarnait à ses yeux l'innocence, la chasteté, l'attachement à quelque chose de fort entre eux deux. Il la croyait fidèle à leur histoire, à des sentiments qu'il aurait jurés réciproques, à l'image idéale et fausse qu'il s'était faite de la femme. Leur intimité avait cessé depuis des semaines. Il avait peur qu'elle ne lui reprochât son absence s'il revenait, plus encore sa présence si elle ne voulait qu'il revienne. Mais comment lui dire qu'il craignait de voir ses accusations sur Griseldan se confirmer ? Comment lui dire qu'il redoutait le caractère revêche du bonhomme qu'il imaginait se transformer en coup de sang à la moindre maladresse ? Comment lui dire qu'il n'y avait pas jusqu'aux deux serviteurs, Eugène et Hygin, qui ne l'inquiétaient par leurs allures étranges et que ces vorantes qu'il avait entrevues le poursuivaient dans ses rêves ? Comment lui dire enfin qu'il tremblait d'une nouvelle dispute avec elle dont il pressentait que leur relation ne se remettrait pas ?

Il était tourmenté de réflexions, ne cessait de s'interroger sur la responsabilité du vieux savant. Et ce n'étaient pas tant les modalités pratiques des crimes qui l'effrayaient que les raisons profondes qui avaient motivé son action. Pourquoi un homme si doué, si reconnu, si aimé autrefois de son frère se serait-il livré à une telle bassesse ? La misanthropie n'expliquait pas tout.

Orléans, dehors, préparait la venue des princes avec un luxe d'insouciance ; lui, enfermé dans son garni de misère, ressassait des pensées terribles qui ne le laissaient pas dormir. Il n'avait jamais vraiment eu le goût des festivités, encore moins dans ces conditions.

Cela faisait des jours qu'il se maudissait de manquer de courage et, peut-être parce que le duc et la duchesse finirent par arriver, que la ville se mit à bruire d'un débordement de liesse qui lui fut difficile à supporter, il se dit qu'il était temps. Le matin du 28, le lendemain de la venue des Angoulême qui était aussi le jour de leur départ et celui où leur enlèvement devait avoir lieu, avant même que le soleil ne fût levé, il fit seller son cheval. En route, il repensa à la tabatière de son frère. Il n'y avait plus songé et voilà qu'en retournant à Férale, le doute le reprit : s'il l'avait vraiment perdue là-bas ?, si Griseldan l'avait retrouvée ?, s'il en avait conçu de la rancune contre lui ? Qui savait de quoi il était capable ? Plus d'une fois il arrêta Néro, respira lentement, se rassura en se disant qu'il n'est pas rare qu'on égare ce type d'objet et qu'on le retrouve sans imaginer qu'il puisse être au cœur d'un règlement de comptes.

Une lune incolore achevait de mourir dans le ciel, étouffant peu à peu sa lueur sous un jour blême. Un vent d'angoisse soufflait, qui le fit frémir en quittant la ville et trembler à mesure qu'il s'engageait sur la route. Tout à ses pensées, il passa les villages et les hameaux qu'il connaissait par cœur pour les avoir traversés des dizaines de fois en un an. Cela faisait un an, oui, un an qu'il allait rendre ses visites à Carolange et Griseldan, et si l'animosité du vieillard n'avait jamais disparu, le souvenir des tendresses de sa nièce lui fut un réconfort temporaire.

Mais au croisement d'une route, il fut tiré de sa rêverie par un groupe de bergers. Ils étaient cinq, emmenant chacun leur troupeau de moutons au marché d'Orléans. On entendait les ovins bêler dans le noir. Adelphe l'ignorait mais ces bergers avaient déjà entendu la rumeur du retour de la bête ; ils disaient qu'il n'y avait pas fléau pire sinon celui de la grêle ou des incendies ; ils se racontaient l'histoire du marchand de Rouen, à laquelle ils ajoutaient des détails sordides, tant le bruit s'était répandu depuis la veille et que chacun prenait un plaisir malsain à l'alimenter. Elle avait des yeux rouges et jaunes, des dents de vampire, des pattes repliées comme celles de sauterelles qui lui permettaient de franchir d'un bond des distances impossibles. Il ne fallait plus prendre seul le chemin de la ville, mais faire le trajet en groupe. Et encore !, qu'est-ce qu'on pouvait avec des lanternes et des baguettes de bois ? Ils se lamentaient :

– La bête est point morte ! Toutes leurs battues, ça vaut des nèfles contre le diable !

Adelphe eut un rire bref. Le rire de celui qui savait avant tous que le loup abattu à la chasse n'avait rien à voir avec les morts du pays. Mais on l'interpréta mal, on crut qu'il se moquait.

– Puisse Dieu vous venir en aide ! cria-t-il alors en se hâtant de partir.

Il s'en alla vers Férale, fouetté par la nécessité d'avoir enfin les explications qu'il redoutait. Il n'avait d'autre choix qu'un éclaircissement de la bouche même de Griseldan. Tandis que le jour se levait avec peine, il passa bientôt en vue du chemin qui menait au Caillas, au-delà de la tanière de la Rousselaine, à l'endroit où il avait découvert à l'automne l'étrange peau de serpent. Le loup qu'on avait retrouvé là-bas était certainement celui qui avait tué le père Euripide et il s'interrogea sur la coïncidence que ce lieu fût si près de là où évoluait la sorcière.

À Férale, la grille du parc était fermée, ce qui se comprenait au vu de l'heure matinale. Il n'insista pas. Mais il eut l'idée de pénétrer sur la propriété par le fond où il était passé tant de fois. Il s'imaginait qu'il surprendrait ainsi Griseldan à son lever, qu'il serait en position de force et pourrait, en une discussion habile, le pousser à avouer l'inavouable. Il ne s'était pas fait annoncer et venait de bonne heure un mardi qui n'était pas un de ses jours de visite. Les ragots sur la bête avaient fait sur lui aussi leur effet : il n'osa pas attacher Néro dans la campagne mais, au risque de manquer de discrétion, lui fit franchir l'ouverture où le mur du parc avait été démoli et jamais remonté.

Il devait être six heures. Les lieux avaient un aspect monotone entre chien et loup. Carolange était dans sa chambre du premier étage. Toute lumière éteinte, elle se hâtait de s'habiller d'une robe dépenaillée, prête à sortir en cachette pour voler elle-même au grand trot jusqu'en ville. Le scalpel de naturaliste qu'elle avait pris à son oncle dans son attirail de dissection était posé tout près d'elle. Avant de sortir, elle se demandait si elle ne devait pas carrément se faire passer pour une victime et s'entailler salement la peau, se scarifier les bras, son beau visage même s'il fallait pour donner l'illusion. Elle était sombre, méconnaissable. Elle était Valoutina la mauvaise, Valoutina la folle, Valoutina la dangereuse quand un faible hennissement la tira de son délire. Elle reconnut Adelphe qui s'en venait de nouveau comme un voleur.

Il essaya d'abord d'entrer à l'intérieur, mais tout dormait. Le vieux Griseldan ne se réveillait jamais qu'avec le jour. Devait-il appeler Carolange dans sa chambre ? Bien sûr que non, la pauvre se serait effrayée de le voir faire intrusion à cette heure. Il ne renonça pas pour autant à s'en aller car il doutait d'avoir la force de revenir. Alors, à pas furtifs, il fit le tour du château, se souvint d'une fenêtre qui fermait mal dans la décrépitude générale. Il escalada, n'eut qu'à pousser la vitre, se retrouva dans un couloir que la seule lune éclairait et il sursauta en voyant passer une forme blanche qui n'était autre que Georgie.

S'étant repris, il ne sut trop que faire et prit le parti de s'installer dans le petit salon jaune. On l'y trouverait dans une heure, à jouer l'homme tourmenté en quête d'explications. C'était là qu'il avait maintes fois bavardé en compagnie de Carolange, c'était là qu'il se sentait le plus à l'aise pour mener une conversation, c'était là qu'il serait en position de force face à Griseldan. Mais à la porte du salon, il étouffa un cri ; devant lui, dans l'encadrement de la porte, se tenait un des serviteurs du comte, qui le fixait de ses yeux sombres sans mot dire. Il se recula. Un bruit le fit se retourner. À l'autre bout du couloir, son sosie était là, tout aussi menaçant.

– Je... Je sais qu'il est très tôt, que je n'aurais pas dû... Mais je cherche votre maître. Je dois lui parler au plus vite d'une affaire le concernant...

Eugène et Hygin le comprenaient-ils ? Parlaient-ils seulement sa langue ? Il n'avait jamais entendu le son de leur voix. Aussi ne sut-il comment réagir lorsqu'ils l'assirent brusquement dans la pénombre où ils l'abandonnèrent. Adelphe resta pétrifié. Qu'allait-il faire ? Qu'allait-il dire à Griseldan qu'ils étaient sûrement allés chercher ? Comme justifierait-il sa présence ici, à cette heure ? Ses fermes résolutions s'étaient envolées. Puis il entendit un nouveau bruit, celui d'une canne. La lueur d'une bougie approcha. Griseldan entra avec ses domestiques.

– Te voilà donc revenu ! commença le vieillard. Eh, vraiment, nous ne changeons pas et dans cent ans le monde sera toujours le même théâtre en tartuferies...

Il était vêtu d'une simple robe de chambre et avait l'air d'un fiévreux, les cheveux en désordre, les yeux révulsés comme à son ordinaire. Adelphe se leva aussitôt pour se répandre en excuses :

– Pardonnez-moi de venir vous importuner si tôt...

– Que viens-tu faire ici ? lui lança Griseldan sur un ton de reproche.

– Je...

– Viens-tu me voir ou viens-tu récupérer une certaine tabatière tombée chez moi ?

Le vieux savait donc. Il savait tout. Adelphe se sentit rougir.

– Ce n'est pas ton frère qui aurait fait cela, incapable du moindre coup bas. Mais viens, puisqu'il n'y a qu'elles qui t'intéressent, allons les voir.

Il parlait des bêtes et Adelphe fut soulagé de constater qu'il contenait sa colère. Pour ne pas le brusquer et l'amener aux explications qu'il était venu chercher, il décida qu'il le laisserait parler à sa guise. Il s'étonna toutefois quand le vieux dit à ses domestiques d'aller chercher Carolange.

– Il est temps de rétablir la vérité. Allez la réveiller. Il est temps de l'affronter elle aussi.

La zoothèque était toujours aussi sombre, le bureau poussiéreux, les salles encombrées d'un fatras inouï dans lequel on distinguait un fennec empaillé, un python albinos, et l'on entendait des mangoustes plaintives et des wombats abrutis par la captivité dans leur cage. Mais tout cela importa moins à Adelphe que le manège au fond de la galerie où Griseldan l'entraîna :

– Tu reconnais cette porte, j'imagine, dit-il en installant sa lampe sur l'étagère au-dessus du coffre où était stockée la nourriture des bêtes. Tu reconnais cette porte puisque tu es venu ici en mon absence, sans mon accord, et que tu l'as ouverte.

– Carolange vous l'a dit ?

– Carolange ? Elle savait donc ? Non, elle ne m'a rien dit, ça ne m'étonne pas. Mais en entrant ici il y a quelques semaines de cela, j'ai senti que quelqu'un avait osé ; tu vois, ça ne s'explique pas, c'est dans l'air. L'absence d'effraction, de désordre, de vol : tout est identique et pourtant très différent. Et puis, j'ai trouvé cet objet dans la paille, juste ici où nous nous trouvons.

Il sortit de sa poche la tabatière d'Adelphe qu'il lui montra sans lui rendre.

– Quand je l'ai ramassée, j'ai tout de suite compris. Cette intrusion, ce ne pouvait être que toi. Et j'aurais dû le prévoir. Il y a deux sortes de curiosité : l'une d'intérêt qui nous porte à désirer ce qui peut nous être utile ; l'autre d'orgueil, qui est, hélas, plus répandue et nous pousse à vouloir savoir ce que les autres ignorent pour le plaisir vaniteux de les dépasser en connaissances. Depuis tout ce temps qu'on parlait de bêtes, que je te cachais mes filles, j'aurais dû me douter que tu voudrais les approcher, que tu voudrais t'en servir toi aussi.

Le regard dont il l'accabla signifia que c'était bien un reproche qu'il venait de lui adresser.

– Alors, écoute-moi, je vais te les donner, ces explications. Je vais te les donner pour que tu saches que ce n'est pas moi le coupable. Je ne suis pas la brute misanthrope que le pays se plaît à voir en moi. Je suis capable d'instruire mes semblables pour leur prouver que je suis une victime.

Il ouvrit la porte derrière lui pour montrer, par un geste concret, qu'il ne craignait plus désormais de dévoiler ce qu'étaient précisément ses bêtes. Et il dit, sans toutefois laisser Adelphe approcher :

– Aussi vrai que ma lampe brûle, là, sous tes yeux, tu sauras ce qu'elles sont. Au-delà de ce que tu as déjà vu quand tu es venu dans mon dos.

Une plainte aiguë, lugubre, désagréable, s'éleva à ce moment du fond obscur du manège :

– Silence, mes belles, silence !

Il étendit sa main, doigts écartés, pour les sommer de ne pas avancer davantage. Mais la plainte ne cessa pas. Alors, comme si ce bruit lui vrillait la cervelle, il se mit en colère :

– Assez ! Je vous ai dit de vous taire, petites pestes qui m'avez trahi en la préférant à moi !

C'était la première fois qu'il insultait ses filles et, comme si cela ne suffisait pas, il fit le geste menaçant d'un maître prêt à battre ses créatures en élevant le bras. Il se vengeait de leur soumission envers sa nièce, qui avait quelque chose de la sienne. La flamme de la lampe vacilla. Il se calma et, sur un ton conciliant, expliqua :

– Comme tu le sais, ces animaux viennent de la terre où ton frère est mort. Je les ai ramenés le jour même où il perdit la vie, et il faut, pour que tu saches tout, que je revienne sur cet épisode douloureux. Ce jour-là, accablé de chaleur, ton frère a plongé dans l'eau. Je m'en souviendrai jusqu'à ma mort. Il était si jeune sur la rive, si beau, si insouciant. Il me disait : « Regarde, regarde, comme je plonge ! » et il ne mentait pas : il avait une grâce incroyable. L'eau ruisselante luisait sur son corps dont le soleil faisait ressortir la blancheur.

Il s'arrêta, le regard dans le vide. Il n'était plus ici, mais là-bas, en Tasmanie, quinze ans plus tôt. Adelphe n'était pas sûr de vouloir entendre la suite, mais Griseldan ne lui en laissa pas le choix. Il voulait revenir sur ce qui s'était passé :

– Il a plongé une dernière fois et n'est pas remonté. Je l'ai cherché des heures durant, j'ai envoyé Eugène et Hygin sous la surface de l'eau pour le retrouver. En vain. Je hurlai, pleurai, appelai. Ce n'était pas possible. Il a fallu me traîner comme une chose, m'emporter malgré moi pour me faire quitter les lieux et regagner le bateau. Tu comprends, avec ton frère, je perdais l'être le plus cher qui me fût, comme un fils, un ami, un…

– Vous l'aimiez donc tant ?

– Plus que tu ne peux l'imaginer. Plus que toi, peut-être, tu ne l'as aimé. Plus que de raison. L'intensité d'une amitié ne se mesure pas à la durée d'une fréquentation, mais à une fusion entre deux êtres aussi inexplicable qu'elle peut être subite. Mais ce que tu veux savoir, ce n'est pas cela ; ce qui te brûle de connaître porte sur les filles. Eh bien, figure-toi que, ramené dans ces conditions à bord du *Géographe*, ivre de douleur, je songeais à mettre fin à ma chienne de vie en me jetant dans l'océan à la première tempête quand, en arrivant dans la cabine que je partageais avec Paulin, j'ai vu, au fond d'une cage, trois boules informes enchevêtrées qui tremblaient et couinaient. Tu les aurais entendues ! C'étaient elles, celles qu'il avait recueillies la veille pour les ramener à Paris et les montrer au Muséum après avoir fait abattre leur mère, celles que je n'avais pas eu le temps de découvrir, qui piaillaient de petits bruits d'orphelines. Et moi aussi, j'étais orphelin ! Je le pris comme un signe. Je me suis assis, je les ai observées ; elles ont ouvert leurs grands yeux noirs face à moi et je les ai adoptées. Tu comprends, elles étaient tout ce qui me restait de lui. Je les avais prises comme un signe du destin et c'est pour cela que j'ai donné à chacune le nom grec des Parques.

J'ai veillé sur elles avec la jalousie d'une mère jusqu'à notre retour en France. Je ne les faisais sortir que le soir sur le pont du bateau et, petites encore, elles s'habituèrent à l'enfermement, blotties dans le lit désormais vide de ton frère. Elles ont survécu à la traversée, à ces longues semaines passées en mer, aux réticences des marins et des autres savants de l'expédition qui auraient voulu les voir rester en cage. Puis ici, j'ai gardé l'habitude que j'avais prise là-bas, et elles aussi. Je les ai élevées, je les ai protégées, moi qui n'avais jamais eu d'enfant, continuant à ne les sortir que la nuit et uniquement dans le parc de ce château que je venais d'acquérir pour elles, pour les cacher ! Elles étaient trop précieuses ! Personne ne devait les menacer ; personne n'aurait compris ce qu'elles étaient ; il me fallait les protéger de ce monde qui n'est pas le leur et qui ne leur aurait fait aucun cadeau ! Mais rassure-toi, je les ai aussi beaucoup étudiées. J'ai documenté tout ce que je pouvais, rédigé une étude complète sur elles que j'ai dédiée à la mémoire de ton frère, mais que je n'ai jamais publiée pour ne pas attirer l'attention. Regarde par toi-même.

Il lui indiqua sur une étagère un livre à la tranche verte, parmi les gros volumes poussiéreux qui y traînaient – ce livre même que Carolange avait consulté. Adelphe le prit, en lut le titre :

– *De Tasmaniensi crocotta*. La… La hyène de Tasmanie…

– Ah, tu sembles étonné ! J'ai baptisé ainsi leur espèce en souvenir de ce que dit Pline dans son *Histoire naturelle*. Prends le temps de lire. Voilà, tu les as enfin, tes explications.

Adelphe parcourut la dédicace *À mon bien-aimé*, puis une page en diagonale ; il trouva le courage de conclure :

– Et c'est ainsi que vous en avez fait l'instrument de votre aigreur contre le genre humain.

– Mon aigreur ?

– La vôtre et celle de vos complices. Je sais tout des menées dans lesquelles vous trempez. Votre complot pour terroriser les campagnes.

– Mon complot ? Mais bougre d'idiot, tu ne sais rien, tu n'as rien compris. C'est là où je voulais en venir ! Ce n'est pas moi qui suis derrière ça ! Moi, j'ai été dépossédé de mes filles ! Moi, on m'a tout pris ! Je suis une victime !

– Mais alors qui ?

– Qui ? Elle, bien sûr ! Ma nièce ! Ma chère nièce qui sous ses allures angéliques cache un démon qui me tourmente jour et nuit !

Adelphe sentit brusquement que quelque chose lui échappait.

– Que dites-vous ? Qu'est-ce que vous racontez ? Vous divaguez…

Alors Griseldan se recula et le dévisagea d'un œil soupçonneux. Oubliant les accusations dont il venait d'être l'objet, il les retourna au mépris de toute logique contre Adelphe car Carolange ne lui avait jamais exprimé le mépris dans lequel elle tenait le jeune homme :

– C'était donc ça : tu es de mèche avec elle… Comment ne l'ai-je pas vu plus tôt ? Ce n'est pas que tu ne sais rien ; c'est que tu ne dis pas la vérité. En fait, tu cherches encore à me tromper. Tu fais partie de ceux avec qui elle a frayé ; la maline a toujours refusé de m'en dire plus. C'est pour ça que je suis venu à la battue, pour tenter de voir leur tête, à tous ces chiens compromis à sa suite. Et bien sûr tu étais là, avec elle, dans mon dos, à me surveiller. Pourquoi ne dois-je pas m'étonner, après que tu es venu fureter près de mes bêtes, de te retrouver à feindre de vouloir me parler comme un innocent ? Que préparez-vous encore pour me faire souffrir ?

– Voyons, vous perdez la raison !

– Je ne suis pas dupe, mais elle me tient !

– De quoi parlez-vous à la fin ? Je n'y comprends rien !

– Tais-toi ! haussa Griseldan. Tais-toi, te dis-je, ou ça ira mal ! Tu fais semblant, tu prends des poses ! C'est le monde comme il va ! Les gens sont des fous, des inconscients, des acteurs ! Si la pauvreté, l'ambition, la convoitise sont les mères de tous les crimes, le défaut d'esprit en est le père. Il fallait être insensé pour sortir mes vorantes et les lâcher ; il faut être hypocrite pour venir me narguer ici chez moi ! Dire que je t'ai mis en garde plusieurs fois contre elle !

– Mais, enfin !, maître…, osa encore Adelphe alors que la déférence ne se justifiait plus.

– Ne m'appelle pas ainsi ! Je t'interdis de le faire ! Je ne peux être un maître pour les menteurs de ton espèce !

– Non ! se défendit Adelphe qui se sentit brusquement menacé. Non !

Ne comprenant rien à ces accusations, il songeait, à l'inverse, que le vieux voulait lui faire porter la responsabilité des attaques, que sa misanthropie maladive confinait depuis longtemps à la démence et que la crise tant redoutée éclatait maintenant. Dans le manège, les bêtes, alertées par les cris, avaient repris leur plainte et grognaient tour à tour.

– Si ! cria le vieux. Dès le départ, tu as eu les pires intentions. Et tu m'as menti, et tu me mens encore comme ton frère qui n'a pas cherché à comprendre, mais à me nuire ! N'êtes-vous pas de la même engeance ?

– Vous nuire ? Mais enfin que racontez-vous ?

– Il m'a fait porter le chapeau, m'a accusé de tous les vices plutôt que de me laisser l'aimer à ma manière. Carolange te l'a dit, hein ? Lors de vos amourettes idiotes ! Elle te l'a dit, ça aussi ?

– Paulin ? L'aimer ? À votre manière ?

Les révélations se succédaient auxquels il ne pouvait pas croire. Il nageait en plein délire.

– Silence, imbécile ! hurla l'autre. Je sais qu'elle te l'a dit ; tu nous avais surpris un jour de dispute où elle cherchait à raviver mes misères et elle t'a glissé dans son chantage. Avoue-le ! Mais elle va venir, là, et elle va payer comme toi ! Oh, elle va payer, ma chère nièce, pour ce qu'elle m'a fait endurer !

– Arrêtez ! supplia Adelphe alors que le vieux se frappait de colère et que la menace qui venait d'être formulée contre Carolange lui donnait des prétentions chevaleresques. Je ne comprends rien à ce que vous dites, mais vous ne pouvez pas la menacer, je vous l'interdis !

– Tu me l'interdis ? Tu sais les raisons de ma solitude, de mon état, de ma fuite au point de ne plus même dîner avec elle ! Tu sais ce qu'elle me fait subir depuis des mois. Le chantage odieux auquel elle se livre, tu le sais ! Elle m'a rendu fou ! Je me demandais comment elle exploiterait mes faiblesses ; je me le demandais jusqu'à cet automne où elle en a profité pour s'accaparer mes bêtes. Je ne pouvais rien faire, rien dire ! Elle me tenait par mes vices ! Par ton frère ! Ah, vous êtes du même sang, lui, toi, elle ! Comme toute la race des humains ! Nés pour mentir, pour tromper, pour manipuler ! Nés pour me faire souffrir ! Ah ! Vous n'aviez pas le droit !

De colère, il arracha le livre des mains d'Adelphe et le lui jeta à la face. Mais comme cela ne suffisait pas, il attrapa tout ce qu'il trouva et se mit à l'attaquer. Il lui lança des livres, des chaînes, des outils, et même un coupe-papier qui le blessa à la joue. Mais un fou ne se raisonne pas et bientôt, ivre de douleur, assoiffé d'une vengeance impossible à contenter parce qu'elle naissait d'un crime imaginaire, il s'empara d'une fourche avec laquelle il retournait d'ordinaire la paille. Les bêtes au fond maintenant hurlaient et, à entendre leur hurlement, on sentait qu'elles approchaient.

– Posez cela, Griseldan ! Je vous en conjure, posez cette fourche ! Discutons calmement !

– Il n'y a rien à discuter ! J'ai vu clair dans ton jeu, je t'ai démasqué !

Il avait le front bouillonnant, mais l'air d'avoir la tête froide dans son obstination à voir en Adelphe un criminel. Il tremblait, mais ses mains s'agrippaient fermement à l'outil qu'il avait saisi. Soudain, il se rua. Adelphe attrapa le premier objet qui se présenta, la vieille bêche ébréchée posée contre la porte, et voulant parer le coup le frappa violemment sous la bouche.

La fourche tomba. Les mains du vieillard se plaquèrent à son cou. Un gargouillement mêlé d'un râle d'impuissance et de terreur s'échappa. Et, tout à coup, il s'écroula, au milieu de la pièce, le sang sortant à petits bouillons de sa gorge. La mort ! L'affreuse mort revenait ! Cette fois, Adelphe n'en était ni témoin ni victime : il en était responsable.

Il le réalisait avec un effroi inimaginable, prêt à sombrer dans la panique quand il entendit des pas à l'entrée de la ménagerie et vit tout au bout Carolange avec les deux serviteurs Eugène et Hygin. La chatte Georgie, qui la suivait partout, se faufila dans l'encadrement de la porte.

– Un accident… C'est un accident, je vous jure que c'est un accident. Carolange, chère âme, croyez-moi, il est devenu fou, brutal. Il est devenu dangereux ! Je n'ai voulu que vous protéger !

Il était suspendu à son jugement, pour savoir si elle ferait de lui un criminel ou son sauveur.

III

Aux pieds d'Adelphe, le corps de Griseldan gisait immobile, mort. La bêche était tout près ; une traînée de sang sur sa lame indiquait qu'elle venait d'être utilisée pour tuer. Carolange comprit immédiatement. Devant elle, les animaux s'agitaient entre les barreaux de leurs grilles et, au fond du manège plongé dans le noir, les trois filles du vieux se prirent à gronder, de petits sons gutturaux rapides et répétés. Bientôt, quoique toujours invisibles, elles émirent des sortes d'aboiement comme si elles avaient vu ce qui s'était passé et qu'elles se partageaient déjà le projet de vouloir venger leur maître.

Carolange sentit la colère l'envahir, une colère irrépressible à l'idée que cet homme qu'elle exécrait depuis si longtemps venait de tuer le grand Griseldan de Malmaure. Mais ce qui excitait cette colère n'était pas qu'il eut attenté à la vie de son oncle avec lequel les relations étaient si immorales et trompeuses, mais qu'il l'eut doublée, elle, en contrecarrant ses plans. Elle voulait être celle qui tromperait, qui décevrait, qui choquerait le monde et elle n'entendait pas que quelqu'un fît mieux qu'elle en ce domaine ou la bousculât dans ses buts.

Valoutina la mauvaise, Valoutina la folle, Valoutina la dangereuse devait avoir la primeur du mal en ce jour ; personne ne pouvait se révéler plus surprenant qu'elle là-dessus. Sa colère se mua en rage ; elle serra les poings à s'en briser les phalanges.

Elle allait ramasser la bêche, en frapper Adelphe pour y mettre son sang sur le sang du vieillard, mais avant même qu'elle eût fait un geste, Eugène et Hygin s'élancèrent à travers la galerie et se jetèrent sur lui à mains nues, de toute leur hargne. D'abord prise de court, elle se ressaisit et pensa aussitôt au complot qui restait plus important que tout. Dehors, le jour naissait ; il n'y avait pas de temps à perdre. Alors, faisant confiance aux domestiques pour assouvir sa vengeance, elle s'enfuit en poussant la porte.

Adelphe ne put la rattraper. Déjà il était saisi aux jambes et aux bras et chutait. Mais à peine furent-ils à terre que, dans l'entremêlement de leurs corps, l'un des deux sosies se blessa sur la pointe de la fourche restée au sol, qui lui arracha un cri. Adelphe en profita pour se redresser et, d'un crochet vigoureux dont il ne se serait jamais cru capable, envoya dinguer l'autre dont le front heurta l'étagère si fort qu'il s'écroula en faisant tomber la lampe qui y avait été posée.

Il reconnut Hygin. Mais il n'eut pas le temps de s'en soucier. Déjà Eugène, relevé de sa blessure au flanc, lui assénait une grande claque sur l'épaule et se rua pour l'y mordre comme un forcené. Deux violents coups de poing dans le ventre plièrent Adelphe en deux : il s'effondra, essoufflé, peinant à ramper pour se mettre en sûreté, incapable de faire plus tandis que des larmes de douleur lui venaient.

Soudain, les pieds d'Eugène se plantèrent devant lui. Il n'eut que le temps de lever les yeux pour voir son adversaire tenir en l'air, à bout de bras, un énorme objet au-dessus de sa tête. Eugène venait d'attraper une cage qui traînait dans la pièce et, alors même qu'un animal était encore à l'intérieur, d'un mouvement décuplé par la rage, d'une puissance herculéenne qu'on ne lui aurait pas soupçonnée, il brandit le poids énorme de la ferraille au-dessus du jeune homme en menaçant de la fracasser sur son corps. Mais il tarda une seconde de trop et, comme s'il avait mis toutes ses forces dans ce geste, cette seconde suffit à le faire trembler. Il faiblissait. Adelphe le vit. Sans réfléchir, en un éclair, de toute l'énergie qu'il put rassembler, il balaya de sa jambe les pieds d'Eugène qui, surpris, glissa et lâcha la cage qui vint s'écraser sur son front qu'elle enfonça de moitié dans un bruit de gousse éclatée.

En sentant le sang jaillir jusqu'à ses lèvres, Adelphe cria de terreur, face à cette mort qui le cernait. Il chercha une issue. S'il sortait au moins de cet endroit, il redeviendrait l'homme qu'il était. Au fond de la ménagerie, il s'aperçut que la porte était fermée ; Carolange avait dû la claquer en s'enfuyant. Il se mit à parler, à gémir, à hurler :

– À l'aide ! À l'aide ! Je ne me suis que défendu ! Je vous jure ! Aidez-moi !

Il n'avait pas senti la douleur et ce ne fut qu'après ce cri de désespoir qu'il se rendit compte qu'Eugène s'était effondré sur lui et l'entravait de son poids et de celui de la cage. L'animal était toujours à l'intérieur ; il le voyait à quelques centimètres de lui. C'était une zorille qui, assommée par la chute, bougeait avec peine elle aussi. À côté, les jambes d'Eugène tressautaient de mouvements imperceptibles et nerveux non pas de l'impulsion d'un corps vivant, mais de la mécanique d'un pantin. Les doigts d'Adelphe s'engluaient dans le sang ; il détournait les yeux pour ne pas avoir à les poser sur le crâne crevé du cadavre.

Il y avait pourtant pire. Tandis qu'il tentait en vain de s'extirper et cherchait un objet pour faire levier, tandis qu'il tentait d'atteindre le manche trop éloigné de la bêche ou de la fourche, qu'il appelait au secours Carolange déjà partie, Élodie dont il ignorait si elle pouvait être là, même Hygin qu'il aurait espéré réveiller après l'avoir assommé, une odeur de fumée lui vint aux narines. Le sol était jonché de paille avec laquelle Griseldan garnissait le manège de ses bêtes en temps normal ; la paille était restée sèche malgré l'humidité de l'hiver… La lampe ! La lampe était tombée, dont la flamme était en train de grossir.

Il hurla à s'en égosiller mais comprit que personne ne viendrait. Dans sa cage, la zorille, paniquée, commençait à déchaîner la violence dont elle était capable pour sortir. Elle montrait les dents, tournait en rond, griffait dans le vide. Alors, par réflexe, il gesticula, poussa, parvint enfin à se dégager quand, tout à coup, il se figea de terreur. La zorille elle-même s'arrêta de hurler ; Georgie préféra se tapir dans un coin, hérissée, craintive, aux aguets.

Trois silhouettes furtives viennent d'apparaître dans son champ de vision, dont l'ombre sur les murs s'agrandit à la lueur des premières flammes au sol. Pris de vertige, il croit à un cauchemar. Ce sont les vorantes qui sortent, gênées par l'odeur de fumée qui commence à se répandre, alertées par les plaintes des autres animaux enfermés dans leur cage. Adelphe ne bouge pas. Elles avancent, de leur corps affiné par les rayures sur leur dos et leur queue longiligne. Elles avancent, silencieuses, presque aériennes, fantastiques, reniflant l'espace autour. De leurs talons décollés du sol, de leur démarche raide et maladroite, elles semblent danser une pantomime lugubre ; l'une d'elles se dresse sur ses pattes arrière pour humer l'âcreté de l'air et elle a dans le même temps des apparences de boiteuse. Adelphe devine : c'est Atropé, qui fut blessée l'hiver dernier. Les deux autres la suivent, Clôthô et Lachésia. Ainsi apparaissent les Moires, la nuit, quand elles coupent au-dessus des lits endormis le fil de la destinée des mortels.

Elles s'approchent, semblent chercher l'odeur du sang qu'elles lécheront. Adelphe ferme les paupières, paralysé par la peur. Il entend un lapement, un bruit de morsure. Mais il ne sent rien. Il rouvre les yeux. Elles sont en fait en train de mordre au mollet de Griseldan, le mordre de leur mâchoire puissante, pour le tirer à elles, en arracher de fins lambeaux de peau et de muscle. À les voir tourner autour, planter leurs crocs, frotter leur tête aux blessures qu'elles causent, il devine dans leur violence un reste d'affection pour leur ancien maître en même temps qu'une voracité naturelle contre celui qui n'est désormais plus qu'une proie morte à leur disposition.

Les témoignages lui reviennent, qu'il n'a cessé de récolter depuis l'automne. En voyant leurs zébrures, leur queue serpentiforme, leur gueule plus ouverte qu'un piège à loup, il a la certitude que les gens ne mentaient pas. Simplement ils ne pouvaient pas mettre un mot précis, une image juste sur ce qu'ils avaient vu. S'il en réchappe, lui-même serait incapable de les décrire sans amplifier leur spectacle tant ce qu'il voit lui semble relever d'un autre monde.

Mais d'un coup leurs oreilles arrondies se dressent. Les voilà qui s'éloignent dans un sifflement tandis que leurs ombres inquiétantes continuent de rôder sur les murs et de s'allonger démesurément comme des créatures de l'enfer. Adelphe tourne la tête. C'est le feu ! Le feu de la lampe en train de déclencher un incendie ! Le feu qui s'embrase et jette sur les lieux des chatoiements d'or et de pourpre ! Le feu a pris, le feu les menace, bêtes et hommes semblablement. Il se répand en tous sens, gagne les fétus de paille un à un, lèche les lambris de bois aux murs, les portes ouvertes du manège, attaque les animaux empaillés et inquiète les vivants qui se mettent à hurler comme jamais.

Toute la zoothèque est menacée. Chacun de leur côté, le fourmilier, le sconse, la martre sentent les premières brûlures des flammes, l'étouffement atroce des fumées ; ils sentent qu'ils vont mourir. Ils grattent, tapent, mordent aux barreaux tandis que leur pelage roussit de flammèches qui volètent sur eux. Les moires tournent par instinct, à vouloir s'en saisir. Georgie miaule d'effroi. La chaleur rapidement est intenable, le feu progresse. Un animal empaillé se met à flamber comme une torche, dégageant une odeur de graisse cuite avant que ce ne soit, au bout de la galerie, les toiles de Carolange qui s'embrasent. Au-dessus éclate le rire de la mort qui accompagne les piaillements stridents et les hurlements de détresse.

Avec l'énergie du désespoir, Adelphe s'est relevé et, malgré les douleurs, malgré les vertiges, malgré la toux qui le gagne, il a quand même pu saisir Griseldan dont il veut sauver la dépouille. Mais le corps est trop lourd ; cherchant une issue, il le pose, parvient à s'orienter en dépit des flammes qui le cernent quand, au milieu des nuages de fumée, il voit une des filles courir à lui. Il croit qu'elle va l'attaquer avant de voir les brandons ardents qui ont embrasé son pelage ; elle est en train de brûler vive. Il se jette vers la porte ; elle est fermée à clef, la poignée brûlante. Carolange l'a verrouillée ! Elle ne l'a donc pas cru. Pire : elle s'est méfiée…

Le feu vire au brasier. Autour de lui les peintures, les toiles, les boiseries des cadres flambent, emportant leurs dessins dans le néant. Alors il songe aux fenêtres, en hauteur et peu nombreuses parce que Griseldan a eu autrefois l'idée stupide d'en faire condamner la moitié. Il en aperçoit une proche, dont il casse la vitre en jetant ce qu'il peut au travers. Il tourne un dernier regard sur le corps du vieillard qu'il ne pourra traîner, pense *in extremis* à fouiller ses poches avec l'espoir d'y retrouver la tabatière de son frère puis, au milieu des débris de verre, au risque de s'entailler la peau, il agrippe une cage dont l'animal captif lui mord les doigts, grimpe dessus, se laisse encore attaquer les chevilles et saute dehors, enfin libre, le vêtement en feu, forcé de se rouler au sol pour l'éteindre et apaiser ses brûlures.

Devant lui, la zoothèque se consume et, avec elle, ses victimes, sauvages ou douces, et ses livres, et tout le savoir d'une vie d'étude.

Le feu semble sécher ses larmes avant même qu'elles n'aient eu le temps de couler.

Verrouillant la zoothèque, Carolange s'était précipitée à l'écurie pour s'enfuir avec Chrysis, cachant dans sa selle le portefeuille en maroquin noir qui contenait les brochures de Vitebsk ainsi que le petit pistolet à silex. Son seul scalpel ne lui suffisait pas.

Elle atteignit la grille, qu'elle ouvrit non sans mal, ne songeant pas même à passer par le mur éboulé. Elle tremblait ; les idées se heurtaient dans sa tête ; elle maudissait Adelphe et s'inquiétait de ce qui avait pu arriver aux autres conjurés là-bas, en ville, si un tel contretemps s'était produit ici, chez elle. Mais dans la bousculade de ses réflexions, son plan devait rester inchangé : malgré la venue d'Adelphe, malgré la mort de son oncle, malgré toutes ces complications, il lui fallait rejoindre coûte que coûte Orléans pour répandre le bruit que la bête n'était pas morte, que le pouvoir n'avait pas réussi à la tuer. En s'éloignant, elle tâchait de retrouver ses esprits et se disait, pour se rassurer, qu'Eugène et Hygin auraient tôt fait ce qu'il fallait, puisqu'ils s'étaient dévoués corps et âme à leur maître. Puis elle devinait que l'état catastrophé dans lequel elle était ajouterait une touche de vraisemblance à ses hurlements.

Cependant, enfin libre des flammes et hors de danger, Adelphe n'eut, quant à lui, qu'un objectif : retrouver celle qu'il croyait être encore son amie pour lui faire entendre que tout ce qui venait d'arriver n'était que le résultat d'un malencontreux concours de circonstances et l'empêcher d'aller alerter les gendarmes en le traitant d'assassin. Il n'y avait qu'elle qui saurait comprendre la complexité tragique de la situation et il lui semblait que s'il parvenait à la lui expliquer, si elle comprenait voire lui pardonnait son geste, tout rentrerait dans l'ordre. Pour cela, il la rattraperait, il n'était pas trop tard, et cette seule pensée lui fit faire des efforts démesurés pour combler l'avance qu'elle avait prise sur lui.

Par chance il n'était pas blessé, hormis quelques contusions et coupures. Il courut rejoindre Néro qu'il avait laissé attaché dans le parc. Il avait vu la grille de l'allée ouverte, les traces dans la terre humide ; il ne doutait pas que Carolange eût pris la route d'Orléans. Alors, il éperonna son vieux cheval pour lui faire retrouver toute la fougue de sa jeunesse et galopa en hurlant le nom de la jeune femme à pleins poumons pour qu'elle l'entende. Les premiers rayons du soleil l'aidaient à mieux se diriger. Elle avait perdu du temps à ouvrir la grille et à faire le détour par la route officielle ; il en avait gagné à prendre le raccourci des derrières du parc. Bientôt elle fut en vue.

Mais au moment où il s'apprêtait à la rejoindre, des gendarmes à pied parurent sur la ligne d'horizon. C'étaient ceux que Talleyrand avait envoyés cueillir la Rousselaine qu'il avait confondue avec Valoutina. Adelphe crut que Carolange allait se précipiter vers eux pour le faire arrêter, mais il la vit brusquement prendre peur et bifurquer sur un chemin de traverse. Que faisait-elle ? Il la vit sauter de son cheval qui ne pouvait s'engager plus loin dans le chemin trop étroit et sortir un pistolet avec lequel elle visa d'abord les gendarmes, puis, les jugeant trop loin, tira dans sa direction. Une arme ! Elle avait une arme ! Et elle tirait avec sur lui !

Ce chemin, il le reconnaissait : au niveau du Rollin, peu avant Fourneau et le calvaire du Christ-aux-yeux-creux, c'était celui du Caillas qui menait vers la Loire. Carolange courait devant lui, son pistolet dans une main et dans l'autre un sac, comme une grande sacoche qu'elle tenait serrée contre elle. Le chemin était bourbeux, les pieds s'enfonçaient. Sa robe l'empêtrait et, comme il ne cessait de l'appeler, il l'entendait jurer pour toute réponse et lui crier des « laisse-moi » en le tutoyant ; il pensait que c'était la colère qui la faisait parler ainsi, ou pire la peur qu'elle avait de lui. Il était au comble de l'émotion.

Il descendit à terre lui aussi, regarda autour d'eux ; ils étaient arrivés au milieu de l'ancienne carrière déserte et se retrouvaient entourés d'empilement de graviers de toutes tailles, de tous volumes, certains minuscules, d'autres propres à les ensevelir. Dans la lueur de l'aube, les petites pierres blanchâtres prenaient des reflets opalins et laiteux, jaunasses et vernissés, tandis que d'autres demeuraient grises et opaques parce que le soleil ne les avait pas encore touchées. Hormis quelques herbes folles, il n'y avait pas une végétation, pas un arbrisseau ni un buisson à leur opposer, et chacun de ces tas était dangereusement instable, on le sentait en posant le pied tout près, quand l'empilement menaçait de tomber. Carolange, affolée, avait les cheveux en pagaille, les lèvres pincées, l'œil luisant et vipérin où son iris vert semblait plus trouble et trompeur. Tout de suite, il comprit qu'elle n'était plus la même. Le coup de pistolet qu'elle avait tiré en sa direction lui intimait de se méfier tout en la forçant à s'expliquer.

– Carolange, chère âme, quelle folie êtes-vous en train de commettre ? La douleur vous égare ! Calmez-vous, écoutez-moi ! Je n'ai rien fait et je peux tout expliquer, il faut me croire !

Il lui tendait la main, mais elle reculait en regardant vers Férale où les fumées de l'incendie commençaient à s'élever dans le ciel.

– Tu n'as rien fait ? Mais tu l'as tué ! Et tu as gâché bien plus que tu ne peux t'imaginer !

Il ne pouvait savoir qu'elle ne parlait pas de la mort de son oncle mais du complot dans lequel elle trempait et dont elle sentait que la réussite lui échappait. Il insista :

– Je n'ai fait que me défendre contre un de ses accès de démence ! Il vous menaçait, savez-vous ? Il faut me faire confiance !

Elle se mit à rire, d'un rire aussi glaçant qu'énigmatique et, parce que la cruauté ne s'applique jamais qu'en proportion des contrariétés de l'orgueil, elle lui jeta :

– Le vieux n'avait pas tort, tu n'arrives pas à la hauteur de ton frère ! Dans ta bêtise, tu es ignorant de tout. Mais dans ton ignorance de tout, c'est vrai, tu as raison, il n'y a qu'un seul responsable !

– Que voulez-vous dire enfin ? Je ne comprends rien à ce que…

– Tu ne comprendras donc jamais rien ? Ce feu là-bas, c'est celui de Sodome !

– Sodome ?

Que disait-elle ? L'intransigeance religieuse de la vieille Élodie lui était-elle montée à la tête ?

– Sodome ! cria-t-elle en dessinant un grand geste de son bras vers Férale. Sodome ! Tu ne saisis toujours pas ? Mais moi, l'histoire de ton frère, je la connais par cœur et combien de fois j'ai brûlé de la dire à tous dans sa véritable version ! Le vieux radotait tellement qu'il se contredisait, et ses silences en disaient plus long que ses paroles. Puis il souffrait ; il accusait l'humanité, mais je voyais bien que c'était en lui que résidait la faute. Alors j'ai fini par comprendre ce qui s'était passé sur cette terre de Diemen. Paulin ne s'est pas noyé, pauvre nigaud, tandis que le grand Griseldan le regardait tranquillement sur la rive ! Ah, non, il ne s'est pas noyé seul ! On l'a aidé ! Lui, lui ! C'est lui qui l'a aidé !

– Tu déblatères, pauvre femme ! Que sais-tu ? Parle, bon sang, parle !

Il s'était rapproché pour la presser de parler, mais elle se dégagea et son sourire s'élargit pour devenir démoniaque.

– Écoute, je te le dis : il l'a tué ! Le grand Griseldan de Malmaure a tué ton frère, là-bas, au bout du monde, parce que ton frère ne voulait pas accorder ses faveurs au barbon qu'il était. Nul n'en a jamais rien su, ni sur place ni à son retour en France. Ils étaient seuls au moment des faits et tant d'imprudents ne reviennent pas de ces expéditions. Oh, tu comprends maintenant de qui je tiens mes talents de comédienne ? Sa peine, sa misanthropie, ses postures de vieux sage, tout ça n'a été que motivé par la culpabilité qu'il a pu ressentir pour sa passion et ses désirs coupables. La comédie d'un criminel qui ne veut pas qu'on suspecte la vérité !

Ce fut le choc le plus monstrueux qui aurait pu s'abattre sur Adelphe. Qu'est-ce qu'elle racontait ? Se pouvait-il qu'elle sortît tout cela sans preuve, simplement pour lui faire mal, comme le ton de sa voix semblait le dire ? Qui était-elle devenue ? Qui avait-elle jamais été ? Une inconnue, une étrangère, une ennemie, une menteuse ? Elle lut son désarroi et pour le plonger définitivement dans une intolérable incertitude, elle lui dit :

– Tu te méfies, n'est-ce pas ? Tu ne me crois pas ? Quel dommage que les seuls qui auraient pu te le confirmer soient morts dans l'incendie que tu as déclenché ! Tu devras vivre avec ça toute ta misérable vie ! Pour ce qu'il en reste !

Avec une souplesse assassine, elle donna un coup de pied dans un tas de gravier et s'écarta d'un bond. Les cailloux glissèrent dans une coulée qui heurta Adelphe aux mollets et le fit trébucher. Heureusement le tas n'était pas élevé, il n'aurait pu le recouvrir ; mais il en resta empêtré un instant, à ne pouvoir la poursuivre.

Il la laissa partir, abasourdi par sa violence. Elle quitta la gravière, dérapa sur une plaque de sable, chuta à son tour, s'écorcha les mains, mais ramassa le portefeuille, les feuillets, son pistolet et se remit à courir comme une ménade ivre de délire dans les hautes herbes. Elle allait vers la patte d'oie et, Adelphe s'en souvenait bien du jour où il était venu constater la mort du père Euripide, il n'y avait par là aucune issue sinon la cabane du vieux chansonnier à l'abandon et, de l'autre côté, la Loire et la tanière de la Rousselaine.

Mais Carolange semblait se perdre à vouloir s'échapper. Elle courait, ne faisait attention au chemin qu'elle empruntait, repensant à ce jour où elle avait enfin percé le secret de Griseldan. Ce jour où Adelphe les avait surpris à se disputer, un an plus tôt. Elle avait deviné les amours coupables de son oncle, s'en était allée lui réclamer des explications. Ne pouvant plus nier l'évidence, il avait avoué la vérité mais avait tenté aussitôt de se disculper en affirmant se repentir chaque jour de la mort de Paulin. Il l'avait noyé parce que le jeune homme se refusait à l'aimer, et depuis, il s'astreignait à une vie d'ermite comme un juste châtiment. La venue d'Adelphe avait interrompu leur dispute.

Son oncle coupable d'un meurtre ? D'amours contre nature ? Sur celui-là même qu'il lui destinait comme fiancé ? Un monde s'était écroulé en elle, fait de bons sentiments, d'amour et d'innocence. Carolange était détruite. Mais les fautes de Griseldan n'avaient été qu'un déclencheur ; quelque chose d'obscur et puissant germait au plus profond de son être, qui ne demandait qu'à éclore sur les ruines de son âme et qui fit qu'elle ne le dénonça pas ce jour-là. Elle se contenta de jouer l'horrifiée ; elle ne savait pas ce qu'elle ferait de cette découverte mais sentait vaguement qu'elle pourrait un jour en profiter. Elle n'était déjà plus tout à fait la même ; une autre était apparue sous ses traits, que personne ne voyait encore mais qui ne demandait qu'à prendre le dessus.

Et puis, à l'automne suivant, il y avait eu Vitebsk, la passion, le complot, l'absence de scrupules à tuer s'il fallait, et la graine devint une racine empoisonnée, celle de l'arbre du mal, celle qui donna naissance à Valoutina. Mettant son oncle devant le fait accompli, forte de leur secret partagé, elle s'était autorisée à utiliser les bêtes dont elle avait tout lu dans le livre vert de la zoothèque, sachant bien que Griseldan s'en rendrait compte mais qu'il n'oserait s'y opposer dans la crainte qu'elle révélerait son crime passé ; il se contenterait de subir en silence. Jamais, en revanche, elle n'avait imaginé qu'il en viendrait à soupçonner de complicité ce médiocre d'Adelphe.

Elle continuait de courir. À la patte d'oie, elle n'alla pas à droite vers la cahute où le loup avait frappé pour la première fois, mais à gauche où les ronces et les orties traçaient un sillon pour mieux la laisser s'enfoncer et la prendre à un piège dont elle ne se libérerait plus. Le tissu de sa robe s'accrochait, se déchirait, elle courait toujours. Adelphe refusa de l'abandonner et, quoique boitant de la chute des cailloux sur ses chevilles, il s'échina à la suivre.

Elle déboucha dans un espace étrange qui n'était plus sous la futaie des grands arbres mais ne formait pas une clairière non plus. L'écorce des troncs et les ramures des branchages y semblaient plus sombres qu'ailleurs, mêlés à un rouge obscur qui paraissait tomber du ciel où l'ensanglantement du soleil s'intensifiait dans la naissance du jour. Elle eut l'impression d'entrer dans un monde où la lumière se mourait avant d'être apparue, où les bruits s'étouffaient avant même d'avoir été exprimés, où les feuillages se racornissaient et les bourgeons se desséchaient avant d'avoir éclos, où l'haleine pestilentielle de la terre remplaçait l'air. On entendait à peine le fleuve tout proche.

Elle marcha dans des flaques, sur des lits de feuilles et de branches mortes sans se soucier de mouiller ses pieds ni troubler le silence et, en dessous, elle sentit plusieurs fois quelque chose remuer, serpenter et glisser pour disparaître en lui arrachant un cri de terreur. Tout près, éviscérée et cornant de puanteur, gisait la dépouille d'un ragondin, d'un castor, d'une loutre, on n'aurait su dire, et d'autres ossements étaient répandus en un cercle tout autour sans qu'on eût pu identifier l'animal dont ils provenaient. On était même en droit de se demander s'il n'y avait pas des os d'hommes là-dedans. Elle comprit où elle était. Ces os étaient des indices de divination, de rites sataniques comme on n'en trouvait plus dans le monde civilisé. Elle était chez la sorcière.

Des traces de pas se repéraient, où la terre molle se teintait d'une couleur cendrée comme si l'humus y avait été brûlé sous l'empreinte. Alors elle continua d'avancer, incertaine dans cette aurore sauvage où l'effroi la guettait mais où elle cherchait néanmoins un moyen d'échapper à celui qui la poursuivait. Les marques de pas allaient en tous sens et, en les suivant, la tête lui tournait, elle se perdait, croyait entendre les supplications d'Adelphe dans son dos. Enfin elle aperçut un amoncellement de bois si démoli qu'elle eut l'impression qu'une tornade était passée là pour tout briser. Alors elle se rendit compte que, si habitation il y avait, c'était un trou creusé comme un terrier de renarde. Il lui sembla qu'un mauvais feu, étouffé et mal odorant, y fumait. Une présence était là. Elle en fut pétrifiée. Car une créature venait d'émerger de ce trou comme si elle était née des entrailles du sol. C'était elle, la Rousselaine, la Vorasse, la Six-Doigts.

Elles restèrent un moment à se dévisager, d'un regard glacial où nulle n'aurait pu deviner ce que l'autre pensait. Carolange avait les genoux écorchés de sa chute, les vêtements déchirés, de la boue jusqu'au visage et elle se disait que la harpie en face d'elle était plus laide, plus effrayante que dans tous ses cauchemars avec sa maigreur hideuse, sa pâleur macabre, les angles biseautés de ses joues, ses pupilles verticales et acérées comme une lame, son front si bombé qu'il donnait l'impression que ses cheveux, d'un roux lombrical, prenaient leur racine en arrière de son crâne. La sorcière portait un couteau rouillé à sa ceinture, avec lequel elle étêtait les oiseaux ou les rongeurs dont elle faisait sa pitance. Sa tignasse s'emmêlait comme un nid de vipères ; sa respiration, froide et nauséabonde, s'exhalait comme un trait empoisonné se fiche en pleine face ; elle avait sur l'avant-bras toute une plaie mal cicatrisée qui violaçait, suppurait et, comme la peau d'un serpent, se desquamait en une exuvie tandis qu'à sa main gauche le doigt qu'on lui avait coupé et qu'elle avait avalé lui était déjà repoussé. Il formait une bosse hideuse où la croûte de la blessure avait laissé place à de la corne.

La Rousselaine ne craignit pas le pistolet que Carolange braquait. Elle alla droit à elle et lui tourna autour en une ronde inquiétante, méfiante, montrant les dents, sifflant, la reniflant comme une bête fauve ferait d'une biche sans défense. Quelque chose l'attirait, une odeur, un soupçon impalpable, et Carolange ne bougeait pas, prisonnière de la ligne circulaire invisible que la Rousselaine traçait pour l'enserrer. Chaque fois que la sorcière passait devant ses yeux, il lui semblait que son cou prenait des reflets d'écailles que le roux ferreux de sa chevelure faisait luire plus encore. Au loin, des cris se rapprochaient, et des aboiements ; on entendait le bruit des fourrés qu'on traverse.

D'abord lente, la Vorasse accéléra son pas, tourna, tourna, tourna autour de sa proie. Soudain elle se jeta sur elle mais, au lieu de l'attaquer, elle lui arracha ce qu'elle tenait entre ses mains. C'était le portefeuille dont elle fit sauter la fermeture avant de fouiller dedans en y enfouissant presque sa tête. Elle dispersa au vent les feuillets qui ne l'intéressaient pas puisqu'elle ne savait pas lire, mais alla chercher quelque chose au fond. Quelque chose l'attirait, qui la rendait impatiente. C'était le morceau de peau. Le morceau de peau écaillée que les conjurés avaient découvert le soir de la mort de Goujard. Le morceau de peau qu'elle prit comme s'il était sien.

Une énigmatique hargne s'empara d'elle ; elle poussa un hurlement strident. Et comme elle avait fait lorsque la fureur paysanne lui avait causé la perte de son sixième doigt, elle éleva ce lambeau et l'avala d'un coup. L'inexplicable alors se produisit sous les yeux médusés de Carolange. À l'instant précis où la sorcière ingurgita le bout de membrane, la blessure immonde de son avant-bras s'assécha, se résorba, se ferma tout à fait, ne laissant du pli du coude à son poignet qu'une cicatrice légère, à peine une éraflure.

Derrière elles, les gendarmes envoyés par le préfet arrivaient. Ils avaient doublé Adelphe ; on entendait leurs pas, leurs clameurs, les grognements de leurs chiens qui parfois se muaient en couinements réticents à l'idée d'avancer vers le repaire de la sorcière. Leurs maîtres gueulaient pour les sommer d'avancer. Mais la sorcière parut revigorée de son geste en même temps qu'elle prit peur des cris qui se rapprochaient ; elle se souvenait de l'attaque contre elle à l'hiver dernier.

Carolange était terrifiée, et, par réflexe, elle pointa son arme vide pour faire croire qu'elle était prête à la décharger. Avec autant de monde à ses trousses, elle avait compris que tout était fini, qu'elle ne surgirait pas comme prévu sur le faubourg et que les Six, s'ils étaient encore libres d'agir, devraient le faire sans elle. Perdu pour perdu, cette femme l'emmènerait en enfer.

La sorcière attrapa aussitôt son poignet, la tira par les cheveux, la gifla et, plutôt que de brandir son couteau comme l'espérait Carolange, ouvrant sa bouche dentée de mauvais chicots, elle la mordit aux lèvres, au menton, à la gorge en un baiser hideux, goulu, dégoûtant par lequel elle lui aspira la vie. Sa victime agita ses bras, tenta de la frapper avec la crosse de son pistolet ; déjà elle sentait ses forces la quitter, et, immobile, elle était incapable de réagir. Sa dernière pensée fut aux cris qui retentirent, très proches, mais elle était si dépossédée d'elle-même qu'elle n'aurait su dire si c'étaient les siens, ceux de la sorcière ou des gendarmes qui arrivaient enfin.

Ceux-là crurent-ils que Carolange les visait de son arme ? Virent-ils la sorcière s'en prendre à elle et voulurent-ils la délivrer ? Ils tirèrent. Sans vraiment y voir. Une salve retentit à travers les ronces qui leur faisaient écran et foudroya les deux femmes qui s'abattirent l'une sur l'autre.

Quand ils débouchèrent, ils ne trouvèrent que le corps de Carolange tuée raide. Tout près d'elle, une traînée visqueuse serpentait dans le sol et disparaissait en drainant une ligne de sang vers la Loire. Mais ils n'y prêtèrent attention, se persuadant de n'avoir finalement abattu qu'une seule forcenée, et ils piétinèrent l'ensemble avant que leur chef ne vînt constater l'issue de leur traque.

À l'arrivée d'Adelphe, Carolange n'était plus. Ses beaux yeux vert-de-gris s'éteignaient alors que, de sa gorge trouée, le sang jaillissait en un écoulement délicat.

Quel était le sens à donner à toute cette violence ? Désemparé, il comprenait seulement que la mort venait encore de lui voler un être cher et qu'il se retrouvait seul – mais au-delà de ses illusions et de ses faiblesses, avait-il jamais cessé de l'être ?

Dans le ciel, un jour, ironique et moqueur, achevait de naître pour laisser percer le soleil.

ÉPILOGUE

LES JOURNÉES RALLONGEAIENT pour de bon ; un temps plus clément annonçait l'arrivée du printemps ; Adelphe aurait pu quitter Orléans où plus rien ne le retenait. Mais il aurait eu trop peur de paraître suspect, de donner l'impression de fuir. Alors il resta, sans courage, quoiqu'il eût encore l'énergie de vouloir organiser sa défense.

Toute une matinée il fut retenu à la préfecture où Talleyrand en personne l'interrogea sur les événements de Férale, lui retraça la fin du complot, lui apprit l'implication de Carolange. Celui qui se targuait d'être un cerveau habile à percer les secrets fit semblant d'avoir toujours su qu'elle n'était pas innocente et de s'être abstenu de le lui dire pour ne pas compromettre l'enquête. En réalité, il se demandait s'il devait aussi prendre Adelphe dans ses filets. Les derniers morts le laissaient sur sa faim ; il avait besoin de coupables à traîner en procès. Le fait de l'avoir recruté comme informateur n'avait aucune importance : combien d'espions dans l'histoire se sont avérés coupables de crimes ou ont été sacrifiés par leur employeur ?

Un instant, peut-être crut-il sincèrement qu'Adelphe avait été lié de près ou de loin à la conjuration. Car s'il voulait bien admettre que Griseldan eût été capable d'un accès de violence, le déclenchement d'un incendie et la mort de trois hommes et d'une femme lui semblaient étonnants, pour ne pas dire suspects. Mais en réalité Adelphe ne savait rien des machinations de Moscou et ses complices, de leur tentative d'enlèvement du duc et de la duchesse d'Angoulême, de leur arrestation au matin du 28. Il n'avait jamais été à l'armée, ne connaissait aucun des capitaines impliqués, n'avait nul intérêt politique à quelque attentat que ce fût. En revanche, il ne cacha rien des pièces qui manquaient au jeu de patience du préfet; comme un homme qui se met à table après avoir été fait prisonnier, il raconta tout du comportement de Carolange au long des derniers mois et ce qu'elle lui avait avoué avant de mourir.

Ce qu'il révéla lors de son interrogatoire contenta les autorités. À vouloir être trop gourmand, on gâte le plat; il suffisait, pour l'épaisseur du dossier, d'avoir une femme angélique devenue folle, un vieil ermite coupable d'un crime commis à l'autre bout du monde, deux serviteurs transformés en farouches hommes de main, une marginale assassine et trois bêtes disparues dans les flammes après leur carnage de six mois, dont on ne saurait finalement rien de précis et qui nourriraient pour longtemps les légendes les plus éhontées du pays. Celles de la Bête d'Orléans, du loup tigré affamé de sang, de la terre des égorgés. Cela faisait beaucoup d'éléments romanesques; en ajouter d'autres aurait rendu l'affaire trop peu crédible aux yeux de l'opinion qui aurait soupçonné le pouvoir de forcer le trait pour masquer la vérité.

L'affaire fut étouffée dans les casernes en même temps que la troupe fut dispersée. Pajol reçut l'ordre de terminer l'acheminement des bataillons du 14e vers Mâcon sous le commandement de Bugeaud, et Ponsot en fut soulagé dans son admiration du grand homme. Adelphe, quant à lui, fut relâché. Libre au regard de la loi, il mit autant de soin à se disculper devant ses concitoyens qu'il en avait eu à se défendre face aux autorités. Car il savait bien que les gens balançaient à conclure s'il était coupable ou innocent. L'ermite et la dame de Férale restaient des figures respectées et l'on n'avait aucune preuve irréfutable qui l'eût blanchi ou condamné pour de bon.

Il fit passer dans le journal un article que la préfecture laissa imprimer et diffuser car il allait dans son sens. Avec une pudeur relative, il insista sur la simplicité de son cœur, la naïveté de ses sentiments, la trahison intime de Carolange, à laquelle il vouait désormais une colère virant à la haine. Ses trente lignes de défense s'achevaient sur un appel au retour à l'ordre public, une fidélité jurée à Dieu, au roi, à la France, suivis d'une signature en lettres capitales, Adelphe de Mézières. C'était la signature assurée d'un homme convaincu de n'avoir rien à se reprocher.

Pourtant, à ne considérer que la seule morale, Adelphe n'était pas non plus exempt de reproches. N'avait-il pas fait preuve d'un aveuglement éhonté dans sa passion pour Carolange et d'une insouciance confinant à la bêtise quand le vieux lui laissait entendre la singularité de ses bêtes ? Nul n'est jamais si innocent qu'il veut le croire mais porte son lot de torts dans le déroulement des événements. Il le savait au fond de lui.

La catastrophe des derniers jours n'avait pas permis d'apaiser ses hantises ni de le rendre brave. Le jour, il se prenait à douter de sa propre version de l'histoire et se regardait dans un miroir pour s'assurer de la véracité de ses dires. La nuit, il était repris de cauchemars de bêtes saignant leurs proies et de rêves où il surprenait Carolange en train de se donner à un autre pour mieux le trahir. Il se relevait parfois en nage pour vomir tant son chagrin était fort.

Se justifier publiquement dans un journal lui fut encore insuffisant. Il voulut paraître en ville pour prouver sa tranquillité d'esprit, mais, ayant toujours eu des difficultés à entretenir des relations mondaines, il ne connaissait aucun salon, aucun cercle, aucune promenade où il aurait pu se présenter. Les cafés lui semblaient des lieux trop étrangers à sa condition. Les sociétés savantes l'intimidaient : il se sentait répréhensible de son ignorance dans l'identification des bêtes de Griseldan et se persuadait qu'on lui jetterait ses manquements à la face dès qu'il oserait ouvrir la bouche. Enfin, il songea à organiser une excursion vers Férale dont la propriété avait été laissée en l'état, la zoothèque entièrement calcinée mais le château épargné. Il s'y serait montré digne, plein de sincérité et de tristesse ; mais il n'eut personne pour l'accompagner. Il y alla seul.

Au château, la vieille Élodie était introuvable ; qu'était-elle devenue ? Il parcourut les pièces une à une, désespérément vides, et il se laissa gagner par une immense mélancolie. Il monta l'escalier qu'il avait si souvent vu Carolange descendre, pénétra dans sa chambre où il n'était jamais entré. C'était une chambre de femme comme il y en a des milliers, ornementée de bibelots inutiles. Le lit était défait, du jour où elle était partie ; il s'approcha, se prit à respirer les draps qui avaient le parfum de la chair et de l'ange, il se demanda si elle avait fait l'amour dedans. Au creux d'un oreiller sur lequel il avait posé sa tête, il trouva le petit carnet où elle avait tout noté des attaques de bêtes ; il ne put s'empêcher de l'emporter comme une précieuse relique.

À Orléans, il opta pour une occupation simple : il décida de fréquenter la bibliothèque où il prendrait l'allure d'un homme de paix, d'un sage, d'un érudit. La ville ne comptait qu'une bibliothèque municipale dont le fonds avait été hérité des anciens dépôts d'abbayes et de couvents confisqués à la Révolution. Depuis quelques années, elle était établie dans l'ancienne église du Bon-Pasteur, à l'ombre de la cathédrale, où elle avait pris la succession d'une section révolutionnaire, d'un magasin de fourrages et d'un temple décadaire qu'on y avait tour à tour installés. Elle s'était enrichie de plusieurs dons et on lui avait associé une école d'architecture. Le bibliothécaire était un ancien bénédictin qui connaissait ses titres. Excepté le jeudi et le dimanche, l'établissement était ouvert toute la semaine du matin jusqu'au soir ; Adelphe s'y rendit chaque jour.

En plus d'être la preuve de sa sérénité, la lecture lui fut un refuge au tournoiement du monde. Les heures s'égrenaient, la lumière vacillait, il restait à sa chaise, immobile, visible de tous comme une statue. Il consulta tout ce qu'il put, sur le vivant, l'animal, l'humain, l'histoire des croyances du pays.

Il éplucha d'abord des collections entières de traités de naturalistes qu'il connaissait déjà tous et qui ne lui apportèrent rien sur les bêtes de Griseldan. Mais il ne s'arrêta pas là et se prit d'intérêt pour les relations de voyageurs que la bibliothèque possédait. C'était un rayonnage de journaux de bord, de comptes rendus de navigation, de rapports officiels sur des périples en Asie, en Afrique, aux Antilles. Il les consulta avidement, y cherchant des remarques en tous sens sur des espèces animales exotiques qui lui auraient rappelé les bêtes du comte, ne se souciant même plus de savoir si ce qu'il lisait portait sur les régions parcourues autrefois par l'expédition à laquelle le vieillard et son frère avaient participé. Il prenait des livres qui dataient de cent ans et qui étaient usés jusqu'à la tranche, ou d'autres oubliés qui n'avaient jamais été ouverts. Il songeait aux notes de Griseldan dans le volume vert qu'il avait tenu entre ses mains ; il n'avait pas réussi à le sauver des flammes, voulait compenser cette autre faute en essayant de retrouver ailleurs ce qu'il avait perdu là.

Il chercha aussi dans des témoignages locaux. Un peu par hasard, il dénicha d'anciens registres d'églises, des archives de presbytères où il lut ce qu'on y avait conservé du passé sur les méfaits du dos-gris. Il continuait de penser qu'il fallait dissocier les attaques de cette année, qu'elles n'étaient pas toutes imputables aux vorantes. Au vu de leur taille et des témoignages, celles-ci n'avaient dû attaquer que les enfants comme P'tit-Follet ou la Cribier ; enragé ou non, le loup continuait et continuerait de rôder longtemps dans la région et c'était à lui seul qu'il fallait attribuer les morts d'Euripide ou de Chiquet. Cette conclusion le fortifiait car elle lui rappelait que le mal le dépassait de beaucoup, qu'il n'aurait de toute façon pu éviter tous ces morts, qu'il y avait là une fatalité des campagnes contre laquelle on ne pouvait lutter. De temps en temps, le bibliothécaire venait poser sur sa table un nouveau volume qu'il avait demandé et qui le faisait sursauter en le tirant de sa lecture.

Puis il lut chez des auteurs peu scrupuleux des évocations anciennes de serpents volants, de basilics et cocadrilles, de chabannes, de dahuts, de birettes – tous tenants d'un bestiaire fantastique qui prenaient place entre les vallées de la Loire, du Cher et de la Seine. Il comprit le rapport dans les mentalités anciennes entre les dragons en tous genres et les fleuves qui serpentent paisiblement avant de causer des ravages par leurs crues et leurs inondations. Une description en particulier le fit frémir jusqu'aux os, celle d'une créature reptilienne géante qui, tapie entre les joncs, invisible jusqu'au dernier moment, apercevant sa victime sur la berge, se jetait sur elle, s'enroulait sur son corps et l'étouffait avec tant de vigueur, tant de force, tant de célérité qu'elle aspirait la vie que sa proie renfermait. On prétendait qu'elle avait une boucle à la queue dans laquelle elle passait sa tête au moment de l'attaque pour mieux serrer à mort. À défaut de l'éclairer sur les monstres de Griseldan, ces pages évoquaient les fins de Fabre et de Goujard qu'il n'avait pas oubliées et qu'il ne parvenait toujours pas à expliquer, pouvant seulement dire que le loup ni les vorantes n'y étaient pour rien et la Rousselaine sans doute pour quelque chose. Les gens racontaient que la sorcière se muait en lézarde, en coulvreuse de Loire pour échapper aux balles des chasseurs. Certains rapportaient qu'elle était là à la mort de Carolange puisque la scène s'était passée près de son antre mais qu'elle avait disparu comme par magie.

Ces hypothèses l'entraînèrent vers des pharmacopées fantaisistes et des traités médicaux. Il espérait y découvrir ce que la science disait de la femelle, le secret d'une nature différente du mâle, qui aurait expliqué quelle créature était cette sorcière et comment la femme qu'il avait aimée sincèrement s'était révélée être un démon tentateur et perfide. Il ne trouva rien de probant et se tourna de nouveau vers les écrits religieux. Et c'est en revenant à des rayonnages qu'il avait plusieurs fois parcourus, en compulsant tout le fatras de crédulité que possédait la bibliothèque qu'il tomba sur un ouvrage de légendes de saints. Les dragons de Jargeau, Meung-sur-Loire, Saint-Mesmin y étaient cités ; il y était dit que les grands monstres affrontés étaient tous sirènes, harpies ou vipères, des Jézabel impudiques, des Hérodiade animalisées. Fatigué de ses lectures, plus encore de ses peines, incapable de distinguer le réel du symbolique, Adelphe se remémora les sermons de l'abbé Vox sur les dévastations féminines. Aurait-il dû l'écouter ? *Quis similis bestiae ?* avait demandé le prédicateur à la messe de Noël. Qui est semblable à la bête ?

À la fin, il ne se reconnaissait plus ; il lui semblait s'empêtrer dans la masse de renseignements dont il était incapable de démêler le vrai du faux, le raisonnable de l'irraisonné pour dire s'ils pouvaient s'appliquer à la réalité de ce qu'il avait vécu.

Après ces journées où il fréquentait la petite bibliothèque, il prolongeait parfois ses heures dans un cabinet de lecture situé dans une rue proche du Martroi. Le premier soir, certains se levèrent pour partir en le voyant entrer, d'autres au contraire vinrent lui toucher un mot, moins d'amitié que par curiosité pour l'affaire où il avait trempé. Il alluma sa pipe, qui restait l'un de ses derniers plaisirs, et parcourut les journaux. Il voulait d'abord y chercher une possible réponse à l'article de défense qu'il avait fait paraître. Mais il n'y avait rien dans la presse et il en fut surpris. C'était comme si le pays se moquait de son histoire ou qu'il avait été happé par d'autres événements. De dépit, il chercha une information sur le sort des conjurés dont la préfecture l'avait laissé ignorant. Mais là non plus il ne trouva rien, ni purge dans les casernes, ni procès d'individus, encore moins trace de fusillés. À peine découvrit-il un entrefilet qui annonçait la venue de l'abbé Vox à la basilique de Cléry, et il en conclut qu'on l'avait libéré, faute de preuves suffisantes pour son implication dans le complot.

– Faut pas vous miner, lui dit la grasse Euphrosyne quand elle le croisa sur le palier de son immeuble dont elle montait et descendait toujours aussi péniblement les marches. La vie, c'est pas une tragédie comme qu'on va voir au théâtre.

Son mari Hector, le portier, sortit la tête de sa loge et, parlant d'en bas comme s'il était tout près, abonda d'une voix forte qui trouva son écho dans la cage d'escalier.

– Les femmes, savez, ça va, ça vient. Une de perdue, cent de retrouvées. Et autant d'emmerdes : les mégères, c'est juste bon à vous palucher quand il vous manque votre bras comme à moi.

– Bête, va ! lui hurla sa femme d'une voix essoufflée. Not' monsieur, il a du chagrin et pis toi, grand dadais, il te reste encore la gauche, de patoche, si t'es pas content de la mienne.

– Ohé, tout doux, la grosse ! Pour ce que j'en dis, moi. Y a juste que le chagrin, c'est pour les faibles ou ceux qu'ont du temps à minauder.

Adelphe ne les écoutait pas. Le couple connaissait vaguement son histoire mais ne semblait s'en émouvoir, sinon pour donner leur avis et s'engueuler. On aurait même pu se demander s'il n'y avait pas un peu de raillerie dans ces paroles car le monde entier semblait se moquer de sa souffrance. Il ne leur accorda pas un regard et leur claqua la porte au nez. Avec le retour prochain du printemps, il n'avait plus besoin qu'on lui entretienne son feu.

De l'autre côté de sa porte, il passa encore des heures penché sur ses travaux scientifiques qui n'avanceraient plus jamais, il le sentait. Les chevaux, les chiens, les chasses, plus rien ne lui parlait. Il repensa à la phrase de son frère, qu'il fallait bien manger pour vivre et, pour manger, trouver quelque chose d'utile et d'ambitieux. Mais, incapable désormais d'en suivre le conseil, il rêva à sa vie, au passé sur lequel il s'était si souvent mépris et à l'avenir où il entrait en tâtonnant comme un aveugle privé de lumière. La gravure de la baie d'Otaïti accrochée à son mur l'aida à divaguer.

Il repensa à Paulin, à la lettre de Griseldan qui lui avait appris sa mort autrefois, à sa tournure si particulière sur le déroulé des faits, ses réponses vagues quand il lui demandait plus de détails et au secret immonde qu'il dissimulait. Se pouvait-il que cet amour abject fût vrai ou Carolange avait-elle encore menti ? Jamais il n'aurait la force de savoir et l'une ou l'autre des deux hypothèses le ferait souffrir également. Il se revoyait subir sans broncher les reproches du vieillard, ses comparaisons incessantes avec son frère si parfait. Et elle, pourquoi avait-elle joué la comédie de l'amour envers lui ? Pour mieux cacher sa liaison avec son comploteur de capitaine ? L'avait-elle seulement un jour aimé ou n'avait-elle eu, à le lui faire croire, qu'un raffinement de cruauté ? Il se réécoutait bavarder à s'étourdir avec elle, lui parler de ses travaux, des animaux du monde entier pour chasser l'ombre de son frère qui par intermittences planait entre eux. Il n'avait jamais osé la demander en mariage par crainte d'un refus. Ce qu'il avait été aveugle, ridicule ! Il ne trouvait pas de mot assez fort pour se qualifier.

Et puis il se rappela le petit carnet qu'il avait ramené de Férale. De tout ce qu'il lut ces jours-là, ce fut le plus précieux et le plus difficile. Dire que la vérité était là depuis le début ! Qu'il en avait eu une fois sous les yeux un dessin alors qu'il aurait été si simple de tourner les pages et de le parcourir en entier ! Car ce n'était pas un carnet d'enquête – pourquoi aurait-elle enquêté ? – mais une sorte de journal intime qui, sous forme de notes, témoignait de ses impressions, de son organisation, de sa duplicité. Son écriture remontait à l'automne ; des images terribles venaient l'illustrer ; des bribes jaillissaient de chaque page comme pour mieux le blesser.

Croisé la Vorasse… J'ai feint le malaise. À refaire.

Plus loin : *Le vieux a amené l'autre près des bêtes, j'ai tremblé qu'il ne dise une bêtise et nous trahisse…*

Plus loin encore : *Il m'a demandé ce que j'avais, j'ai prétexté la migraine. Proposé d'aller voir les gendarmes, pour faire semblant d'aider. Je voulais savoir où elle était. Elle n'était pas rentrée, mais courait dans la nature. Pourtant le sifflet marche, il est efficace... Mais c'était prévisible, elles n'aiment pas la lumière du jour. Je suis si soulagée qu'elle soit enfin là! J'ai pansé sa blessure... Le vieux, nous n'avons pas eu d'autre choix que de le mettre en confidence, mais quelle plaie! Il a été insupportable.*

Enfin : *Ce benêt est venu. Efforts surhumains pour le supporter. Je le tuerai, s'il le faut...*

Il le jeta de toute sa force contre le mur, avant de se précipiter pour le relire encore. La nuit le surprit, l'esprit empli de réflexions douloureuses, faisant tourner la tabatière de son frère entre ses doigts ; le petit jour le trouva endormi sans même qu'il eût pensé à se déshabiller, son âme cherchant désespérément des vagabondages paisibles où s'échapper.

Mais pendant qu'il s'excluait du monde, un autre homme y revenait avec fracas. Le 26 février 1815, la veille de la venue du duc et de la duchesse d'Angoulême à Orléans, la veille de ces deux journées où la vie d'Adelphe avait basculé dans la désillusion et le drame, un événement plus sérieux, plus redoutable, plus susceptible d'emporter le destin d'une poignée d'individus mais surtout de la nation entière était survenu : Napoléon avait quitté l'île d'Elbe et entamé son retour. Les jours qui venaient s'avéraient décisifs. À Orléans, on en ignorait encore tout.

Les progrès de l'empereur furent fulgurants : débarqué avec à peine un millier d'hommes, il remonta la France en soumettant tous ceux qui prétendaient l'arrêter et en grossissant sa troupe pour marcher sur Paris. Rien ne l'entrava. Ce fut encore plus vrai de la force avec laquelle la nouvelle de son évasion se répandit : l'aventurier, comme l'appelaient les autorités, vola de clocher en clocher, mais le bruit de ses pas le précéda toujours avec la puissance d'un séisme qui soulèverait la terre et diviserait le pays. Au bout, il y avait les Tuileries où le pouvoir des rois que l'on croyait rétabli menaçait de s'effondrer comme un château de cartes.

Le 5 mars, vers une heure de l'après-midi, le baron de Vitrolles reçut à Paris la visite de Chappe, directeur des Télégraphes. Le brave homme était blême. Il remit au secrétaire d'État une dépêche dont il refusait de dévoiler le contenu. Pressentant des événements graves, Vitrolles courut chez le roi, qu'un accès de goutte immobilisait. De ses doigts boudinés, Louis XVIII fit sauter le cachet et eut pour réaction d'affecter le plus grand calme.

– Vous ne savez pas ce que c'est ?

– Non, Sire, je l'ignore.

– Monsieur Buonaparte s'en vient badauder en Provence. Il faut porter ce billet au ministre de la Guerre. Il verra ce qu'il peut faire.

Interdit de tant de flegme, Vitrolles courut chez le maréchal Soult, puis chez le comte d'Artois qui, imperturbable comme son frère, attendit la fin des vêpres pour paraître. Enfin, on décida d'agir, d'envoyer Monsieur à Lyon avec trente mille hommes, d'avertir le duc d'Angoulême de se diriger vers Nîmes, de laisser Ney cavaler vers Besançon pour ramener Napoléon dans une cage de fer s'il fallait et, derrière ces belles têtes, de mobiliser tous les militaires en congé, les gardes nationaux et les demi-soldes qui avaient subi leur sortie de l'armée comme une humiliation à l'automne et à qui maintenant on s'en remettait pour la survie du royaume. À Orléans, où l'ironie de l'histoire voulut que les Six fussent précisément arrêtés au moment où l'empereur s'évadait, les autorités furent rapidement informées par télégraphe ; elles reçurent l'ordre prudent de tenir la nouvelle cachée dans un premier temps et conçurent une stupeur de ce renversement de circonstances.

Ce fut pour cette raison que la préfecture oublia Adelphe à ses chagrins ; elle avait d'autres chats à fouetter qu'une enquête sur un petit comme lui. Talleyrand était un fidèle soutien des Bourbons, et le maire Crignon-Désormeaux ainsi que les conseillers et députés Billy, Sailly, Dufaur de Pibrac et Laisné de Villevêque furent envoyés porter aux pieds sacrés du roi leur serment de fidélité et de dévouement à sa podagre personne. Dans le même temps, le sort des conjurés fut suspendu ; stupéfait de la volte-face des événements, on hésitait à prononcer un jugement, on craignait de se montrer ferme aujourd'hui et de hâter une sentence qui pourrait se retourner demain contre ceux qui l'auraient prononcée.

L'abbé Vox avait été libéré en revanche. On manquait de charges à lui reprocher et Rubline, le curé de Chaingy qui l'avait accueilli à Noël, s'était porté garant. Surtout, on redoutait que sa parole fût plus dangereuse en cellule que dehors ; on craignait d'en faire un martyr. Quand on l'entendit se répandre en fiel contre l'Empire, on suggéra l'idée que son fanatisme pût être utile pour tenir en bride la population qui l'écoutait. Car à défaut de voir s'instaurer la théocratie impossible dont il rêvait, il s'accommodait du régime des rois, souhaitant simplement pousser ceux-là vers plus de dévotion.

À la grogne de Ponsot dont l'anticléricalisme n'avait pas faibli, on se contenta de l'expulser pour trouble à l'autre public et on l'envoya traîner sa barbe pouilleuse de l'autre côté de la Loire, espérant qu'il irait se perdre quelque part en Sologne et peut-être y mourir d'une mauvaise fièvre. Mais il s'arrêta aux premiers villages où la joie de ses fidèles à le revoir fut égale à l'inquiétude qu'ils avaient connue de le savoir arrêté. Il jeta son dévolu sur la monumentale basilique de Cléry qu'il jugea certainement digne de ses prêches. D'abord sur le perron, puis à l'intérieur de l'église dont il força l'entrée, il se reprit à annoncer le retour de l'Antéchrist. L'Apocalypse arrivait et avec elle ses calamités. Le fou de Dieu prédisait, à la nuit tombante, de mauvaises récoltes, un été sans soleil, des couples stériles si l'on n'écoutait pas enfin l'ire divine ; il exhortait à prier contre les ravages de Satan. Était-il constant et cohérent dans son propos ou l'adaptait-il aux circonstances ? Tout en continuant de cracher ses menaces, d'expectorer ses présages de troupeaux empoisonnés, de rivières à sec, de pluies de bousiers et de hordes de louves, il désignait maintenant Napoléon et, sous les traits de la *Lubrica* qu'il dénonçait depuis si longtemps, il pointait la Grande Armée qu'il appelait la putain soldatesque, la catin générale. Nul doute qu'il avait appris le retour de l'empereur. Car la nouvelle finit par gagner tout le Loiret, villes et villages, d'abord sous forme d'échos lointains, de rumeurs multiples, contradictoires et éphémères, puis de certitudes.

Un soir, à Orléans, un inconnu se présenta à l'auberge de l'Épervier près de l'hôtel de la mairie. Il ne donna pas son nom mais se déclara officier en demi-solde, parisien et vétéran d'Austerlitz. Ses habits étaient déchirés, il avait les mains écorchées, ayant dû, pour s'introduire dans la ville, escalader le fossé de la porte Bannier. Il demanda qu'on avertît ses frères d'armes à qui il apprit la nouvelle de l'évasion de l'île d'Elbe. Ce ne fut qu'un cri de « Vive l'empereur ! » et chacun courut prévenir ses camarades qui logeaient en garni ou caserne. En une heure de temps, une vingtaine d'officiers parmi ceux qui étaient réunis à l'auberge réglèrent les comptes de ce qu'ils devaient au tenancier, soupèrent d'un repas frugal et louèrent à frais commun deux voitures dans lesquelles ils empilèrent leurs bagages. Puis ils prirent à pied la direction de Paris.

Alors, comme si l'on avait attendu qu'ils fussent partis, le bruit du retour de l'empereur gagna chaque maison et une immense stupeur s'abattit sur la ville. Les gens sortirent dans la rue et se mirent à discuter au bas des immeubles. Certaines femmes coururent aux autels des églises prier pour leur homme, leur fils, leur père qu'elles voyaient déjà retourner à la guerre. Les autres se contentèrent de parler entre eux, mais à demi-mots, comme s'ils avaient craint de prononcer le nom de celui qui revenait et n'osaient croire à ce qu'on leur annonçait. Qui les aurait croisés leur aurait trouvé un air louche sans pour autant deviner l'objet de leurs propos.

Du reste, Orléans demeura calme. Les faubourgs ne bougèrent pas. Les ateliers et les boutiques reprendraient le travail ou les affaires le lendemain comme à l'accoutumée.

Ce même soir, Adelphe sortit tard de la bibliothèque. En traversant la place de l'Étape, il ne vit pas ce qui se passait à l'auberge de l'Épervier. Il ne le vit pas car il marchait en rasant les murs, la tête pleine de soucis. À peine remarqua-t-il que l'heure se situait dans un curieux entre-deux. Le soleil déclinant éclairait encore une partie de la ville tandis qu'une autre était déjà jetée dans l'ombre ; on se serait cru ici en hiver, là en un printemps dont on ne savait ce qu'il ressortirait. Les rues qu'il traversa étaient peu animées ; les rares personnes qu'il croisa semblaient suspendues à quelque chose qu'eux-mêmes ignoraient mais allaient chercher au prochain tournant. Des petits groupes se formaient çà et là et semblaient s'interroger.

S'il avait été jusqu'à la place du Martroi, il aurait su les raisons de cette fébrile agitation. Mais il continuait d'être indifférent au monde. Et sans réelle raison, il eut ce soir-là l'envie de retourner au cabinet de lecture pour parcourir les actualités. Il y vit aussitôt une silhouette qui lui parut familière.

– Vous ?

L'homme se retourna : c'était Béraud, avec son éternel air de sceptique revenu de tout. Il était installé dans un fauteuil usé comme lui, sous la lueur pâle d'un quinquet à huile, et tout de suite Adelphe s'aperçut qu'il était vêtu d'une redingote qui sentait le tabac bon marché et le linge humide.

– Que faites-vous ici, en civil ? demanda-t-il.

– Eh, je suis comme vous, mon ami. Je viens m'instruire en lisant les nouvelles.

Il tenait une feuille à la main, qu'il plia. Il n'y avait pas beaucoup de chambres de lecture à Orléans ; il arrivait qu'on y rencontrât des connaissances. Béraud marqua un arrêt, puis annonça :

– Je quitte la ville. Un bateau part de Nantes pour le Sénégal dans une semaine. On m'y a gentiment convié pour me remercier de ne pas avoir divulgué des informations assez précises. J'ai vendu les miens, vous le savez ; l'ironie veut que je n'aie pas donné le nom de celle qui m'était la moins chère.

– Oui, j'ai appris pour le complot déjoué et le rôle qui y a été le vôtre. Mais pourquoi n'avez-vous rien dit au sujet de Carolange ? Il aurait été si simple de la dénoncer, elle, puisque vous dites vous-même qu'elle ne vous était rien.

– C'est tout ce que j'ai trouvé pour que le préfet ne s'en sorte pas à si bon compte. Je savais qu'il croyait la sorcière coupable, je l'ai maintenu dans son erreur. L'important n'était pas là. On peut trahir et détester celui pour qui on trahit. C'est même souvent ainsi que les choses se passent.

Adelphe le scruta et ne put s'empêcher d'être un brin railleur :

– Que voulez-vous ? On n'est jamais assez récompensé de ses bonnes actions.

– Moquez-vous si vous voulez. Mais je vais vous raconter une dernière histoire qui vous fera comprendre que j'ai simplement dénoncé les miens pour éviter un drame dont je ne me serais jamais remis. Restez assis, ce ne sera pas long. C'est l'histoire du supplice émotionnel et physique d'une jeune femme innocente enfermée au Temple, qui a été brimée, violée, affamée et qui a vu mourir son père, sa mère, son jeune frère sans rien pouvoir faire. C'est l'histoire d'un jeune homme qui eut l'occasion d'assister tous les jours depuis sa fenêtre aux tourments qu'elle supporta.

– Vous voulez parler de la duchesse ? La fille de Louis XVI ? Vous la connaissiez ?

– Non, mais j'y étais, j'avais votre âge, je n'étais qu'un carabin quand les Révolutionnaires l'ont martyrisée. Voyez-vous, il y a trois types de femmes : les diaboliques, les anodines, les saintes. Elle était de ces dernières. Au-delà de mes sympathies pour l'Empire, je ne l'ai jamais oublié et je me suis juré de lui épargner un nouveau tourment si j'en étais un jour capable. Ce jour est arrivé sans que je m'y attende, vingt ans plus tard.

– Les autres l'ignoraient ?

– Et je n'avais aucune raison de le leur dire. Une fois que j'ai su qu'elle venait et qu'ils voulaient l'enlever, ma résolution était prise. Il y a des serments qu'on se fait à soi-même qui dépassent tous ceux qu'on peut tenir en public. Malgré les années. Je me serais dégoûté à agir autrement.

– On choisit ses dégoûts.

– De toute façon, dès qu'il y a eu cette Valoutina dans le coup, on s'est tous méfiés. Puis, il y a peut-être eu aussi la lassitude à ne côtoyer que des morts.

– C'est vrai que nous n'avons guère eu l'occasion de nous rencontrer ailleurs qu'au-dessus de cadavres. Mais vous savez comme moi qu'ils n'ont rien eu à voir avec des morts anodines. Ce que vous m'avez dit, à l'automne, le jour où l'on a retrouvé le corps de Fabre sur les bords de Loire, vous n'y croyiez pas vous-même et peut-être avez-vous des explications que je n'ai pas.

Béraud hésita, revit la scène à Olivet, non plus du cadavre de Fabre sur la Loire mais de la mort de Goujard sur le Loiret. Il fut tenté un instant de dire ce à quoi il avait assisté ce soir-là, ce cri glaçant d'homme assassiné, cette traînée gluante dans le sol, ce lambeau d'écailles trouvé là où il n'y avait plus rien. Mais il en chassa aussitôt l'idée ; elle lui semblait relever de pensées trop fantasques pour être retenues, comme un cauchemar si lointain et si flou qu'on hésite à dire qu'on l'a bien rêvé.

Adelphe esquissa un geste comme pour dire que tout cela n'avait plus d'importance. La leçon de l'histoire, s'il devait y en avoir une, c'était qu'il y avait eu du loup que Béraud avait d'emblée annoncé, des bêtes étranges et étrangères qu'Adelphe avait croisées et quelque chose d'irréel que l'un avait vu de ses yeux et dont l'autre avait lu les traces dans de vieilles légendes. Pas de réponse complète, simple ni évidente ; mais, à l'image de bien des épisodes de la vie, le résultat d'une convergence du banal, du rare et de l'impossible qui nous font perdre le fil et douter.

– Côtoyer les morts, répéta Béraud, vous ne savez pas ce que c'est, vous qui n'avez jamais fait la guerre, qui vous êtes contenté de suivre l'armée.

– Croyez bien que si j'ai moins l'expérience du dégoût des morts, j'ai tout autant que vous celle du dégoût de soi. Et ce qui s'ensuit. Vous revoilà en civil, auriez-vous peur également d'une vendetta de régiment ? Serait-ce une forme de lâcheté ?

Il appuya le mot car il lui semblait, en le prononçant, prendre sa revanche sur la suffisance que le chirurgien-major avait manifesté au premier jour de leur rencontre sur le cadavre d'Euripide. Mais Béraud ricana. Malgré toute sa lassitude, il n'était pas de ceux qui se laissent intimider.

– Vrai et faux, jeune raisonneur. Vrai que la chose commence à se savoir dans les casernes. Faux de dire que j'ai peur. Je suis plutôt dans une impasse vis-à-vis de moi-même.

– Vous avez trahi, j'ai été trahi, nous nous demandons pourquoi.

– Vous ne croyez pas si bien dire. Pourquoi ce complot a-t-il coûté tant de vies, pourquoi a-t-il échoué si près du but alors qu'il aurait été si simple d'attendre ? Attendre, oui... Mais je m'en vais, malgré les nouvelles circonstances. Qui en d'autres temps m'auraient fait rester.

– Attendre ? Les circonstances ?

– Tenez, mon jeune ami, lisez par vous-même.

Adelphe prit la feuille qu'il lui tendait, la déplia. Il lut, écrit en lettres capitales au centre de la page : *L'Aigle est en plein vol ! L'Ogre est là ! Jamais le Dévoreur ne mourra !*

L'empereur revenait.

Le lendemain, Talleyrand faisait placarder un appel contre Napoléon tandis que des discours du grand homme circulaient déjà en ville. Les feuillets sur la bête avaient disparu, tombés au ruisseau, remplacés par d'autres plus politiques mais attendant le jour où immanquablement ils referaient surface tant on n'en a jamais fini avec l'ivresse des fantasmes et le désir cauchemardesque de sang.

Conception graphique et réalisation
Anne-Marie Bourgeois/m87design

Achevé d'imprimer
sur Roto-Page
par l'Imprimerie Floch à Mayenne,
en mars 2025

Dépôt légal
avril 2025

Numéro d'imprimeur
106808

Édition n°1

Imprimé en France